아무도 찾지 않는
자들의 죽음 2

FJÄLLGRAVEN
(English title : The Mountain Grave) by Michael Hjorth & Hans Rosenfeldt
Copyright © Michael Hjorth & Hans Rosenfeldt 2012
Korean Translation © 2017 by Gachi Changjo
All rights reserved.
The Korean language edition is published by arrangement with
Michael Hjorth & Hans Rosenfeldt c/o SalomonssonAgency through
MOMO Agency, Seoul.

이 책의 한국어판 저작권은 모모에이전시를 통해
Michael Hjorth & Hans Rosenfeldt c/o SalomonssonAgency사와의
독점 계약으로 '도서출판 가치창조'에 있습니다.
저작권법에 의해 한국 내에서 보호를 받는 저작물이므로
무단전재와 무단복제를 금합니다.

아무도 찾지 않는
자들의 죽음2

1판 1쇄 | 2017년 8월 21일

지은이 | 미카엘 요르트 · 한스 로센펠트
옮긴이 | 홍이정

펴낸이 | 모계영
펴낸곳 | 가치창조

등   록 | 제406-2012-000041호
주   소 | 서울시 종로구 사직로 8길 34, 1104호(경희궁의아침 3단지 오피스텔)
전   화 | 070-7733-3227
팩   스 | 02-303-2375
이메일 | shwimbook@hanmail.net

ISBN 978-89-6301-156-1 04850
     978-89-6301-157-8 (세트)

가치창조 공식 블로그 http://blog.naver.com/gachi2012

아무도 찾지 않는 자들의 죽음

FJÄLLGRAVEN 2

미카엘 요르트 · 한스 로센펠트 지음 | 홍이정 옮김

가치창조

그는 추격을 당한다는 느낌보다 누군가로부터 감시를 당하고 있다는 느낌을 받았다. 하지만 지금은 홀로 낯선 방에 있었다. 그는 어떻게 여기까지 오게 되었는지 기억나지 않았다. 아마도 문으로 들어왔을 텐데 문이 없는 것 같았다. 적어도 뒤편에는 없었다. 반대편에 출입구가 있었는데도 그의 눈에는 보이지 않았다. 방은 컸다. 두 개의 강력한 헤드라이트가 얼굴을 향해 곧바로 쏟아졌다. 그는 바둑무늬 바닥을 몇 걸음 걸어보았다. 발자국 소리가 방 안에 메아리쳤다. 어디에선가…… 샴푸 냄새가 났다. 좀 더 걸어가 보니 반대편 쪽으로는 더 가까이 갈 수 없었다. 완전히 막힌 것인 양. 불빛이 밝게 비추고 있었는데도 뒤편은 어둡기만 했다. 어딘가에서 종소리가 들려왔다. 아주 먼 곳에서. 어둠 속에서. 하지만 그가 귀를 기울이지 않았는데도 그 소리는 점점 커지더니 가깝게 들려왔다. 그러고 나자 몸한쪽에서 찌르는 듯한 느낌이 들었다. 갈빗대 아래쪽이었다. 엄밀히 말하자면 찌른다는 표현은 잘못된 것이고 한 방 치는 느낌이었다. 이상하다는 생각에 그는 아래쪽을 내려다보았지만 아무것도 보이지 않았다. 오로지 무늬가 찍힌 바닥뿐이었다. 또다시 찌르는 느낌이 들었다. 이제는 종소리가 아주 가깝게 들렸다. 그가 알고 있는 멜로

디였지만 딱히 어떤 노래라고는 말할 수 없었다.

"알렉산더……."

여자의 목소리였다.

이름.

그의 이름.

알렉산더 쇠더링은 눈을 번쩍 떴다. 그는 헬레나 옆에 누워 있었는데 긴 머리칼 사이로 그녀의 얼굴이 보였다. 그의 뒤에서 핸드폰이 울렸다. 그래서 헬레나가 그의 팔꿈치를 꾹꾹 찔렀던 것이다.

"아…… 알았어. 일어나……." 그가 웅얼거리며 등을 돌리고 핸드폰을 받았다. 시계를 확인하니 이른 새벽이었다.

"쇠더링입니다." 그가 갈라진 목소리로 말하고 헛기침을 했다.

"알렉산더 쇠더링 되십니까?"

그의 이름을 마치 '쇠더랭'으로 발음하는 것 같았다. 미국 남자였다. 알렉산더는 몸을 일으켰다.

"예. 아니, 예스."

전화한 남자는 성만 밝히더니 말끝을 질질 끄는 듯한 남쪽 나라 악센트로 어떤 조직에 속해 있는지 인사했다. 알렉산더는 이 전화를 헬레나가 듣는 곳에서는 절대로 받고 싶지 않았다. 그녀가 도로 잠이 들었는데도. 그는 벌떡 일어나 침대에서 내려섰다.

"무엇을 도와드려야 하는 건가요?" 그가 질문을 던지면서 방 밖으로 나가 문을 닫았다.

"스웨덴 경찰이 리즈 맥고든의 사망 건을 수사하고 있습니다."

알렉산더는 맨발로 계단 쪽으로 걸어가면서 헛기침을 했다.

"그 사람이 누굽니까?" 그는 걸어가다 셀마의 방을 흘끗 쳐다보고 는 역시나 방문을 닫았다.

"몇 년 전에 북스웨덴에서 자동차사고로 목숨을 잃은 여자요."

알렉산더는 아들 방으로 가는 길에 걸음을 멈추었다. 그는 리즈 맥고든이라는 여자 얘기를 처음 듣는다.

"지금 파트리시아 웰톤을 말씀하시는 건가요?"

전화 건 남자는 머뭇거렸다. 알렉산더는 종이를 바스락거리는 소 리를 들었는데, 좀 있다가 남자가 대답했다.

"맞는 것 같군요."

"그런데 왜 곧바로 대답하지 않은 거죠?" 알렉산더는 점점 속이 끓 어올랐다. 이런 식의 대화는 정말로 하고 싶지 않았다. 이런 일을 집 에서 하고 싶지 않았다. 이렇게 핸드폰으로는.

"내가 이해한 대로라면 시체 몇 구가 나왔다고 하고." 남자는 자기 말만 하면서 그의 질문에는 대꾸도 하지 않았다. 알렉산더는 다니엘 방을 들여다보지도 않고서 문만 닫았다.

"예, 맞습니다."

"내가 이해한 대로라면." 남자가 말했다. 알렉산더는 그의 이름을 잊어버린 상태였다. "시신들과 파트리시아 웰톤의 관계가 발각되었 다고 하던데."

그의 말이 맞는 것일까? 남자는 알렉산더보다 더 많은 것을 알고 있었다. 그는 3시경에 사무실을 나선 뒤로 인터넷을 보지 않았다. 오 후와 저녁에 오롯이 가족과 함께 보내기로 했기 때문이다. 아이들과 야외 수영장에 갔다가 연이어 헬레나와 함께 저녁을 차렸다. 와인을 마셨다. 그는 가족과 언제 이런 유쾌한 시간을 보냈는지 기억이 나지 않았다. 저녁을 먹고 나서는 아이들 방으로 들어가 아이들에게 책을 읽어주었다. 책을 두 권이나 읽어주었다. 그다음에는 아내와 뉴스를 보면서, 요리할 때 땄던 와인을 마저 다 비운 후 함께 침대로 가서 잠자리를 했다. 이것도 오랫동안 하지 못했던 일이었다. 마침내 피곤이 엄습하여 눈이 감길 때 그는 자신이 다른 아버지들과 다름없이 평범한 아버지라는 느낌이 들었다. 프옐의 집단 살인사건이나 사망한 미국 여자는 전혀 알지 못하는 그런 아버지 말이다.

하지만 그것은 어제저녁의 일이었다. 현실은 대서양 반대편에서 바로 그의 귀로 밀어닥쳤다. 그는 새로운 상황에 대처하기 위해 계단을 내려왔다.

"내가 아는 것보다 일이 더 많이 드러났네요." 그가 솔직히 인정하고는 거실 탁자에 놓인 아이패드를 집어 들었다.

"신문에 났을 거요."

"바로 확인해보겠습니다."

알렉산더는 엑스프레센 신문사 홈페이지를 열었다. 그러자 곧바로 새벽 전화의 근거가 될 만한 기사가 눈에 띄었다.

차량 화재로 사망한 여자, 집단 살인과 연관성 있어

그는 기사를 대강 훑어보았다. 그녀가 미국 여자라는 얘기는 그 어디에도 없었다. 자세한 내용은 없었고 주로 프옐에서 발견된 여섯 구의 해골이 이 사건과 연관성이 있다는 정도의 기사였다. 어떻게 연관성이 있는지 그 이유 같은 것은 씌어 있지 않았다.

"찾았소?" 전화 건 남자는 분명 안달이 난 것처럼 서둘러 물었다.

"예. 찾긴 했는데……."

미국인은 그의 말허리를 끊었다. "첫째로 그런 기사가 떴다는 거에 화가 나고."

알렉산더도 화가 점점 끓어올라 어느덧 분노로 변해간다는 것을 느꼈다. 남자가 다짜고짜 전화를 걸어서는 그가 전혀 바꾸어놓을 수 없는 상황을 놓고 불평했기 때문이다.

"그래서 말인데요." 그는 약간 친절하게 들리도록 애를 썼다. "이 시체들이 발각되지 않도록 적어도 제대로 묻었어야 했던 거 아닌가요, 안 그래요?"

"둘째로." 전화 속 남자는 조용히 그리고 감정을 조절하며 계속 말했다. 마치 알렉산더의 말 따위 아예 들을 생각이 없다는 듯이.

"이제는 내 말 좀 들어보세요." 이번에는 알렉산더가 그의 말에 끼어들었다. "지금 시간이 새벽 4시예요. 조목조목 목록을 다 말하고 싶으면 이따 사무실로 전화하란 말입니다."

"두 번째로." 남자의 목소리는 더욱 날카로워졌는데 상대방이 말을 끊거나 말대꾸를 하는 것에 익숙하지 않은 듯 보였다. 이런 일이 드물게 일어난다고 해도 그는 이를 용납하지 않는 사람 같았다. "두 번째 우리는 파트리시아가 사고로 죽은 줄 알았는데."

"아하?"

"그런데 지금 경찰이 살인사건으로 수사하는 것 같단 말이오."

제기랄! 알렉산더는 갑자기 몸이 얼어붙는 것 같았다. 남자의 말이 맞는다면 그게 무엇을 뜻하는지 그는 단박에 알아차렸다. 하지만 그 말이 틀릴 수도 있지 않을까? 그 말이 맞으면 절대로 안 된다.

그는 짧은 기사를 다시 한 번 읽어보았다. 사실이었다. 기사문에 언급되기를, 차량 화재는 사고의 결과가 아닌 걸로 추정된다고 되어 있었다. 빌어먹을!

"그 점은 제가 잘 모릅니다." 화가 나게도 알렉산더는 자신이 떨고 있다는 것을 느꼈다. 그는 다시 헛기침을 했다. "우리 쪽 정보에 따르면 그건 사고였습니다."

"그렇다면 그쪽에서 잘못된 정보를 얻은 거요."

"아니면 오보를 내보낼 수도 있죠. 이런 일은 처음이 아니니까요."

"우리가 그걸 믿을 수 있도록 해주시오."

갑자기 조용해졌다. 알렉산더가 위협을 알아챌 수 있도록 남자는 마지막 문장을 미결 상태로 끝맺었다. 고급 저택에는 항상 실내 온도가 21도로 맞춰져 있었는데 그는 오싹 소름이 돋았다. 4년 전 이 집을 구입했을 때 가장 마음에 들었던 것 중 하나가 냉난방 장치였다. 헬레나가 아이들이 더 크면 도시를 떠나 살자고 했던 것이다. 그녀는 복잡한 도시를 벗어나고 싶어 했다. 정원도 갖고 싶어 했다. 그래서 3000제곱미터 저택을 구입한 것이다. 게다가 언덕 위에 설계된 이 집은 호수를 바라보고 있었다. 몇 년 전 그는 전역한 뒤 광고 대행사 눈치우스를 인수했고, 헬레나는 상업은행에서 승진했다. 그들의 삶은 탄탄대로였다. 그와 헬레나, 아이들. 어쨌든 지금까지는. 하지만 이제 늙은 영혼들이 다시 돌아와 그를 사냥하려 했다.

"우리는 여기서 진행 상황을 추측하고 있겠소." 미국 남자는 계속 말했다. "이 사건에 대한 새로운 소식을 곧바로 우리 쪽에 알려준다 해도 시간이 좀 걸릴 거란 건 우리도 감안하고 있겠소."

그가 의미하는 말은 이렇다. '일이 어떻게 돌아가는지 잘 알아보고, 우리에게 그 소식을 전해주면 됩니다.' 정중하게 부탁한 말이지만 경고가 담긴 명령이었다.

알렉산더는 추후 연락하겠다고 약속했다. 그는 핸드폰을 아이패드 옆에 내려놓고 커다란 창문을 통해 깜깜한 밖을 물끄러미 내다보았다. 그러다 부엌으로 가서는 최고급 서브 제로 냉장고 쪽으로 다가갔다. 그는 냉장고를 터무니없이 비싼 주방 가전이라고 생각했다. 냉장고 문을 열었다. 냉장고 내부를 여기저기 훑어보았으나 결국 입맛을 당기는 게 없었다. 그는 냉장고 문을 도로 닫았다. 물이라도 한잔 마셔야 하는 게 아닌가 싶었지만 그것도 그만두었다. 그는 빈손으로 그냥 거실로 가서는 한스 웨그너가 디자인한 의자에 앉았다. 그러고는 다시 아이패드를 집어 들었다. 다시 한 번 기사를 읽어보니 기사를 작성한 기자는 악셀 베버였다. 이 베버와 접촉해야 하는 것일까? 그는 곧바로 이 생각을 접었다. 과거를 회상해보면 이런 접촉은 확실히 일을 더 어렵게 만들 것이다. 그는 다시 인터넷에 들어가 스웨덴 일간지 아프톤블라데트를 읽었다. 하지만 그곳에도 자세한 기사는 없었다. 다른 일간지에도 오로지 프옐에서 발견한 시신 소식만 보도되어 있었고 차량 화재와 사망한 여자는 언급되어 있지 않았다. 알렉산더는 한숨을 푹 쉬고는 아이패드를 탁자에 쓱 밀어놓고서 생각에 잠겼다. 이 문제에 어떻게 접근해야 할지 막막했다. 고민하면 할수록 머릿속에서 같은 생각만 맴돌았다. 같은 사람 생각만. 반드시 직접 알아내야 한다. 담대하게 위험에 맞서야 한다. 그는 핸드폰을 집어 들고서 기억나는 대로 번호를 눌렀다. 오래전부터 그와 연락을 끊고 살았다. 그래도 그는 이 번호가 변함없기만을 빌었다. 통화가 연결되자 핸드폰을 타고 띠리링 연결음이 들렸다. 잠시 후 한 남자가 전화를 받았다.

"샤를레스입니다."

그가 막 눈을 떴는지 어떤지 목소리만 듣고는 알 수 없었다.

"나 알렉산더요. 쇠더링." 그는 확실히 하기 위해 성까지 덧붙여 말했다.

"원하는 게 뭐요?"

그는 바로 용건으로 들어갔다. 알렉산더는 어쩔 수 없이 다시 접촉해야만 하는 이 남자를 좋아하지 않았다. 이러한 혐오감은 피차일반일 거라고 확신했다. 알렉산더는 그를 생각하면……. 그는 두려울 만큼 너무나 강한 사람이었다. 더군다나 그는 그가 불편했다. 왠지 불쾌했다.

"그 당시 옘틀란드에서 무슨 일이 있었던 거지? 파트리시아 웰톤한테? 양키들이 방금 나한테 전화까지 걸게 만들고."

"그 말 진심으로 한 말이오?"

"물론이지. 내가 새벽 4시에 자네 놀려주려고 전화한 걸로 보이나?"

"그게 아니고. 내 질문은 그쪽 말투에 대한 거요. 양키 말이오. 내 말은, 진심이 아니라면 그런 단어를 꼭 써야 했는지 묻는 겁니다. 50년대 영화에서나 나올 법한 말을."

알렉산더의 귀에 샤를레스의 웃는 소리가 들렸다. 남자는 이 일을 대단치 않게 여기는 것 같았다. 남자와 아무런 상관이 없다는 식으로. 알렉산더는 가능한 한 서둘러 통화를 끝내야겠다 싶었다.

"자네가 그렇게 한 건가?"

"무슨 일을?"

"파트리시아 웰톤이 죽도록."

"정말로 그걸 알고 싶은 겁니까?"

'아니야'라고 외치고 싶은 목소리가 알렉산더의 머릿속에 나직이 맴돌았다. '아니, 난 원치 않아. 내가 그 사실에 대해 모른다면 굳이 반응할 필요가 없기 때문이야. 책임지고 행동할 필요도 없는 거지. 난 알고 싶지 않아.'

그는 정말로 알고 싶지 않았다. 하지만 어쩔 수 없이 그 반대로 대답해야만 한다.

"당연하지."

"그렇다면 거짓을 보고해야 합니다. 그…… 양키들 앞에서."

알렉산더는 눈을 꼭 감았다. 파트리시아 웰톤은 정말로 살해당한 것이었다. 순식간에 상황이 나빠지더니 결국 파국으로 치달았다.

"그 사실에 대해 보고 안 하는 게 좋을 겁니다." 샤를레스가 보충 설명을 했다.

이제 알렉산더의 귀에 샤를레스의 웃음소리가 더 이상 들리지 않았다. 완전 딴판이었다.

"내가 뭐라고 보고하든, 그건 별 의미가 없네." 그는 체념한 상태를 들키지 않으려고 애썼다. "경찰에서 만약 그 여자가 살해되었다는 걸 알아낸다면 어차피 그들이 알게 될 테니까."

"그건 문제인데."

"그렇네."

"하지만 그건 그쪽 문제요, 알렉산더. 당신이 그걸 내 문제로 돌린다면 나는 당신의 문제로 크게 키울 거요."

이번에도 협박조였다. 오늘 새벽에 벌써 두 차례나 협박을 받았다. 그는 뭐라고 대답해야 할지 아무 생각도 나지 않았다. 남자는 이미 전화를 끊어버렸다.

그는 핸드폰을 탁자에 내려놓고 일어선 채로 꼼짝도 하지 않았다. 앞으로 무엇을 해야만 하고 누구에게 연락을 해야만 할지 알지 못했다. 그는 오로지 한 가지 사실만을 알았다. 이제 더 이상 잠을 잘 수 없다는 것을.

✣

세바스찬은 잠이 오지 않았다. 불가능한 일이었다. 억지로 잠을 청했지만 이리저리 뒤척이기만 했다. 마음먹은 대로 되지 않았다. 집 안은 쥐 죽은 듯 고요했지만 마치 살아 숨 쉬는 것만 같았다.

그녀가 이곳에 와 있다.

그녀가 손님방에서 자고 있다. 그전에 릴리가 저 방을 집에 찾아온 사람들을 위해 손님방으로 쓰자고 주장했는데!

그런데 딸이 왔다.

릴리, 정말 고마워. 당신이 끝까지 고집을 꺾지 않아서.

이러한 생각들이 머릿속에 맴돌았다. 아무리 생각을 정리하려고 해보아도 잘되지 않았다. 생각이 너무 많았다. 생각을 다루기 너무 힘들었고, 두려운 마음과 요행을 기대하는 마음이 마구 뒤섞였다.

마침내 그가 단념하고 침대에서 일어났을 때 시간은 새벽 4시 30분이었다. 마룻바닥이 삐걱거리는 소리 때문에 그는 당황했다. 반야가 그 소리로 인해 눈 뜨지 않기를 빌었다. 그녀가 눈을 뜨면 곧장 집에 가려고 할 테니까. 그녀가 밤에 잠자리에 들 때 얼마나 긴장하고 경계했는지 그는 잘 알고 있었다. 그가 그녀를 안을까봐 그녀는 신경이 곤두섰다. 그를 남자로 여겼기에. 그럼에도 불구하고 그녀는 이곳에 묵었다. 그는 어떤 식으로든 그녀의 눈에 든 것이다. 그가 꿈도 꾼 적이 없었는데도. 만약 그가 그녀와 더 많은 시간을 함께할 수 있다면 그에 대한 그녀의 불신은 언젠가 날아갈 것이다. 정말로. 그가 그녀를 함부로 대하지 않는다는 것을 그녀도 알게 될 것이다. 그리고 만약 그녀가 그 사실을 확실히 알게 될 경우에는 그를 좀 더 가치 있는 사람으로 평가할 것이다. 그는 그 목표에 도달할 것이다. 물론 그가 그녀를 안지 않는 이유를 그녀는 절대로 알면 안 된다.

그는 집 안을 발끝으로 살금살금 걸어 다녔지만 가는 곳마다 낡은 마룻바닥에서 삐걱거리는 소리가 났다. 결국 더 이상 조심하려고 애쓰지 않고서 소리가 나도 상관하지 않았다. 그는 부엌으로 들어가서 물 한 잔을 따랐다. 반야가 일어났는지 엿들어보았지만 아무런 소리도 나지 않았다. 지난밤 일이 아직도 꿈만 같았다. 그는 입에 술을 대지도 않았는데 거의 술에 취한 듯한 느낌이 들었다. 모든 가능성 때문에. 운명이 그녀를 이곳으로 인도해주었다. 그녀가 다시 돌아가게 될지 어떨지 이제는 그의 손에 달려 있다. 한 번. 그리고 한 번 더. 예전에는 그녀가 발데마르를 찾아갔듯이 이제는 자연스럽게 그를 찾아올 때까지.

그는 그녀가 자고 있는 방으로 갔다. 방문이 닫혀 있었다. 그는 하얗게 칠한 나무문에 귀를 바짝 댔다. 아무런 소리도 나지 않았다. 결국 그는 부엌으로 다시 가서 그녀를 위해 잔에 물을 따랐다. 그녀가 눈을 뜨면 분명히 목이 마를 것이다. 그녀는 술을 너무 많이 마셨다.

조심스레 그는 문을 열고 작은 손님방으로 들어갔다. 방 안은 어두웠고 방 밖에서 약한 불빛이 새어 들었다.

분명히 그녀는 자고 있는 것이다. 밝은 베이지색 침대보에 덮인 그녀의 몸 실루엣과 머리카락만이 보였다. 그녀는 얼굴을 다른 쪽으로 돌리고 잤다. 방 안 공기가 약간 숨이 막혔다. 땀과 술 냄새 때문에 악취가 났다. 하지만 사람 냄새가 났다. 방은 약간 작았지만 예뻤다. 담갈색 벽지, 새하얗고 세련된 스타일의 서랍장, 그리고 묵직한 강철 프레임 침대. 릴리는 이 모든 것을 노르텔리에 지역에서 경매로 구매했다. 멋진 가구는 방과 무척 잘 어울렸다. 특히나 방에 살아 있는 존재가 있기에 더욱더 그랬다.

세바스찬은 책상 옆에 있는 의자를 조심스레 살짝 들어 올리고서 침대 옆에 가져다놓고 앉았다. 눈이 어둠에 익숙해져서 그런지 불빛 없이도 그녀를 볼 수 있었다. 그녀는 조용히 그리고 고르게 숨을 쉬었다. 발이 이불 밖으로 삐죽 빠져나와 있었다. 그녀는 짧고 자그마

한 하얀 스니커 양말을 신고 있었다. 그는 저절로 웃음이 나왔다. 갑자기 그녀에게서 어린아이의 모습이 보였다. 마음 같아서는 발까지 이불을 덮어주고 싶었다. 그는 아버지의 감정을 느꼈다. 여태껏 그녀에게 느끼지 못했던 그런 감정을.

아버지. 그가 절대로 되고 싶지 않았던 사람.

여명이 커튼을 통해 비쳐 들어와 그녀의 금발을 비출 때까지 그는 그냥 이대로 앉아 있고 싶었다. 그녀가 잠에서 깨어나 눈을 뜨고 돌아볼 때까지 그녀를 바라보고 싶었다. 하지만 이런 행동이 그녀를 깜짝 놀라게 하고 이성을 잃게 할 거라는 것을 빤히 알았다. 그는 작은 협탁에 유리잔을 조심스레 내려놓고서 의자에 등을 기댔다.

갑자기 자비네가 생각났다.

그는 자비네 옆에 이렇게 앉아 있지 않았다. 그 당시에 삶이 그렇게 쉽게 망가질 수 있다는 걸 미처 몰랐다. 모든 것을 주어진 대로 감내해야 한다는 것을. 더욱이 그는 자비네 옆에 단 한 번밖에 앉아 있지 못했다. 자비네가 위장장애로 아픈 적이 있었다. 그래서 릴리와 그는 누가 그녀를 위해 밤을 새울 것인지를 두고 말다툼을 벌였다. 그때 그는 상당히 이기적이어서 딸이 잠잘 때 토하면 질식할 수 있다고 두려워하는 릴리의 말에 지나친 기우라고 몰아붙였다. 하지만 결국 그들은 교대로 밤을 지새웠는데 그가 아침까지 자비네 곁을 지켰다.

이렇게 지금처럼.

이제 그는 다시 이곳에서 딸 옆에 앉아 있다. 이번엔 당황하지 않았다. 아이와 함께 있는 순간에는 오직 아이만을 사랑해야 한다는 것을 잘 알고 있었다.

그가 원하는 때에는 아이가 오지 않을지도 모르기에.

현재가 중요하다.

이것은 미처 깨닫지 못했던 비밀이었다.

갑작스레 생각이 떠올랐다. 그는 조심스럽게 일어나 그녀의 얼굴 쪽에 붙은 머리카락을 부드럽게 쓸어내렸다. 그녀의 이마는 따뜻했고 부드러웠다. 그는 그녀에게 살짝 입을 맞추었다. 그의 입술이 그녀의 입술에 아주 살짝만 닿았다. 그러고 나니 그는 약간 부끄러웠다. 아마도 그만 방을 나가는 것이 더 나을지도 모른다. 어쩌면 좀 더 조심해야만 할 것이다. 어제 그녀가 스스로 찾아와서 조금은 그를 좋아하게 되었기 때문이다. 아마도 그녀로 하여금 그를 좋아하게 해야만 할 것이다. 하지만 그게 쉽지 않았다. 거의 불가능했다. 문 쪽으로 간 그는 방문을 열고서 뒤를 돌아보았다. 다시 그녀를 바라보았다. 그녀가 거의 눈에 띄지 않을 정도로 움직였다.

"세바스찬?"

"그냥 물 한잔 놓고 가려고." 그가 속삭이듯 말했다. 그녀는 가벼운 입맞춤을 알지 못했다. 만약 알았더라면 그녀가 미친 듯이 화난 목소리를 냈을 것이다.

"몇 시예요?"

"5시가 좀 안 됐어요. 더 주무세요."

"음. 오늘은 중요한 날이에요."

"무슨?"

"오늘 미국에서 확답이 올 것 같아요. 아니면 내일."

세바스찬은 놀라서 꼼짝달싹하지 못했다.

"자네, 정말로 거기 갈 건가? 일이 생겼는데도?"

"예. 바로 그것 때문에 가려고요. 더 주무세요."

그녀가 다시 돌아눕기 전에 그는 그녀의 얼굴을 잠시 동안 들여다보았다.

"잘 자요."

결국 모든 것이 꿈에 불과했다. 그녀는 이 방에서 다시 잘 일이 없을 것이다.

그녀는 자기의 길을 갈 것이다.

그를 다시 떠날 것이다.

⚜

아니타 룬드는 꼭두새벽부터 사무실에 나와 일을 보았다. 여느 때와 같이. 다른 사람들이 거의 아침 식탁 앞에 앉기도 전에. 심지어 사람들이 일어나기도 전에. 대체로 그녀는 5시 반경에 출근했다. 그래서 적어도 두 시간 동안은 다른 동료와 부딪치지 않는다. 그녀는 이런 사람들이 '일을 한다'고 하거나 '서로 동료'라고 말하는 걸 싫어했다. 이 두 가지 표현이 적합하지 않기 때문에. 어쨌든 간에 부서에서는 그랬다.

그녀는 2층 텅 빈 다용도실에서 카페라떼를 음미하는 것으로 하루 일과를 시작했다. 예전에 그녀가 높은 위치에 있었을 때에는 커피를 자기 방에서 마실 수 있었다. 하지만 지금 평직원들 사이에서 일할 때에는 다용도실에서만 마셨다. 그곳에 앉아 쿵스홀름을 내려다보았다. 한동안 그녀는 비밀리에 새로 온 국장의 방으로 몰래 들어가 모닝커피를 즐기곤 했다. 하지만 국장에게 들키고 난 뒤로는 더 이상 들어가지 않았다.

커피를 마시고 난 후 6시경에 그녀는 일하러 자기 자리로 갔다. 새로 들어온 지원서들을 분류했다. 이 작업은 채 30분도 걸리지 않았다. 이것으로 그녀는 하루 일과 중 가장 큰일을 처리한 셈이다. 그다음부터는 그녀가 가장 좋아하는 일에 몰두할 수 있었다. 그것은 다른 게 아니라 인터넷 검색이었다. 시시껄렁한 내용을 파헤치는 일이었다. 플래시백을 보고 모든 내용에 일일이 코멘트를 달았다. 이민이나 유명인사의 성생활 등 아무거나 상관이 없었다. 이것이 원래 그녀의 일이다. 그녀가 아침에 30분 동안, 그게 아니면 하루 종일 잠깐잠깐 짬을 내서 하는 일이 그녀의 밥벌이였다. 그 이상은 아니었다. 처음에는 적은 분량의 과제가 주어졌고 그것을 별로 중요하게 여기지도 않았다. 하지만 플래시백과 다른 가십거리가 있을 경우에는 갑자기 일로 인한 약간의 압박감이 생겼다.

지나치게 우아한 빅토르(동성애자는 아니다)와 함께 사용하는 요하킴의 작업 공간을 지나칠 때 그녀는 그의 컴퓨터가 아직 켜져 있는 것을 보았다. 요하킴은 매우 부주의했다. 새로운 규칙에 따라 업무가 끝나면 모든 컴퓨터를 반드시 꺼야만 한다. 보완상의 이유이기도 하고 에너지 절약 차원이기도 하다. 요하킴다운 일이었다. 그는 매번 모든 규칙을 등한시해도 된다고 믿었다. 그런 그의 행동이 그녀에게는 도움이 될 때가 있었다. 그녀는 서둘러 그의 컴퓨터를 들여다보았다. 사무실은 아까와 마찬가지로 비어 있었다. 요하킴은 한 번도 8시 30분 전에 출근하는 법이 없었고 빅토르는 이번 주에 교육을 받으러 갔다. 그렇다면 적어도 30분이란 시간이 있는 셈이었다. 어쨌든 지금이야말로 레나르트가 어떤 멋진 단서를 좇는지 확인할 수 있는 시간이다. 그녀는 줄곧 이 순간을 노려왔다. 레나르트를 돕기 위해서가 아니라 그의 얘기 내용이 무엇인지 그리고 만약 가능하다면 그녀가 어떻게 해서라도 이 정보 중 얻을 게 뭐가 있는지 확인하기 위해서다.

그녀는 요하킴의 자리에 앉아 레나르트가 준 파일을 보았다. 하미드 칸과 자이드 발크히라는 두 남자의 이름이었다. 플래시백에서 선량한 사람들은 그들을 새로운 스웨덴인이라고 말하곤 했다. 전형적인 공중파 TV다. SVT는 싫증 날 정도로 항상 정치적인 올바름을 추구했다. 그들의 세계관에 부합하는 한, 항상 뭔가를 폭로할 태세를 갖추고 있었다. 그들이 매번 주장하는 것은, 자신들은 소수의 편에 선다는 것이다. 이 무슨 터무니없는 소리인지! 애당초 그들은 진실 따위 관심조차 없었다. 진실에는 고통이 따르기 때문이다. 진실은 국내로 몰려오는 모든 외국인으로 인해 스웨덴이 망가지고 있다는 것이다. 아니타는 그 점에 대해 전적으로 확신하고 있다.

그녀는 로그인 창을 클릭하고 잠시 동안 어떤 이름을 사용해야 할지 생각해보았다. 그녀가 자주 사용하는 패스워드가 네 개나 있었는데 전부 나이 많은 국장들 것이었으며 몰래 알아낸 것들이었다. 문제는 이 중 어떤 패스워드가 가장 눈에 띄지 않느냐 하는 것이었다. 그녀는 데이터뱅크를 찾을 때 세 가지 요소가 등록된다는 것을 알고 있었다. 시간, 컴퓨터 IP주소 그리고 로그인한 사람의 이름.

시간은 달리 바꿀 수 없었다. 그녀가 동료들이 집에 갔다 오는 점심시간 때까지 기다린다고 해도 별수 없었다. 하지만 다른 두 가지 요소는 그녀와 관계가 없었기 때문에 그녀는 안정감을 느꼈으며 위험을 감수했다. 그녀는 군나르 벵손의 패스워드를 사용하기로 했다. 그는 한층 위에서 일하며 대체로 이른 시간에 출근한다. 만약 그가 요아킴의 컴퓨터를 사용한다면 이상하게 여겨질 수 있지만 아니타에게는 상관없는 일이었다. 이는 군나르가 해명해야 할 일이지, 그녀가 그래야 할 일은 아니었기 때문이다.

90일이 지나면 패스워드를 바꾸라는 지침이 떨어지는데, 군나르는 집 강아지의 이름 뒤에 숫자만 계속 바꿔서 사용했다. 몰리1, 몰리2, 그리고 계속 이어서. 그동안 몰리14까지 왔다. 이 패스워드가 맞아 시스템에 접속이 되었다. 끊임없이 안전에 대한 논의가 있어왔고 새로운 지침이 만들어졌다. 그래도 패스워드를 다이내믹하게, 그리고 규칙적으로 완전히 바꾸는 데 왜 아무도 신경을 쓰지 않는지 그 이유를 그녀는 도무지 이해할 수 없었다. 어쨌든 그녀는 시스템 상의 이러한 허점을 틈타 나쁜 짓을 할 것이다. 그녀는 자신이 저돌적이고 생기가 넘친다고 생각했다. 찾기 기능을 불러올 때 바로 이 순간을 그녀는 좋아했다.

하미드 칸과 자이드 발크히에 관한 두 가지 결과물이 저장되어 있었다. 첫 번째 자료는 솔나 시 경찰의 프로토콜이었다. 이 자료에 따르면 이 두 남성은 2003년 8월 3일 이후에 사라졌으며 이민청은 추방령 때문에 두 남성이 모습을 감추었을 것으로 추측한다고 했다. 소위 컨트롤 할 수 없는 출국이었다. 경찰보고서는 두 남성의 개인 자료들로 끝을 맺었다. 그 자체로 이상한 내용은 전혀 없었다. 두 남성에 관한 가능한 추적 결과물에 대해서 아무것도 기입되어 있지 않았기에 아니타는 이 두 남성을 찾기 위해 실제로 어떤 노력이 행해졌는지 알 수 없었다. 두 번째 자료는 더 흥미로웠다. 이 자료에는 다른 자료보다 약 일주일 후에 추가된 내용이 있었는데 뉴스에서 이 사건을 보도한 것에 대해 언급하고 있었다.

이것이 전부였다.

아니타는 여기에 속한 자료를 열어보려고 했다. 다른 인포메이션이 있는지 보고 싶었기 때문에. 접근이 되지 않았다. 그녀는 갑자기 몸이 경직된 채로 주위를 둘러보았다. 분명히 그녀 혼자 사무실에 있었지만 안전을 위해 문 쪽으로 향했다. 그녀는 사람 소리가 나는지 귀를 기울여보았다. 건물은 여전히 조용했고 아무도 없었다. 아니타는 다시 자리에 앉아 컴퓨터 모니터에 정신을 집중했다. 이 자료에서는 뭔가 수상한 냄새가 났다. 규칙에 따르면 인포메이션이 비밀유지에 관한 것이거나 까다로운 것으로 분류되어 있더라도 접속자의 이름을 기록해야만 한다. 하지만 여기에는 그 어떤 사람 이름도 기록되어 있지 않았다. 이것은 규칙을 대놓고 어긴 것이다. 누군가 상응하는 접속 권한을 가지려면 모든 것이 분명하면서도 이해 가능하도록 시스템이 구성되어 있었기 때문이다. 다른 사람에게 문의할 수 있도록 되어 있어야만 한다. 하지만 이 경우에는 그렇게 할 수 없었다. 물론 아니타는 보안경찰 세포의 행동방식을 세세하게 몰랐기 때문에 뭔가 밝힐 수 없는 이유가 있을 수 있다고 생각해보았다. 혹은 다른 차원의 이유일 수도 있다. 바로 그것이 가장 있을 법한 이유이다.

그것은 다른 게 아니라 바로 그들이 뭔가를 숨겼다는 것.

그렇다면 남의 뒤를 캐기 좋아하는 레나르트가 관심을 보이는 것도 놀랄 일이 아니다.

그녀는 다시 주요 메뉴 쪽을 열어보았다. 보안상의 이유로 두 남성의 개인번호를 알아냈다. 두 남성에 대한 아무 자료라도 확인하기 위한 것이었다. 하지만 특별한 것이 없었다. 좀 전에 보았던 것과 동일한 자료가 떴다. 그녀는 곰곰이 생각해보았다. 계속 조사하기 위해서는 그녀가 더 많은 것을 알고 있어야만 한다. 그녀는 솔나 시 경찰서에 근무하는 담당자의 전화번호를 메모했다. 에바 그란세터라는 이름의 여자 경감이었다. 아마도 그녀에게 도움을 받지는 못할 것 같았다. 그래서 아니타는 이 경감에게 연락을 취해도 될지 확신이 서지 않았다. 하지만 이렇게 단서가 부족하다면 조심스럽게 일을 추진해야겠다고 마음먹었다.

그녀가 막 로그아웃을 하려는 참에, 이를 다른 것으로 추적해볼 수 있다는 것을 알았다. 개개인의 등록 날짜였다. 어쩌면 그것으로 뭔가를 알아낼 수 있을지도 모른다. 시스템 구조상, 업그레이드나 보완작업이 있을 때마다 날짜와 시간이 자동적으로 기록된다. 혹시 어떤 자료가 삭제되었다면 그것도 마찬가지일 것이다. 이 점에 대해 조사해보는 것은 가치가 있을 것이다.

아니타는 커서를 두 번째 기록 쪽으로 옮겨서 날짜를 두 번 클릭했다. 몇몇 기호와 함께 작고 하얀색 창이 화면에 나타났다. 그녀는 후다닥 내용을 읽고서 히죽 웃었다. 그녀가 얼마나 정교한지! 다른 사람들은 그녀를 필요 없는 쓰레기 정도로 취급하고 있지만 말이다. 마음만 먹으면 그녀는 다른 사람들이 숨기려고 한 것을 전부 다 찾아낼 수 있다.

2003년 8월 12일에 작성되었으며 세포가 이 사건을 맡았다는 것을 의미하는 두 번째 자료는 하루 전에야 변경되었다.

어떤 내용이 삭제되었는지는 알 수 없었다.

누가 했는지도 전혀 알 수 없었다.

하지만 어제야 비로소 누군가 특정 정보를 변경하고 싶은 욕구를 느낀 것이다. 2003년 8월 12일 이후 그대로 남아 있던 자료를.

이는 일반적인 컨트롤할 수 없는 출국이 아닐 것이다. 이 사건은 좀 달랐다. 뒤에 더 많은 비밀이 숨겨져 있을 것이다.

훨씬 많이.

이 사건은 몇 시간을 투자해서 다루어야 한다. 그녀는 평일 근무 시간을 화려하게 장식하는 수많은 다른 소소한 일들 사이사이에 작은 임무를 수행할 것이다.

이제는 다시 뭔가 일을 해야만 한다.

문제는 그녀가 어떻게 계속 진행하게 될 것인가 하는 것만 남았다.

⚜

"청명하면서도 춥네요. 그래도 날씨가 너무 좋아요!"

그가 클라라와 복도에서 마주치자 항상 미소가 넘치는 클라라가 그에게 이렇게 인사말을 건넸다. 토르켈은 그때까지 날씨 생각을 못했다. 그는 오전 내내 다른 일에 전념하고 있었기에.

먼저 이본느가 전화를 걸어왔다.

"프옐에서 일하고 있다면서요? 주말엔 집에 오나요?"

토르켈은 그녀가 왜 물어보는지 곧바로 알아차렸다. 크리스토퍼와 그녀가 핀란드로 짧은 여행을 계획했기 때문이다. 금요일부터 일요일까지 아마 낭만적인 주말이 될 거라고 그는 추측했다. 이는 8월부터 이미 결정된 여행이었다. 단, 그가 옘틀란드의 고독한 프옐 호텔에 박혀 있지 않을 경우라면. 그는 턱을 어루만지며 어서 면도를 해야겠다고 생각했다.

"아직은 잘 모르겠어. 나 집에 가더라도 상당히 할 일이 많을 것 같아."

"알아요. 그럴 줄 알았어요. 딸내미들은 다른 사람한테 보낼게요."

그녀의 목소리는 질책하는 투도, 실망하는 투도 아니었다. 단지 통보였다. 실질적인 문제를 해결하기 위한 것이었다. 이본느가 참 대단하다고 토르켈은 진심으로 생각했다. 그녀는 그의 삶을 더 편하게 만들어줬다.

"미안해."

"나도 알아요. 애들이 아빠랑 잠시라도 시간을 보낼 수 있다고 좋아했는데."

이번에도 그녀가 그에게 양심의 가책을 느끼라고 의도적으로 발언한 것은 아니라고, 토르켈은 생각했다. 그럼에도 불구하고 그는 양심의 가책을 느꼈다.

"내가 애들이랑 얘기해볼게. 그리고 우리가 뭘 할지 한번 생각해보고."

"그러세요."

토르켈은 재빨리 손목시계를 확인했다. "애들 지금 집에 있어?"

"아니요. 학교에 있죠."

"그럼 오늘 밤에 다시 전화할게."

"그러세요."

원래 그들은 모든 것을 서로 의논했다. 실직적인 일은 다 설명되고 해결되었다. 그럼에도 불구하고 토르켈은 대화를 끝내기가 어려웠다.

"그리고 다른 문제는 없어?" 그는 진심에서 우러나오는 목소리로 물어보았다. "집에 아무 일 없지?"

"그럼요. 여기는 항상 정신없어요. 당신, 알고나 있어요? 작은애는 어느 중학교에 가고, 또 큰애는 어느 고등학교에 다니는지? 그리고 엘린한테 최근에 남자 친구가 생겼어요."

"아! 진짜?"

"예. 이름이 에릭이에요. 둘이 몇 주 전부터 사귀고 있대요. 에릭이 엘린이랑 같은 반이거든요."

엘린은 8월에 고등학교에 들어갔다. 고등학교는 특히 호텔 분야와 여행 분야로 특화된 학교였다. 딸은 그와 의논해서 이 학교를 선택했다. 토르켈이 처음 딸의 계획을 들었을 때 더 많은 정보를 얻기 위해 인터넷에서 찾아보기도 했다. 막상 정보를 보니 그는 그다지 좋지 않았다. "고등학교 졸업 시험을 보고 나면 예를 들어 프런트에서 일하거나, 회의와 관련된 이벤트 매니저가 되거나 서비스 업종에 종사하게 될 거야." 이 내용은 학교 홈페이지에 나와 있는 내용이었다. 토르켈이 마음속으로 희망하는 바, 엘린이 프런트 안내원이나 서빙과 같은 일을 하는 종업원이 되기보다는 더 큰 야망을 품었으면 했다. 그럼에도 불구하고 그는 딸의 선택을 반대하지 않았다. 그런데 이제 와서 그가 간섭할 자격이 있기나 한 것일까? 딸이 이러한 결정을 내리기까지 그가 해준 것이 전혀 없었으니 말이다. 그는 지난번에 엘린이 한 말에 놀랐지만 매번 그렇듯이 엘린과 좋은 관계를 유지하기만 바랐다. 딸이 그에게 "아빠, 관심 좀 가져주세요. 벌써 알고 계셔야 하는 거 아니에요?" 하고 말했던 것이다. 딸의 말에 가슴이 아팠지만 틀린 말이 아니었다. 오늘 밤에 딸과 통화할 때 그는 이 테마를 긍정적이면서도 오픈 마인드로 의논해보기로 결심했다.

"당신, 엘린의 남자 친구 만나봤어?" 그가 이본느에게 물었다.

"예. 친절한 아이 같았어요. 지난주에 걔가 여기서 자고 갔거든요."

"자고 갔다고?"

"예, 금요일부터 일요일까지요."

토르켈은 딸의 남자 친구가 손님방을 썼는지 딸과 방을 따로 썼는지 등을 물어보고, 자신이 시대에 뒤떨어진 사람처럼 느껴질 거라고 생각했다. 요즘 시대 사람들은 대체로 그의 의견에 놀라워할 것이고 그를 마치 공룡 시대의 공룡 정도로 취급할 것이다.

"우리 그 점에 대해서…… 규칙을 세우지 않았던가?" 그가 조심스럽게 물었다.

"이미 규칙을 만들었죠. 애들이 주말에만 함께 지낼 수 있도록. 다음 날 학교에 가야 한다면 안 된다고 일러두었어요."

하지만 그는 아내와 딸들이 무슨 결정을 내렸는지 알고 싶어서 규칙을 물어본 것이 아니었다. 그보다는 규칙을 정할 때 그가 관여하고 싶다는 뜻이었다. 하지만 그는 엘린이 무슨 생각을 하고 있는지 잘 안다. 엘린은 이본느의 집에 살고 있기에 엄마가 세운 규칙을 존중하고 싶어 한다는 것.

결국 그는 할 말이 없어서 "아." 하고만 말했다.

"엘린은 석 달이 지나면 열일곱 살이에요, 토르켈." 이본느가 그에게 상기시켜주었다. 그녀는 토르켈이 '아'라고만 말했던 이유를 짐작하고도 남았기 때문이다.

"나도 알아. 내가 매번 빠지는 것 같아서 그래."

"어쩔 수 없잖아요."

"나도 알아."

"딸내미들이 당신한테 전부 설명해줄 거예요. 당신이 물어보기만 하면."

"알겠어." 그는 그녀의 말이 옳다는 생각이 들지 않았는데도 같은 말만 반복했다. 더 이상 예전 같지 않았다. 딸들이 성장하면 할수록 그가 딸들의 삶에 자연스러운 사람이 되기에는 점점 더 어려워졌다. 학교생활이 어떤지, 체육시간에 어떻게 보내는지 하는 것은 얼마든지 딸들에게 물어볼 수 있다. 하지만 더 깊은 대화는 망설여진다. 정말로 딸들에게 의미가 있는 일을 물어보는 것은 왠지 모르게! 딸들이 무슨 생각을 하며 사는지, 어떤 느낌을 갖고 사는지, 어떤 꿈과 어떤 계획을 갖고 사는지. 그리고 딸들도 예전처럼 스스로 그에게 많은 것을 알려주지 않았다. 예전에는 그가 이따금씩 딸들에게 숨 좀 쉬어가며 말하라고 할 정도로 딸들은 그에게 끝없는 얘기를 늘어놓았는데. 역설적이게도 시간이 흘러가면 갈수록 그는 딸들에 대해 아는 것이 점점 줄어만 갔다. 당연히 그 책임은 그에게 있었다. 왜냐면 이러한 커뮤니케이션 방법이 잘 작동하려면 그만큼 연습이 있어야 하기 때문이다.

"나 이제 그만 나가야 해요." 이본느가 마지막으로 토르켈에게 말했다. 그는 마음이 조금이나마 가벼워지는 것 같았다.

"나도 일을 시작해야 해……."

"오늘 밤에 애들한테 전화하세요."

"그럴게. 잘 있어요."

토르켈은 전화를 끊고서도 잠시 동안 핸드폰을 그대로 손에 들고 있었다. 그러고 나서 면도를 하려고 욕실로 들어갔다. 잠시 후에 다시 핸드폰이 울렸다. 그는 서둘러 욕실을 나와 핸드폰을 받았다.

"뵈르예입니다. IPO 소속. 내가 팀장님을 깨웠나요?" 명랑한 목소리가 들렸다.

"아니, 아닙니다. 신경 쓰지 않으셔도 돼요." 토르켈은 의자에 앉아서 메모지를 폈다. "뭐 나온 게 있습니까?"

발견된 것은 많지 않았다. 아니, 더 정확히 말하자면 파트리시아 웰톤에 대해서 아무것도 알아낸 것이 없었다. 미국 관청에 따르면 이 이름과 생년월일을 쓰는 여자는 존재하지 않았다. 미국 국적 소유자였거나 미국에서 운전면허를 취득한 사람 중 웰톤이라는 여자는 없었다.

뷔르예가 보고하는 동안에 토르켈은 어쩌면 그 이름이 외국에서만 사용된 가명일지도 모른다고 생각했다.

리즈 맥고든에 대해서는 더 많은 정보가 있었다. 정보가 넘쳐난 것은 아니었으나 그녀에 대한 기록이 다섯 차례나 있었다. 그 모두가 그녀가 미국에서 다른 나라로 출국했다가 다시 입국한 날짜와 연관성이 있는 것들이었다. 최초는 2001년 4월 기록이었고, 두 번째는 그 이듬해 기록, 그리고 마지막은 2003년 기록이었다.

"2003년 10월 28일에 출국한 기록이 있는데. 레지스터상에서는 언제 다시 입국했는지 그 자료가 남아 있지 않더군요. 혹시 여자가 미국에 체류하지 않았던 게 아닐까 하는 생각이 듭니다. 여행할 때까지. 당최 여자의 흔적이 나오질 않습니다."

"혹시 미국에서는 다른 이름을 사용한 게 아닐까요?"라고 말한 토르켈은 뷔르예에게 성실하게 답해주어야겠다고 결심했다. 뷔르예를 잘 아는바, 그는 절대로 제삼자에게 정보를 누설할 사람이 아니었다. "우리는 파트리시아 웰톤과 리즈 맥고든을 동일인으로 보고 있습니다."

"정말로요?"

"예. 그리고 그 여자가 2003년에 다시 입국하지 않았다는 것은, 아마도 10월 31일에 여기서 사망했다는 것과 연관성이 있을 겁니다."

"정말 대단하십니다. 그럼, 이 두 가지 이름에 대해서 더 조사하면 되겠습니까?"

토르켈은 그럴 필요가 없다고 결론을 내렸다. 뵈르예는 파트리시아와 리즈에 대한 모든 정보를 들은 것이다. 뵈르예가 제3의 신원을 파악한다 해도 그 이상의 정보와 연결될 리는 없을 것 같았다.

"아니에요. 그럴 필요 없습니다." 마침내 토르켈이 대답했다. "하지만 나 뭐 좀 물어봅시다."

"말씀해보세요."

"여자는 위조된 미국 여권을 소지하고 있었지요. 아주 완벽한 위조 여권을요. 여자가 9월 11일 이후에 미국에 입국했다가 다시 출국할 수 있도록 만든 건데. 누가 그런 완벽한 위조 여권을 만들 수 있을까요?"

"그게 무슨 말이죠?"

토르켈은 머뭇거렸다. 이런 생각을 지금까지 한 번도 발설하지 않았던 것이다.

"확실한 건 아니지만, 여자가 어느 한 국가에 소속되어 일했을 가능성이 있지 않을까요?"

"무슨? 국가에 소속?"

"그러니까, 잘 아시다시피…… 여자가 요원이 아닐까 하는?"

"CIA 말인가요?"

"아니면 그 비슷한 데라도. 확실한 건 아니지만."

"그렇다면 그에 대한 무슨 증거라도 있나요?" 뵈르예가 흥미롭다는 듯이 물었다.

토르켈은 사실 그대로 대답하지 않았다. 하지만 그는 그에 대한 증거가 있다고 생각했다. 두 개의 위조 신분증은 완벽하게 만들어졌으며 여행을 계획하는 데 효과적으로 일조했다. 또한 프옐의 집단 살인사건과도 맥을 같이했다. 즉 살인이 전문가의 총격 솜씨였다는 것이 그 증거가 된다. 이러한 이론은 그가 작은 방에 쭈그리고 앉아 생각해낸 추리에 불과했다. 자칫 잘못하면 특별살인사건전담반의 책임자 위치에 해가 되는 치명적인 결과를 가져올 수도 있다.

"그냥 잊어버리세요." 그가 가능한 한 무심한 듯이 대답했다. "이건 아주 정신 나간 생각 같습니다. 그냥 잊고, 조사나 계속합시다."

"알겠습니다."

"도와줘서 감사합니다."

연이어 통화를 끝낸 그는 상당히 배가 고팠다. 그러던 차에 복도에서 마주친 클라라에게 날씨 얘기를 들었던 것이다. 그는 레스토랑으로 갔다. 우르줄라 말고는 레스토랑에 아무도 없었다. 그녀는 구석에 앉아 아침을 먹다 말고 신문을 읽고 있었다. 커피 잔에서는 김이 모락모락 났다. 토르켈의 짐작으로 그녀는 오늘도 여느 때와 같이 신문 읽기와 커피 마시기 의식을 거행하는 것 같았다.

그는 아침 식사를 그릇에 담으며, 옘틀란드를 떠나 다시 스톡홀름으로 수사본부를 옮겨가야 할 때가 된 것이 아닌지 곰곰이 생각해보았다. 우르줄라의 여유로운 아침 식사를 보며 그는 그들이 이곳에서 한 일이 별로 없었다는 생각이 들었다. 제니퍼와 빌리는 어디에 있는지 보이지 않았다. 어쩌면 아직 잠을 자고 있을지도 모른다.

그는 쟁반을 들고서 우르줄라와 같은 탁자 앞에 앉았다.

"어, 잘 잤어?"

"예. 잘 잤어요. 팀장님은요?"

"나도." 토르켈은 발효우유에 설탕을 약간 타면서 정말로 그녀와 둘만 있는지 다시 한 번 확인했다.

그러고는 "그리웠어."라고 나지막한 목소리로 말했다.

우르줄라는 한숨을 푹 내쉬었다. 방금 전 토르켈이 레스토랑으로 들어오는 것을 보며 이곳에 둘만 있다는 것을 알고부터 부담을 느끼고 있었다. 그의 말은 그녀와 개인적인 관계를 표현한 말이었기 때문이다. 또 하나 부담을 느끼는 것은, 그는 어떤 식으로든지 그녀가 결정 내려주기를 원하고 있었기 때문이다. 결국 토르켈이 그녀의 다른 남자 얘기를 꺼내자 그녀는 또다시 한숨을 푹 내쉬었다.

"미케 때문인가?" 그가 물었다.

그렇다. 바로 그것이었다. 그녀가 토르켈에게 진실을 말하든 거짓을 말하든 간에 상관없이 얘기해야 할 것은 미케에 대한 것이었다.

그래서 그녀는 "예."라고 사실대로 대답했다.

토르켈은 이해가 간다는 듯이 고개를 끄덕였다. 그는 아무 말도 하지 않고 발효우유를 몇 숟가락 떠먹었다.

"어떻게……. 미케와 어떻게 진행되고 있는 거지?" 이윽고 그가 접시에 눈길을 박은 채 질문을 던졌다. 우르줄라는 '예'라고 한 대답 때문에 다른 질문이 되돌아올 거라고 예상했다. 그녀는 또다시 한숨을 내쉬었다. 애당초 이것은 아주 간단한 일이었다. 진실 아니면 거짓. 이혼 아니면 행복하게 결혼생활을 영위하는 것. 그런데도 뭐라고 대답해야 할지 마음이 더욱 무거워졌다.

"남편과 다시 좀 가까워질 수 있을 것 같아요." 그녀가 약간 미안해하는 투로 말했다.

"그래." 토르켈이 고개를 끄덕이며 대답했다. "잘됐네."

"그러니까요, 팀장님을 만나는 건 옳은 일이 아니라고 생각해요." 우르줄라가 말했다. 그녀의 말은 거짓이었지만 적어도 옳은 말이기는 했다. "그래서 말인데요, 팀장님과 약간 거리를 두고 싶어요. 이번에 남편과 사이에서 다시 기회를 찾고 싶어서요. 아마도 이게 마지막 기회일 거예요."

"그렇군. 이해해." 토르켈이 턱에 묻은 발효우유 자국을 냅킨으로 닦았다. 그러고는 "잘해보세요."라고 덧붙였다.

그는 진심을 담아 말했다. 선량한 토르켈. 그녀가 미케와 이혼했다는 사실을 언젠가는 그도 알게 될 테지만 그녀는 그 문제로 왈가불가하고 싶지 않았다. 어쨌든 지금 당면한 문제는 살짝 비켜가게 되었다. 토르켈이 그녀와 거리를 둘 테니 말이다.

그때 우르줄라의 핸드폰이 울렸다. 핸드폰을 받은 그녀는 두 가지 질문을 짧게 하고는 통화를 끝냈다.

"현장에 있는 사람들 전화예요." 그녀가 토르켈에게 말했다. "네덜란드인들의 짐을 발견했대요."

✢

레나르트는 화가 났고 린다 안더손은 쾌감에 젖었다. 그들은 SVT 자동차를 타고서 린케뷔 지역으로 향했다. 린다가 운전대를 잡았다. 그녀는 라디오 방송 P1을 틀고 오전 뉴스를 들었다. 이른 아침에 쉬베카가 레나르트에게 전화를 걸어왔다. 자이드의 아내가 그를 만나고 싶어 하지 않는다고. 그 말을 듣고 그는 하루 종일 기분이 좋지 않았다. 이유는 그가 남자였기 때문이다. 자이드의 아내는 여자하고만 대화를 하겠다는 것이다. 레나르트는 사력을 다해 부탁해보고 간청해보았지만 소용이 없었다. 여자하고만 대화를 하겠다는 것이 멜리카의 조건이었다. 만약 이 조건을 받아들이지 않는다면 만남은 결코 성사될 수 없었다. 마지막까지 그는 그러면 안 된다고 설득해보았다. 그들의 공동 취재를 위태롭게 할 수도 있는 큰 문제라는 식으로. 하지만 쉬베카는 그의 협박성 발언을 무시해버렸다. 급기야 그는 포기해야만 했고 하는 수 없이 여자 동료와 함께 가겠다고 약속했다. 쉬베카는 그에게 감사의 말을 전했다.

　그의 생각으로 여자 동료들 중에는 그녀가 유일한 사람이었다. 린다는 너무나 기뻐했고 스투레도 만족했지만 아무도 그에게 고맙다는 말을 하지 않았다. 그는 그동안 쭉 피하고 싶었던 상황에 직면하고 말았다. 지금까지 그의 스토리였던 것이 점차로 그의 손에서 멀어져 남의 손으로 넘어가게 된 것이다. 그는 팀으로 활동해야 한다. 잠시 동안 그는 린다 대신에 아니카 모린에게 함께 가달라고 부탁해야 되는 것은 아닌지 고민했다. 그녀는 가장 믿음이 가는 자유기고가였다. 하지만 린다 대신 다른 여자 동료로 교체한다면 이 사실을 곧바로 스투레가 알게 될 것이다. 그러면 그가 난리를 피울 것이다. 그는 특공대원처럼 혼자 도맡아 사건을 취재하고 싶은 레나르트의 의지를 알아차릴 게 뻔했다. 결국 레나르트가 할 수 있는 일은, 신 사과를 베어 무는 일이었다. 이 상황에서 최선을 다할 수밖에 없었다.

그는 린다 안더슨에게 전화를 걸어 다급하게 이번 일에 대해 설명했다. 그리고 30분 후에 그들은 자동차에 올랐던 것이다. 그녀는 좋은 성과를 내는 사람이었다. 이에 대해서는 아무도 부정할 수 없다.

그녀는 앞으로 듣게 될 모든 얘기를 혼자만 알고 있겠다고 레나르트에게 약속했다. 그러자 그는 이 모든 내용을 그녀와 지속적으로 공유할 거라고 말했다. 린다는 정확한 대답을 준비해 왔다. 이번 사건은 전적으로 그의 스토리라고 답했다. 그러므로 그가 허용하지 않는 한 그녀는 권한이 없다고. 되도록 소극적으로 행동하겠다는 말도 덧붙였다.

당연했다. 하지만 스투레가 이 점을 동의해야만 가능할 것이다. 레나르트는 다른 사람보다 한발 앞서가고 싶은 심정을 스스로 잘 알고 있었다. 린다를 신뢰할 수 있을까? 그는 확신이 서지 않았다. 그럼에도 불구하고 매번 혼자 일을 처리한다는 것은 일정 부분 고통이 따르기도 했다.

노라 렌켄 지역을 잇는 새로운 고속도로 구간 공사 현장에 들어서자 교통 체증이 심해졌다. SEB은행의 거대한 아치형 건물을 눈앞에 둔 지점이었다. 정말로 차가 모두 거북이걸음을 하고 있었다. 레나르트는 한숨을 내쉬고서 차창 밖을 내다보았다. 옆 자동차에 탄 한 여자가 입을 쫙 벌리고 하품을 했다. 이런 교통 체증에 짜증이 났다.

사람들이 매일같이 이토록 오랜 시간 동안 짜증에 시달려야 하는 이유를 도무지 이해할 수 없었다. 이 순간 그는 시내에 살며 주로 지하철이나 택시를 타고 다녀서 다행이라고 생각했다. 반쯤 체념한 상태에서 니코틴 껌을 하나 씹었다. 이제 겨우 날이 밝았을 뿐인데 껌을 벌써 열 개째 씹고 있었다. 린다가 그를 돌아보며 웃었다.

"담배 끊은 지 얼마나 됐어요?"

"석 달 전쯤?" 그는 거짓말을 했다.

"그렇게 오래됐는데도 니코틴 껌을 못 끊었다면 아직도 담배가 생각나나 보네요."

레나르트 자신도 내심 그것을 잘 알고 있었다. 그래서 담배를 끊은 지 2년이 넘었다고 속으로만 말한 것이다. 그녀에게 의지가 약한 사람으로 보이지 않기 위해서였다.

"담배 안 피워요?" 그가 물었다.

"네. 하지만 몇 년 전에 담배 보도 기사를 내고 싶었던 적이 있었어요. 니코틴 껌으로 인해 관련 업종이 이득을 보고 있다는 걸 밝히고 싶었거든요. 갑자기 니코틴 껌이 금연 치료제로 둔갑했고. 금연하려는 사람들로 인해서 제약회사가 엄청난 이익을 본 거죠."

레나르트는 그녀에게 시선을 돌렸다. 이런 화제는 정말로 관심 밖이었다. 하지만 그는 그녀에게 최대한 다정하게 굴어야만 한다. 그저 "정말 흥미로운 얘기네."라는 말밖에 할 수가 없었다. 게다가 목소리마저 그다지 수긍하는 투가 아니었다. 다행히 린다가 전혀 눈치채지 못했다.

"그런 보도에 동의하는 사람은 물론 선배랑 나, 우리 둘뿐이에요.

스투레 국장님은 완전 아니올시다였어요."

"적극적으로 밀어붙이지 않았나 보네요. 스투레 국장님은 비밀 캐는 거 좋아하는데. 그 비밀이 어마어마하다면 말이지."

"오늘 일처럼요?"

"만약 오늘 일에 뭔가 그럴듯한 게 있다면 그럴 수 있겠죠. 실은 좀 두려워요. 빈껍데기만 남은 그런 스토리를 쫓는 건 아닌가 싶어서." 그가 솔직한 심정을 털어놓았다. "우리는 이 가족을 우리 편으로 만들어야만 해요."

"내가 할 수 있는 한 최선을 다할게요. 혹시 멜리카에 대해 아는 거 더 없어요?"

"없어요. 아는 바가 하나도 없어요. 그래서 오늘 역할이 중요한 겁니다."

그는 애써 다정하게 보이도록 했다. 그가 감사하는 마음을 지니고 있음을 그녀에게 보여주려고 했다. 가능한 한 과장되지 않도록.

"이미 말했듯이 최선을 다할게요." 그녀가 말했다.

신호등이 파란불로 바뀌고 차들이 몇 미터 더 앞으로 나아갔다.

레나르트는 어느새 껌을 또 씹고 싶었다.

"안녕하세요. 쉬베카 씨 만나러 왔어요. 나는 레나르트, 이쪽은 린다." 레나르트가 15세가량의 소년에게 호감이 가도록 미소를 지어 보이며 말했다. 첫 초인종 소리가 울리자마자 소년이 문을 열어주었다. 소년은 고개를 끄덕였지만 그의 미소에는 답하지 않았다. 소년은 푸른 청바지에 검은 셔츠를 입었는데 머리는 짧고 단정하게 빗질

되어 있었다. 방문객을 위해 멋지게 보이려고 한 것 같았다. 소년은 두 사람을 잠시 동안 자세히 살펴보고는 약간 미심쩍다는 표정을 지었다.

"저는 메란 칸이에요. 안으로 들어오세요."

소년이 문을 활짝 열어주자 그들은 집 안 현관에 들어섰다. 집은 아주 깨끗했다. 집 안에 청소 세제 냄새가 풍겼다. 한쪽 벽에는 가족사진이 걸려 있었는데 몇몇 사진에서는 쉬베카 모습도 보였다. 다른 쪽 벽에는 금실로 수놓은 카펫이 걸려 있었다. 실내는 스웨덴풍의 직선적인 인테리어와 다양한 색상의 이국적인 인테리어가 흥미롭게 섞여 있었다.

메란은 아무 말 없이 그들에게 겉옷을 어디에다 걸어놓아야 하는지 손짓으로 알려주었다. 레나르트는 거실에서 그들을 기다리고 있는 쉬베카를 보았다. 그녀는 커다란 회색 소파 맨 끝에 엉덩이만 걸치고 앉아 있었다. 머리에는 검은색 히잡을 썼다. 레나르트는 히잡을 쓴 또 다른 여자에게 시선을 돌렸다. 그녀는 쉬베카 맞은편 의자에 앉아 있다가 고개를 돌렸다. 아마도 멜리카인 것 같았다. 레나르트는 쉬베카에게 눈인사를 했지만 그녀는 재빨리 눈길을 돌려버렸다. 그러자 메란이 모든 것을 폭로할 것 같은 도전적인 눈빛으로 그를 쳐다보았다. 지금 그는 그들의 집에 있다. 이곳에서는 그들의 규칙에 따라야 한다. 레나르트는 신뢰를 쌓기 위해 이곳에 왔다. 이곳은 오랜 지인이 드나들듯이 그렇게 아무나 쉽게 들나들 수 있는 곳이 아니다.

"우리가 얘기하는 동안에 기자님은 저쪽에 앉아 계시면 됩니다."

소년이 냉랭한 말투로 그에게 말하고 나서 거실 옆 환한 부엌을 가리켰다.

레나르트는 소년이 자신을 좋아하지 않는다고 생각했다. 조금도.

레나르트는 분명히 알게 되었다. 쉬베카와 카페에서 만났던 것을 소년이 좋지 않게 생각한다는 것과, 소년과 친밀한 관계를 쌓아야만 한다는 것을.

"우리 둘도 잠시 얘기를 나누었으면 좋겠는데." 레나르트가 조심스레 말을 걸어보았지만 메란은 특별히 귀담아듣지 않는 것 같았다.

"다음에요. 지금은 먼저 부인들 옆에 앉아 있어야 해요." 소년은 린다 쪽으로 돌아섰다. "저쪽에 앉아 계세요. 금방 갈게요."

소년은 앞장서서 레나르트를 부엌으로 데려다주고는 나무로 만든 식탁 의자에 앉으라고 권했다.

"갈증 나면 차 좀 드시고 계세요." 소년이 식탁에 놓인 갈색 찻주전자를 가리켰다. 그러고 나서 소년은 린다에게로 향했다. 레나르트는 의자에 철썩 주저앉았다. 그는 소년이 린다를 아무 말 없이 거실로 데리고 가서는 문을 닫아버리는 것을 보았다. 곧바로 말소리가 희미하게 웅웅 들려왔다. 멜리카는 스웨덴어를 전혀 못 하는 것 같았다. 분명히 쉬베카가 모든 얘기를 통역해주었다. 유감스럽게도 그들의 말소리가 어찌나 조용한지 알아듣기가 힘들었다. 그는 엿들으려면 문 쪽으로 살금살금 기어가야 되는 것은 아닐까 고민했다. 그래서 홀로 부엌에 남아 차를 마시기보다는 부엌문 쪽으로 다가갔다. 하지만 그는 이대로 있어야겠다고 결심했다. 그가 엿듣는 모습을 메란이 목격이라도 한다면 소년은 참지 못할 것이다. 레나르트보다 린다를 훨씬 더 낫다고 여길 뿐만 아니라 자신이 무시당했다고 느낄 수도 있다.

지금은 린다의 목소리가 거실 쪽에서 들려왔다.

그녀의 목소리는 까랑까랑했는데 에너지가 넘치고 적극적이었다.

벽 너머로 그가 잘 이해할 정도였다.

그녀는 능력을 발휘하고 있었다.

✛

배낭은 두 개가 거의 동일했다. 65리터짜리 아크테릭스 브랜드이며 검은색에 붉은색 아플리케가 있었다. 얀과 프람케 바커라고 새겨진 글자는 부부라는 것을 나타내는 것 같았다. 우르줄라가 기억하기로는, 회색과 노란색의 고어텍스 소지품들, 검붉은 배낭들, 트레킹 신발에 이르기까지 한결같이 동일한 브랜드의 동일 모델이다. 여름날 같은 등산복을 입고 같은 크록스 신발을 신은 두 사람이 호숫가 텐트 앞에 앉아 있는 모습이 머릿속에 그려졌다. 실제로는 둘이 그렇게 하지 않았을지도 모르지만 말이다. 두 여행자가 목숨을 잃은 프엘 사건 속으로 우연히 휘말리게 되었을 때에는 크록스가 아직 유행하지 않은 때였다.

우르줄라는 배낭들을 조심스럽게 뒤집어보았다. 오랫동안 땅속에 묻혀 있었다는 것을 감안하면 놀랍도록 상태가 좋았다. 당연히 배낭들은 흙과 진흙으로 얼룩졌고 여기저기에 습기와 곰팡이가 겉감뿐만 아니라 안감까지 피어 있었다. 그것만 제외한다면 배낭들은 상대적으로 멀쩡해 보였다.

경찰들이 이 두 배낭을 시신이 있던 곳과 10미터쯤 떨어진 곳에서 발견했다. 이로써 살인자 혹은 살인자들에게는 네덜란드인들의 신원이 파악되든 말든 별로 중요하지 않았다는 것이 재차 확인된 셈이었다. 그렇다면 범인이 무덤 옆에 땅을 새로 팠다는 것은 더욱 기이한 일이었다. 하지만 우르줄라는 그 점에 대해서 깊이 고민하고 싶지 않았다. 그것은 그녀가 해결해야 할 과제가 아니었다.

한 배낭 밑바닥에는 두 줄 끈으로 텐트가 묶여 있었다. 우르줄라는 조심스레 텐트를 떼어내어 옆으로 밀어놨다. 배낭 옆구리 쇠고리에 걸린 녹색 플라스틱 컵도. 그녀는 탁자에 놓인 배낭을 돌려 윗부분을 살펴보았다. 위쪽에는 보온매트와 침낭이 있었는데 텐트와 마찬가지로 동일한 끈으로 고정되어 있었다. 그녀는 이것들도 떼어내어 텐트 옆에 놓았다. 그러고는 배낭을 열어보기로 했다. 플라스틱 버클은 숱한 자갈과 더러운 것으로 뒤범벅이 되어 있었지만 상대적으로 열기는 쉬웠다. 그녀는 배낭의 덮개 부분을 뒤로 젖혔을 때 속에 뭐가 들어 있다는 것을 느끼고 지퍼를 당겨보았다. 하지만 배낭이 그렇게 오랫동안 땅속에 파묻혀 있었는데도 지퍼는 잠겨 있었다. 그녀는 탁자에 있던 작은 칼을 집어 들고 지퍼 위쪽 플랩 포켓 쪽을 칼로 그었다. 그리고 나서 내용물을 꺼내보았다. 쇠숟가락, 포크 그리고 칼이 있었다. 스위스 주머니칼도 하나 있었는데 다양한 칼날에 기능성이 뛰어난 칼이었다. 플라스틱 제품 모기 퇴치 스프레이도 있었고, 다 찢어진 휴대용 화장지와 반창고도 있었다. 다른 플랩 포켓에는 확인하기 어려운 뭔가가 들어 있었다. 우르줄라는 포장지를 보고서 그곳에 초콜릿과 땅콩, 건포도, 그리고 에너지를 충전하는 데 좋은 다른 먹을거리가 들어 있을 거라고 짐작했다.

그녀는 배낭에 묶였던 가느다란 끈을 잘라냈다. 그러자 곧바로 얀과 프람케 바커의 세심함 덕분에 할 일이 좀 간단하겠다고 느꼈다. 모든 옷가지가 가지런하게 분류되어 비닐봉지에 잘 봉한 채로 담겨 있었기 때문이다. 우르줄라는 봉지를 하나씩 꺼내 탁자에 늘어놓았다. 연이어 배낭 겉면 포켓을 만져보고는 한쪽에서는 물병을, 다른 쪽에서는 연료 알코올병을 꺼냈다. 맨 밑에는 작은 보조가방과 코펠이 들어 있었다. 우르줄라는 텅 빈 배낭을 옆으로 밀어놓고서 비닐봉지를 하나하나 열어보기 시작했다. 대부분 옷가지가 들어 있었다. 무거운 텐트를 보고 짐작할 수 있듯이 이 배낭은 얀의 것이었다. 사각팬티, 티셔츠, 비옷, 따뜻한 스웨터, 긴 속옷 등속이었다. 면도기, 비누, 콘돔, 칫솔과 치약은 작은 보조가방에 들어 있었다. 우르줄라는 잠시 손을 놓고 탁자에 늘어놓은 물건들을 유심히 관찰했다. 대부분이 플라스틱으로 만든 것이거나 비닐로 돌돌 말린 것이었다. 그래서 그런지 시간의 흔적이 남아 있지 않았다. 보통 일주일 휴가에 필요한 실용적인 일상 용품들이었다. 바커 부부가 오랫동안 계획하고, 오랫동안 즐겁게 기다린 한 주였을 것이다. 그리고 부부는 잘못된 시간에 잘못된 장소에 있었다.

가만히 한숨을 내쉬며 우르줄라는 두 번째 배낭을 끌어당겼다. 이 배낭에서도 보온매트와 침낭을 꺼내고 난 후에 플랩 포켓을 열었다.

이번에도 그녀는 무게로 알 수 있었는데, 배낭 속 물건들이 차곡차곡 쌓여 있다는 것이다. 그녀가 다시 칼로 배낭을 그으려던 참에 핸드폰이 울렸다. 모르는 번호였다. 그녀는 핸드폰을 받았다.

"예, 여보세요?"

"우르줄라 안더손 되십니까?" 노를란드 지역에서 쓰는 노래하는 말투의 여자 목소리가 들려왔다. "레나테 그로스만입니다."

"접니다."라고 본인을 확인시켜준 우르줄라는 이혼했으니 결혼 전 성을 써야 하는 게 아닌지 잠시 생각해보았다. 린그렌이라고 하든, 안더손이라고 하든 이름 때문이 아니었다. 그보다 그녀는 이제 안더손이 아니었기 때문이다. 혹시 안더손이 맞는 게 아닐까? 이 이름을 오랫동안 사용해왔으니 이미 안더손이 된 것일지도 모른다. 남편 안더손이 있든 없든 간에.

"우메오 법의학 연구소 소속 레나테 그로스만입니다." 여자가 자기를 소개하자 딴생각에 빠졌던 우르줄라는 정신이 들었다. "엠틀란드에서 발견된 여섯 구의 시신 때문에 전화했어요. 제가 듣기로 책임자 맞으시죠?"

"예. 그렇다고 할 수 있어요. 원래는 토르켈 회글룬트 팀장이 수사를 맡고 있지만, 결과를 저한테 알려주셔도 됩니다."

"먼저 사망 원인을 찾았어요." 우르줄라는 레나테 그로스만이 PC 마우스로 뭔가를 클릭하는 소리를 들을 수 있었다. 연이어 그녀는 이렇게 설명했다. "여섯 명 모두 구경 9밀리 권총에 맞아 숨졌어요. 여섯 명 중 네 명은 가슴을 정통으로 맞았지만 그 총상이 사망 원인인지 아닌지 그건 정확히 밝힐 수가 없었습니다. 이것을 제외하고 모두 머리에 두 발의 총상이 있었어요. 이 총상이 직접적인 사망의 원인으로 보입니다."

"그 사람들 중 네 명이 가슴에 총을 맞았다고 하셨죠?" 우르줄라가 물었다. "그렇다면 다른 두 명은 가슴에 총을 맞지 않았다는 얘긴가요, 아니면 그것을 확인할 수 없었다는 얘긴가요?"

"확인할 수 없었다는 뜻입니다."

"알겠습니다." 우르줄라는 고개를 끄덕이며 말했다. "그리고 그 밖에 다른 건요?"

"부탁하신 시체 네 구의 DNA 분석에 대해 잠정적인 결과가 나왔어요. 아이 두 명과 성인 두 명에 대한 거요."

"예?"

"성인들의 자녀예요."

"그러니까 가족이라는 말씀이시네요?"

"예."

우르줄라는 잠시 말문이 막혔다. 여태껏 한 가족이라고 가정은 해왔지만 지금 막상 법의학자의 입을 통해 확인이 되자 등에서 식은땀이 났다. 산속에서 가족 중 누군가는 다른 가족의 죽어가는 모습을 넋 놓고 보고만 있었어야 했을 것이다. 자녀들이 죽는 모습을 부모들이 보았거나 그 반대였을 것이다. 상상만 해도 끔찍했다.

"조만간 다른 결과가 나오면 그것도 전화로 알려드릴까요? 아니면 서류로 보내드리는 게 더 나을까요?" 레나테가 물었다.

"서류로 보내주시는 게 더 좋겠습니다. 감사합니다." 우르줄라가 대답했다. 그러더니 그녀는 잠시 동안 머뭇거렸다. "혹시 우리 쪽에 도움이 될 만한 건 전혀 안 나왔나요? 신원 확인에 관한 거요. 혹시 말씀해주실 수 있습니까?"

레나테는 몇 초간 말없이 키보드만 두드리다가 대답했다. "유감스럽지만 없습니다. 여섯 구 모두 치아가 전혀 없었는데. 기구나 나사도 발견되지 않았고, 우리가 추적할 수 있는 갑작스런 수술이나 치료 받은 흔적이 없었습니다. 유감스럽게도."

"어쨌든 대단히 감사합니다."

"행운을 빕니다."

대화는 끝났다. 우르줄라는 핸드폰을 옆에 놓고서 잠시 동안 곰곰이 생각하다가 다시 핸드폰을 들고서 번호를 눌렀다.

토르켈은 즉시 전화를 받았다.

"법의학자가 전화를 걸어왔어요." 우르줄라는 인사말 없이 본론부터 얘기했다. "잠정적인 DNA 결과를 보니 네 명 사망자가 한 가족이래요."

"아. 그러면 확실해진 거군." 토르켈은 대답 소리에 무관심이나 기분 나쁜 상태가 드러나지 않도록 끝에 한마디를 덧붙였다.

"반야가 조사했던 행방불명된 가족들 말이에요." 우르줄라가 계속해서 말했다. "노르웨이 가족이랑 스웨덴 두 가족……."

"예?"

"우리가 그들의 가족을 찾아서 비교할 수 있도록 DNA 표본을 얻었으면 좋겠어요."

"정말 그렇게 생각하는 건가? 사망 가족이 이 가족들 중에 있다고? 하지만 이 모든 가족이 그때 행방불명된 건 아니잖아?" 토르켈이 회의적인 말투로 물었다.

"나도 알아요. 하지만 DNA 테스트로 분명히 확인할 수 있잖아요."

토르켈은 고개를 끄덕였다. 당연한 일이었다. 우르줄라는 요행을 바라지 않았다. 그래서 최고의 대원이 된 것이다.

"내가 빌리와 제니퍼한테 다른 가족을 찾아보라고 맡길게요."

"좋아요."

"그리고 하나 더." 토르켈이 통화를 끝내기 전에 말했다. "네덜란드인들의 배낭에서 특별한 걸 못 찾는다면 우린 오늘 밤에 다시 스톡홀름으로 돌아갑니다."

"결국."

그리고 나서 그녀는 전화를 끊었다.

우르줄라는 핸드폰을 내려놓고는 더러운 배낭에 다시 집중하기 시작했다. 그녀는 칼을 집어 들고서 지퍼를 따라 칼로 배낭을 그었다. 그러고 나서 배낭 속으로 손을 쑥 집어넣었다. 뭔가 딱딱하고, 네모난 것이 손에 잡혔다. 비닐로 쌓여 있었다. 그 물건들을 꺼내고 보니 두 개의 비닐봉지였다. 그 봉지를 보자마자 그녀는 안에 무엇이 들어 있을지 알 것 같았다. 하나는 카메라였고 다른 하나는 작고 멋진 디지털카메라였다. 배터리는 물론 오래전에 방전되었다. 메모리칩은 손상되지 않았을 것이다. 하지만 카메라가 거의 10년 동안 땅속에 파묻혀 있었다면 메모리칩 상태가 어떻게 됐을지 그건 불확실했다. 하지만 그녀가 누구한테 물어보아야 할지 알고는 있었다. 이번에는 전화를 걸지 않았다. 그녀는 곧바로 빌리에게 가려고 자리에서 일어섰다.

❧

쉬베카 칸은 인상이 매우 좋았다. 그녀는 또박또박 열정적으로 말했다. 그녀의 스웨덴어 실력은 거의 완벽했는데 사용 가능한 어휘 수도 상당했다. 린다는 레나르트에게 수차례 듣긴 했지만 막상 쉬베카와 소파에 앉자, 처음에는 마음이 몹시 불편하고 신경이 예민해졌다. 그녀의 오른편에는 그녀를 거실로 안내해준 소년이 앉았는데 아마도 쉬베카의 장남으로 짐작되었다. 소년은 자리에 앉은 다음부터 아무 말도 하지 않았으나 귀를 활짝 열고는 동그랗게 뜬 갈색 눈으로 모든 움직임을 주시했다. 린다와 쉬베카는 먼저 통상적으로 쓰는 정중한 인사말부터 주고받았다. 린다는 두 여성에게 대화할 수 있도록 자리를 마련해준 것에 대해 감사함을 표했다. 쉬베카는 그녀의 감사함을 친절하게 잘 받아준 뒤, 린다와 레나르트에게 방문해주어서 매우 기쁘다고 말했다. 그와 반대로 다른 여성, 멜리카는 쉬베카보다 좀 더 젊고 포동포동해 보였는데 불편한 기색이 역력했다. 그것을 린다는 그녀의 거부하는 몸짓을 보고 느낄 수 있었으며 그녀가 가끔씩 모국어로 몇 마디 툭툭 던지는 소리를 듣고 알 수 있었다. 린다는 그들의 언어를 몰랐기에 인터뷰가 쉽지 않겠다 싶었다. 멜리카는 스웨덴어를 한마디도 못 해서 그녀가 하는 모든 말이 쉬베카에 의해 통역되어야만 했기에 멜리카의 보호 장벽을 뚫고서 그녀와 신

뢰 관계를 형성하기에는 무리가 있었다. 파슈토어는 아름다운 언어
였다. 그래서 린다는 쉬베카가 그녀의 문답을 통역해주는 동안에 가
능한 한 그 언어를 이해하고 흥미를 가지려고 노력했다. 한동안 그
들은 날씨나 스웨덴 생활이 어떠한지에 대해 서로 얘기를 나누었다.
스웨덴어를 파슈토어로, 그리고 파슈토어를 다시 스웨덴어로. 멜리
카는 마음을 열기 시작했는지 여러 차례 고개를 끄덕였으며 그녀가
말을 걸어도 눈길을 피하지 않았다.

린다에게는 이 인터뷰를 성공적으로 마무리하는 것이 중요했다.
레나르트가 함께 일하고 싶어 하지 않았지만 그녀는 그의 마음을 이
해할 수 있었다. 그는 신문사에서 최고의 저널리스트에 속했지만 외
톨이였다. 결국 그의 상황은 특별한 케이스였다. 그가 함께 가달라
고 부탁했을 때 그녀는 스스로가 무척 자랑스러웠다. 그래서 그녀는
자신이 도움을 줄 수 있는 동료이며 절대로 적이 아니라는 것을 그
에게 보여주고 싶었다.

"멜리카, 자녀는 몇이나 되나요?" 그녀가 질문을 던졌다.

"아들이 하나 있어요." 쉬베카가 대답했다.

"이름은요?"

"알리예요."

린다는 고개를 끄덕거렸다. 연이어 그녀는 "아들이 아버지 얼굴을
못 봤나요?"라고 물었다.

쉬베카가 다시 통역을 했지만 멜리카의 대답은 통역 없이도 이해
할 수 있었다. 멜리카는 고개를 끄덕였다.

"네. 아들은 2003년 11월이 돼서야 태어났으니까요."

정말로 슬픈 일이었다. 아마도 멜리카와 그녀는 얼추 비슷한 또래일 것이다. 린다는 11월에 서른한 살이 된다. 3년 전 고양이가 죽었는데 그것은 그녀가 그때까지 겪은 불행 중 가장 큰 불행이었다. 멜리카는 임신 중에 남편을 잃었고 어쩔 수 없이 홀로 아들을 키워야했다. 그녀가 멜리카와 나이는 같을지 몰라도 삶은 너무나 달랐다.

"너무 힘든 시기였을 것 같네요." 린다가 말했다. "남편분에 대해 질문 몇 가지 더 해도 될까요?"

"동서가 왜 그래야 되는지 묻네요." 멜리카가 고개를 절레절레 흔드는 동안에 쉬베카가 대답했다.

"그래야 무슨 일이 있었는지 알아내고 부인을 도울 수 있으니까요. 그래서 우리가 여기에 온 거죠. 부인께 도움을 주기 위해서요."

쉬베카는 멜리카를 바라보며 아름다운 언어로 몇몇 간단한 문장을 구사했다. 멜리카는 그녀에게 대답했다. 대답 소리에 적의가 가득했다. 쉬베카는 약간 창피하다는 듯 린다를 바라보았다.

"기자님이 어떻게 도움을 줄 수 있는지 동서가 물어요."

린다는 이해한다며 고개를 끄덕거렸는데 물러서고 싶지 않았다. 그녀는 거부하는 여자에게 다가가야만 했다. "우리는 진실을 알아내려고 합니다." 그녀가 미소를 지으며 힘주어 말했다. 반응은 없었다.

쉬베카가 그녀 쪽을 돌아보았는데 조금은 실망한 눈길로 쳐다보았다. "기자님이 어떤 방법으로 동서한테 도움을 줄 수 있는지 물어요. 우리 남편들이 집으로 돌아올 수 있는지?" 연이어 쉬베카가 추가로 말했다. "미안해요, 동서는 긍정적으로 생각하지 않아요."

"괜찮습니다. 나도 이해합니다. 하지만 우리가 아무것도 모르는 것보다는 적어도 무슨 일이 있었는지 들어야 더 낫지 않을까요?"

"동서는 그렇게 생각하지 않아요."

"동서분은 무슨 일이 있었는지 전혀 모른단 건가요?"

"그건 아니에요. 무슨 일이 있었는지 동서는 알고 있어요. 서방님은 스웨덴에 와서 힘든 일을 많이 했거든요. 점잖은 사람이고. 성실하고 정직한 사람인데. 그런데도 서방님이 행방불명된 거죠."

다시 두 여자는 파슈토어로 대화를 나누었다. 린다는 소파에 등을 기대고서 긴장하지 않았다는 듯이 보이려고 애썼다. 절대로 호기심 어린 듯한 인상을 주지 말아야 한다. 그녀가 이 언어를 전혀 모르는 상태에서는 그들의 보디랭귀지가 더 중요했기 때문이다. 지금 쉬베카가 어떤 효과가 있는지에 대해 뭐라고 말하는 것 같았다. 어쨌든 멜리카의 파슈토어가 방금 전보다 좀 더 리드미컬했고 적개심은 좀 더 가라앉았다.

"묻고 싶은 걸 말하라고 하네요."

린다는 메모해온 글을 보았다. "자이드 씨가 체류허가를 받았죠?"

"맞아요."

"그리고 그분은 본인 소유의 사업을 했고요."

"멜리카의 사촌들과 같이요. 그날 밤 자이드 서방님은 가게 문을 닫고 집으로 돌아가는 길에 사라진 거죠."

"그럼 그 사촌들이 알 거 아녜요?"

쉬베카는 고개를 가로저었다. "나도 그 사촌들한테 같은 질문을 했지만. 서방님이 집에 간 걸로 알았대요."

"멜리카 씨한테도 물어봐주세요." 린다가 부탁했다. "난 저분한테 직접 듣고 싶어요."

다시 파슈토어가 들려왔다. 대답은 곧바로 나왔다.

"동서도 같은 대답을 하네요."

"그럼 남편분은 돈이 부족했거나 기타 다른 문제는 없었대요?"

멜리카는 질문의 뜻을 알아듣고 미소를 지어 보였다. 쉬베카 역시.

"우리는 이 도시에 살고 있지만 자이드 서방님은 꽤 성공한 분이
에요." 쉬베카가 설명했다. "다른 사람들보다 훨씬 더요. 아주 부지런
한 분이었거든요."

린다는 그들을 보며 웃었지만 약간 실망했다. 그들의 대화는 친절
했지만 아무것도 알아낼 것이 없었다. 뭔가를 얻어내려면 질문을 더
날카롭게 해야만 했다.

"자이드 씨가 행방불명된 후에 어떤 남자가 찾아와서 그분에 대해
서 물어봤다고 했죠? 지금 내가 물어보는 것처럼요?"

"동서는 아니라고 하네요." 쉬베카가 대답했다. "아무도 안 왔대
요."

린다는 고개를 끄덕거렸다.

하지만 멜리카가 그 이상 다른 말을 하지 않자 메란이 그녀를 물
끄러미 바라보았다. 메란은 말없이 소파에 앉아 대화를 귀담아듣기
만 했다. 멜리카가 까다로운 질문을 받자마자 목소리 톤이 달라졌
다. 쉬베카도 달라진 멜리카의 목소리 톤을 감지했을 것으로 소년은
믿었다.

멜리카는 거짓말을 하고 있다. 소년은 확신했다. 그 당시에 한 남
자가 그녀의 집에 찾아갔다는 것을 소년은 확신하고 있었다. 소년이

대화에 끼어들었다.

"근데 요셉은요? 멜리카 아줌마, 이름이 그랬다면서요?" 소년이 멜리카에게 파슈토어로 물었다. 그녀는 소년을 돌아보았다. 그녀는 화가 난 것처럼 보였다. 린다는 메란을 응시했다.

"방금 뭐라고 한 거죠?"

메란은 스웨덴 여자를 무시하고 엄마에게 엄한 눈길을 던졌다. "엄마, 통역하지 마세요. 이건 우리끼리만 알고 있어야 해요!"

지금 앉아 있는 멜리카는 소년이 여태 알고 지냈던 사람이 전혀 아닌 것처럼 느껴졌다. 절대로 함께 있고 싶지 않은 사람처럼. 그녀는 소년에게 쉿소리로 호통을 쳤다. "네가 지금 무슨 말 하는지 난 도통 모르겠구나. 듣도 보도 못한 일을 갖고."

소년은 이번에도 그녀가 거짓말을 하고 있다는 것을 알았다.

"자이드 아저씨가 그 남자와 아는 사이라는 걸, 내가 아는데도요? 이제 진실을 말해주세요. 여기 있는 이 여자를 위해서가 아니라." 소년이 고갯짓으로 린다 쪽을 가리키며 요청했다. "우리를 위해서요."

멜리카는 화가 나서 고개를 마구 내저었다. "그 사람이 누군지 난 모른다니까. 이미 말했잖니."

그들은 침묵했다.

린다는 이 장면을 어리둥절한 표정으로 지켜보았다. "부인이 뭐라고 하는지 누가 나한테 설명해줄 수 없나요?"

메란은 쉬베카가 뭐라고 말하려고 하자 바로 엄마를 쳐다보며 끼어들었다. "멜리카 아줌마가 말하고 싶지 않대요."

린다는 절망한 듯 양팔을 쳐들었다. "도대체 왜?"

"더 이상 말하고 싶지 않대요." 소년이 자리에서 벌떡 일어섰다. "오늘은 여기까지만 해요."

린다는 소년을 뚫어져라 쳐다보았다. "아직 본론으로 들어가지도 못했는데." 그녀는 절망했다.

메란은 그녀를 이해했다. 그녀는 뭔가 심상치 않다는 것을 직감으로 알아차렸지만 무슨 일인지 알 길이 없었다. 하지만 진실은 밝혀질 것이다. 엄마와 대화를 나눈 금발의 여자를 통해서도 아니다. 부엌에 앉아 있는 저널리스트를 통해서도 아니고. 그 남자를 통해서.

바로 요셉.

✠

호칸 페르손 리다르스톨페는 경찰 행정부 7층, 작은 사무실에 앉아 감정서를 왼손으로 누르고 글을 쓰고 있었다. 때마침 누군가 열린 문을 두드렸다. 호칸은 서두르지 않고 글을 마저 다 쓴 후에 손을 들었다. 그러고 나서 그는 엄청 바쁘다는 표정을 지으려고 마음을 먹고서 문 쪽으로 돌아보았다. 헛수고였다.

마음먹었던 얼굴 표정은 문가에 선 사람을 보자마자 놀란 표정으로 곧 변해버렸다.

세바스찬 베르크만.

호칸 페르손 리다르스톨페는 방문객이 있을 때마다 누군가 특별한 사람이 찾아주기를 수도 없이 바라왔을 것이다. 예를 들어 칼 구스타프 스웨덴 국왕이나 영화배우 맥 라이언 같은 사람들이. 그는 특히 1989년 영화 '해리가 샐리를 만났을 때'를 본 뒤로 어느 날 갑자기 그녀가 사무실 문을 두드려주기만을 오랫동안 학수고대해왔다.

"안녕하쇼? 잘 지내셨소?" 세바스찬이 문틈으로 얼굴만 내밀고서 맨날 잡담만 한 사이처럼 안부를 물었다. 사실상 그를 오랫동안 만난 적이 없었다. 호칸이 잘못 기억하는 게 아니라면 적어도 10년은 되었을 것이다.

"도대체 웬일이야?"

호칸은 놀란 가슴도, 화도 누그러트릴 수 없었다.

"잠시 들어가도 되겠소?"라고 물어본 세바스찬은 '안 돼요'라는 대답을 기다리지 않고 무작정 안으로 들어섰다. 그는 의자 위 복사물과 서류철을 치우더니 그 자리에 앉았다.

잔뜩 혐오스러운 표정으로 호칸 페르손 리다르스톨페는 무작정 밀고 들어온 이 남자의 행동을 뚫어져라 쳐다보았다. 이 남자는 언제나 이런 식이었다.

세바스찬 베르크만은 안으로 들어와 앉고 싶어 했다.

그리고 세바스찬 베르크만은 안으로 들어와서 앉았다.

지금 들어가도 될지 안 될지, 혹은 다른 방문객이 있을지 없을지 따위에 유념하는 법이 없었다. 그를 만나지 못했던 10년이라는 세월 동안 그는 변한 것이 하나도 없었다. 세상은 언제나 세바스찬을 중심으로 돌아가는 것 같았다.

한동안 그들은 자주 만나 대화를 나누곤 했다. 그들은 나이도 같았고 비슷한 교육을 받았으며 동일한 곳에서 근무했다. 둘 사이를 친구라고 한다면 약간 과장된 말이었지만 어쨌든 간에 직업상 관계는 잘 유지되었다. 우정은 아니라 해도 적어도 서로 존중하는 마음은 갖고 있다고 호칸은 오랫동안 믿어왔다.

1999년 세바스찬은 경력 면에서 상승 가도를 달렸다. 에드워드 힌데에 대한 두 권의 저서를 발간함으로써 그는 명망을 얻었다. 그것은 너무도 당연한 결과였기에 호칸은 인정해야만 했다. 세바스찬은 그 분야에서 권위자가 되었다. 가장 끔찍한 범죄를 조명하거나 범죄를 저지른 사람들의 심리를 해석해주기 위해 뉴스나 토크쇼에 초청받는 사람. 세바스찬이 미디어방송에 모습을 드러내지 않은 뒤로는 라이프 GW 페르손이 그 역할을 맡았다. 하지만 그는 GW 페르손 대신에 리다르스톨페 자신이 TV 스튜디오에 앉아 조용한 목소리로 복잡한 범죄 사건을 분석할 수 있을 것만 같았다.

할 수 있다.

그리고 해내고 싶었다.

세바스찬 베르크만이 없다면 말이다.

호칸의 기억이 맞는다면 1998년 세바스찬은 독일로 이사를 가서 쾰른에 살았던 적이 있었다. 그래서 이 분야에 후임자가 필요했다.

그 뒤 몇 달 지나지 않아 살라 외곽 지역, 한 폐광에서 소녀 셋이 사망한 채로 발견되었다. 지자체는 50년대 이후 폐쇄한 옛 갱도를 일반인에게 개방하려고 했다. 그래서 그곳 갱도의 안전 상태를 점검하다가 소름 끼치는 사건을 알게 된 것이다. 갱도 중 한곳에 10대 소녀 셋이 베개와 헝겊인형, 다 탄 향기 초들 사이에 앉은 채로 죽어 있었다. 법의학 감정에 따라 상당히 빠른 시간에 그 결과가 나왔다. 소녀들은 구강을 통해 주입된 독극물로 인해 사망했다는 것이었다. 사건 현장에서는 꽃무늬 보온병도 발견되었는데 그 속에 독이 든 차가 남아 있었다. 게다가 죽은 소녀들 옆에는 잔도 하나 놓여 있었다.

그때 세바스찬은 스웨덴에 없었다. 당장 방송을 내보내야 하는데 공백이 생긴 것이다. 요즘과 마찬가지로 그 당시에도 경찰 행정부에 속했던 호칸 페르손 리다르스톨페는 기회가 왔음을 예감했다. 이 기회를 잡지 못한다면 그야말로 바보였다. 사건은 엄청나게 크게 보도되었다. 누군가 사람들에게 설명해주어야만 했다. 이렇게 폐쇄된 갱도에서 세 소녀가 삶을 끝내게 된 이유가 도대체 무엇인지. 분명히 소녀들은 너무 외로웠기에 갱도를 죽을 자리처럼 느꼈을 것이다.

그리고 이런 설명을 듣고 싶은 욕구를 만족시킨 사람이 호칸이었다. 별안간 그는 종교적 집단자살의 전문가가 되었다. 동시에 심리학자로서 어린 소녀들의 방치라는 테마와 증가하는 사회적 요구를 가장 잘 아는 사람으로 소개되었다. 곧 그는 TV 스튜디오와 라디오 스튜디오에 앉아 미적 대상에 대한 집착, 잘못된 규범, 성적에 대한 압박감과 약한 정체성을 얘기했다. 그는 자신이 원했던 곳에, 자신이 속한 곳에 도착한 것이었다.

세바스찬이 스웨덴으로 다시 돌아오기로 결정하기 전까지는.

그 후 호칸은 동료가 귀국하게 된 이유를 찾으려고 했지만 이유는 딱 한 가지밖에 없었다. 세바스찬이 그에게 자제할 것을 요청하려고 그랬다는 것밖에는.

그래서 세바스찬은 단호하게 행동으로 옮겼다.

살라에서 고작 하루밖에 있지 않았는데 그는 세 소녀가 살해되었을 거라고 발표했다. 그리고 몇 십분 지나지 않아 이번에는 법의학자가 그의 말에 타당성이 있다고 말했다. 두 번째 감정에서 소녀들을 독살하기 위해 누군가 폭력을 사용했다는 증거가 나왔기 때문이다. 특별살인사건전담반이 투입되었다. 그리고 세바스찬은 수사에 적극적으로 관여하지 않았는데도 불구하고 살인자를 체포하는 데 도움을 준 것으로 인정받게 되었다. 호칸이 생각하기에 그것은 너무도 부당했다.

하지만 이것만으로는 아직 최악의 상황이 아니었다. 사람들은 누구나 실수하기 마련이고 시간이 지나면 제자리로 돌아가 두 번째 기회를 잡지 않는가. 그런데 세바스찬이 연이어 뉴스에 나와 호칸에 대해 좋은 소리를 하지 않았다. 결국 최악의 사태가 벌어졌다. 이러한 범죄를 집단자살로 몰아간 사람은 학교를 다시 다녀야 하고 다른 테마를 다루어야 한다는 식으로 그가 떠들어댔던 것이다. 그런 사람한테는 범죄 심리학이 적합하지 않다고도 했다. 그는 호칸이 사용했던 단어와 표현을 반복해서 사용했는데, 그의 입에서 나온 그 단어와 표현이 갑자기 우습고 부적절한 것들로 둔갑했다.

그렇다. 사람들은 오류를 범한 후에도 명예를 다시 회복할 수 있다. 하지만 이 분야에서 독보적인 마이스터는 이런 믿음을 파괴하며 그를 부적격자로 영원히 낙인을 찍어버렸다. 호칸은 경찰 행정부에 자리를 유지한 것만으로도 기뻐했다. 살라 사건 이후로 그의 능력이 도마에 올랐다는 것을 잘 알고 있었다. 하지만 그는 자리를 보전

했다. 대중이나 큰 사건과 복잡한 수사와는 거리를 둔 채로. 지금 그
가 맡은 일은 인사관리, 적성검사, 트라우마 치료 혹은 재교육 규칙
과 촉진에 관한 평가였다. 그는 변함없이 같은 자리에 그대로 앉아
있었다. 13년 전부터 줄곧. 같은 사무실에서 같은 과제를 해결하면
서. 무대 조명을 전혀 받지 못하는 채로 쥐꼬리만 한 월급을 받으면
서 말이다. 방금 전 허락도 없이 맞은편 의자에 무턱대고 앉은 저 남
자의 성공과는 거리가 꽤 멀었다.

"원하는 게 뭐지?" 호칸은 더 또렷한 목소리로, 그러나 이번에는
좀 더 초연한 태도로 물었다.

"나한테 호의를 베풀어주었으면 해서." 맞은편 호칸에게 볼펜을
빌리고 싶은 마음에 세바스찬은 뻔뻔스럽게 대답했다.

호칸은 어이가 없었다. "왜 내가 자네한테 호의를 베풀어야 하는
데?"라고 질문하면서도 호의를 베풀 방법에 대해서 물어야 하는 게
아닐까 하고 속으로 생각했다.

"왜냐면 자네는 정말로 협상력이 뛰어나니까." 세바스찬이 호칸을
태연스레 쳐다보았다.

"그게 무슨 말인가?" 호칸이 여전히 경계심을 늦추지 않고서 물었
다. 그가 기억하기로 세바스찬 베르크만과 협상해서 덕을 본 사람은
거의 없었다. 아마 아예 없을지도 모른다.

"내 말은, 자네가 도움을 좀 주었으면 하는 거네. 자네가 할 수 있
는 일을 해주었으면 해서."

세바스찬의 얼굴에는 진심이 묻어났다. 순식간에 호칸의 머릿속
을 스쳐 지나간 생각은 세바스찬의 입장에서도 그를 그다지 좋아하

지 않는다는 것이었다. 그러니 그가 여태 한 번도 자신을 찾아온 적이 없었지 싶다.

싫어하는 감정은 서로 마찬가지일 것이다. 그럼에도 불구하고 세바스찬이 이곳을 찾아왔다.

마침내 호칸이 "정확히 무슨 일인가?"라고 묻자, 세바스찬은 앉은 자리에서 몸을 약간 앞으로 내밀었다.

✤

그날 아니타는 의자에 딱 붙어 앉아 컴퓨터 시스템 작동지침에 푹 빠져 있었다. 작동지침은 부서에서 누구나 합법적으로 복사할 수 있는 세 개 파일로 구성되어 있다. 파일 번호 1은 꽤 손상되어 있었다. 여기에는 비전문가를 위한 사용법이 포함되어 있는데 가장 보편적인 질문에 대한 답이 들어 있다. 그녀는 잠시 내용을 훑어보려고 했으나 헛수고였다. 연이어 아니타는 파일 번호 2와 3에 집중했다. 자료가 지워진 후에 어떻게 해야 백업 시스템과 데이터 재생이 가능한지 알고 싶었다. 몇 시간 동안 검토해본 결과 두 가지 백업 시스템이 존재한다는 것을 알아냈다. 그녀가 잘 이해했다고 한다면, 하나는 메인 서버의 모든 인포메이션을 3분마다 미러 서버가 복사한다. 이는 시스템상 가장 중요한 백업이며 기본적인 방어라인이다. 이 기능은 전적으로 자동으로 작동되고 있어서 데이터 손실이 최소화되도록 보장되어 있다. 미러 서버가 어디에 있는지는 설명서에 나오지 않았다. 하지만 이 시스템을 개발했으며 작동지침서에 따르면 업데이트 권한도 있는 I-Tech 기업이 이 모든 것을 책임지고 있다는 것을 아니타는 알아냈다.

이와 반대로 두 번째 백업 시스템은 정말로 구식이었다. 매일같이 하나씩 복사하는 테이프백업시스템이었다. 이 시스템은 수작업으로 해야 하는데 테이프들이 상호 교환되고 저장되어야 한다. 누가 이 시스템을 관리하는지는 사용 지침서에 나와 있지 않았다. 하지만 아니타가 짐작하기로는, 경찰 IT부서일 것이다. 그 이유로는 이러한 과제를 내부적으로 처리하는 것이 비용 면에서 더 저렴하기 때문이다. 그뿐만 아니라 I-Tech 기업으로부터 이 시스템을 구입한 후에도 IT부서에서는 해고된 사람이 아무도 없었다. 그녀가 이 문제를 생각하면 할수록 테이프백업시스템은 내부에서 작업했을 거라는 데 더 확신이 갔다. 그리고 안전 시스템에 허점이 있었다면 그것은 내부의 IT부서였을 것이다. 이와 반대로 I-Tech 기업을 통해 삭제된 데이터에 접근하는 것은 불가능해 보였다. 이것은 정말로 프로나 가능한 일이었다. I-Tech 기업은 형식적으로 보면 스웨덴 기업이었으나 원래 이런 프로그램은 이스라엘에서 생산된 것이다. 소프트웨어는 예전에 정보기관 모사드와 이스라엘 군대를 위해 개발되었다가 나중에야 다른 연구기관이나 회사에 판매되었다. 물론 아니타는 I-Tech 기업이 여전히 이스라엘에 의해 컨트롤되고 있을 거라고 확신했다. 우리가 알고 있듯이 유대인들은 사업 수완이 좋으며 그 어떤 스웨덴 IT기업들이 큰돈을 벌도록 내버려두지 않을 것이다. 그

점에 대해 아니타는 확신이 있었다.

구매 협상이 진행되고 있을 무렵에 아니타는 이 회사를 비판적으로 보고 경찰 행정부에 익명의 편지를 보내기도 했다. 편지에서 그녀는 왜 하필 I-Tech 기업을 선정했는지 그것은 정당하지 않다고 밝혔다. 그 이유는 이 기업이 시온주의 국가와 관련이 있기 때문이었다. 익명의 편지에서 밝힌 얘기는 I-Tech 기업 선정을 결정한 사람들에게 아무런 영향을 미치지 못했다. 이 기업은 위탁을 받았다. 동시에 그녀는 이스라엘이 엄청나게 좋은 시스템을 제공했다는 것을 좋든 싫든 인정해야만 했다. 시스템은 안정적이었고 찾기 변수와 필터 기능이 아주 효율적이었다. 이스라엘인들이 무슬림과 다른 테러리스트 사이에서 압박을 받으며 적들에게 에워싸여 있다는 것도 놀라운 일은 아니다. 그들은 정치적인 정확성과 단순성 말고는 제공할 것이 없는 스웨덴과 아주 대조적으로 고품질의 시스템을 조달하고 있기 때문이다.

아니타는 하나라도 대강 보고 넘길 수 없었기에 파일 작업을 계속했다. 오류 목록도 한참 동안 파고들었다. 그 목록에서 뭔가 발견할 수 있을까 하는 심정으로. 실제로 그녀는 필요한 근거를 정확히 찾아냈다.

"Error 237."

긴 설명은 영어로 되어 있었고 다음과 같은 표제가 실려 있었다. "Soft write error with backup exec……." 그녀는 계속해서 읽어 내려갔다. 기술적인 전문 용어와 단축어가 덧붙어 있어서 장문의 설명은 이해가 잘되지 않았는데 맨 아랫부분에 마침내 "Please contact RPS EDV support."라는 글이 보였다. 이 말은 결국 제국경찰 행정부의 EDV(IT) 부서에 문의해야 한다는 뜻이었다. '찾으라, 그러면 찾을 것이요.' 하고 그녀는 생각했다. 조사에 상당한 시간이 걸렸지만 이제 가능한 통로를 찾게 된 것이다. 테이프백업시스템은 틀림없이 이 건물에 있을 것이다. 두 아프가니스탄인에 대한 서류를 작성한 공무원 이름은 나흘 전에야 비로소 삭제되었다. 그렇다면 오리지널 상태로 변경되기 전 서류가 존재할 가능성이 있다.

문제는 어느 정도의 기간 동안 백업 작업을 할 수 있느냐 하는 것이었다. 아니타는 컴퓨터 테이프가 재사용된다는 것을 알고 있다. 하지만 전부 복원하기란 불가능할 것이다 왜냐면 그러려면 용량이 큰 저장 장치가 필요하기 때문이다. 물론 그녀가 한 달 넘게 매달린다면 오리지널 파일을 찾을 기회는 커지겠지만.

하지만 그 자료에 접근한다는 건 실현 가능성이 얼마나 될까?

그녀는 접근권한도 컴퓨터를 다룰 줄 아는 지식도 없었기에 도움이 필요했다. 그 도움을 어디에서 받을지 생각났다.

그녀가 방문을 노크하자 그는 놀랐다. 모르간 한손은 흰색 셔츠를 입었는데 불룩 나온 배 때문에 셔츠가 꽉 낀 것처럼 보였다. 그리고 뿔테 안경을 끼고 있었다. 그 밖에 중간 길이 정도의 갈색 곱슬머리에 수염을 기르고 있었다. 엄청난 수염을. 유독 눈에 띄는 것이 바로 수염이었다. 출렁거리는 배까지 내려온, 무성한 수염이 인상적이었다. 두 번째로 눈에 띄는 것은 그가 매일 신고 다니는 갈색 샌들이었다. 그는 소프트웨어 기술자를 희화화해서 그려놓은 그림처럼 보였다. 실제로도 그는 소프트웨어 기술자였다. 방에는 먼지가 풀풀 날려고 여기저기에 서류들이 나뒹굴었다. 책장에는 낡은 모니터와 컴퓨터 본체가 쌓여 있었다. 겨우 남은 몇 안 되는 책장 칸에는 회색 전선, 복사기 토너, 하드디스크와 더 이상 사용하지 않는 부속품이 널려 있었다. 경찰본부에는 잘 없는, 컴퓨터와 관련된 모든 것이 이곳에 있는 것 같았다. 모르간은 손에 들었던 전선을 책상 위로 휙 던지고서 아니타를 반겼다. 그의 손은 따뜻하면서도 축축했다. 땀이 문제였다.

"안녕하세요? 뭘 도와드릴까요?"

아니타는 엉망진창인 방을 둘러보며 불편함을 느꼈다. 그녀는 자신의 문제를 어떻게 설명해야 할지 막막했다.

"아니에요. 그냥 산책 나온 거예요."

"여기까지요?"

"예. 잘 아시잖아요, 내가 좀 머리를 식혀야 된다는 거요. 그리고 국장님과 좀 떨어져 있고 싶고."

그는 이해할 수 있다는 식으로 활짝 웃었다. 그녀도 그를 바라보며 마주 웃었다. 그는 그녀에게 앉을 자리를 마련해주기 위해 책상 앞 의자에 놓인 박스 몇 개를 들어 올렸는데 약간 수줍어하는 표정을 지어 보였다.

"자, 여기 앉아요."

아니타는 고개를 내저었다. "고마운데 괜찮아요. 그냥 저랑 같이 점심이나 먹자고 들른 거예요."

잠시 동안 그를 데리고 나가야겠다는 말이 즉흥적으로 튀어나왔다. 그녀는 예전부터 그가 약간 그녀에게 반한 건 아닌지 의심스러 웠다. 어찌 됐든 IT부서에 뭔가 불만을 표할 때면 그녀에게 전화를 걸어주는 사람은 이 남자뿐이었다. 그리고 그는 그녀와 마주치면 언제나 꾸벅 인사를 했다.

그녀의 짐작은 확실히 맞았다. 왜냐면 모르간의 얼굴이 발그레 달아올랐기 때문이다. 그리고 그는 그녀와 시선을 마주치지 못하고 어디에 두어야 할지 몰라 쩔쩔맸다. 어찌 보면 귀여웠다. 너무 뚱뚱하고 너무 수염이 많았지만 사랑스러웠다. 털이 텁수룩한 반려동물 같았다.

"단, 시간이 괜찮다면요." 그녀가 또다시 웃었다.

그는 그녀의 말에 얼마나 놀랐는지 그녀를 빤히 쳐다보기만 했다. "당연히 괜찮지요."

그는 주변을 둘러보다가 팔이 너무 짧은 베이지색 점퍼를 의자에서 집어 들었다. 아니타는 다른 점퍼는 없는 거야, 하고 속으로 웅얼거렸다. 지금껏 저 점퍼 말고 다른 점퍼를 본 적이 없었다. 점퍼는 너무 스포티하고 무채색 계열이었는데 약간은 랄프 로렌 스타일에 영향을 받은 것으로 보이는 갈색 가죽칼라가 달린 점퍼였다. 그에게 전혀 어울리지 않았다. 젊게 보이고 싶은 기업 컨설턴트나 골퍼에게 더 어울려 보인다. 난쟁이 요괴 같아 보이는 이 남자에게는 전혀 어울리지 않는 점퍼였다.

"여기서 그냥 드시겠어요? 아니면 밖으로 나갈까요?"

"밖으로 나가는 게 어때요?" 그녀가 재빨리 제안했다.

이곳에서 나가는 것이 좋았다. 그와 함께 구내식당에 가서 점심을 먹는다면 다른 동료들이 다 볼 것이다. 그런 위험을 감수하고 싶은 생각은 없었다.

그들은 쿵스홀름스가탄 거리 쪽 출구를 통해 경찰 건물 밖을 나섰다. 어느새 비가 그치고 구름 사이로 햇살이 비쳤다.

모르간은 가던 길을 멈추고는 어찌할 바를 몰라 했다. "어디로 가는 게 좋을까요?"

아니타는 알고 있는 레스토랑이 어떤 곳인지 곰곰이 생각해보았다. 그녀는 되도록 경찰본부와 멀리 떨어진 곳에서 점심을 먹고 싶었다.

"에스테 요란스가탄 거리에 아주 좋은 이탈리아 레스토랑이 있어요. 괜찮으시다면요?"

"예, 좋아요. 난 거의 구내식당에서만 먹어봐서."

그의 모습을 보면 그는 구내식당 혹은 맥도날드에 갈 것 같다고, 아니타는 생각했다. 그녀가 큰 소리로 말했다. "약간의 기분전환은 해가 안 될 거예요, 안 그래요?" 그녀가 그의 팔을 가볍게 두드리며 크로노베리 공원 쪽으로 방향을 잡았다. 그는 고개를 끄덕끄덕했고 그녀는 공원으로 향하는 가파른 언덕을 슬슬 걸어 올라갔다. 잔디가 비에 젖어 있었지만 정말로 아름다운 가을날이었다. 그들은 아이들과 같이 나온 여자들을 몇몇 지나쳤다. 경찰본부에서 멀어지면 멀어질수록 발걸음은 더욱 가벼워졌다. 그들은 뒤에 있는 콜로세우스의 장벽으로부터 자유로워진 것같이 느꼈다. 그리고 대화는 아니타가 기대했던 것보다 더 활기가 넘쳤다. 그녀는 대화 주제를 특히 그에게 맞추려고 노력했다. 그것은 어렵지 않았다. 왜냐면 그녀가 묻고 그가 대답했기 때문이다. 그녀는 놀랍게도 그가 근본적으로 상당히 친절한 타입의 사람이라는 것을 알게 되었다.

그들은 프리드헴스플란에 이르렀다. 아니타는 좀 더 산책을 하는 것이 어떨지 그에게 물었다. 멜라렌 호수 북쪽에 위치한 레스토랑 멜라파비쉔까지 걸으면 좋겠다고. 그녀는 레스토랑 문을 열었을 텐데 몇 년 만에 가는지 모르겠다고 말했다. 그는 그곳에 가본 적이 없었지만 기꺼이 먹어보고 싶다고 대꾸했다. 그녀가 다른 레스토랑을 추천했더라도 그는 그대로 따랐을 것이다.

그들은 호숫가로 걸어갔다. 아니타는 이번 점심의 원래 목적을 제대로 달성할 수 있을지 고민이 되었다. 레스토랑에 자리 잡을 때까지, 아니면 커피타임 때까지 혹은 다시 돌아갈 때까지 기다려야만 하는 것일까? 그녀가 기다리면 기다릴수록 아무렇지도 않게 자신이 원하는 주제로 대화를 이끌어나가는 것은 점점 더 어려워질 것이다. 그녀가 매우 친절한 사람이며 그를 신뢰하기 때문에 어려운 문제를 물어보는 거라고 그가 느끼도록 해야 한다. 이것은 어려운 일이다. 아마 커피를 마실 때까지 기다리는 것이 제일 좋을 것이다.

그녀는 아무 말도 하지 않은 채 불안해했다. 왜냐면 모르간이 발걸음을 멈추고서 그녀를 탐색하듯이 빤히 쳐다보았기 때문이다.

"무슨 일 있어요?" 그가 물었다. "약간 슬퍼 보이네요."

그녀는 그를 마주 보며 지금이야말로 기회라고 여겼다. 그의 눈에 그녀가 슬퍼 보인다면 이 틈을 노려야 한다.

"고백할 게 있어요."

그녀의 목소리는 진지하고 직설적으로 들렸다. 아까하고는 사뭇 달랐다. 그녀는 목소리 톤이 매우 만족스러웠다.

"도대체 뭔데요?"

"내가 일을 망친 것 같아요. 곧 그 얘기를 듣게 될 거예요. 데이터 시스템에 관한 문제예요. 경찰본부 내."

그는 얼굴이 하얗게 질리더니 번개를 맞은 듯이 걸음을 멈추었다.

"도대체 무슨 일인데 그래요?"

아니타는 시선을 돌려 멜라렌 호수 쪽을 바라보았다. 그의 반응이 왠지 너무 격했다. 무슨 문제인지 설명도 듣기 전에 그가 이미 신경이 날카로워졌다면 그녀의 설명에 어떻게 반응할까? 그녀는 전략을 계속 이행하지 않을 수 없다.

"일단 레스토랑으로 가요. 내 문제 때문에 부담 드리고 싶지 않아요. 점심 먹자고 하지 말았어야 했는데." 그녀는 되도록 용감하게 보임과 동시에 대화 상대가 필요하다는 것을 드러내려고 노력했다. 바로 그가 필요하다는 것을. "일단 식사부터 하셔야죠. 나를 바보라고 보시기 전에요." 그녀가 땅바닥을 내려다보았다.

"난 당신을 바보라고 보지 않아요."

"내가 무슨 일을 했는지 아직 모르잖아요."

"그럼 설명해봐요."

그녀는 숨을 길게 내쉬고는 부끄럽다는 듯이 옆쪽으로 시선을 돌렸다. 이제는 약한 모습을 보여야만 한다.

"내가 친구를 돕는답시고 시스템에서 뭘 찾으려고 하다가 잘못해서 엉뚱한 자판을 누른 거예요. 결국 하던 작업을 몽땅 날렸어요. 아무리 해도 다시 복구할 수가 없더라고요."

모르간은 별일 아니라는 듯이 웃으며 마음을 가라앉혔다. 그가 생각하기에는 별 문제가 아니었다. 당연했다. 그녀가 아직 다 털어놓지 않았으니까.

"그건 별거 아니에요. 다시 연결하면 돼요. 점심 먹고 내가 도와줄게요."

그녀는 아무 말 없이 고개를 끄덕였다. 하고자 하는 질문을 하려면 적절한 때를 노려야 했다. 그녀는 몇 발자국 걸어갔다. 걱정하는 듯한 그녀의 모습이 효과를 내기만 바랐다.

"그게 단순히 그렇지만은 않아서……."

그녀는 그가 따라오는 것을 느낄 수 있었다. 바로 그녀의 뒤에서.

"도대체 무슨 문제가 또?"

그녀는 그를 돌아보지 않고 차츰 고개를 숙이며 바닥에 떨어진 담배꽁초를 멍하니 내려다보았다. 사람들이 여전히 담배를 피우다니 정말로 이상한 일이라고, 그녀는 생각했다. 히틀러는 담배를 피우지 않았다. 그는 담배 피우는 사람들을 증오했다. 그녀는 그의 마음을 이해할 수 있었다.

"은밀하게 진행되는 일이라서 그래요."

그녀는 담배꽁초를 살펴보았다. 마구 짓밟히고 잘근잘근 씹힌 누런색 필터를. 습기와 햇살을 머금고 찢어진 더러운 담배 종이를. 그에게 등을 돌리고 있는 것은 좋은 속임수 같았다. 아직 그가 외마디 소리를 지르며 도망가지 않았기 때문이다. 그녀는 좀 더 이렇게 서 있어야겠다고 마음먹었다. 그녀가 그에게 등을 돌린 시간이 길면 길수록 그는 좀 더 가까이 다가섰다.

"진정해요. 그것도 문제가 안 돼요." 그녀 뒤에서 그가 말하는 소리가 들렸다. "접근권한이 없다면 아무것도 삭제할 수 없거든요. 데이터들은 어딘가에 있을 거예요."

그의 목소리는 한결 부드러워졌다. 그녀의 귀에는 그가 도와주겠다는 소리로 들렸다. 아주 조심스레 그가 그녀의 어깨를 토닥거렸다. 지금이 뒤로 돌아 그를 빤히 쳐다봐야 할 가장 좋은 타이밍이다. 그녀는 아주 잠시만 기다렸다가 뒤로 돌기로 했다. 기회는 단 한 번밖에 없을 테니까. 그렇다면 그녀는 이 기회를 잘 이용해야만 한다. 삶과 죽음의 문제를 해결해달라고 간절하게 부탁하기 위해서는. 그녀의 명줄이 그의 손에 달렸다는 것을 그가 느껴야만 한다. 그래야 그가 거절하지 않을 것이다.

"난 직장을 잃을지도 몰라요." 그녀가 담배꽁초 더미를 내려다보며 힘없는 목소리로 말했다.

"아니에요. 그렇게 되지 않아요."

그녀는 그가 그녀의 어깨를 좀 더 꽉 부여잡는 것을 느꼈다. 그의 손은 '내가 당신을 위해 여기 있어요.'라고 말하는 것 같았다. 마침내 그녀는 그를 돌아보고 체념하는 듯한 눈빛을 보냈다. 그녀는 눈물이 왈칵 쏟아지지 않아서 짜증이 났다. 그래야 지금 도움이 될 텐데.

"하지만 난 국장님 이름으로 로그인했어요. 나한테는 이번 조사를 할 권리가 아예 없었거든요. 아마 난 쫓겨날 거예요."

그는 창백한 얼굴로 아무 대답도 못 하고 그녀 앞에 우두커니 서 있었다. 이제야 비로소 그녀가 얘기하려는 핵심이 무엇인지 이해했다. 주변에 약한 바람 소리와 자동차들이 오가는 소리만 들렸다. 그와 조금 떨어진 곳에서 자동차 한 대가 경적을 울렸다. 모르간은 잡았던 아니타의 어깨를 놓고는 한 발짝 뒤로 물러섰다. 그녀는 근사한 작전이 갑자기 수포로 돌아가는 기분이 들었다. 그래서 그녀는 할 수 있는 한 한껏 애원하듯이 그를 뚫어지게 바라보았다. 이 일을 도덕적인 딜레마로 과장해야만 한다. 그녀가 인포메이션을 얻기 위해 염탐한 것이 아니라, 친구를 돕기 위해서 한 일이라고 강조해야 하는 것이다.

"난 그냥 살라 지역의 경찰관 동료를 도우려고 한 것뿐이에요. 에바 그란센터라고, 혹시 아세요?"

다행히도 모르간은 고개를 절레절레 흔들었다. 아니타는 계속해서 설명을 이어나갔고 담당 여수사관의 이름이 생각나는 바람에 설명하기가 더 쉬웠다. "그 동료가 보안경찰 세포조직에 있는 누구와 접촉해야만 하는지 알아낼 수 있도록 돕기만 한 거예요. 그러다 실수로 정보를 다 삭제해버렸으니, 모든 게 다 날아갔어요."

그녀는 줄곧 애원하듯이 그를 빤히 쳐다보았다. 그는 이 문제로 고민을 하는 것 같았다. 그가 고심하는 모습이 외관상 다 드러났다. 그가 그녀에게 등을 돌려야 할지, 계속 귀담아들어야 할지 말이다.

아마도 그녀가 너무 성급했던 것 같다. 먼저 맛있는 점심부터 먹고서 그의 신뢰를 얻을걸 그랬다. 아니면 적어도 일주일은 공을 들일걸 그랬다. 하지만 갈수록 더 꾀가 생겼다. 그녀는 시선을 다른 쪽으로 돌렸는데 이번에는 바다에 나뒹구는 담배꽁초를 본척만척했다. 이제는 진지하게 말해야 했다. 기회는 단 한 번밖에 없다.

"죄송해요. 이 일에 끌어들일 생각은 눈곱만치도 없었어요. 우리 이제 이 얘기 그만해요. 나 다 이해해요. 정말로 미안해요."

그녀는 그가 스스로 방안을 찾을 수 있도록 몇 발자국 앞서 걸어갔다.

그에게 거절할 기회를 주기 위해. 그때 그녀는 무슨 말소리를 들었다. 너무 식상한 한 단어를. 그녀가 마음속으로 염원한 극적인 그런 단어는 아니었지만 그 한마디로 충분했다.

"잠깐만요."

그는 결정을 내렸다.

✛

반야는 15분 늦게 로퐁이 레스토랑 문을 밀고 안으로 들어갔다. 원래 그녀는 스시를 먹고 싶은 생각이 전혀 없었다. 약간 숙취가 남은 상태였다. 그녀는 느끼한 음식이 당겼지만 페터 고르나크가 이 레스토랑을 제안했다. 그녀는 다른 음식을 제안할 힘도 없었다.

그녀는 어제 와인을 너무 많이 마셨다. 세바스찬 베르크만의 집에서. 그럴 줄 전혀 몰랐다. 아버지가 경제사범 혐의로 체포될 줄도 전혀 몰랐다. 어제는 정말 이상한 날이었다. 세상이 완전히 뒤집힌 것 같았다. 아버지는 그녀를 실망시켰고 세바스찬은 새로운 면을 보여주었다. 와인을 대접해준 그의 세심함으로 인해 그녀는 잠시 동안이나마 발데마르를 잊었다. 물론 세바스찬의 집에서 간단한 아침을 먹은 뒤 아버지에 대한 생각이 다시 고통스럽게 찾아왔지만.

그녀는 더 많은 것을 알아야만 한다.

모든 것을 들어야 한다.

그녀는 누가 자신을 도와줄 수 있을지 곰곰이 생각해보았다. 경제 사범 전담 경찰들 중에서 찾는 것이 가장 현명할 것이다. 누가 있을까? 그렇다. 페터 고르나크. 옛 경찰학교 친구이자 옛 남자 친구. 그녀가 기억하기로는 그와 합의하에 헤어졌다. 그리고 그는 교육이 끝난 후 그 분야로 뛰어들었다. 그는 여전히 그곳에서 일하고 있을까? 그녀가 센터에 전화를 걸었더니 내선 번호로 그와 연결이 되었다.

그는 바보가 아니기 때문에 어떤 이유로 그녀가 전화를 걸었는지 대번 알아차렸다. 수년 전부터 그녀와 만난 적이 없었다. 그런데 갑자기 그녀가 전화를 하더니 같이 식사할 수 있는지 물어왔다. 그것도 부서에서 그녀의 아버지 사건을 수사하고 있는 바로 지금에 와서. 하지만 그는 거절하지 않았다. 레스토랑을 가르쳐준 후에 15분 넘게 그녀를 기다렸다.

그녀가 안으로 들어오자 그는 한트퍼커르가탄 거리를 향해 나 있는 큰 창가 쪽 등받이 없는 의자에서 일어섰다. 자리는 그녀의 마음에 쏙 들었다. 뒤쪽 넓은 공간 쪽 탁자는 서로 따닥따닥 붙어 있었는데, 그녀는 대화가 다른 사람들에게 들리지 않기를 바랐다.

"여기! 오랜만이야."라고 말한 그는 아주 잠시 동안 그녀를 포용해도 되는지 고민하는 것 같았다. 하지만 그녀는 곧장 그에게 바짝 다가가서는 그를 안아주었다.

"응, 오랜만이지. 정말로." 그녀가 대답하면서 재킷을 걸어놓고는 그의 옆자리에서 등받이 없는 의자를 빼냈다.

"잘 지냈어?"

"그럭저럭."

"그래……."

그들은 아무 말도 하지 않았다. 반야는 메뉴판을 꼼꼼히 읽어보았다. 오늘의 메뉴. 칠리마요네즈를 뿌린 토리카츠(키친커틀릿). 그녀는 숙취에 이 음식이 적합할지 어떨지 알 수 없었다. 하지만 칠리마요네즈가 눈에 띄었다. 여종업원이 다가오자 그녀는 음식과 물을 주문했다. 페터는 양이 많은 스시 플레이트를 선택했다.

"만나줘서 정말 고마워." 여종업원이 가고 둘만 남게 되자 반야가 감사를 표했다.

"당연히 만나야지." 페터가 대답했다. "하지만 아버지 수사 건에 대해서는 한마디도 못 해."

"알아. 아버지가 옛날에도 혐의가 있었다고 들었어. 그러다 재판이 중단됐다고." 반야는 그의 대답을 들을 생각도 없다는 듯이 말했다. "수사를 왜 지금에 와서 다시 시작한 거야? 도대체 변한 게 뭐야?"

페터는 한숨을 푹 내쉬었다. 여하튼 그는 이미 짐작하고 있었다. 그녀와 만나게 된다면 그것은 직업상 일과 관계가 있을 거라는 것을 말이다. 그 수사에 자신도 책임이 있었다. 그리고 조금은 업무규정에 위배되지 않는 선에서 설명해주고 싶었다. 물론 말 한마디 한마디 조심하면서.

"예전 수사가 보완된 거야." 그가 알코올 도수가 낮은 맥주를 한 모금 마셨다. 반야를 기다리는 동안에 주문한 것이다.

"어느 정도?"

그는 도대체 뭘 기대한 것일까? 적어도 그녀는 곧바로 본론부터 들어가지 말아야 하는 것 아닌가. 일단은 그와 헤어진 후에 어떻게 지내고 있는지, 근무지는 마음에 드는지, 혹은 옛날 일을 떠올리는 말을 하든지, 조금은 이런저런 얘기를 주고받아야 하는 것 아닌가. 하지만 이런 얘기는 전혀 없었다. 물론 그는 이런 반야의 말이 놀랍지 않았다. 그가 그녀와 함께 지냈을 때에도 반야는 모든 걸 알기 전에는 결코 만족하는 법이 없었다. 게다가 그녀는 성질도 급했다.

"수사가 어떻게 보완되었는지 말해줬으면 좋겠어." 그녀가 그를 압박했다. "아버지한테 구속영장이 떨어진다면 어차피 나도 사전조사 서류를 읽을 수 있을 테니까."

페터는 다시 한 번 한숨을 푹 내쉬었다. 그는 여종업원이 물을 가져와 유리잔과 같이 탁자에 내려놓는 동안 반야를 지켜보기만 했다. 물론 그녀의 말은 어떤 식으로든지 올바르지 않았다. 발데마르에게 구속영장이 발부되고 재판에 회부될 거라고 페터는 확신했기 때문이다. 그는 한발 한발 조심스레 떼어놓아야겠다고 마음먹었다. 뭐라 말하기 전에 심사숙고해야겠다고. 그래서 문제가 자연스럽게 해결될 수 있도록.

"한 여자가 찾아와서 당신 아버지에 대한 자료를 봉투째 두고 갔어." 그가 천천히 말문을 열기 시작했다. "이 새로운 인포메이션으로 옛 수사가 보완된 거지. 특히 아버지가 닥테아 사건에 연루되어 있다는 점이." 봉투에 무엇이 들었는지 그녀가 묻기도 전에 그가 술술 다 털어놓았다.

"그 여자가 도대체 옛 수사를 어떻게 알고?" 유리잔을 들고 있는 반야가 물어보는 동안에 그는 그 잔에 물을 채워주었다.

"우리도 몰라." 페터는 어깨를 으쓱했다. "그 여자가 트롤레 헤르만손이 그 자료 조사에 관여했다고 말했대."

페터가 물을 넘치게 따르는 바람에 반야는 화들짝 놀랐다.

"그 사람이 누군지 알지?" 그가 반야의 반응을 본 후에 물었다.

"그럼. 예전에 경찰이었잖아."

"지금은 죽었고."

"맞아. 그 당시에 내가 그 사람의 시신을 어떤 차 트렁크에서 발견했거든."

반야는 자리에서 일어나 계산대 쪽으로 가서 냅킨 몇 장을 가지고 왔다. 일련의 연관성이 그녀를 혼란스럽게 했다. 트롤레 헤르만손이라는 이름. 전직 경찰이며 그녀가 한 번도 만난 적이 없는 데다 그전에는 이름조차 들어본 적이 없는 사람이었다. 그런데 이 이름이 몇 달 전부터 두 번씩이나 그녀의 삶에 끼어들어 언급되었다. 그가 발데마르와 무슨 상관이 있는 것일까?

"이 헤르만손이라는 사람이 원래 우리 아버지 수사에 관여했어?" 그녀가 탁자 위 물기를 닦으면서 물었다.

"처음 관여한 거라고 생각해?"

"응."

"아니야. 내가 아는 한 아니야. 근데 자료를 넘겨준 여자 말로는 트롤레 헤르만손이 이 모든 걸 알아냈다는 거야."

반야는 좀 어지러웠다. 애당초 그녀는 식사 약속에 큰 기대를 걸지 않고 왔다. 페터가 이렇게 큰 도움을 줄 수 있으며, 주려고 할 것으로는 전혀 예상치 못했던 것이다. 하지만 지금 문제는, 이 트롤레 헤르만손이 이 사건 조사에 깊이 관여했다는 것이다. 또한 뭔가 작정하고 달려든 미지의 여자와도 관계가 있다는 것. 발데마르를 철창에 보내겠다고. 헤르만손은 분명히 죽었다. 그렇다면 반야는 그 여자에 대한 얘기를 더 들어야만 한다.

"그 여자가 누군지 알아?" 그녀가 물었다.

"아니. 우린 그 여자를 찾지 않았어. 헤르만손의 죽음 건 수사가 중단돼서."

"그 여자 이름은 뭐야?" 반야가 그를 향해 몸을 기울였다. 이름 한 글자도 놓치지 않기 위해서였다.

페터가 땅이 꺼져라 한숨을 쉬었다. 그는 절대로 이름을 발설하면 안 된다. 어떤 경우에라도 의문의 여지가 없다. 혐의자의 가족에게 정보 제공자의 이름을 알려준다는 것은 결코 있을 수 없는 일이다. 이는 모든 규정에 다 저촉되는 일이다. 반야가 경찰이라고 해도. 그런데 그녀가 여전히 매력적이라는 것을 그는 인정하지 않을 수 없었다.

"이봐, 반야." 그가 우물쭈물 대답했다. "당신도 알고 있잖아. 내가 말할 수 없다는 걸."

반야는 고개를 끄덕였다. 당연히 그녀는 그것을 알고 있었다. 더구나 그 여자의 이름을 알아내기 전에는 이 레스토랑을 나가지 않겠다고 계획한 것은 아니라는 것도 알고 있었다. 그녀는 그 이름을 그의 입을 통해 들으려면 어떻게 해야 할지, 다양한 가능성의 목록을 재빨리 떠올려보았다. 가장 먼저 떠오른 생각은 단념하자는 생각이었다. 그가 싱글인지 아닌지 모르기 때문이다. 그래서 그 대신에 경찰관 페터 고르나크에게 호소하기로 결정했다. 그가 이 사건을 동료의 일로 보게끔 만들기로 했다.

"아버지한테 죄가 없는 게 아니라는 건 나도 알아."라고 말하고 반야는 페터의 눈을 똑바로 쳐다보았다. "아버지가 가능한 한 좋은 변호사를 찾을 수 있도록 신경 쓰려고. 그 이상은 아버지한테 도움을 줄 수 있는 방법이 없잖아."

그녀는 몸을 기울인 채 엿듣는 사람이 있는지 없는지 레스토랑 곳곳을 살펴보았다. 그러고는 목소리를 한껏 낮추었다. 페터도 그녀가 하는 말을 듣기 위해 몸을 앞으로 기울였다.

"내가 트롤레가 숨진 걸 차에서 발견했잖아요. 에드워드 힌데가 고용한 청부업자에 의해 살해된 거고 그때 힌데도 뢰브하가 교도소를 탈출해서 나를 납치했지. 게다가 날 죽이겠다고 협박도 했고."

페터는 그저 고개만 끄덕였다. 당연히 그는 이 얘기를 전부가 아닌 일부만 알고 있었다. 그래서 그는 상당히 호기심이 생겼다. 에드워드 힌데의 탈옥과 죽음은 동료들 사이에서 아직도 회자되는 사건이었다. 어떤 관할 혹은 어떤 부서에 속하든 상관없이.

"트롤레가 우리 아버지 수사에 어떤 식으로든지 관여했다면 아마도 모든 게 얽혀 있을 거야. 우연치고는 수사 범위가 너무 넓다, 참. 예전에 경찰이었던 사람이 두 번씩이나 수사에 연관되어 있다면 말이지. 나는 그 속에서 유일한 공통분모고. 그렇게 생각하지 않……?"

"그렇게 생각해……."

"그 여자에 대해 아주 조금만 조사하고 싶은데. 약속할게. 아주 조금만."

그녀는 최대한 눈을 크게 뜬 채로 진심을 담아 그를 바라보았다. 순간 그녀의 눈앞에 슈렉 영화 속 마이스터 고양이의 모습이 짠 하고 나타나는 듯한 착각이 들었다. 그래서 그녀는 더 이상 눈을 크게 뜨지 말아야 된다는 것을 알았다. 결국 다른 데로 눈길을 돌리고서, 그들의 대화에 관심을 갖는 사람은 없는지 살펴보았다.

"그 여자한테 접근 안 할게. 말도 안 붙일 거고. 어떤 상황에 부딪히면 당신한테 바로 연락할게. 그 상황을 계속 추적할지 말지 당신이 결정할 수 있도록"

페터는 도로 몸을 펴고 앉았다. 그가 그녀의 말에 대해 곰곰이 생각하는 동안 그녀는 그의 모습을 지켜보았다. 그녀를 돕지 못하겠다고 어떻게 말해야 할지 고민하는 모습은 아니다. 아니다. 그는 망설이고 있다. 그녀가 한 제안의 허점을 따져보면서. 그에게 문제가 될 수 있는 것이 무엇인지 찬찬히 생각해보는 것이다. 아무것도 저촉될 것이 없다. 왜냐면 그는 이미 미끼를 덥석 물었기 때문이며 그녀는 그것을 잘 알고 있었다.

"여성을 대상으로 한 힌데의 청부 살인사건에 아버지가 관련되어 있다면 그 사건에 대해 알고 싶지 않아?" 반야는 그가 아직 떨치지 못한 마지막 의심을 몰아내기 위해 질문을 던졌다.

"엘리노." 마침내 페터가 나지막한 목소리로 말했다. "여자 이름이 엘리노 베르크비스트야."

"고마워."

반야가 곧바로 그의 손을 쓰다듬어주었다. 그 후 여종업원이 음식을 가져다주었다. 반야는 탐욕스런 눈길로 칠리마요네즈에 바싹하게 튀긴 닭을 포크로 푹 찍으며 요즘 어떻게 지내는지 그의 근황을 물었다. 페터 고르나크는 이제 더 이상 편안한 마음으로 점심을 먹기는 글렀다고 생각했다.

✤

거대한 로트바일 개는 계속해서 웡했다. 계속 움직이자고. 개는 벤치 옆에 쪼그리고 앉아 애원하는 눈빛으로 주인을 뚫어져라 올려다보았다. 샤를레스는 끊임없이 요구하는 개의 눈빛을 알아챘다. 개에게 오늘 산책이 충분하지 않다는 것을 그는 너무나 잘 알고 있다. 애당초 그가 작정한 것은, 가까운 숲 속 트림디히 길(운동기구를 갖추어 놓은 곳_옮긴이)로 개를 산책시키는 동안 지난번 결과를 꼼꼼히 따져보는 것이었다. 하지만 마음먹은 대로 되지 않았다. 공기가 차고 맑았는데도 불구하고. 흔히 가을에 가장 뒤늦게 물드는 활엽수 잎조차도 어느새 갈색으로 물들었다. 드넓은 강가에는 개와 샤를레스밖에 없었다. 어젯밤 통화에 관한 생각을 정리하기에는 이상적인 조건이었다. 하지만 한발 한발 디딜 때마다 생각났던 것이 갑자기 바로 사라져버렸다. 모든 것이 사라지고 머릿속에 남은 것이 하나도 없었다.

이런 일은 흔히 있는 일이 아니었다. 좀 화도 치밀어 올랐다. 보통 그는 모든 정보를 바로바로 처리하고 결정도 신속하게 내리는 사람이었다. 직업상 편안한 상태에서 시간을 갖고 모든 가능성을 따져 볼 처지는 아니었다. 대체로 그랬다. 물론 항상 그런 것은 아니었지만. 그는 교육 받은 대로 필요시 재빨리 반응하도록 몸이 먼저 움직였다. 하지만 아드레날린도 함께 상승했다. 몸과 정신이 최대 출력으로 깨어났다. 이와 반대로 알렉산더 쇠더링은 체념하기 일쑤였다. 그가 발견한 결과물들이 매번 화젯거리가 되는 것은 아니기에.

강가에서 몇 킬로미터 떨어지지 않은 곳에 이르자 그는 벤치에 자리를 잡고 앉았다. 그곳은 작은 호숫가 옆 오솔길이 있는 곳이었다.

그들은 무엇을 알고 있는 것일까? 그들이 알아낸 것은 무엇일까? 모르는 것은 도대체 무엇일까?

누군가 차량 화재와 프옐에서 발견된 시신들을 관련지으려고 한다면 이는 불행한 일이었지만 그 이상은 아니었다. 그전에 무슨 일이 있었던 것일까? 두 사내들. 원래는 네 명. 단순한 미행. 그는 단호하고 강해야 한다고 최고의 프로들에게 배웠다. 물론 시기가 시기인 만큼 냉혹함이 요구되기도 했다.

그는 이러한 믿음을 실천에 옮겼다.

무자비한 자들은 이렇게 말할 것이다. 그들이 더 이상 살아 있지 않는다고 보여도, 20초 후에 다시 한 번 그 짓을 해라. 그러고 나서 10초 후에 또다시.

다시 그리고 또다시.

그리고 그동안에 질문들은 쏟아질 것이다.

어디서? 언제? 누가?

그 당시의 잘못들. 그리고 그 후에도 잘못 생각한 것이 있을 것이다. 누군가 자신을 도와줄 거라고 믿는다면. 그리고 언제나 자신을 위해 옆에 있어주는 사람이 이번에도 신의를 지키며 성실하게 행동할 것으로 바란다면.

실망. 힘든 결정.

파트리시아 웰톤. 그는 그녀를 기다리던 당시 상황이 생각났다. 마침내 그녀가 모습을 드러내더니 얼마나 미친 듯이 화를 내던지. 준비 상태가 마음에 들지 않는다며 그에게 얼마나 고함을 쳐대던지. 정보들이 목표에 부합되지 않을 때에는 그녀가 직업을 그만두기만 그가 얼마나 가슴 졸이며 바랐는지. 그 당시에 그녀가 도대체 무슨 말을 지껄여대는지 처음에 그는 이해하지 못했다. 그녀가 자초지종을 설명했다. 아직도 기억이 난다. 하지만 그다음에는 상황이 엉뚱한 방향으로 흘러갔다. 그가 그녀를 때렸다. 무자비하면서도 재빠르게. 그녀는 불시에 기습을 당한 것이었다. 그가 공격하는 방법을 잘 훈련받았기에 파트리시아는 그대로 쓰러졌다. 의식을 잃고서. 그 후 그녀가 몰고 온 도요타에 올라탄 그는 도랑 쪽으로 차를 몰았다. 그리고 그녀를 운전석에 앉히고서 자동차를 밀었다. 자동차가 도랑으로 굴러 떨어지자 그는 기름 탱크를 비우고 자동차에 불을 질렀다.

유감스러운 사고로. 지금까지는.

왜 그는 정신 집중이 되지 않는 것일까? 약간 날카로워진 신경에 과거의 기억과 밀려오는 슬픔이 뒤범벅이 되었기 때문에 그런 게 아닐까? 우발적으로 살인을 저질렀기 때문에. 그는 파트리시아 웰톤을 살해했다. 그리고 그녀에게 일을 맡긴 자들은 이 사건을 망각하고 용서하는 과정에서 그녀의 위대함을 지금도 모르고 있다. 결정적인 증거는 아무것도 없다. 여전히 신문기자들의 추측만 난무할 뿐이었다. 하지만 그는 자신을 지켜보는 사람이 있음을 알고 있었다. 추측이 공식적으로 확인되었다. 그는 그 사람이 자신을 추적할 거라고 확신했다. 어쩌면 곧바로 준비하는 것이 좋을 것이다. 자신을 보호해줄 사람이 있다. 그는 강인한 프로들을 알고 있다. 도움을 주려고 마음만 먹으면 최고의 남녀를 보내줄 수 있는 그런 사람들을.

그래, 알고 있다.

그는 벤치에서 일어섰다. 개는 기대에 차서 이내 뛰어올랐다. 하지만 산책은 끝났다. 샤를레스는 알렉산더 쇠더링에게 가한 협박이 효과를 발휘할 거라고 믿었지만 더 확실히 하기로 마음먹었다. 지금이 일을 정리해야 할 때다. 10년 전 몇 달 동안 그는 너무 많은 사람을 희생시켰다. 그때 행동을 이제 마무리하려면 반드시 해결해야 할 일이 있다. 그 말고도 이 일과 관련된 사람이 또 있기에.

✤

SK071 여객기는 20시 35분에 착륙했다. 10분 연착했다. 10분 후에 토르켈, 우르줄라와 빌리는 짐 찾는 곳에서 가방이 나오기를 기다렸다. 그들은 아무 말도 하지 않았다. 외스테르순드에서 스톡홀름으로 향하는 비행기에서도 별다른 말을 하지 않았다. 누가 뭐라고 하지 않았는데도 프옐 스테이션에 있었던 동안 성과가 너무 적었다는 것에 다들 실망했다. 그들은 두 네덜란드인의 신분을 확인했고 파트리시아 웰톤(별칭은 리즈 맥고든)과 프옐 희생자들의 죽음에 연관성이 있다는 것을 알아냈다. 하지만 이게 전부였다. 아직도 무덤에서 발견된 가족이 누군지 전혀 몰랐다. 파트리시아 웰톤(경우에 따라서는 리즈 맥고든)의 진짜 정체도 알아내지 못했다.

마지막 희망은 우르줄라가 네덜란드인들의 배낭에서 발견한 카메라였지만 지금까지 그것도 진전이 없었다. 유감스럽게도 빌리는 옛 카메라 모델에 적합한 케이블이나 전지가 없다고 카메라를 보자마자 확인해주었다. 또한 그의 말에 의하면 메모리 카드가 들어 있는 부분을 열면 바로 손상될 거라고 했다. 카메라가 비닐봉지에 들어 있었음에도 불구하고 공기와 습기가 스며들었기에. 메모리 카드의 메탈이 산화되어 카드가 카메라 내부에 쩍 달라붙었을 거라고. 적당한 도구 없이는 메모리 카드를 끄집어낼 엄두도 내지 못했다. 그러므로 카메라는 지금 우르줄라가 배낭에서 꺼낸 상태 그대로 빌리의 가방에 들어 있었다.

"잘 다녀왔어요! 집에 오신 걸 환영해요!"

빌리는 뒤를 돌아보고서 마이라는 것을 알았다. 그녀는 그에게 키스를 하려고 발끝으로 서 있었다. 그의 뺨을 손으로 어루만지며 그의 품에 폭 안겼다. 그녀는 마치 이런 자세로 시간을 멈추게 하고 싶은 것 같았다. 그런 감정이 충만한 시간이 지나자 빌리는 한발 뒤로 물러서서 환영의 키스를 받았다. 감정이 앞선 그녀의 환영 인사로 인해 그는 약간 어안이 벙벙했다.

"자기는 동료들 전혀 모를 거야." 그가 이렇게 말하면서 다른 사람들 쪽으로 돌아섰다. 그들은 그의 짐작처럼 히죽히죽 웃고 있었다. 그는 그녀를 소개했고 팀원들은 차례로 마이와 반갑게 인사했다. 그녀는 팀원들과 인사할 때마다 살짝 무릎을 굽혀 인사했다. 이런 모습을 빌리는 여태껏 본 적이 없었다. 물론 그는 그녀가 사람을 처음 만나면 어떻게 인사하는지 본 적이 없었다. 그녀의 모습은 아주 귀여웠다. 하지만 동시에 이상하게 보였다. 다 큰 여자가 무릎을 굽혀 인사한다는 것이. 이런 모습은 주변에서 흔히 볼 수 있는 모습이 아니었기 때문이다. 마이는 제니퍼 쪽으로 돌아서서 그녀와 악수를 나누며 자기소개를 했다.

"아! 혹시 당신이 반야 맞죠?" 마이가 미소를 지으며 말했다.

"아니에요. 그분은 먼저 떠났어요." 제니퍼가 설명했다.

마이는 고개를 끄덕여 보였다. 그녀는 인사를 다 한 후 빌리의 팔짱을 끼고서 다른 사람들과 수다를 떨었다. 그녀는 당연히 그의 삶의 일부였기 때문이다. 기분이 좋았다. 그는 그녀를 만나서 기쁘다는 것과 그녀를 그리워했다는 것을 알았다. 그러나 그가 그녀를 지난 며칠 동안 그리워했다고 해서 그녀를 더 자주 보고 싶다는 걸 의미하는 것은 아니지 않을까? 그런 생각을 한다고 바보 같은 것은 아니지 않을까?

가방들이 나왔다. 그들은 수하물대에서 각자 가방을 찾아 출구로 향했다.

그들이 거의 출구 앞에 다다르자 "어디 살아요?"라고 마이가 제니퍼에게 물었다.

"솔렌투나요."

"우리 그쪽 지나가요. 모셔다 드릴까요?"

"와, 좋아요!"

마지막으로 빌리와 제니퍼가 토르켈과 우르줄라에게 눈인사를 하고서 마이와 함께 가버렸다.

"택시 같이 타고 갈래요?" 우르줄라가 가방에 붙은 비행기 바코드 스티커를 떼어내면서 물었다. 그녀는 택시 합승은 제안할 수 있다고 생각했다. 그녀가 먼저 내리기에 문제 될 게 전혀 없었다. 그녀가 집에 들어가지 않겠느냐고 그에게 묻지 않아도 토르켈이 전혀 이상하게 생각하지 않을 테니까 말이다. 그의 세계에서 그녀는 결혼한 여자였다. 우르줄라는 자신이 결혼이라는 세계에 살고 싶어 한다는 것을 깨달았다.

"차를 장기 주차장에 세워뒀어요."라고 토르켈은 대답하면서 큰 유리로 된 출구 쪽을 대강 손가락으로 가리켰다. "오늘은 이본느한 테 가야 해서. 딸애들 만나러. 아니면 집까지 태워다줄 수 있었을 텐 데."

"괜찮아요. 택시 탈게요."

"그럼 내일 봐요."

"네. 그럼 안녕히 가세요."

토르켈은 주차장까지 가는 버스 쪽으로 걸어갔다. 우르줄라는 그 자리에 서서 그의 뒷모습을 바라보았다. 실망한 남자가 걸어간다고, 그녀는 생각했다. 스토르본에서 그렇게 많은 시간을 보냈는데도 불구하고 그들 사이에는 아무 일도 없었다. 그들은 섹스를 하지 않았을 뿐만 아니라 함께 식사도, 대화나 산책도 하지 않았다. 잠시 스쳐 지나가듯 함께 아침을 먹은 것을 제외하고는 단 한 번도 사적으로 만나지 않았다. 지금까지 그녀는 이렇게 냉정하게 행동한 적이 없었다. 내일 사무실에 가면 그에게 좀 더 살갑게 대하기로 마음먹었다. 그러고 나서 택시를 타기 위해 정거장으로 가서 긴 줄을 섰다.

45분 후 택시에서 내린 그녀는 여행가방을 끌고 건물 현관 쪽으로 걸어갔다. 비밀번호를 입력하고 안으로 들어갔다. 그러고는 현관 입구에 있는 우편함을 열었는데 작은 표시판에 미케, 우르줄라, 벨라 안더손이라고 씌어 있었다. 그녀는 표시판 이름을 바꾸어 달아야 한다는 것을 깨달았다. 앞으로 표시판에 우르줄라 린드그렌이라고 써야겠다는 생각은 들었지만 더 이상 생각하고 싶지 않았다. 어쨌든 오늘 밤에는 우편함 이름을 바꾸어 달고 싶지 않았다.

집 안은 우르줄라가 기억한 것보다 더 썰렁하게 느껴졌다. 그녀는 가방을 집 현관에 놓고서 안으로 들어갔다. 그녀가 떠날 때와 다름없이 바뀐 것은 하나도 없었다. 당연히 미케가 이사를 나간 후에도 그녀가 퇴근 후 돌아와 보면 집 안은 늘 이랬다. 하지만 그녀가 며칠간 집을 비웠다가 돌아오면 혼자 산다는 게 더 극명하게 드러났다. 공기는 무겁고 집 안에서는 퀴퀴한 냄새가 났다. 그녀는 편지를 부엌 식탁에 던져놓고 거실로 가서 창문을 열었다. 연이어 현관으로 다시 가서 신발도 벗고 재킷도 벗었다. 신발은 벗은 대로 놔두고 재킷은 거울 앞, 무릎 정도 오는 의자에 던져놓았다. 의자에는 붉은색 코르덴을 씌워놓았다. 그녀는 부엌으로 들어가 냉장고 문을 열었다.

비행기에서 커피와 작은 샌드위치를 먹었지만 배가 고팠다. 유감스럽게도 냉장고는 별다른 도움이 되지 못했다. 치즈 한 조각과 튜브에 든 캐비어가 있었지만 그녀는 식탁을 살펴보았다. 물론 바구니에는 빵 한 조각도 없었다. 그녀는 냉장고 홈바에서 요구르트 한 통을 꺼냈지만 유통기한이 벌써 3일이 지난 것이었다. 우유도 마찬가지였다. 그녀는 요구르트와 우유 냄새를 맡아보았다. 상태는 괜찮았지만 마시고 싶은 생각은 들지 않았다. 정말로 슬픈 일이다. 냉장고는 이제 막 이혼한 여자의 삶을 상징하는 것 같았다. 아마 예전에도 미케가 냉장고를 항상 채워놓지 않았더라면 지금과 다를 바가 없었을 것이다. 장 보고, 벨라를 위해 음식을 준비하고. 이것은 그의 일이었다. 여러 가지 일 중 하나였다.

냉장고 문을 닫은 그녀는 편지를 들고 거실로 갔다. 소파에 앉아 겉봉을 뜯어보았다. 그녀가 흥미로워할 만한 것이나 기분 전환이 될 만한 내용은 하나도 없었다. 그럼 TV를 보는 것은 어떨까? 그녀는 시계를 확인했다. TV4에서 뉴스를 할 시간이었지만 의욕이 생기지 않았다. 그래서 그녀는 전화기를 집어 들었다. 전화를 걸어보는 어떨까? 그녀가 집에 돌아왔다는 것을 알려야 하는 것은 아닐까? 여태까지 한 번도 해본 적은 없었지만 그녀는 지금 당장 부모의 역할을 해보기로 했다. 벨라가 웁살라에 가 있는 동안 그녀는 딸과 두 번 통화를 했다. 두 번 다 그들은 지극히 상식적인 테두리 안에서만 대화를 나누었다. 오로지 학업과 일과 같은 일상적인 것에 대해서만 얘기했고 역 앞에서 갑자기 헤어졌던 일 따위는 얘기하지 않았다. 그럼에도 불구하고 그 일은 내내 마음에 걸렸다. 마치 몇 년 전부터 그들 사이에 벽돌로 장벽을 높게 쌓은 것처럼. 그 장벽을 조금씩 허물어야 할 사람은 자신이라는 것을 우르줄라는 잘 알고 있었다.

세 번쯤 신호가 가자 벨라가 전화를 받았다.

"잘 있었니? 나다." 우르줄라가 인사를 하고는 무의식적으로 소파에 앉아 몸을 쭉 폈다. "방해했니?"

"조금요. 지금 친구들이랑 밖에 나왔거든요."

전화기를 타고 어떤 술집인지 밥집인지 알 수 없는 소음이 들렸다. 음악 소리, 깔깔거리는 소리, 라이프.

"나 집에 잘 도착했다고만 말하려고 전화한 거야."

"엄마 어디 갔다 왔어요?"

우르줄라는 딸에게 실망하기보다 자신을 책망했다. 그녀가 어디 갔다 왔는지 벨라가 알 턱이 없지 않은가? 딸이 이 사실을 알기 원했다면 떠나기 전에 미리 전화해서 설명해주었어야 했다. 그녀는 앞으로 그렇게 하기로 결심했다.

"응. 옘틀란드에 다녀왔다."

"집단무덤이 발견된 곳에요?"

"응."

"어떻게 됐어요?"

"아직 수사 안 끝났어. 스톡홀름에 돌아와서 수사 계속하려고."

그러고 나서는 한동안 서로 아무 말도 하지 않았다.

"엄마 혹시 무슨 용건 있으신 건 아니고요?" 마침내 벨라가 물었다.

우르줄라는 곧바로 대답하지 않았다. 도대체 그녀가 원하는 것은 무엇일까? 그녀는 텅 빈 집에 들어오니 기분이 너무 이상하다고 말하려고 했다. 벨라가 사는 웁살라로 초대해달라고 말하고 싶었다. 당장은 아니더라도 언제 한번 함께 소풍 갈 수 있는지 물어보고 싶었다. 아무 때나, 날씨가 따뜻하고 햇살이 눈부신 날에. 지독한 11월의 날씨를 피할 수 있도록. 오로지 단둘이만. 원래 그녀는 이렇게 말하고 싶었다.

그 대신에 그녀는 엉뚱한 대답을 했다. "아니, 없어. 너는 다 괜찮은 거지?"

"예. 공부할 게 상당히 많은 것 빼고는 다 좋아요."

딸은 우르줄라의 방문을 받아줄 시간도, 이혼한 엄마를 찾아올 시간도 전혀 없다는 사실을 엄마 마음 상하지 않게 대답한 것이었을까? 아니면 질문에 대한 대답에 불과한 것이었을까?

"알았다. 엄마도 별일 있는 거 아니고. 그냥 전화해본 거야."

"좋아요. 그러면 우리 주말에 조용히 통화해요."

"그러자. 그렇게 할 수 있을 거야. 그럼 친구들이랑 재미있게 놀아."

"고마워요. 나중에 연락할게요."

"그래. 나중에 연락하자."

벨라는 이미 전화를 끊었다. 우르줄라는 전화기를 손에 든 채로 앉아 있었다. 오늘 저녁은 마음이 편하지 않을 것 같았다. 혼자 집에 있는데도. 그녀는 자리에서 일어나서 현관으로 갔다. 재킷을 입고 신발을 신었다. 그녀가 꿈꾸었던 시나리오는 아니었지만 그녀에게 필요한 사람이 있다.

그녀는 초인종을 누르기 전에 손으로 머리를 매만지고는 약간 긴장한 채로 재킷을 다시 고쳐 입었다.

"누구세요?" 몇 초 후에 안에서 소리가 들려왔다.

"나예요. 우르줄라."

그녀는 문을 여는 소리를 들었다.

"어서 와요. 도대체 무슨 일이오?" 그가 문을 열면서 말했다.

"뭐 먹으러 안 갈래요?"

그는 시계를 보았다. "벌써 11시 15분 전인데?"

"예. 늦은 식사가 될 거예요."

그는 그녀를 빤히 쳐다보았다. 그녀가 도대체 무엇 때문에 그를 찾아온 것인지 그는 전혀 이해하지 못하는 것 같았다. 당연히 지금 뭐 먹으러 나가기에는 너무 늦은 시간이었다. 그녀는 그에게 말벗이 되어주기를 원하는 것일까? 얼마 전까지만 해도 그녀는 그럴 생각이 눈곱만치도 없었다. 그녀의 등장을 그가 정말로 예상하지 못했다는 것은 그의 모습을 보면 알 수 있었다. 하지만 그녀가 그를 찾아왔다. 어찌 됐든 그는 그녀의 방문을 기뻐하는 것 같았다.

"여기를 다 찾아오다니 놀랄 노 자로군." 그의 말로 인해 그녀가 방금 생각했던 것이 사실로 확인된 셈이다.

"나도 그 마음 이해할 수 있어요. 나도 놀랐으니까." 그녀가 진심으로 놀랐다는 듯 대답했다.

"어디 나가고 싶은가? 아니면 내가 간단하게 요리할까?"

"괜찮다면 간단하게 요리해주세요." 그녀가 말하고는 안으로 들어갔다. 약간 재미있다는 눈빛으로 세바스찬은 문을 닫았다.

✤

그들은 이른 아침에 쳐들어왔다. 메멜이 남자들과 함께 들이닥친
것이다. 그들은 노년층의 권리로 그녀의 집 통로에, 삶에 들어섰다.
지금 집으로 찾아와 쉬베카를 노려보는 다섯 남자를 메란은 하나하
나 다 알고 있었다. 쉬베카는 거의 쇼크를 받은 것 같았지만 메멜은
메란 쪽을 계속 주시했다. 엄하면서도 완고하게. 메란이 좋아하는
노인의 깨어 있는, 청명한 눈빛은 거의 보이지 않았다. 매력적이고
다정했던 눈빛을 볼 수가 없었다. 그는 마치 지독하게 악취가 나는
물건을 쳐다보는 것처럼 쌀쌀맞은 표정에 화가 난 듯이 보였다.
"우리는 너희와 얘기하고 싶어서 왔다. 시간이 있느냐?"
이것은 애당초 질문이 아니었다. 무슨 용건인지 메란은 불 보듯이
훤히 보였다. 멜리카가 고자질한 것이다. 그녀가 어제 여기를 다녀
간 후 곧바로 그랬을 것이다. 메란은 참을 수 없을 정도로 멜리카에
게 화가 치밀었다. 비밀에 부치기는 커녕 아예 다른 사람들을 끌어
들이다니.
"그럼요." 소년은 상냥하게 대답하고는 예를 갖추어 메멜을 거실
로 안내했다. 거실에서는 에이어가 TV를 보고 있었다. 서둘러 TV를
끈 메란은 여전히 잠옷을 입고 있는 에이어에게 방으로 들어가라고

말했다. 에이어는 벌떡 일어났다. 동생은 맨발로 방으로 가며 눈을 휘둥그레 뜨고 남자들을 쳐다보았다. 아침 피로가 곧장 날아가버리는 것 같았다. 동생은 모든 남자에게 예의를 갖추어 고개 숙여 인사할 정도로 영리했다. 메란은 동생의 행동이 흐뭇했다. 동생이 예의 바르게 행동하는 모습을 보니 좋았다. 소년은 통로에 계속 서 있는 쉬베카 쪽을 돌아보았다. 그리고 손님들에게 뭐 좀 마실 것과 먹을 것을 가져다달라고 부탁했다. 하지만 메멜이 고개를 가로저으며 거절했다. 그들은 결코 아침을 먹으러 온 것이 아니었다.

남자들은 소파에 앉았다. 메멜은 대화를 나누기 위해 다른 사람들보다 앞쪽에 있는 푹신한 의자에 앉았다. 메란은 남자들과 바로 맞은편에 앉아 쉬베카를 기다렸다. 위가 불편하게 꼬이는 것을 느끼면서도 만족스럽기도 했다. 메란은 메멜 앞에 앉았다. 소년이 가족을 위해 말할 수 있는 유일한 남자이기 때문이다. 예전에 어른들이 중요한 문제로 대화를 나눌 때에는 소년도 동생처럼 방에 들어가 있어야 했다. 하지만 지금은 이 과제를 수행할 만큼 성장했다는 것을 보여주기 위해 가슴을 쭉 폈다.

쉬베카는 아들의 옆에 와서 앉았다. 그녀는 머리에 히잡을 썼는데 검은색이 그녀의 창백한 얼굴을 더 창백하게 보이게 했다. 이렇게 심각한 표정을 최근 들어 지은 적이 없었다. 아들과 마찬가지로 그녀도 이 남자들로 인한 상황의 심각성을 알았다.

잠시 동안 서로 아무 말도 하지 않았다. 메멜은 말을 시작하기 전에 차례로 모든 사람을 쭉 둘러보았다. "쉬베카가 얼마 전에 무슨 일을 했는지 들었다. 그 일에 대해서 너희와 얘기하러 온 거야. 너희한테 먼저 설명할 기회를 주겠다."

메란은 엄마가 눈길을 바닥으로 떨구는 것을 보았다. 소년이 이 과제를 수행해야만 했다. 소년은 제 목소리에 약간 실망스러웠다. 마음속으로 바랐던 만큼 어른 같은 목소리가 흘러나오지 않았던 것이다.

"아버지와 자이드 아저씨한테 무슨 일이 있었는지 알아내려고 했을 뿐입니다." 소년이 대답했다.

"우리는 그 점에 대해서 이해한다." 잠시 후에 메멜이 대답했다. "하지만 걱정이다. 다른 사람들이 우리를 찾아와서 묻더구나. 네 어미가 무슨 짓을 하고 다니는지 정말로 알기나 하냐고 말이다."

"다른 분들한테 불편함을 끼쳐드렸다면 죄송합니다. 하지만 전혀 걱정하실 필요는 없어요. 저희는 저희가 무엇을 해야 하는지 잘 알고 있으니까요."

메멜은 나지막하게 한숨을 내쉬었다. 메란의 대답이 마음에 들지 않았던 것이다. 녀석은 정말로 이 일이 그렇게 간단한 일이라고 믿는 것일까? 메멜은 소년 쪽으로 몸을 약간 내밀었다.

"메란, 스웨덴 남자가 이 집에 들어온 것이다. 그자는 결혼을 했느냐? 아니면 미혼이냐? 그자가 어떤 여자를 만나고 다니던 그자가 계획하고 있는 게 무엇이냐?"

"그분은 오로지 아버지한테 무슨 일이 있었는지 그걸 알아내려고 하는 것뿐이에요. 그분은 저널리스트예요. 그분과 만날 때마다 제가 함께 있었어요."

"그게 정말이냐? 우리는 그것과 좀 다른 얘기를 들었는데."

메멜은 소년과 그 엄마를 차가운 눈빛으로 쏘아보았다. 쉬베카는 자리에서 일어났다. 그녀는 화가 치밀기 시작할 때면 항상 그렇듯이 입술이 더 얇아졌다. 엄마가 흥분하지 않으려고 무척 애를 쓴다는 걸, 메란은 알 수 있었다. 엄마에게 고갯짓을 하고 메멜과 남자들 쪽으로 시선을 돌렸다. 문장마다 단어마다 자신의 새로운 역할에 익숙하면 익숙할수록 소년의 목소리는 더 단호했다.

"어머니는 저와 아버지를 아주 존중합니다. 어머니는 저 몰래 절대로 무슨 일을 하는 사람이 아닙니다. 어머니가 누군가를 화나게 할 만한 일을 했다면 저한테도 마찬가지입니다."

다시 조용해졌다. 메란은 여전히 회의적인 메멜의 표정을 보았다.

"매번 그랬지만 이 일은 더 내 맘에 안 드는구나, 메란. 이 일이 우리 일이 아니라는 것, 너도 잘 알고 있잖느냐."

"그렇다면 어르신들 일은 무엇인가요?" 어느 사이에 쉬베카가 끼어들었다. 애써 참았던 모든 감정이 한꺼번에 터져 나왔다. "그렇게 앉아만 있는 거요? 아무것도 안 하고요? 그냥 침묵한 채로요?"

"넌 그러한 질문을 할 필요가 없어. 이미 답을 알고 있잖아!"

메란은 이 상황이 제 손을 떠났다는 것을 느꼈다. 메멜을 자극하지 말아야 한다는 것을 알고 있었기에. 메멜은 절대로 적이 되어서는 안 될 사람이다. 메란의 생각으로는, 가족 내에서 자신의 입지를 확고히 하고 질서를 바로잡아야만 할 것 같았다. 소년은 엄마 쪽을 돌아보며 엄마를 나무랐다. "그만하세요! 가만 좀 계세요."

메란은 엄마를 보호해야겠다고 마음먹었다. 그녀는 눈물을 글썽였고 아들에게도 화내기 일보 직전이었다. 하지만 그녀는 평정을 되찾았다. 숨을 크게 쉬고는 눈길을 밑으로 떨어뜨렸다. 한순간 그녀는 입을 굳게 다물었다. 메란은 엄마가 제 말에 굴복하는 것을 보고 그 기분을 즐겼지만 다른 한편으로는 그런 기분을 증오했다. 소년은 다시 메멜 쪽을 돌아보고는 가능한 한 그의 동정심을 사려고 애를 썼다.

"어머니한테 나쁜 뜻이 있었던 건 아닙니다. 어머니는 그저 슬퍼서 그런 거예요. 지난 몇 년 동안 얼마나 견디기 힘들었겠습니까. 제발 저희를 용서해주세요."

메멜은 처음에 주저하는 듯하더니 소년의 용서를 받아들이는 것 같았다. "그때는 많은 사람들한테 어려운 해였다. 하지만 우리는 한데 뭉쳐야 된다. 올바른 걸 행해야 해. 우리는 이것을 너희한테 말하고 싶어서 온 거다. 넌 날 이해할 수 있겠지, 메란?"

메란은 고개를 끄덕거렸다. "예, 저는 이해합니다."

"네가 정말로 이해한다면 그 일을 당장 그만두어라. 멜리카는 그 일에 휘말리고 싶어 하지 않아. 우리 중 그 누구도 마찬가지다. 너희는 너희만 생각하지 말고 우리 모두를 생각해야만 한다."

이러한 말과 함께 그는 푹신한 의자에서 일어섰다. 다른 남자들도 군령을 따르듯이 자리에서 일어섰다. 메란도 그들과 똑같이 일어섰다. 메멜은 소년에게 한 발자국 다가서며 소년의 눈을 응시했다. 그의 눈빛은 사랑으로 가득 차 있으면서도 경고의 뜻을 나타냈다.

"메란. 네 아비는 네 속에 살아 있다. 오늘 나는 그것을 보았어. 나한테 보여다오, 정의롭게 행동하는 걸."

그러고 나서 그는 동료애를 나타내듯이 소년의 어깨를 톡톡 다독거렸다.

"약속드릴게요, 메멜 어르신. 절대로 어르신을 실망시키지 않을 거예요."

메멜은 소년을 향해 미소 지었다. "좋아. 그러면 우리는 앞으로 이 일을 얘기하지 말자꾸나. 오늘 방해한 거 용서해다오."

그리고 그들은 처음 왔을 때처럼 홀연히 사라졌다. 그중에 그 누구도 바닥만 내려다보며 등받이 없는 의자에 그대로 앉아 있는 쉬베카에게는 눈길도 주지 않았다. 마치 그녀가 그곳에 없다는 듯이.

물론 메란은 엄마에게 다가갔다. 소년이 다정한 손길로 엄마의 어깨를 잡았다.

"다 잘될 거예요, 엄마. 마지막에는요."

소년은 자신이 정말로 그렇게 믿고 있는 것인지 어떤지 실제로는 잘 몰랐다.

⚜

레나르트는 하루 종일 집에서 일하기로 계획을 세웠다. 그는 휴식이 필요했고 생각을 집중하고 상처를 다독거려야만 했다. 그가 그토록 희망해왔던 스토리가 한순간에 무너져 내렸다. 린다 안더손이 자이드의 아내를 어떤 식으로든지 설득해야 했지만 성공하지 못했다. 그 결과 그들의 방문은 파국으로 전개되었다. 멜리카가 문을 세게 꽝 닫고 나가자마자. 소년이 그들에게 그만 나가달라고 말했다. 쉬베카조차 그들이 집을 나설 때 눈길 한번 주지 않았다.

아마도 그 모든 것은 그녀의 아들과 관련이 있어 보였다. 언짢게 인상을 쓰던 소년 때문에. 아버지의 행방불명에 대한 진실 규명에 레나르트가 도움을 줄 거라는 엄마의 믿음을 소년은 전혀 공감하지 못하는 것 같았다. 어쩌면 문화적인 이유 때문일지 몰랐다. 소년은 엄마가 독단적으로 행동할까봐 두려운 모양이었다. 어쩌면 오랜 상처를 떨쳐버리지 못한 채 소년 나름대로 아버지 때문에 슬퍼하는 것일지도 모르고. 그 이유가 무엇인지 레나르트는 정확히 짐작하기 어려웠다. 행방불명된 사람들의 가족이나 아내의 협조 없이 그는 단 한 글자도 기사를 작성할 수가 없었다. 하지만 그렇다고 그냥 이대로 포기하자니 너무 고통스러웠다.

그는 다시 기운을 내려고 애를 썼다. 따지고 보면 지금 상황이 그렇게 나쁜 것만은 아니었다. 스토리를 상실한 것이 이번이 처음도 아니었다. 편집국에서는 아이디어가 떠올랐다가도 금방 스러진다. 극소수의 아이디어만이 기사화되는 것이다. 앞으로 상황은 지금보다 더 나빠질 수 있다. 이번 스토리를 위해 몇 달 동안 시간을 더 들이다가 끝내 포기해야 할 상황에 직면하게 될지도 모른다. 그도 상황이 어떻게 전개될지 모른다. 누구든 스토리를 깨기 시작한다면 현실은 이렇게 척박하다. 단서를 아예 찾지 못하거나 충분하지 않을 경우가 많다. 그러면 좋은 TV 방송을 만들기에 턱없이 부족할 것이다.

그럼에도 불구하고 레나르트는 이번 사건을 포기할 수 없다. 항상 이런 과정이 있었으니까. 이런 특성은 직업상 큰 장점이었다. 이런 완고함이 그를 끌어주는 원동력이다. 하지만 이 때문에 힘들고 괴롭기도 했다. 그는 직업을 명예롭게 여겼다. 그래서 그런지 그 어떤 일도 대충대충 넘어가는 것은 싫었다. 그는 쓰러질 때까지 계속해서 사건을 추적할 것이다. 쉬베카 이야기가 그를 감동시켰다. 그 이야기는 속속들이 좋은 기삿거리였다. 행방불명된 남편, 결코 포기하지 않는 매력적인 아내, 국가정보기관이 관여한 흔적까지. 이뿐만 아니라 쉽게 접근할 수 없는, 기밀에 가까운 얘기를 그는 오랫동안 쫓아다녔다. 이 사건은 돈 혹은 정치 스캔들과 관련이 없는 스토리라는 것이 무척 만족스러웠다. 쉬베카 스토리로 인해 그는 예전에 저널리스트가 되고 싶었던 이유를 다시 떠올려보았다. 탐욕스런 매니저가 어떤 식으로 사리사욕을 채워나가는지, 어떤 보스들이 세금을 착복하는지 따위만 알아내고 싶지 않았다.

그는 이러한 기삿거리를 다룰 때 그 본연의 목소리를 내지 않고 현대의 목소리를 냈다.

쉬베카 이야기가 그에게는 더 적합했다. 왜냐면 그는 인간의 운명을 보도하고 싶었기 때문이다. 사람들에게 자극을 주고 더불어 사람들의 눈을 뜨게 해주고 싶었다. 사람들의 감정을 움직일 수 있도록. 오늘날 스웨덴에서 어떤 일이 발생하고 있는지 제발 한번 보시기를! 우리는 사람들을 다 같은 사람으로 바라보지 않는다. 친구들은 그를 추어올리면서 마지막 남은 이상주의자라고 말한다. 이 세상을 오로지 카메라만으로 구할 수 있다고 믿는 그런 사람이라고.

다시 한 번 쉬베카와의 만남을 성사시켜야만 한다. 그녀와 단둘이 서만. 이것이 마지막 기회다. 그는 그녀의 핸드폰 번호를 수없이 눌렀지만 그녀는 핸드폰을 받지 않았다.

마침내 그는 머리를 맑게 하려고 한 바퀴 산책을 돌고 오기로 마음먹었다. 친구들에게 전화를 걸어서 주말에는 경기를 관람할 것이다. 하마비 팀과 브라게 팀의 축구 경기가 있을 테니까. 그는 한결 가벼운 마음으로 재킷을 걸치고서 문으로 향했다. 때마침 핸드폰 벨소리가 울렸다. 쉬베카라는 이름이 디스플레이에 떴다. 지나치게 흥분하는 바람에 하마터면 핸드폰을 떨어트릴 뻔했다. 그는 그녀가 무슨 말을 하는지 집중할 수 없었다.

그녀가 하고 싶은 말을 다 이해하고 났을 때에는 하늘이 무너지는 것 같았다. 그는 그녀를 설득시키려고 애를 썼다. 그녀를 이해시키려고도 했다. 진실을 알아내야 한다고도. 그가 이대로 포기할 수 없다는 것도.

하지만 아무런 소용이 없었다.

그녀는 포기한 상태였다.

다 끝났다.

✠

메란은 부엌에 앉아 통로에서 들려오는 통화 소리를 엿들었다. 엄마를 믿지 못해서 그런 것은 아니었다. 하지만 엄마가 자신에게 약속한 것을 확인하고 싶었다. 이것으로 종결이다. 통화 소리를 엿듣다 보니 이상한 감정이 생겼다 그녀도 마음이 불편했으나 그런 마음을 아들에게 드러내지 않았다. 그녀의 목소리는 통화하는 내내 단호하면서도 조금도 수그러들지 않았다. 스웨덴인이 부탁조로 애걸복걸할 거라고 메란은 정확히 상상할 수 있었다. 그래 봤자 스웨덴 남자는 아무런 소용이 없을 것이다. 엄마는 통화를 간단히 끝냈다. 더이상 논의할 일이 없다.

엄마가 전화기를 내려놓고 그 옆 작은 의자에 털썩 주저앉자마자 소년은 엄마를 이해할 수 있었다. 엄마 속마음이 훤히 다 보이는 것 같았다. 엄마의 꿈이 영원히 산산조각이 나고 삶의 일부가 사라지고 말았다는 것을 눈으로 확인할 수 있었다. 소년은 엄마에게 다가갔다. 되도록 부드럽게 행동했다. 소년은 엄마가 자랑스러웠다. 물론 엄마는 그런 소년의 속내를 전혀 알지 못할 테지만 말이다.

"기자분이 아주 실망하더라." 아들이 통로로 오는데도 눈길 한번 주지 않고 그녀가 말했다.

"엄마도 그런 거 아니에요?"

그녀는 슬픈 마음으로 고개를 끄덕였다.

"엄마는 너 안 속일 거야. 엄마가 약속했잖니. 그래, 엄만 실망스럽다. 내가 이 일 때문에 얼마나 오랫동안 싸워왔는지…….""

메란은 엄마 옆에 앉았다. 소년은 엄마의 아픔을 느꼈기에 함께 아파하고 싶다는 마음을 엄마에게 보여주고 싶었다. 그녀는 아들뿐만 아니라 그 누구도 다치게 하고 싶지 않았다. 나쁜 의도는 없다 해도 결과적으로 누군가를 크게 다치게 할 수 있기 때문이다. 그리고 실제로 이러한 상황까지 오게 되었다.

"어쩔 수 없잖아요. 엄마도 알잖아요?" 소년이 엄마의 손을 잡았다. 이제 모든 게 좋아질 거라는 것을 엄마에게 알려주고 싶었다.

"그렇지 않아, 메란. 엄마는 아직도 이해가 안 되는 게 있어. 도대체 뭐가 잘못된 건지. 너나 나 같은 사람은 우리를 위해 싸워줄 수 있는 레나르트와 같은 사람이 필요해. 그런 사람이 아니라면 아무도 우리 말에 귀 기울여주지 않으니까."

"하지만 그분과 계속 만난다면 우리는 언젠가 외톨이가 될 거예요. 그건 안 돼요. 우리는 그걸 원하는 게 아니잖아요."

"우리는 지금도 외톨이야, 메란. 누가 우릴 도와줄 수 있을 거라고 넌 믿니? 메멜 어르신이 그럴 거라고?"

메멜 이름을 내뱉은 후 그녀는 일어섰다. 이러한 정체 상태를 뒤흔들고 싶었다. 걱정과 실망감을. 효과가 있는 것 같았다. 그녀는 일어선 후 더 강인해 보였다. 그녀는 아들 쪽으로 돌아서며 핸드폰을 건네주었다.

"나보고 이걸로 뭘 하라는 거예요?" 아들이 물었다.

"갖고 있다가 에이어한테 선물로 줘. 엄만 이제 필요가 없으니까."

메란은 조심스레 핸드폰을 받았다. 핸드폰이 무겁게 느껴졌다. 원래 무게보다 훨씬 더 무겁게. 핸드폰에 날아가버린 꿈과 파괴된 희망이 가득 찼기에.

"한 가지 엄마한테 약속해다오, 메란." 쉬베카가 진지한 표정으로 말했다. "다른 사람들 말 듣지 말고. 네 자신의 목소리에 귀 기울이겠다고. 엄마가 너무 성급하게 굴었을지 모르겠다만. 넌 네 자신의 목소리를 들어야만 하는 거야."

이 말을 끝내고 그녀는 방으로 들어가서 문을 닫았다.

슬픔과 실망감을 남긴 채로.

아들에게.

✤

스웨덴에서 엘리노 베르크비스트라고 불리는 여성은 모두 스물세 명이 있었다. 그중 세 명이 스톡홀름에서 살고 있었다. 반야는 모든 주소를 메모했다. 먼저 수도에 살고 있는 세 명에게 집중하려고 한다. 이름은 동일하지만 다양한 삶을 살고 있을 여자들.

그중 스물두 명은 반야와 완전히 다른 삶을 살 것이다. 우연히 그들과 마주쳤다가 스쳐 지나갔을 수도 있었겠지만 흔히 있을 법한 일은 아니었다. 그중 한 명이 아버지를 적극적으로 구치소로 가도록 만든 사람이다. 아마도 그녀는 트롤레 헤르만손의 사망에도 연루되었을지 모른다.

반야는 소파에 기대앉아 복사기가 윙윙거리며 돌아가는 소리를 들었다. 문제는, 그녀가 이 엘리노들 중 그 어떤 사람도 추적할 수 없다는 것이다. 그녀들 뒤를 캐지 않겠다고 페터 고르나크와 약속했기 때문에 그런 것만은 아니었다. 그녀가 아버지에 대한 수사 과정에서 정보 제공자에게 영향을 미치려고 한다면 그것이 그녀에게는 부메랑이 돼서 돌아올 것이다. 만약 이 사실이 발각되기라도 한다면 그녀는 절대로 FBI 교육에 참여할 수 없다. 그럼에도 불구하고 그녀는 더 많은 정보를 알아내야만 한다.

잠시 동안 그녀는 빌리에게 전화를 걸어보면 어떨지 고민해보았다. 그는 아직 프엘에 머물고 있을 것이다. 그와의 관계가 사적인 일을 조사해달라고 부탁할 수 있을 만큼 아직은 그렇게 원만하지 않았다. 게다가 이 사실이 발각된다면 둘 다 문제가 될 게 뻔하다. 빌리는 입장이 곤란할 테고, 그렇게 된다면 그녀 자신이 일을 벌이는 것보다 상황은 더 심각할 것이다. 그래도 그녀는 도움을 받아야 한다.

세바스찬.

이 얼마나 희한한 일인가. 그 이름이 뇌리 속에 떠오르다니. 예전에는 항상 발데마르가 떠올랐다. 빌리도 자주 생각났다. 그런데 지금은 세바스찬이 떠올랐다.

몇 달 전까지만 해도 그는 관심의 대상이 아니었다. 세바스찬 베르크만은 자기에게 이익이 되지 않는 한 손가락 하나 까딱하지 않을 사람이다. 이것은 누구나 다 아는 사실이었다. 하지만 지난 며칠 동안의 결과를 볼 때 그가 이 사건에 예외적으로 도움을 줄 수 있을 것 같았다. 절대로 이익의 차원이 아니라 순수하게 우정의 차원에서. 한번 시도해볼 만하다. 게다가 그는 특별살인사건전담반에서 정규직으로 일하는 것도 아니다. 그는 양심의 가책을 느끼는 일도 적었다. 만약 그가 도움을 준 사실이 발각된다 하더라도 핑계를 될 테고 그에게는 아무런 문제도 생기지 않을 것이다.

하지만 도대체 그녀는 왜 그에게 이 일을 사주하려는 것일까? 그로 하여금 이 여자들을 찾아가 발데마르 리트너의 무죄를 입증하는 데 도와줄 수 있는지 일일이 물어봐달라고 해야 할까? 그러면 다들 그가 하는 말을 전혀 이해하지 못할 것이다. 그 사실을 아는 여자는 당연히 거짓말을 할 테고. 어쩌면 엘리노 베르크비스트의 흔적은 남아 있지 않을지도 모른다. 그녀가 가지고 있는 유일한 증거도 아무런 소용이 없을지 모른다.

그렇다면 그녀를 찾는 일이 의미가 있는 것일까? 반야가 생각하기에 발데마르는 확실히 혐의가 있었다.

그가 그녀와의 짧은 만남에서 말했던 얘기를 종합해본다면.

그가 말했듯이.

그의 눈빛.

그렇다. 그는 구치소에 수감 중이다. 그가 그곳에 있다면 그것은 그럴 만한 이유가 있는 게 아닐까? 경제사범 담당 경찰들이 그의 혐의를 포착할 수 있도록 도대체 누가 그런 짓을 했을까? 도대체 왜? 그녀는 곧 미국으로 떠날 것이다. 모든 것으로부터 멀리. 이 모든 것을 이렇게 놔두고 떠날 수 있을까?

반야는 소파에서 일어나 복사기가 있는 방으로 갔다. 복사물을 꺼낸 그녀는 거실로 가면서 한 장씩 넘겨 보았다.

스물세 명의 이름과 주소.

이 중 한 명이 바로 그녀가 찾는 사람이다.

소파 탁자로 간 그녀는 핸드폰이 놓인 쪽으로 향했다. 그쪽까지 몇 발자국 남지 않았을 때 핸드폰 벨소리가 울렸다.

"반야입니다." 그녀가 핸드폰 디스플레이를 확인하지도 않고 통화

단추를 눌렀다.

"안녕하세요. 여기는 인사부 하리에트입니다."

"오, 안녕하셨어요!"

"방해했나요?"

"아니에요. 전혀 아니에요."

반야는 미소를 숨길 수 없었다. 내심 기대감에 부풀었다. 하리에트는 경찰 행정부에서 재교육과 국제 교류를 담당하고 있었다. 그녀는 반야가 도망갈 수 있는 문을 열어줄 그런 사람이다. 이 땅을 떠날 수 있도록. 앞만 볼 수 있도록 말이다. 그녀는 숨을 쉬며 살 수 있는 시간이 필요하고 자기 자신에게 집중할 수 있는 시간이 필요하다. 물론 아버지의 재판을 위해 사건을 조사할 테지만 거리상 먼 곳에 떨어져서 조사할 것이다. 물리적인 먼 거리 덕분에 그녀는 외부에 있는 호사를 누릴 수 있을 것이다. 그런 기회가 필요하다. 오랜 세월 동안 그녀는 남들이 하라는 대로 다 했던 착한 소녀였다. 시간이 흐르면 그녀는 아버지를 다시 보고 싶다는 간절함이 생길 것이다. 그러면 차츰차츰 그들은 한자리에 모여 앉을 것이다. 그것을 그녀도 알고 있다. 하지만 이러한 상황에 이르기 위해서는 그녀가 이곳을 먼저 떠나야만 한다. 지금은 그렇게 멀리 가지 못했다. 그녀는 피곤했다. 서른 살 여자는 피곤했다. 거의 모든 일이 다 괴로웠다. FBI와 미국은 그녀에게 삶의 재미를 돌려줄 것이다. 그녀는 당장이라도 하리에트가 열어주는 문을 통해 뛰쳐나가고 싶었다.

"정말로 미안하게 됐어요." 반야는 하리에트의 목소리를 들으면서 무슨 영문인지 몰라 얼떨떨했다.

발데마르에게 무슨 일이 있다는 것을 그녀가 안다는 뜻일까? 물론 그럴 수도 있을 것이다. 경찰은 일의 특성상 서로서로 통할 수 있으니까. 그곳에도 이런저런 남의 험담은 금세 퍼지기 마련이다.

"무슨 말씀이신지 지금 한마디도 이해가 안 되네요." 그녀가 대답을 하고는 손에 든 복사물을 소파 탁자에 내려놓았다. 그러고 나서 창가로 다가가 점점 단풍으로 물드는 나무들 너머로 게르데트 지하철역 쪽을 내다보았다.

전화를 걸어온 쪽에서는 아무 말이 없었다. 이해할 수 없는 침묵이었다. 대화하기 어려울 때 사람들은 침묵하게 된다.

"내 생각에 나도 이해가 잘 안 돼서……." 하리에트가 침묵을 깨고 말했다.

"아버지요?" 반야가 아버지 문제를 굳이 꺼내고 싶지 않다는 말투로 대답했다.

"아버지한테 무슨 일 있나요?"

"아버지는 그러니까……." 반야가 말을 시작했다가 이내 중단했다.

하리에트는 그 사실을 알지 못했다. 그녀는 반야에게 미안하게 됐다는 말을 먼저 꺼냈다. 불안감이 엄습하자 위 속에서 뭔가 작은 알갱이 같은 것이 스멀스멀 굴러다니는 것 같았다.

그래서 그녀는 "아니에요. 아무것도 아니에요."라고 서둘러 말했다. "근데 아까 하려던 말이 뭔가요?"

또다시 침묵이 흘렀다. 이번에는 좀 달랐다. 이상한 기분이 드는 침묵이 아니라 뭔가를 암시하는 그런 침묵이었다. 나쁜 소식을 전하기 전에 잠시 말을 멈추는. 배 속 작은 알갱이가 갈수록 더 커져가는 것 같았다.

"경관님, FBI 교육에 참여 못 하게 됐어요."

위 속 알갱이가 시시각각 더 커지더니 이제는 축구공만 해졌다. 폐부에 공기가 가득 차는 바람에 반야는 숨을 길게 내쉬어야 했다. 도대체 어떻게 이런 일이 생길 수 있단 말인가! 사실이라고 믿기 어려운 일이었다.

"확실한가요?"

바보 같은 질문이었다. 하리에트는 책임자였다. 지원자 수가 그렇게 많은 것도 아니었다. 당연히 그녀의 말은 확실할 것이다.

"예. 정말 너무 죄송합니다."

"도대체 왜죠?" 반야가 가까스로 입을 열었다. 어쩌면 오류일지도 모른다. 그 이유만이라도 알게 된다면 모든 것을 다시 고쳐서 제자리로 돌려놓을 수 있을 것이다. "제 말은요…… 모든 게 아무런 문제가 없었잖아요."

"호칸 페르손 리다르스톨페가." 하리에트는 대답을 하다 말고 잠시 입을 다물었다. 그가 누군지 반야가 알아챌 수 있도록 하기 위해서였다. 그 이름을 부를 때에는 반드시 그래야 하는 것처럼. 뒤죽박죽 어질러놓은 방에 죽치고 앉아 항상 눈을 껌벅거리는, 짧은 코밑 수염의 남자 모습이 곧 눈앞에 아른거렸다. 하지만 그녀의 말이 무슨 뜻인지 여전히 알 수가 없었다. 호칸 페르손 리다르스톨페를 찾아갔을 때 모든 것이 다 척척 진행되었다. 정말로 잘 진행되었다. 그는 심지어 헤어질 때 이런 말을 하기도 했다. 그녀와 악수하면서 "정말로 잘하셨습니다." 하고 말이다.

무슨 일이 일어난 것일까? 그가 거짓말을 했나? 만약 그렇다면 그 이유는 무엇일까? 그녀는 더 많은 얘기를 들어야만 한다.

"예……." 반야의 대답은 하리에트가 말한 사람이 누군지 정확히 알기 위한 것이었다.

"그분이 평가에서." 하리에트가 계속해서 말했다 "경관님이 이번 교육에 적합하지 않다고 아주 분명히 말씀하셨어요. 경관님을 미국에 보낼 수 없다고."

"왜요?"

이 말이 머릿속에 떠오른 유일한 단어였기 때문에 반야는 달리 할 말이 없었다. 머리가 텅 비었다.

"여러 가지 이유가 있는데요. 그분 평가가 결정타였어요."

"하지만 한 사람이 한, 단 한 번의 평가잖아요."

"담당 심리학자가 부적합 판정을 내리면 FBI는 절대로 받아주지 않아요." 하리에트는 심각한 단어를 조금이라도 부드럽게 표현할 수 있는 단어로 바꿔서 설명했다.

물론 그렇게 해도 반야에게는 아무런 영향도 주지 못했다. "하지만 저는 적합 판정을 받았어요." 그녀는 거의 소리를 지를 뻔했다. "보시기에 이상하지 않나요? 나보다 더 적합한 사람이 없었잖아요. 정말로."

"반야, 미안해요."

"그 말로는 충분하지 않아요." 반야가 곧바로 말을 툭 내뱉었다.

그런 말은 하나 마나 한 말이었다. 하리에트의 미안하다는 말에 결과를 그대로 받아들일 생각은 없었다. 절대로 포기하지 않을 것이다. 그래서 머리를 굴려보았다. 그녀는 최고의 대원이었기에.

"다른 사람으로부터 평가서를 받을 수 있잖아요. 그분이 잘못 생각했을지 몰라요. 그렇다면 방어할 수도 있는 거 아닌가요!"

"호칸 선생님은 우리 팀에서 평가서를 담당하는 분입니다. 그것은 반박의 여지가 없다는 뜻이에요."

반야는 아무 말도 하지 못했다. 뭐라고 또 반박할 수 있을까? 그 문으로 달아나고 싶었는데 그 문이 눈앞에서 완전히 굳게 닫혀버렸다. 잔인할 정도로 한 방 크게 얻어맞은 것처럼 그녀는 그저 멍하기만 했다.

"다음번에 기회가 있을 거예요." 하리에트가 그녀를 달래려고 애를 썼다. "올해하고 내년에는 안 될 것 같아요. 하지만 이게 마지막은 아니에요."

"예, 고마워요."

반야는 통화를 끝냈다. 창가에 선 그녀는 집에서 조금 떨어진 나무들 뒤편으로 산책을 하거나 조깅을 하거나 자전거를 타는 사람들의 모습을 내려다보았다. 삶이 어디론가 날아가버렸다. 대체 무엇을 해야 한단 말인가? 이제 어떻게 살아가야 한단 말인가?

그녀는 창가에서 등을 돌렸다. 울고 싶었지만 울 수 없었다. 반야에게 FBI 교육 부적합 판정은 모든 삶을 중단시키는 무너진 토대와 같이 느껴졌다. 지금 숨을 쉬고는 있지만 모든 것이 한꺼번에 파괴되어 와르르 무너져 내렸다.

그녀는 소파에 털썩 주저앉았다. 그저 앉아서 멍하니 앞만 바라보았다. 그러다 탁자 위 복사물로 시선을 돌렸다. 그녀는 몸을 앞으로 숙여 복사물을 집어 들고 읽기 시작했다.

동일한 이름, 다양한 주소들.

그녀에게 생각이 떠올랐다.

하리에트와 통화한 후 처음으로.

이제 그녀는 진짜 엘리노를 찾아야 할 것이다.

교육에 참여할 수 없을지도 모른다는 유일한 리스크는 이제 사라졌다. 그녀는 더 이상 잃을 것이 없었다. 엘리노를 무참하게 짓밟거나 위협할 생각은 없다. 그녀는 엘리노에게 사실 관계를 물어보고 싶었다. 어떤 식으로든지 엘리노의 마음을 약간 떠보고 싶을 뿐이지, 그 이상은 아니었다.

반야가 복사물을 손에 들고 일어서는데 머릿속에 문득 생각이 떠올랐다. 최악의 날에도 햇살은 비친다는 것.

이 무슨 말도 안 되는 격언인지!

하지만 오늘 좋지 않은 일은 더 이상 발생하지 않았다.

✤

모르간 한손은 입에서 피 맛이 느껴졌다. 이것은 스트레스나 불안감과 두려움으로 생긴 증상이다. 참 이상했다. 수많은 느낌을 맛으로 감지할 수 있다니! 뭔가 추상적인 것을 아주 구체적인 것으로 인지할 수 있다니. 사랑은 초콜릿 맛이어야 한다고 생각했다. 하지만 실제로 사랑은 그렇지 않았다.

사랑은 피 맛이 났다.

그는 울퉁불퉁한 회색빛 시멘트벽에 몸을 기댔다. 마음을 진정시키려고 해보았다. 이 일이 그저 스쳐 지나가는 일에 그치기를 바랐다. 어젯밤부터 그는 아무것도 먹지 못했다. 위통이 꽤 심했다. 밥 대신에 거품이 나는 소다수를 몇 리터나 마셨는지 모른다. 그는 정신 집중이 잘 안 될 때면 항상 이렇게 했다. 탄산수를 마셨다.

그러므로 지금 위에서 부글부글 거품이 이는 것이다. 다시 기분이 언짢았다. 그냥 예민해진 거라고 핑계를 대고 싶었다. 그것뿐 아무 일도 아니라는 식으로. 그에게 무슨 계획이 있는지 아는 사람이 누가 있을까. 그는 주차장 아래층 서버실을 드나드는 컴퓨터 전문가일 뿐이다. 철저한 보안규정을 지킬 줄 알며 이 길을 자주 다니는 사람이었다. 게다가 그는 10-TB 하드디스크를 두 개나 질질 끌고 왔는데 그것은 그 아래층에서 뭔가를 하는 것처럼 보이기 위해서였다. 그리고 '이곳으로 규정을 위반하려는 한 남자가 가고 있습니다'를 알리는 푯말을 목에 걸지도 않았다.

설령 계획이 들통난다고 하더라도 아무도 눈치채지 못할 것이다. 그가 행동으로 옮기기 전에는 그 계획을 결코 눈으로 볼 수 없기 때문이다. 그리고 그가 계획한 것은 애당초 들킬 리 만무하다. 그는 이곳에 아무것도 가져오지 않았다. 인쇄물을 가져오지 않았던 것이다. 그는 실수로 삭제된 데이터가 살아 있는지 알아보려는 것뿐이다. 이름을 하나 알아내려는 것. 이것은 불법이 아니다. 그 경계가 모호한 경우다. 아마도.

그는 자기 자신에게 화가 났다. 당연히 그가 이곳에서 남몰래 하려는 행동은 잘못된 것일 수도 있다. 비밀을 유지해야 하는 자료이기에.

차라리 그는 다시 엉망진창인 방으로 돌아가고 싶었다. 모든 케이블과 하드 디스켓들, 복사기 잉크통 그리고 그가 편안하게 느끼는 모든 것을 가지고서. 그러면 아니타가 실망할지 모른다. 그녀는 화를 낼 게 뻔하다. 그의 심장으로는 도저히 그녀에게 저항하지 못할 것이다. 오히려 거짓말하는 것이 더 나을지 모른다. 테이프가 삭제되었기 때문에 데이터가 없었다고 그녀에게 말하면 어떨까? 이는 좋은 생각이다. 간단하게 성가신 일로부터 해방될 수 있으니까. 그녀가 절대로 확인할 수 없는 사소한 거짓말이 필요하다. 하지만 그럴 수 없다. 그는 그녀에게 약속했다. 그녀는 도움이 필요한 처지이기도 하고. 사람이라면 친구를 도와야 한다. 우정에서 한 단계 더 발전하기를 원한다면 더더욱 그래야 할 것이다.

결국 그는 가던 길을 계속 갔다. 마지막 안전 문에 다다르자 출입카드를 꺼내 들었다. 카드리더에 카드를 갖다 대고는 띠리릭 하는 소리가 들릴 때까지 기다렸다. 그는 문을 열고서 안으로 들어갔다. 안쪽 복도는 더 좁고 이상할 정도로 더 후끈했다. 첫 번째 문 뒤 서버 공간은 시원했고, 냉각기에서 나오는 열기가 복도 쪽으로 밀려오기도 했다. 그는 곧 땀을 흘리기 시작할 것이다. 모르간은 백업 파일들이 저장된 공간 쪽으로 계속해서 걸어갔다. 그는 서버 공간 바로 뒤편으로 갔다.

그는 이러한 백업 시스템을 석기시대의 잔재로 보았다. 오늘날 어떤 관공서가 백업 파일을 테이프에 저장한단 말인가? 이러한 저장 방법은 60년대에 나온 것으로 하드디스크가 널리 쓰이지 않았을 때 사용된 방법이었다. 모든 내용을 마그네틱테이프에 저장하는 방식으로. 엄청나게 커다란 하드디스크 가격이 바닥까지 추락한 2010년 전까지만 해도 이 방식으로 경비를 절감할 수는 있었다. 그런데 그 후에도 경찰 행정부는 이 테이프 백업 방식을 고집했다. 그저 단순히 익숙함이나 우둔함 때문에 그 방식을 고집했을 것이다. 이러한 테이프들은 훨씬 쉽게 손상이 될 수 있을 뿐만 아니라, 작업하기에도 손이 더 많이 갈 수 있었다. 이 테이프들을 주기적으로 일일이 사람 손으로 교환해서 비치하고 연이어 재사용할 수 있도록 마그네틱을 없애야 한다. 아마도 바로 이것이 그런 결정을 내린 진짜 이유였을 것이다. 공공기관에서 자리 보존을 할 수 있도록 말이다. 모르간은 그 뒷배경을 속속들이 알지 못했다. 어쨌든 그는 이러한 테이프를 정기적으로 교체하지 않아도 된다는 것이 기뻤다. 하지만 만약 예란손이 아프거나 사정이 생겨 작업하지 못한다면 그가 이 일을 하도록 교육을 받았다. 모르간은 소위 백업의 백업인 셈이었다. 그리고 그는 이 세상에서 이러한 시스템을 우습게 생각하는 유일한 사람이었다.

그는 문을 열고 안으로 들어갔다. 앞에 기계가 놓여 있었는데, 유리섬유 케이블로 서버실과 연결되어 있었다. 5세대 기종인 IBM의 TS2250 LTO로 2011년에 구매한 기계였다. 그는 감사한 마음이 생겼다. 이전 모델이었다면 더 많은 시간을 들여야 시퀀스의 정보를 알아낼 수 있었기 때문이다. 새 기계는 하드디스크와 마찬가지로 테이프로도 작업이 가능했다. 그리고 바로 데이터 시스템을 거쳐서 원하는 정보에 도달할 수 있다. 이 때문에 시간을 많이 절약할 수 있었다.

예란손은 이곳을 잘 정리해두었다. 지독할 정도로 테이프들에 꼼꼼하게 표기해두었으며 날짜에 따라 분류해두었다. 모르간이 아는 바에 따르면 이 테이프들은 다른 테이프에 옮기기 전 적어도 3개월 동안 보관해야 했다. 아니타 말로는, 이틀 전에 데이터에 변화가 있었다고 했다. 이 자료가 그전에 어떤 상태였는지 알려면 며칠 전 자료부터 살펴보아야 한다. 조심스레 그는 해당 테이프를 꺼내어 잠시 동안 손에 들고 있었다. 그가 기억하는 것보다 테이프가 더 무거웠다. 어쨌든 입에서 나는 맛과 동일했다. 실제로는 아주 차원이 다른 무거움이었다.

그는 숨을 길게 내쉬었다.

이제 계획을 행동으로 옮길 때다.

✤

메란은 중심지 쪽으로 걸어갔다. 소년은 잠시 동안 집을 벗어나 10대란 느낌에 온몸을 내맡기고 싶었다. 모든 것이 시작되기 전처럼. 여전히 최대 고민은 그다음 주말 뢰브가탄 거리 축제에 초대를 받을 수 있을지 혹은 미리암이 그곳에 나타날지 하는 것이었다. 레반에게 문자로 축제에 관해 물었지만 답문자를 받지 못했다.

모든 것이 잘되었으니 소년은 기뻐해야만 한다. 하지만 지금 상태가 전혀 만족스럽지 않았다. 얼마 전까지만 해도 소년은 모든 것이 자신과 다른 어른들이 바라는 대로 된다면 다시 편안할 거라고 믿었다. 하지만 웬일인지 그동안에 소년은 괴롭기만 했다. 정말로 희한한 느낌이었다. 오랫동안 바라고 바라던 물건을 마침내 선물로 받게 되면 갑자기 그 물건이 더 이상 특별하지 않은 그런 느낌이었다. 멜리카는 거짓말을 했다. 엄마는 줄곧 진실만을 말했다. 하지만 엄마에게는 도움이 되는 일이 하나도 없었다. 그와 정반대였다. 이제 다른 사람들은 엄마를 불신의 눈으로 쳐다볼 것이다. 엄마가 그들이 하라는 대로 다 하고 있는데도 불구하고. 몸을 굳게 지키고 그 일을 포기했는데도. 소년과 엄마는 갈수록 다른 사람들과 접촉이 줄어들게 될 것이다. 지금도 그랬다. 단 한 번의 실수를 저지른다면, 그전에 올바른 일만 했는데도 무조건 사람들이 엄마를 꺼릴 것이다. 지금 벌써 그렇게 돌아가고 있다. 엄마에게는 조만간 함께 얘기 나눌 사람이 없어질 테고 결국 엄마는 살아 있는 사람에서 기억 속의 사람으로 바뀔 것이다. 그렇게.

언제나 소년의 말을 유념하는 엄마. 엄마는 결코 포기하지 않았다. 새로운 나라는 엄마에게 싸울 새로운 가능성을 열어주었다. 이곳에서 엄마는 미망인으로서 살아야 할 운명에 굴복하지 않았고 수동적 삶에 머물지 않았다. 오히려 운명은 엄마를 더 강하게 만들었다. 그리고 특별한 사람으로. 저널리스트, 즉 스웨덴 사람에게는 엄마의 이러한 모습이 마음에 들 것이다. 목표를 가진 여자. 그런데 바로 이런 점을 메멜과 다른 사람들은 증오했을 것 같았다.

엄마와 반대로 소년에게는 보상이 따랐다. 그들이 예전보다 더 친밀하게 소년을 공동체 일원으로 받아들였다. 엄마와는 반대로 자신을 믿을 만한 사람이라고 자신의 존재를 증명했다. 무슨 일이 있어도 소년은 가족을 위해서 책임을 다함과 동시에 올바르게 행동한다는 것을.

소년은 마치 기생식물처럼 엄마의 싸움에서 저만 이익을 얻은 것 같은 느낌이 들었다. 엄마의 힘을 제 힘인 양 휘두르며 엄마를 뒤로 물러나게 하고 자기가 앞으로 나간 듯한. 그러므로 엄마는 소년과 완전히 다른 방향으로 움직이고 있다. 소년은 앞으로, 엄마는 뒤로.

하지만 이러한 움직임 속에서도 멜리카의 거짓말은 여전했다. 누가 아줌마를 조사할 수 있을까? 누가 진실을 찾을 것인가?

아무도 없다.

이것은 좋은 느낌이 아니다.

전혀 아니다.

소년은 중심지에 이르러 잠시 멈추어 섰다. 같은 학교에 다니는 고학년 남학생들이 세탁소 앞에서 어슬렁거리는 것을 보았다. 그들이 손을 흔들며 소년을 반겼지만 소년은 그 무리와 함께할 기분이 아니었다. 단지 고개만 까닥하고는 가던 길을 계속 갔다. 레반이 어디에 있는지 보이지 않았지만 별로 보고 싶은 마음도 없었다. 소년은 멜리카의 집 쪽으로 향했다. 집 앞 작은 놀이터에서 멈추어 섰다. 소년은 놀이터로 가서 커다란 그네에 앉았다. 아버지는 그네를 타지 말라고 일렀다. 소년이 징징거리고 애원했건만, 가끔씩 울 때도 있었지만 하미드는 꿈쩍도 하지 않았다. 이 그네는 더 큰 아이들이 타는 거라고 매번 말해주었을 뿐이다. 이는 그들 사이에서 치르던 연례행사 같은 것이었다. 메란이 그네를 한번 타보려고 하면 하미드는 언제나 안 된다고 말했던 것이다. 더 커야 된다고. 메란이 땡깡을 부려도 하미드는 절대로 허락해주지 않았다.

조심스레 메란은 그네에 앉았다. 오늘 그네는 전혀 특별하게 느껴지지 않았다. 쇠사슬 두 줄에 걸린, 커다란 고무 타이어로 만든 물건일 뿐이었다. 하미드는 이 커다란 그네에 묶인 바로 옆 작은 그네만 타게 했다. 그래야 그네에서 떨어지지 않는다고. 손으로 잡은 무광 쇠사슬은 그때 어린 시절과 마찬가지로 차가운 느낌이 났다. 소년은 그네를 타기 시작했다. 발을 빨리 구르면 구를수록 그네는 더 리드미컬하게 삐걱거렸다.

앞으로 뒤로. 앞으로 뒤로.

몸이 앞으로 나아갈 때마다 새로운 질문이 머릿속에 떠올랐다.

멜리카는 그때 집에 와서 왜 거짓말을 했을까?

뒤로.

아줌마는 요셉이라는 남자에 대해 무엇을 알고 있는 것일까?

앞으로.

아줌마가 엄마와 자기를 메멜에게 일러바칠 만큼 예민한 이유는 무엇이었을까?

뒤로.

소년은 올바른 행동을 해야만 한다. 지금 당장 멜리카를 찾아가면 안 된다. 그것은 현명한 행동이 아니다. 그렇게 한다면 아줌마가 다시 메멜과 다른 사람들에게 달려가 소년에 대해 악담을 늘어놓을 것이다.

어쩌면 자이드의 가게를 한번 가보는 것이 더 좋을 것이다. 소년은 아버지와 함께 자주 그곳에 들르곤 했다. 하미드는 그곳에서 야간작업을 거들었다. 가게는 자이드의 소유였는데 멜리카의 사촌 두 명과 함께 자이드는 가게를 운영했다. 라피와 다른 사촌은 이름이 뭐였더라? 소년의 기억이 맞는다면 투리아라이였을 것이다. 그 남자는 항상 재미있었고 메란에게 사탕을 주었다. 메란은 오래전부터 그들을 생각했다. 그들은 린케뷔에 살지 않고 벨링뷔에 살고 있다고 쉬베카가 설명한 적이 있었다. 어쨌든 그들은 그 당시 그곳에 살았다. 처음 몇 년 동안 그들은 멜리카의 집을 자주 찾았다. 메란이 알기로는, 아줌마를 돕기 위해 그들이 아줌마에게 약간의 돈을 주고 갔다. 하지만 이것은 이미 오래전 일이었다. 그리고 멜리카와 엄마가 서로 발길을 끊자 소년도 그 사촌들을 보지 못했다. 어쩌면 그들은 뭔가 알고 있을지도 모른다. 밤이나 낮이나 자이드가 그들과 함께 일했으니까.

메란은 그네가 설 때까지 기다렸다가 내려섰다. 그러고 나서 다시 한 번 멜리카의 집 쪽을 올려다보고는 지하철 쪽으로 걸음을 옮겼다.

그들이 소년의 도움으로 엄마의 말문을 막은 지금, 진실을 알아낼 수 있는 사람은 오직 메란밖에 없었다.

⚜

첫 번째 엘리노는 노케뷔 지역 그뢴비크스베겐 107번지에 살고 있었다. 반야는 내비게이션에 주소를 입력했다. 예전에 노케뷔에 가본 적이 있었는지 어땠는지 기억이 나지 않았다. 그곳으로 가는 길에 교통체증 시간에 걸려, 앞으로 얼마나 다양한 여자를 만나게 될지 곰곰이 생각할 시간이 생겼다. 자신이 경찰이라는 것을 밝히지 말아야겠다고 마음먹었다. 하지만 무슨 말을 할 수 있을까? 그녀는 희끄무레한 다세대 주택 앞, 반원형 주차장에 차를 대면서 가능한 한 별로 말을 하지 말아야겠다고 결심했다. 그녀는 널따란 아스팔트 길을 걸어 107번지로 향했다. 조금 떨어진 곳으로 회색빛 물길이 보였다. 운하처럼 보였지만 멜라렌 호수 지류였다.

건물 문은 강철과 유리로 되어 있었다. 그녀는 인터폰 쪽을 살펴보았다. 베르크비스트, 3층. 그 대신에 반야는 4층 레빈의 집 초인종을 눌렀다. 그러고는 3층 베르크비스트 씨 댁에 꽃을 배달하러 왔는데 그 집에 아무도 없다고 말했다. 그러니 건물로 들어가서 3층 현관문 앞, 신발 매트에 꽃다발을 놓고 가면 안 되는지? 그녀는 차가운 계단 앞에 이르자 걸어서 3층까지 올라가기로 했다. 엘리노 베르크비스트는 왼편 첫 번째 집에 살았다. 서른다섯 살가량 되어 보이는 여자가 문을 열어주었다. 그녀 뒤로 틀어놓은 만화영화에서는 울부짖는 소리가 들려왔다. 문 안쪽에 선 여자는 머리카락을 말총머리처럼 하나로 묶고 세련된 금귀걸이를 하고 있었다. 화장은 방금 한 것이 아닌 것 같았지만 우아했다. 그녀는 정장에 밝은색 블라우스를 입고 있었다. 그녀가 퇴근길에 아이를 찾아서 방금 전에야 집에 도착한 것 같다고, 반야는 추측했다.

여자가 약간 스트레스를 받는다는 식으로 표정을 지었을 때 반야는 '엘리노 베르크비스트 씨'냐고 물었다.

"예."

"전 반야 리트너예요." 반야는 이름을 말하고 나서 잠시 아무 말도 하지 않았다. 어떤 반응이 나올지 기다렸다. 반야의 성씨는 독특했다. 반야 앞에 선 여자가 아버지 일에 관련된 사람이라면 어떤 반응이라도 하지 않고는 못 배길 것이다. 반야는 그녀를 유심히 관찰했다. 그것은 그녀가 잘할 수 있는 일이었다. 상대가 사소한 기색만 보여도 뉘앙스나 눈 깜박거림이나 체중의 이동을 감지할 수 있었다. 그런데 엘리노에게는 정말로 어이없다는 표정 외에는 아무것도 감지되지 않았다.

"그래서요?"

"발데마르 리트너가 저의 아버지예요." 반야는 보충 설명을 하고서 다시 아무 말도 하지 않았다. 그녀의 반응을 기다리며 관찰했다.

"미안하지만 무슨 일 때문에 그러는 거죠?"

집 안에서는 울부짖는 소리와 엄마를 찾는 소리가 들려왔다. 후고가 또 여동생을 때렸다는 말소리가 들리더니 후고의 방어용 울부짖는 소리와 린네아는 바보 거짓말쟁이라는 말소리가 뒤를 이었다.

"금방 갈게! 제발 그만들 좀 해라!" 여자가 집 안쪽에 대고 소리를 지르고서 다시 반야 쪽을 돌아보았다.

"발데마르나 트롤레 헤르만손이라는 남자들과 아무 관계도 없나요?"

"전혀요. 전혀 없어요. 무슨 말씀 하시는지 하나도 모르겠네요."

그녀의 눈과 목소리를 보고 들으니 스트레스 지수가 올라간 것 같았다. 후고가 바보 같은 짓을 했다고 린네아가 고자질했던 것이다. 잘 보던 만화영화를 후고가 그냥 돌려버렸기 때문에.

첫 번째 엘리노는 반야가 찾는 여자가 아니었다. 반야는 확신했다. "죄송합니다. 제가 주소를 잘못 찾아왔나 보네요. 미안합니다." 그녀가 한 발자국 뒤로 물러섰다.

여자는 고개만 끄덕인 후 문을 세게 꽝 닫아버렸다. 다시 고함 소리가 들리더니 연이어 울부짖는 소리와 엘리노 베르크비스트의 목소리가 들렸다. 그녀는 고래고래 소리를 지르며 아들의 지능을 의심하는 말을 내뱉었다. 왜냐면 아들이 거친 완력과 리모컨 작동으로 딸을 화나게 만들었기 때문이다.

반야는 천천히 계단을 내려갔다. 스톡홀름에는 엘리노가 두 명 더 살고 있다. 하지만 서둘 이유는 없었다.

어차피 그녀는 미국으로 가지 않을 테니까.

✠

메란은 프리드헴스플란으로 가는 버스를 탔다. 직행버스였기 때문에 갈아타거나 환승할 필요가 없었다. 그 작은 가게가 지하철 역사 안에 있다는 것을 소년은 잘 알고 있었다. 하지만 몇 번 출구 쪽으로 가야 할지 그것은 확실하지 않았다. 지난 10년 동안 그곳에 가본 적이 없었기에 소년은 어린 시절의 기억을 더듬으며 갈 수밖에 없었다. 다섯 살짜리 어린아이였을 때는 그토록 멀게만 느껴졌던 길이 지금 와보니 100미터밖에 안 되는 거리였다.

메란이 승강장과 연결된 에스컬레이터를 타고 여러 출구로 나가는 커다란 터널 같은 곳을 지나갈 때 레반의 문자 메시지가 도착했다. 축제가 열릴 거라는 소식이었다. 메란은 답 메시지를 보내지 않기로 결심했다. 지금은 더 중요한 일이 있기 때문이다.

소년은 이곳에 여러 번 와봤기 때문에 기억이 났다. 가게가 프리드헴스플란으로 연결되는 상향선 에스컬레이터 쪽이 아니라 스타츠하겐 방향에 있었다. 마침내 마리베르히스가탄 거리 표지판이 나오자 소년은 그것을 보고 따라갔다. 분명 가게 이름이 생각날 거라고 믿었기 때문이다.

생각했던 것보다 더 빨리 가게를 찾았다. 가게는 좁은 지하보도 통행로에 있었다. 시내 방향으로 연결되는 곳 쪽이며 회색빛 시멘트 벽으로 둘러싸인 계단 바로 앞에 있었다. 먼지가 낀 세 군데 쇼윈도에는 손으로 직접 쓴 세일 안내문이 걸려 있었다. 가게가 영업 중이라는 것을 지나가는 사람들에게 알려주기 위해서 문이 열려 있었다. 가게는 기억 속 가게와 모습이 전혀 달랐다. 변한 게 무엇인지 처음에는 잘 몰랐지만 차츰 알아차릴 수 있었다. 간판 색깔이었다. 예전에는 노란색 바탕에 새빨간 글자가 쓰여 있었다. 간판에 뭐라고 쓰여 있었는지는 기억나지 않았다. 당시에는 글을 몰랐기 때문이다.

하지만 그 강렬한 색깔만은 기억할 수 있었는데, 아마도 그것이 고향을 연상시켰기 때문일 것이다. 지금 간판은 흰색에 검은색 글자가 쓰여 있었다. '연중무휴'라고. 짧고 명료하지만 기억나게 할 만한 문구는 아니었다. 조심스레 소년은 가게 안으로 들어갔다. 안에서는 예전과 똑같은 냄새가 풍겼다. 약하나마 분명 먼지와 달콤한 냄새가 섞인 지하철 냄새였다. 소년은 실내를 둘러보았다. 출구 옆에는 계산대가 있었다. 판매대 안쪽에는 50대가량 되어 보이는 남자가 의자에 앉아서 신문을 읽고 있었다. 머리카락이 짧은 회색 빛깔에 머리가 약간 벗어진 남자였다. 메란은 그가 누군지 알아볼 수 없었다.

남자에게 다가선 소년은 예의를 갖추어 웃는 얼굴로 물어보았다. 옛 습관대로 파슈토어를 사용했다. "안녕하세요! 혹시 라피 아저씨 여기 있습니까?"

남자는 신문을 보고 있다가 의아한 눈빛으로 소년을 빤히 쳐다보았다. "뭐라고?" 남자가 악센트가 강한 스웨덴어로 대답했다.

메란은 남자가 아랍 태생이라는 것을 눈치챘지만 스웨덴어로 바꾸어 말했다. "라피 아저씨요. 여기에 라피 아저씨 계세요?"

"라피라고 모르는데."

"이 가게 주인인데요."

여전히 남자는 어안이 벙벙한 눈빛으로 소년을 쳐다보았다. "아닌데, 이 가게는 나하고 형이 하는 가게야."

메란은 고개를 끄덕였다. 그랬다. 그래서 오랫동안 가게 얘기를 듣지 못한 것이다. 가게를 팔아버렸으니까.

"두 아프가니스탄 사람한테 이 가게 산 건데." 판매대 안쪽에서 남자가 계속해서 말했다. "혹시 그 사람들 찾나?"

"예. 라피하고 투리아라이인가요?"

"이름이 뭔지는 잘 모르겠다만. 세 명이었지."

메란은 다시 고개를 끄덕였다. 맞다. 그 세 번째 사람이 자이드다. "또 다른 남자 이름은 혹시 자이드가 아닙니까?" 반신반의하면서 소년이 물었다.

"잘 모르겠는데. 여기는 형이 관리하거든. 혹시 그 사람들이 너의 친척이라도 되니?"

남자는 판매대에 놓인 커피를 한 모금 마셨다. "형이 이 가게 살 때 골치 좀 썩었지. 그 세 사람을 싫어했거든. 얼마나 복잡한 사람들이었는지. 우리랑도 다투고, 자기들끼리도 다투고."

메란은 머뭇거렸다. 남자는 자이드나 다른 사람들을 전혀 다르게 기억했다.

"무슨 일로 다투었는지 혹시 아세요?"

"아마 자기들끼리 의견일치가 안 된 거지. 가게를 팔 건지 말 건지. 여러 번 번복했거든. 우리는 더 이상 일이 진척되리라곤 기대도 안 했는데. 갑자기 일이 진행된 거야. 그러고 나서는 순식간에 일이 끝났어. 하루 만에. 우리도 깜짝 놀랐지. 그때 우리는 다른 가게를 알아보고 있었거든."

메란은 갑자기 입술이 바싹 탔다. 남자가 들려준 얘기를 자이드와 다른 두 명의 모습과 전혀 일치시킬 수 없었다. 그들은 사이가 좋은 친구였다. 더구나 일가친척이었다. 비록 자이드의 아내 쪽으로 먼 친척이긴 했어도. 그들은 사이가 좋았는데! 적어도 소년은 그렇게 믿어왔다. 소년이 어려서 몰랐던 어떤 갈등이 그들 사이에 있었던 것일까? 불가능한 일도 아니다. 그렇다면 쉬베카가 한 번이라도 귀띔해주었을지 모른다. 그렇다. 지난 몇 년 동안 그녀도 그렇게 생각한 것이다. 뭔가 이상하다고.

"이 가게를 언제부터 소유하게 됐는지 물어봐도 될까요?"

남자는 씩 웃으면서 사무용 의자에 등을 기댔다.

"오래됐지. 굳이 대답하자면 한 9년은 된 것 같네. 형이 자세히 알거야. 형하고 통화 한번 해볼까?"

"그래 주시겠어요? 방해가 안 된다면."

"뭐 그게 어려운 일인가?" 남자가 무뚝뚝한 말투로 대답하고는 빈 가게를 둘러보았다. 신문 옆에 있는 무선전화기를 집어 들고는 재빠르게 번호를 누른 뒤 자리에서 일어나 아랍어로 통화하기 시작했다. 몇몇 단어가 귀에 들렸다. 하지만 소년의 아랍어 실력으로는 전체 내용을 이해하기에 많이 부족했다. 소년은 가게를 다시 한 번 살펴보았다. 어릴 때 얼마나 자주 이 가게를 들락거렸던가? 열 번 아니면 열다섯 번. 자이드는 항상 여기서 일했고 라피도 종종 일했지만, 투리아라이는 한 번도 일하지 않았다. 메란은 그를 멜리카의 집에서 몇 번 본 적이 있었다. 하지만 정확히 기억할 정도로 자주 본 것은 아니었다. 투리아라이가 그 세 명 중 가장 힘이 셌던 것으로 기억이 난다. 아주 뚱뚱한 편은 아니었지만 키가 크고 마른 자이드나 라피에 비해서 살이 좀 있는 편이었다. 얼굴은 동그랬다. 머리는 짧았다. 매사에 약간 까다로운 성격이었다. 실로 오랜만에 그 세 사람을 생각해보았다. 언제나 소년은 그 세 사람을 친구, 친척 세 분, 자이드와 두 분이라고 생각했다. 이제는 그동안 생각해왔던 것과는 완전 딴판이라는 것이 확실해졌다.

판매대 안쪽 남자는 통화를 끝내고 전화기를 내려놓았다.

"2003년에 이 가게를 샀대. 9월에. 그전에 약 일 년이나 시간을 끌었다나?"

메란은 몸이 굳어 아무런 말도 할 수 없었다. 생각이 복잡해졌다. 아버지와 자이드가 실종되고 난 뒤 한 달 만에 가게가 처분된 것이다. 이것이 뭘 의미하는지 잘 모르겠지만 이 두 사건은 크게 연관된 것 같았다. 완전히 우연만은 아니라는 생각이 들었다. 게다가 그 세 사람은 가게 처분 때문에 서로 다투기도 했다. 왜 멜리카는 이런 얘기를 한마디도 해주지 않았던 것일까? 어쨌든 아줌마의 사촌들이다. 아줌마는 가게를 처분한 사실을 말해주었어야 했다. 왜 이 사실을 몰랐을까? 왜 항상 그 사람들을 믿을 만한 사람들이라고 생각했을까? 뭔가 이상하다.

"혹시 그 사람들 중 누가 가게 처분에 반대했는지 형님 되시는 분이 기억하실까요?" 메란이 물어보았다.

"아마 자이드란 사람인 것 같다고 하지? 물론 형 기억도 확실한 건 아니지만. 어쨌든 그 자이드란 사람은 가게 살 때 없었대. 그 사람이 펄펄 뛰었던 것 같다고 형이 그러더군."

메란의 생각에 자이드는 그때 이미 여기에 없었다. 그때 아저씨는 실종된 것이다. 아버지와 함께.

가게에서 나오며 소년은 걸음을 재촉했다. 에스컬레이터를 뛰어 내려갔다. 어디로 가는지 자신도 알 수 없었다. 단지 소년이 확신할 수 있는 것은 뭔가 이상하다는 것뿐이었다.

그리고 이 문제에 대해 얘기를 나누어볼 수 있는 사람은 단 하나밖에 없었다.

모든 것을 경험한 사람.

엄마.

⚜

두 번째 엘리노는 베스트만나가탄 거리에 살고 있었다. 반야는 약 20분 동안 주차공간을 찾다 포기하고 어쩔 수 없이 횡단보도 가까이에 차를 댔다. 시내 주차장에는 차를 대지 않기로 했다. 주차요금이 터무니없이 비싸기 때문이다. 그 대신 그녀는 주차위반 과태료를 물어도 할 수 없다고 생각했다. 30분 이상 주차할 것도 아니기 때문이었다.

건물 현관에는 초인종이 없고 비밀번호 입력 장치만 있었다. 반야는 현관문 근처를 왔다 갔다 맴돌았다. 건물이 꽤 컸다. 그녀는 누군가 여기 사는 사람이 퇴근하고 집에 들어가거나 외출하러 나오기만을 기다렸다. 채 10분도 기다리지 않아 두 명이 현관문을 열고 나오더니 오덴플란 쪽으로 걸어갔다. 반야는 문이 닫히기 전에 얼른 안으로 들어갔다. 이번에도 건물 안에 계단이 있었으며 거주자의 성이 작은 문패에 쓰여 있었다. 베르크비스트, 4층. 반야는 계단을 올라가기 시작했다.

제대로 올라간 그녀는 문 앞에서 초인종을 눌렀다.

그리고 다시 한 번 눌렀다.

아무도 없었다.

"엘리노를 찾아오셨나?"

반야는 뒤를 돌아보았다. 지나치게 큰 외투를 걸친 늙은 여자가
계단을 막 올라오던 참이었다. 챙이 넓은 모자 밑으로 눈처럼 새하
얀 머리카락과 주름이 자글자글한 얼굴이 보였다. 마치 미라 같았
다. 하지만 계단을 올라와 멈춰 섰을 때 그녀의 눈빛은 총명했고 호
기심에 가득 차 있었다.

"예, 맞아요."

"집에 없으면 회사에 있겠지. 뭐 더 도와드릴 일 없나요? 난 티라
린델이라오. 여기 한 층 위에 살고 있지."

가늘고 짧은 손가락으로 늙은 여자가 위층을 가리켰다. 일이 엉망
진창이 된 것 같았다. 왜 엘리베이터를 타지 않았는지 반야는 알 수
가 없었다. 그런데 린델이 계단으로 올라왔는데도 숨이 가쁘지 않다
는 것이 눈에 들어왔다.

"고맙습니다만. 엘리노와 직접 얘기해야 할 게 있어서요. 어디에서
일하는지 혹시 아세요?"

"응, 알리언스에서 일하지. 생활용품 매장인지 뭔지 하는 데서 일
할걸?"

"예, 고맙습니다."

반야는 여자에게 미소를 지어 보이고는 계단 쪽으로 돌아섰다.

"9시까지 근무할 거요."

"그렇군요. 정말 고맙습니다." 고개를 돌리고 다시 한 번 고맙다고 인사한 반야는 계단을 내려가기 시작했다.

"만약 거기 없으면 분명히 남자 친구한테 갔을 거요." 티라 린델이 계속 말해주었다. 마치 반야가 그녀 앞에 없다는 것을 모르는 사람처럼. 반야는 발걸음을 멈추었다. 계단을 다시 뛰어 올라갔다.

"혹시 그 남자 친구가 어디 사는지 아세요?"

"아니, 그건 몰라요. 하지만 엘리노를 아는 사람들한테 물어보면 남자 친구 찾는 건 어렵지 않을 거요."

"아, 그렇겠군요."

티라는 무슨 음모라도 꾸미는 사람인 양 몸을 앞으로 숙이고는 목소리를 낮춰 말했다.

"아마 굉장히 유명한 사람인가 봐." 그녀는 자신도 믿을 수 없을 정도라는 것을 나타내려는 듯 눈을 휘둥그렇게 떴다. "엘리노가 우리 집으로 올라와 남자 친구 얘기를 해준 적이 있었거든요. 내가 그 사람 모른다고 하니까 꽤 불쾌해했어. 그래서 그냥 그 사람을 아는 척했지."

"혹시 이름이 뭔지 기억나세요?"

"그럼. 그 남자 친구 이름이 세바스찬이래요. 세바스찬 베르크만. 아마 심리학자일걸?"

반야는 당황한 나머지 그녀를 뚫어지게 쳐다보았다. 이건 불가능한 일이었다. 그 이름이 여기서 등장할 이유는 전혀 없었다. 적어도 지금은. 좀 전에 집에서 들었던 느낌이 다시 몰려왔다. 사실이 아닐 것이다. 이건 그냥 몰래카메라 같은 것이다. 아마 갑자기 누군가 나타나서 그녀를 속였다고 좋아할 것이다. 차라리 그렇게 됐으면 좋겠다! 얼마나 황당하고 웃긴 일인가! 반야는 배후에 누가 숨어 있는지 알 수 없었으나 그 이름을 듣고 말았다.

"세바스찬 베르크만이 엘리노의 남자 친구라고요?" 반야는 놀라움을 감추지 못하는 목소리로 여러 번 묻고 또 물었다.

티라 린델이 고개를 끄덕였다. "맞아요, 그 심리학자. 이건 우리끼리 얘기지만⋯⋯." 티라가 주름이 자글거리는 손으로 반야의 팔을 잡았다. "내 생각에 엘리노는 종종 이 남자 저 남자가 필요했던 것 같아요."

"확실해요?"

"그럼요, 좀 독특하긴 하지만 그 여자는 그래요."

"그러니까 심리학자 세바스찬 베르크만이란 이름이 확실하냐고요?"

"물론. 확실하지. 그 남자 집에 자주 간답디다. 아니면 예전에 그랬던지. 요즘에는 집에 있던데. 아마 그 남자가 제정신을 차렸나 보지."

티라는 장난기 섞인 표정으로 웃음을 지어 보였으나 반야는 본척만척했다. 베스트만나가탄 거리의 건물에서 마치 두 개의 우주가 충돌하여 새로운 현실이 탄생한 것만 같았다. 차라리 지금이라도 누군가가 뛰어나와 그녀와 그녀의 어이없어 하는 얼굴 표정을 보고 깔깔웃어댄다면 이것이 훨씬 더 좋을 것만 같았다. 하지만 아무도 뛰어나오지 않았다. 유감스럽게도.

✤

　아니타는 모르간 한손과 근사한 점심을 먹고 난 후부터 되도록 눈에 띄지 않게 행동하려고 노력했다. 다른 사람들의 이름으로 로그인하지 않고 오로지 일에만 집중하려고 했다. 플래시백에도 글 한번 올리지 않았다. 좀 과하다 싶었지만 모르간에게 무슨 말을 들을 때까지는 모든 비밀 행동을 중단하는 것이 심적으로 편했다. 모르간은 오늘 오전에 지하 서버실로 가보겠다고 약속했지만 아직까지 아무런 소식이 없었다. 백업 데이터를 확인해보는 데 도대체 시간이 얼마나 걸리는 것일까?

　잠시 동안 그녀는 그가 도와주기는커녕 혹시나 윗사람에게 달려가서 모든 것을 고자질하는 것은 아닐까 하는 불안감에 시달렸다. 그래서 아무 소식이 없는 게 아닐까? 하지만 어제 헤어질 때 그가 그녀에게 얼마나 자상했는지를 생각하면서 그녀는 마음을 진정시켰다. 그녀를 바라보던 그의 눈길을 떠올려보았다. 그녀가 그의 손을 잡았을 때를. 그는 그녀를 난처하게 만들 그런 사람이 결코 아닐 것이다.

　모든 일이 해결되면 그를 떠나보내야 한다는 것이 오히려 어려운 일이라는 생각이 들었다.

　오후가 되자 더 이상 가만히 기다릴 수만은 없었다. 그녀는 모르간이 있는 곳으로 내려가보아야겠다고 생각했다. 어찌 된 일인지 알고 싶었다. 전화해볼까, 아니면 갑자기 찾아가서 깜짝 놀라게 해줄까? 깜짝 놀라게 해주는 것이 더 좋을 것 같았다. 그가 거짓말을 하는지, 안 하는지 가려내기 위해 그녀는 그의 눈빛을 들여다볼 작정이다. 큰 계단까지는 빠른 걸음으로 걸었다. 이층까지는 빠른 템포로 계단을 성큼성큼 내려가다가 그의 방까지 전속력으로 달려갔다.

그는 그곳에 없었다. 조심스레 그녀는 그 층을 한 바퀴 휘 돌아보았다. 아무런 계획도 없이 돌아보고 있었음에도 불구하고 마치 뭔가 할 일이 있는 척 행동했다.

드디어 더 작은 다른 계단 끝 쪽으로 나타난 그를 보았다. 그는 위층으로 올라오고 있었다. 아마 그녀에게 오려고 한 것 같았다. 생각에 잠긴 걸음으로 걸어오는 그의 모습으로 봐서는 그가 그 일을 해냈으리라는 생각이 들었다. 그녀는 그에게 당장 달려가고 싶었지만 꾹 참았다. 다른 동료들이 보면 이상하게 생각할 것이고 그런 불필요한 관심을 받고 싶지 않았기 때문이다.

그가 무거운 유리문 앞까지 오자 그녀는 문을 열어주었다.

"모르간 씨." 그녀가 가능한 한 평소와 같은 목소리로 그의 이름을 불렀다.

그는 아무 감정 없는 눈빛으로 그녀를 바라보았다. 긴장하거나 당황하지도 않았다. 그는 여느 때와 같은 모르간이었다.

"어떻게 됐어요?" 그녀가 곧바로 물었다.

아무 대답 없이 그는 계단 쪽으로 가자고 고갯짓으로 방향을 가리켰다. 그녀는 그를 따라갔다. 천천히 계단을 내려갔다. 그가 걸음을 멈추었다. 뭔가 얘기하기 위해서 계단을 내려간 것처럼 보였다. 아마도 조용하게 얘기하려고 하는 것 같았다. 말소리가 크게 울려 퍼지면 관련 없는 사람들까지도 그 소리를 들을 수 있기 때문이다. 분명 그는 매우 분별력 있는 상태였지만 아니타는 초조하기만 했다. 아무것도 모르기 때문에. 그는 맨 아래 계단에 멈춰 서서 그녀를 기다렸다. 그녀는 그가 있는 계단까지 내려가며 긴장하지 않은 것처럼 보이려고 노력했다. 물론 그녀는 그를 마구 흔들어대며 어서 말하라며 재촉하고 싶었지만 말이다.

"하라는 대로 했어요." 마침내 그가 나지막이 속삭였다.

"고마워요, 정말 고마워요." 아니타는 진심으로 고마워했다. "얼마나 걱정했는지 몰라요."

"멍청한 짓일 수도 있지만 당신하고 에바를 돕고 싶었어요."

"에바요?" 아니타는 잘못 들은 줄 알고 다시 물어보았다. 그러고는 누구를 말하는지 금방 알아차렸다.

모르간이 회의적인 눈빛으로 그녀를 살펴보았다. "그래요, 에바. 솔나에 있는 그 여자 경찰. 당신이 말한 친구."

"아, 네. 에바 그란세터요. 맞아요." 아니타가 재빨리 대답했다. 어떻게 그녀가 직접 한 거짓말을 잊어버리겠는가? "나도 정말 스트레스 받아요." 그녀가 변명하는 것처럼 대답했다.

"나도 스트레스 받았어요." 모르간이 그녀의 기분을 맞추려는 듯 대답했다. "심장이 멎는 줄 알았거든요."

"이제는 괜찮아요?"

"예. 당신 동료가 찾는 그 사람은 이름이 아담 쇠더크비스트예요. 그 사람 누군지 알아요?"

"몰라요." 아니타는 바른대로 대답했다. 실망감이 몰려왔다. 그녀가 아는 이름이 나오기를 기대했기 때문이다. 이름도 모르는 사람 얘기는 정말 아무런 관심도 가지 않았다. 아무런 느낌도 들지 않았다. "그게 전부예요?" 실망감을 감추지 못하고 그녀가 물었다.

"그게 바로 당신이 실수로 삭제해버렸다는 바로 그 힌트예요." 모르간이 고개를 끄덕이며 확언했다. "그리고 물어볼 게 있어요." 그가 능구렁이같이 히죽거리면서 말했다.

"예, 물어봐요." 아니타는 후회할 것을 알면서도 이렇게 대꾸했다. 모르간은 뭔가 낌새를 맡은 것처럼 물었다.

"도대체 무슨 일이에요?"

"무슨 말이에요?"

"다른 사람 아이디로 로그인해서 신문사 비밀 데이터에 접근한 이유가 도대체 뭐냔 말이에요?"

아니타는 아무런 반응도 보이지 않으려고 노력했다. "말했잖아요. 다른 동료 도와주려고 멍청하게 그랬을 뿐이라고."

잠시 침묵이 흘렀다. 모르간은 마치 거짓말인 것을 확신하는 것처럼 혼자 고개를 끄덕거렸다. 그러고는 그녀 쪽으로 몸을 내밀었다.

"내가 확인해본 바. 에바 그란세터는 경찰이 아니었어요. 2007년에 그만두었던데요."

아니타는 얼굴이 화끈거렸다. 아무 대답도 할 수 없었다. 어찌할 바를 몰랐다. 그에게 숨기려고 했지만 들킨 것 같았다.

"도대체 지금 무슨 일을 하려는 건지 물어봐도 될까요?" 모르간이 냉정한 말투로 물었다. "아니면 윗선에 물어보면 될까요?"

"아니에요." 그녀가 조용히 대답했다. "말씀드릴게요."

"좋아요. 나도 전부 알아야겠어요."

모르간은 확신에 찬 눈빛으로 그녀를 빤히 바라보았다. 아마 그녀는 그와 함께 여러 번 점심을 먹어야 될 것 같았다.

문제는 누가 주도권을 잡느냐 하는 것이다.

⚜

젠장. 지금 그는 되도록 빨리 생각해내야 한다.

그가 부엌에서 스테이크를 굽는데 현관 초인종이 울렸었다. 그는 프라이팬을 놓은 후 가스레인지를 끄고 현관문으로 갔다. 누가 왔는지 물어보면서도 감시받고 있는 것은 아닌가 하는 생각이 들었다. "반야예요."라는 대답을 듣자 그는 기쁜 마음에 날아오를 것 같았다. 그 짧은 대답에서 그녀의 목소리가 상당히 조심스럽게 느껴졌지만. 세바스찬은 크게 심호흡을 했다. 아마도 그녀는 지원 결과가 좋지 않아 절망감에 빠졌을 것이다. 그녀에게 위로가 필요할지도 모른다. 그는 문을 열어주었다.

하지만 그녀의 표정은 절망감에 빠진 표정이 아니었다.

그녀는 화가 나 있었다.

"엘리노 베르크비스트 말이에요." 그녀가 팔짱을 낀 채 그를 쳐다보지도 않고 말했다.

"그 여자가 어쨌다는 거지?" 그가 반사적으로 되물었다.

"그 사람 알고 있군요?"

당연했다. 세바스찬은 "그게 누군데?"라고 되묻지 않은 것을 천만다행이라고 여겼다.

"응."

그는 짧게 대답했다. 무슨 일인지 알기 전에는 그 어떠한 언쟁도 벌이고 싶지 않았다.

"아버지에 관한 서류를 그 여자가 경찰에 제출했대요."

반야는 화가 극도로 치밀어 오른 듯한 표정으로 그를 노려보았다. 그는 무슨 말이든 생각해내야만 할 것 같았다.

젠장. 뭔가 좋은 생각을 해내야만 한다.

그녀가 안으로 들어올 수 있도록 그는 옆으로 비켜섰다. 그녀는 성큼 안으로 들어오려다 말고 문 앞에 멈춰 섰다. 신발이나 외투를 벗을 생각은 전혀 없어 보였다.

"설명해봐요." 시간을 벌 생각으로 그가 말했다.

"선생님의 여자 친구분이 경제사범 단속반에 아버지에 관한 자료를 제출했대요. 아버지가 구속되도록 말이죠."

그녀는 여전히 팔짱을 끼고 있었다. 눈빛이 매우 호전적이었다. 세바스찬은 진실을 원했다. 아니, 적어도 진실에 가까이 다가가고 싶었다. 최대한 진실에 가까이 다가가고 싶었지만 구체적인 증거가 없었다. 그는 한숨을 푹 내쉬고는 안타까운 표정으로 그녀를 바라보았다. 지금 실수하면 안 된다. 그녀가 이 사실을 알게 됨으로써 최근에 그녀와 쌓은 모든 관계가 한순간에 물거품이 될지도 모른다.

"나도 그런 생각은 했지만……." 말끝을 흐리면서 그는 고개를 절레절레 흔들었다. "그게 아니길 바랐는데."

"그게 무슨 말씀이세요?"

세바스찬은 다시 한숨을 푹 내쉬었다. 그는 그녀의 말을 들어주기만 하는 것이 좋을 것 같았다. 성공 아니면 실패 둘 중 하나일 테니까. 그러나 최악의 상황이었다. 평계가 될 만한 대답을 지금 당장 해야만 했다.

"몇 달 전 트롤레 헤르만손이 여기 와서, 나한테 발데마르에 관한 수사 자료를 주고 갔어요."

"도대체 왜요?" 반야가 그의 대답을 다 듣지도 않고 물었다. "그분이 왜 그걸 주고 갔는데요?"

"나도 몰라. 아마 내가 자네랑 자주 일하는 걸 알았던 거지. 또 내가 특별살인사건전담반을 나왔다는 것도 안 거 같고."

"무엇 때문에 트롤레가 우리 아버지를 조사한 거죠?"

세바스찬은 어깨를 으쓱했다. 그는 진실을 숨기려고 했다. "내가 트롤레를 아는데. 트롤레는 그저 지시 받은 대로 했을 거요."

"그분을 얼마나 잘 아세요?"

"함께 일한 적이 있었거든. 하지만 내가 특별살인사건전담반을 떠나기 전 트롤레는 해고됐지. 그게 언제 적 일이더라……. 한 15년 전 일인가?"

"그럼 계속 연락하고 지냈나요?"

"가끔 만나긴 했지. 트롤레가 아주 외롭게 살았거든. 이혼한 데다 가족도 잃었고. 그건 자네도 알잖나? 트롤레는 나쁜 놈 취급을 받았지. 사람들이 트롤레를 별로 좋아하지 않았거든."

"다른 나쁜 놈은 어쩌고요?"

"그 말이 옳아요……."

반야는 더 이상 아무 말도 하지 않은 채 방금 들은 말을 되새겨보았다. 그녀가 팔짱을 풀고 긴장을 약간 누그러트리자 세바스찬은 다소 안심이 되었다. 하지만 그것은 절반의 성공이었다. 그녀가 화를 조금 누그러트리고 다시 대화를 나눠보려고 골똘히 생각하는 것이었기 때문이다. 그것은 세바스찬에게 오히려 더 위험한 상황이었다. 이제부터는 감정적인 질문이 아니라 냉철한 질문이 쏟아질 수 있기 때문이다.

"트롤레가 우리 아버지 건을 조사하란 지시를 받았다면 왜 그 자료를 지시한 사람한테 제출하지 않았을까요? 왜 선생님한테 건네준 거죠?"

중요한 질문에 해당했지만 그 대답은 간단했다. 왜냐면 발데마르 리트너를 조사하라고 지시한 사람이 세바스찬이었기 때문이다. 바로 이것이 그가 절대로 말할 수 없는 사실이었다. 진실에서 약간 벗어나야 할 때다.

"모르겠어요. 아마 성과급이 마음에 안 들었거나, 아니면 어떤 이유인지는 모르지만 지시한 사람한테 감정이 상했을지 모르지."

"그래서 그 대신 이쪽에 자료를 넘겼단 말이지요?"

"예."

그녀는 다시 원점으로 돌아갔다. 세바스찬은 방금 한 대답이 얼마나 멍청한 대답이었는지 자신도 잘 알고 있었다. 훨씬 그럴듯한 시나리오를 댈걸 그랬다.

예를 들어 트롤레가 경찰에 갔다 왔을지도 모르지.

트롤레가 자료를 폐기 처분했을지도 모르고.

혹은 트롤레가 몰래 내 책상 서랍에 자료를 놓고 갔어요.

그가 왜 세바스찬에게 자료를 건네주었을까? 이런 질문을 반야가 하지 못하도록 그는 트롤레 쪽에 동기가 있는 것으로 얘기를 몰아야 한다.

"나도 모르겠어요. 자기 집에 보관하는 게 불안해서 그랬는지, 아니면 자기가 찾아낸 자료를 누군가한테 보여주고 싶어서 그랬는지. 어쨌든 아까 말했듯이 트롤레는 항상 혼자였어요."

"그럼 그 자료를 받아서 뭘 했어요?" 반야는 그 자료가 하필이면 왜 세바스찬의 손에 들어간 것인지 그 질문을 잠시 잊어버린 것 같았다.

"아무것도 안 했어요. 쭉 읽어보긴 했는데 별다른 행동을 할 필요가 없겠더라고. 트롤레가 죽었으니……."

"그분은 에드워드 힌데나 랄프하고 무슨 관계가 있었나요?" 반야가 그의 말 중간에 끼어들었다.

이들의 대화는 빠른 속도로 다음 단계로 넘어갔고 점점 더 복잡해졌다. 지난 15년간 수면 밑으로 가라앉았던 늙은 퇴직 경찰이 지난 몇 달 사이에 두 번씩이나 무엇 때문에 갑자기 사건과 관련하여 등장했는지 그는 분명하게 설명해야 한다. 물론 트롤레와 관련된 사람은 분명 세바스찬 자기 자신이었지만 지금은 다른 이름을 생각해내야만 한다.

다른 누군가의 이름을.

반야.

"나도 그 점에 대해 생각해봤는데." 세바스찬은 턱을 어루만지면서 말하기 시작했다. "내가 생각하기로는, 트롤레가 자네 아버지를 조사하다가 자네가 중요한 살인사건을 맡고 있다는 걸 알게 됐을 거 같거든. 그래서 트롤레가 자네 아버지 사건을 해결하기 위해 특별살인사건전담반에 몇몇 수사 자료를 빼놓고 보고한 것 같아……. 그런데 트롤레가 사망한 거지."

세바스찬은 순간 숨이 막혔다. 얘기가 너무 지나친 것은 아닐까? 너무 정밀한 설명이었나? 너무 깊게 생각한 것은 아닐까?

반야가 생각에 잠긴 채 고개를 끄덕이는 것을 바라보면서 그는 얘기가 나온 김에 계속 이어나가기로 결심했다. 그녀에게 생각할 시간을 줄 이유가 없어 보였기 때문이다.

"어쨌든 나는 그 서류 봉투를 버리기로 결심했는데. 그 무렵에 하필 다쳐서. 엘리노한테 나 대신 그 자료를 폐기 처분해달라고 부탁한 건데. 엘리노가 내 부탁대로 안 한 거지."

"엘리노는 대체 누구예요?"

다시 진실로 되돌아가는 순간이었다.

"그 여자는 정신이 약간 이상한 여자예요. 한동안 우리 집에 산 적이 있었어요. 나랑 같이 잤던 여자들을 연쇄적으로 힌데가 살해했을 때 난 그 여자한테 조심하라고 말해주었는데. 그 여자가 그냥 우리 집에 들어오더니 말 그대로 여기서 쭉 산 거야."

별다른 설명거리가 떠오르지 않았다.

"이제는 헤어졌어요." 그는 이 부분을 강조하면서 말했다. "그 여자를 내쫓아버렸어. 정말 이상한 여자였거든." 그는 자신이 이 모든 일과 관련이 없다는 것을 명확히 하기 위해서 다시 한 번 강조해서 말했다.

반야는 꼼짝하지 않고 그를 빤히 바라만 보았다. 그녀가 이 모든 얘기를 골똘히 생각하고 있다는 것을 분명히 알 수 있었다. 그의 말을 믿어야 될지 말지 그녀는 생각에 생각을 거듭했다. 그는 한발 다가가 그녀의 어깨에 손을 올리고는 그녀가 공감한다는 눈빛으로 대답할 때까지 기다렸다.

"무슨 일이 어떻게 돌아갔는지 듣기만 해도 미안하네요. 그래도 내가 그 일과 전혀 관련이 없다는 걸 자네가 꼭 좀 알아주었으면 좋겠어요."

반야는 그의 눈을 빤히 바라보며 그의 마음을 꿰뚫어 보려고 했다. 그가 거짓말을 하고 있다는 걸 알아내기 위해서. 뭔가 이상하다는 것을.

트롤레, 엘리노, 수사 자료, 이 모든 것이 세바스찬과 연결되어 있다. 아마 우연일 수도 있다. 운명의 장난일 수도 있고. 그렇지 않으면 이 모든 것이 설명되지 않는다. 왜 트롤레가 하필이면 그에게 자료를 건네주었는지에 대한 세바스찬의 대답은 여전히 믿음이 가지 않는다. 하지만 그의 말을 믿어야만 한다. 때로는 설명할 수 없는 일이 종종 발생하기도 하니까. 생각지도 못한 단순한 논리로 설명되는 일도 있으니까. 이 경우 역시 그런 경우처럼 보인다. 그렇지 않다면 세바스찬 베르크만이 굳이 왜 아버지를 구속시켰어야만 했을까?

아무런 이유가 없다.

그는 친구이다.

그녀는 고개를 끄덕였다. 그가 마음을 놓는 것 같았다. 다행이었다.

하지만 분노와 불확실성이 사라지자 그녀의 눈에서 눈물이 확 쏟아졌다. 모든 것이 갑자기 혼란스러웠고, 그녀는 소리 없이 눈물을 흘렸다. 세바스찬은 안쓰러운 눈길로 그녀를 바라보았다. 그녀에게 다가가 안아주고 싶었지만 머뭇거렸다. 그녀는 괜찮다는 의미로 한 발 다가섰고 그는 그녀를 안아주었다.

"미국 교육 프로그램에서 탈락했어요." 흐느끼면서 그녀는 앞치마를 걸친 그의 가슴에 안겼다. 그러고는 지난 며칠간의 서러움을 한꺼번에 쏟아냈다. 눈물을 참지 못하고 흐느껴 우는 그녀를 그는 위로해주었다. 마치 아버지처럼. 그에게는 그녀가 필요했다. 그래서 그가 리다르스톨페에게 찾아간 것이다. 그리고 그녀 역시 그가 필요했다. 그는 그녀의 머리를 쓰다듬으면서 그녀가 떠나지 않게 된 일이 둘을 위해 정말 잘된 일이라고 위로해주었다.

⚜

발데마르는 구치소 나무침대에 누워 천장을 바라보았다. 그는 갈수록 심해지는 허리통증을 잊어버리려고 딴생각을 해보았다. 똑같은 나무침대, 똑같은 방, 똑같은 천장. 몇 시간 전부터 그는 경찰서가 아니라 구치소에 있었다. 미결수 구치소에.

점심나절에 그는 형사 재판부에 불려갔다. 법정에 선 적이 없었기 때문에 그곳이 미국 드라마에서 본 재판정 같을 거라고 생각했다. 하지만 그 생각은 완전히 빗나갔다. 오후 1시 5분에 그가 고용한 변호사 카린 스베르드와 함께 들어간 스톡홀름 재판정은 사뭇 달랐다. 맨 앞에는 다섯 좌석의 연단이 있었고 그 뒤로는 매우 편한 녹색 사무용 의자의 높은 등판이 보였다. 재판장과 속기사가 두 줄로 앉아 있었다. 나머지 자리는 비어 있었다. 연단 앞에는 동그란 탁자 두 개가 비스듬히 놓여 있어서 원고 측과 피고 측이 서로 마주 볼 수 있었고 동시에 연단을 볼 수도 있었다. 발데마르가 입장했을 때 문에서 먼 탁자 앞에 두 사람이 앉아 있었다. 그중 한 명이 검사 스티그 벤베리라는 것을 그는 알아차렸다. 다른 한 명은 수행비서였는데, 그 사람은 카린 스베르드가 모르는 사람이었다.

그들은 자리에 앉았고, 발데마르는 재판정을 둘러보았다. 안나는 당연히 참석했지만 반야는 그렇지 않았다. 그가 원했던 바였다. 안나의 시선이 느껴지자 그는 재판정에 모인 청중 쪽으로 시선을 돌렸다. 아는 사람은 아무도 없었다. 동료들 중 여기 온 사람은 한 명도 없었다. 아마도 여기 온 사람들은 시간은 많은데 할 일은 없고 호기심만 많은 사람들인 것 같았다. 그는 안나 쪽으로 시선을 돌렸다. 그녀는 피곤에 지친 모습이었다. 그가 그녀에게 미소를 보내자 그녀도 미소로 화답했다. 하지만 그녀의 눈빛은 예전 같지 않았고 시선을 휙 돌려 연단 쪽 두 사람을 바라보았다.

재판이 시작되자 발데마르는 앞을 바라보며 앉았다. 참석자들의 이름과 재판 내용이 낭독된 후 판사는 검사에게 구속 사유를 낭독할 것을 요청했다. 스티그 벤베리는 헛기침을 하고는 낭독하기 시작했다. 구속 사유는 넘치고 넘쳤다. 발데마르가 안나를 곁눈질로 보니 그녀는 표정이 아예 얼어붙었다.

그가 경찰에 잡혀온 후 그녀와 면회가 허용되지 않았다. 그녀는 남편이 무죄일지 모른다고 생각할 것이다. 그들은 항상 사이가 좋았으며 함께 몇 가지 성과를 내기도 했다. 하지만 그녀는 그를 그런 사람이라고 정말로 믿는 것은 아닐까? 아니면 남편을 돌보지 못했다고 생각하는 것은 아닐까? 혹은 돈의 일부가 다른 곳, 정말로 이상한 곳에서 왔다고 짐작하는 것은 아닐까? 그는 알 길이 없었다. 그에 대해서 얘기를 나눈 적이 없었다. 재판에 참석한 그녀는 매우 놀란 표정을 짓고 있었다. 하지만 그녀는 그의 유죄를 확신하는 것처럼 보였다. 그리고 발데마르를 쳐다보지 않기로 작정한 사람처럼 보였다. 유감이지만 그는 그렇게 생각할 수밖에 없었다. 아내와 딸에게는 그의 일이 정말 충격일 것이다. 발데마르와 달리 이들은 아무런 잘못이 없는 사람들이다. 이들이 그를 멀리하는 것은 당연한 일이다. 아내와 딸의 신뢰와 사랑을 되찾는 일은 꽤 오래 걸릴 것이다. 아마도 생각했던 것보다 더 오래 걸릴 수 있을 것이다.

그는 상황이 어떻게 이 지경까지 이르게 되었는지 그 자신도 이해가 되지 않았다. 몰랐다는 말로 모든 것을 설명하기에는 부족한 측면이 있었다. 닥테아 기업이 한 일, 그들이 어떤 연유로 그에게 부탁을 했든 그것이 불법이라는 것을 그는 알고 있었다. 하지만 이렇게

까지 될 줄은 꿈에도 몰랐다. 모든 일이 터지고 나서야 그가 발을 들여놓은 곳이 어떤 곳인지 알게 되었다. 하지만 그들이 매우 능수능란했다는 것도 그는 알고 있었다. 그의 도움으로 그들은 추적할 수 없는 거래를 수도 없이 감행했고, 증거를 인멸하려고 탄탄한 계획도 세웠다. 시간이 지나면 지날수록 그는 더 안심했다. 커다란 기계에서 아주 작은 바퀴 하나인 것처럼 사소한 일만 했기 때문이다. 그런데 하필 지금에 와서 그들이 그를 법정에 세운 이유는 무엇일까?

벤베리가 구속 사유 낭독을 마치자 재판관은 발데마르에게 유죄를 인정하는지 그렇지 않은지 물었다. 발데마르는 살짝 고개를 끄덕하는 카린을 잠시 바라보았다. 비록 그것이 거짓일지라도 그녀는 그가 어떤 대답을 해야 하는지 분명히 보여주었다.

"죄를 짓지 않았습니다."라고 그는 대답했다.

재판은 한 시간가량 진행되었다. 카린은 원고 측 의견에 방어하기 위해 최선을 다했다. 하지만 발데마르는 잘될 거라고 믿지 않았다. 그리고 실제로도 그랬다. 재판관의 판결은 예상했던 바였다. 중대한 경제사범에 대한 혐의가 인정되어 그에게 구속영장이 발부되었다. 재판은 그렇게 끝이 났다.

안나는 자리에서 일어나 가장 먼저 재판정을 빠져나갔다. 발데마르는 그녀가 눈물을 참고 있는 것을 보았다. 굴욕, 감금, 징역보다 더 나쁜 것은 그가 주변 사람들에게 준 상처였다. 그건 참을 수 없는 고통이었다. 몇 마디 말이라도 안나와 나눌 수 있을 거라 생각했는데. 그는 재판 상황을 반야에게 절대로 알리지 말아달라고 카린에게 부탁했다. 카린은 그렇게 하겠다고 약속해주었다.

그들은 그렇게 헤어졌고, 발데마르는 독방으로 돌아왔다. 할 일이 없었기에 그는 나무침대에 누웠다. 얼마 지나지 않아 다시 허리통증이 찾아왔다. 같은 자세로 오랫동안 앉아 있어서 통증이 찾아온 것은 아니겠지만 그는 몸을 옆으로 돌려 누워보았다. 별 도움이 되지 않았다. 그는 진통제를 부탁해서 복용했다. 저녁 식사가 왔지만 입맛이 없었다. 그 대신 진통제를 더 달라고 했다. 그렇게 그는 교도소 천장만 뚫어지게 쳐다보면서 허리통증을 잊기 위해 딴생각을 해보려고 애쓴 것이다. 하지만 생각은 안나와 반야에게로 자꾸 뻗어갔다. 그리고 통증은 더 심해졌다. 허리통증을 겨우 참으며 자리에서 일어난 그는 변기 쪽으로 갔다. 지퍼가 없는 바지를 내리고 소변을 보았다.

한 줄기 빛이라도 그에게 비쳤으면? 소변을 보고 나서 그는 고개를 숙였다. 천장에 달린 등불 빛이 변기에 비치도록 고개를 약간 옆으로 돌렸다.

소변 색깔이 빨간색이었다.

핏빛 색깔.

✠

그들이 모였다.

토르켈이 회의실에 모인 모든 사람들에게 주말 전에 마지막 회의를 열자고 요청했던 것이다. 회색과 녹색 카펫에는 둥근 탁자를 중심으로 의자가 여섯 개 놓여 있었다. 벽에는 화이트보드가 걸려 있었는데, 그곳에 빌리가 시간 경과에 따라 사건 자료를 재구성해놓았다. 회의실은 조용했다. 그들은 지난 며칠간의 경과를 놓고 논의했다. 어떤 작업을 했으며 어떤 결과 혹은 어떤 결과가 예측되는지 얘기를 나누었다. 하지만 얘깃거리가 그다지 많지 않았다.

먼저 토르켈은 오전에 외스테르순드에 있는 헤드빅 헤드만에게 전화를 걸어 네덜란드 여행자들의 신원을 확인했다고 보고했다. 특별살인사건전담반이 현지 경찰에게 연락해 현재 진행 중인 사건에 대해 부분적으로 도움을 요청하는 일은 통상적인 것이었다. 때로는 더 강력하게 요청하는 경우도 있었다. 현지 경찰이 사건과 무관하지 않다는 것을 느끼도록 하는 것은 매우 중요한 사안이었다. 하지만 더 중요한 사안은 특별살인사건전담반이 정보를 확보하는 것이었다. 그래서 토르켈은 추측한 바를 말하지 않았다. 사망한 네덜란드 사람들이 재수 없이 그때 그곳에 머물렀을 거라는 것. 그뿐만 아니라 카메라나 그 밖의 정보에 대해서도 함구했다.

그가 운이 좋았다고 말할 수밖에 없었다.

오후에 토르켈은 '꿈같은 휴가 중 살해되다'라는 제목으로 엑스프레센지 인터넷에 올릴 기사를 한 페이지 작성했다. 기사 앞부분에 특별살인사건전담반이 프옐에서 살해당한 여섯 명 중 두 명의 신원을 확인했다고 썼다. 신원이 확인된 두 명은 로테르담 출신의 얀과 프람케 바커라고. 기사에는 바커 가족의 사진뿐만 아니라 이들이 스웨덴 계곡에서 보낼 휴가를 얼마나 고대하며 좋아했을지에 대한 감동적인 내용도 담았다. 그리고 이들의 소재 확인에 대해 고마워하는 친구들의 간단한 인터뷰도 실었다. 그는 이 사건을 언론에서 칭하는 대로 '프옐 무덤'이라고 표현하며 마지막 부분을 마무리했다.

그전과 달리 토르켈은 확신할 수 있었다. 외스테르순드 지역의 헤드만이나 경찰에게 통보하는 것과 언론에 브리핑하는 것이 별반 다르지 않다는 것. 그는 자신만이 언론과 접촉할 창구라는 것을 강조하면서 보고를 마무리했다.

팀원들은 그저 고개만 끄덕거렸다.

항상 그랬던 것처럼.

제니퍼의 차례가 되었다. 그녀가 하루 종일 한 일에 대해 보고할 차례였다. 일은 많이 했지만 별 소득은 없었다. 그녀가 해야 했던 일은 모든 국제 레지스터를 뒤져서 프옐에서 미확인된 가족의 신원과 일치할지도 모르는 가족을 찾는 것이었다. 그녀가 조사한 가족은 이미 목록에 들어 있었다. 아니면 제니퍼 스스로 시간을 들일 필요 없이 이 일을 제외시켰어야 했다. 왜냐면 우메오 지역의 법의학팀이 모든 시신에 대해 신뢰할 만한 대략의 나이와 신장 등을 알려주었기 때문이다. 결국 이는 우르줄라의 업무가 되었고 그녀는 곧바로 빌리에게 통지했다고 보고했다.

빌리는 아침나절에 가장 먼저 네덜란드인들의 배낭에서 나온 카메라를 살펴보았다고 보고했다. 카메라에 맞는 케이블을 찾았지만 카메라가 켜지지 않았다. 너무 오랫동안 땅속에 묻혀 있었던 것이다. 비닐봉지에 돌돌 말린 채로 배낭에 그대로 있었다 해도 9년이 넘도록 땅속에 묻혀 있었다. 그래서 그 대신에 그는 카메라의 메모리 카드에 집중했지만 카메라를 망가트리지 않고서는 메모리 카드를 꺼낼 수 없을 것 같았다. 우르줄라에게 조언을 구했지만 그녀는 그의 의견에 동의하지 않았다. 그 대신 그녀는 카메라를 택배로 린셰핑 지역의 국립과학수사팀에 보냈다고 보고했다. 긴급한 사항이라는 메모와 함께. 오후에 우르줄라는 옛 동료에게 전화를 걸었다. 카메라가 잘 도착했는지 알고 싶기도 했고 급하게 처리해달라고 부탁하고 싶기도 했다. 그녀는 곧바로 작업에 들어갔다는 말과 가능성이 있어 보인다는 말을 들었다. 늦어도 월요일에는 사진을 받아 볼 수 있을 거라고.

토르켈은 수긍하는 의미로 고개를 끄덕였다. 주말 동안에도 희망이 사라지지 않기만을 빌었다. 우르줄라는 하랄드 오로프손이 태워버리려고 했던 배낭에 지문이 남았는지를 묻는 말에는 그녀의 생각이 맞았다고 답했다. 지문은 없었다고. 지금 옷가지를 조사하는 중이며, 우메오 지역 시신들과 대조해볼 수 있는 머리카락 몇 가닥이 나왔다고.

놀랍게도 이 사건과 일에서 잠시 손을 떼겠다는 그녀의 말을 끝으로 회의는 마무리되었다. 갑자기 제니퍼가 주말에 무슨 계획이 있는지 모두에게 물어보았다. 즉흥적으로 빌리는 마이와 함께 버섯을 따러 갈 거라고 대답했다. 살구버섯을. 빌리로서는 처음 하는 일이었다. 그는 무작정 경험해볼 생각이었으나 취미로 삼을 생각은 눈곱만치도 없었다. 제니퍼는 엄마에게 다녀올 생각이라고 말하면서 언제든지 핸드폰으로 연락해달라고 힘주어 말했다. 24시간 아무 때나 연락해도 된다고. 회의실을 나가며 그녀는 큰 소리로 말하지 않았지만 밖으로 나가자마자 다음 주 월요일이 기다려질 거라고 확신했다.

우르줄라는 웁살라로 가서 벨라를 만날 생각이라고 대답했다. 그건 거짓말이었다. 주말을 어떻게 보낼 것인지 그녀도 잘 몰랐으나 속으로는 세바스찬을 만나러 가야겠다는 생각만 했다.

토르켈은 주말을 딸들과 함께 보낼 생각이었다. 이번에는 예외적으로 약속을 지킬 수 있을 것 같다는 생각에 마음이 뿌듯해졌다.

회의실이 갑자기 여느 때와는 다른 분위기로 변했다. 보통 그들은 이곳에서 살인사건, 범죄이론 등을 놓고 얘기했다. 여기서 집중적으로 나누는 대화는 일상생활에서 볼 수 없는 정말로 끔찍한 사건 얘기다. 하지만 한순간 잠시 일상적인 얘기가 오갔다. 그들은 서로서로 동료라기보다 차라리 친구 같았다. 죽음이 아니라 삶에 관한 얘기를 나누었기 때문이다.

모두 일어나 회의실을 나가면 각자의 주말을 보낼 것이다.

마치 보통 사람들이 그런 것처럼.

정말 이례적인 느낌이었다.

⚜

엄마 손은 언제나 그런 것처럼 따뜻했다. 소년은 이런 말을 하면서 엄마 손을 꼭 잡았다. 그녀는 깜짝 놀라면서 약간 예민한 반응을 보였다. 그녀는 거실을 몇 바퀴 돌다가 소년 바로 앞, 바닥에 털썩 주저앉았다. 어린 시절 위로가 필요할 때마다 얼마나 이 손을 그리워했는지 소년은 잠시 생각해보았다. 그때 조그만 주먹은 엄마의 사랑스러운 손에 폭 들어가곤 했다. 이제는 소년의 손이 엄마의 손을 꼭 감쌀 수 있었다. 따스한 애정은 여전했지만 지금 위로가 필요한 사람은 소년이 아니라 엄마였다. 한동안 그들은 말없이 앉아 있기만 했다. 아들이 찾아낸 것이 무엇을 의미하는지 그녀는 밝혀보고 싶었다. 결국 그녀는 아들의 손을 놓고 일어나 벽에 걸린 하미드의 사진 쪽으로 걸어갔다. 그 사진은 소년이 기억하는 한 항상 같은 자리에 걸려 있었다. 그녀는 사진을 손에 들고는 흑백사진 속 남편의 입술 위 유리를 손가락으로 매만졌다. 메란은 이제 자신이 사진 속 아버지와 나이가 대략 비슷할 거라는 생각이 들었다. 어리고 키가 크면서도 동작이 굼뜬 것이 아버지와 비슷했다.

"아버지가 언젠가 말한 적 있어, 자이드 아저씨가 가게 인수한 걸 후회한다고. 그게 전부야, 엄마가 가게에 대해 들었던 부정적인 얘기는. 그런데 아저씨들이 싸웠다는 건 확실하니?"

"나도 잘 모르겠어요. 하지만 그 사람이 거짓말할 이유는 없잖아요."

쉬베카는 고개를 흔들었다. 그녀도 도무지 이해할 수가 없었다.

"멜리카 아줌마가 엄마한테 사촌들이 가게를 팔았다고 얘기한 적이 있긴 해. 하지만 그건 몇 년 안 된 일이야."

"그렇지 않아요. 두 분이 실종된 지 한 달 후에 가게를 처분했대요. 아마 멜리카 아줌마가 그래서 얘기를 못 했을 거예요. 우리한테 말 안 하는 게 낫다고 생각했을지도 몰라요."

조심스레 사진을 제자리에 걸어놓은 쉬베카는 지금껏 살아오면서 가장 소중한 남편의 모습을 뚫어져라 바라보았다. 그가 실종된 후에도 그의 소중함은 사라지지 않았다.

"엄마가 열세 살 때 네 할아버지가 이 사진을 주셨지. 엄마랑 결혼할 남자가 어떻게 생겼는지 봐야 한다고. 가끔씩 자리에 앉아 이 사진을 보면서, 이 사람은 정말 어떤 사람일까 하고 골똘히 생각하곤 했지. 실제로 어떻게 생겼을까 궁금했거든. 정말 좋은 사람일까? 자상한 사람일까, 아니면 부드러운 남자일까? 물론 알 수는 없었어. 마음만 뒤숭숭했지. 아무한테도 말 안 하고 혼자만 간직하고 싶었어. 그러고는 이 남자는 훌륭한 남자야, 하고 나 혼자 생각하고 나 혼자 결정한 거지. 사진을 보니 아빠 눈빛이 얼마나 착하고 자상하게 느껴지던지. 사람이 똑똑하게 보이기까지 하더라고. 너도 알고 있었니?" 그녀가 메란을 바라보았다.

"아니요, 엄마."

"엄만 깜짝 놀랐어. 막상 아빠 보니까 엄마가 생각했던 것 그 이상인 거야. 생각했던 것보다 아빠는 더 착하고 머리가 좋았어. 생각했던 것보다 정말 더 사랑스러운 사람이었지. 그래서 이 사진이 엄마한테는 정말 소중한 사진이야. 이 사진이 엄마한테 희망을 심어주었거든."

그녀는 다시 메란 앞에 앉았다. 그녀의 눈은 기억으로 촉촉이 젖어 있었다.

"사람들이 생각하는 것보다 훨씬 더 좋을 수 있다는 것, 그게 바로 희망이지." 그녀가 연달아 말을 이어갔다. "우리의 걱정거리가 그대로 현실이 되어 나타나는 건 아니라는 것. 엄만 아직도 그걸 희망하는 거야."

"하지만 멜리카 아줌마가 속였다는 건 알게 됐잖아요? 요셉 일 말이에요." 소년이 끼어들었다.

쉬베카는 고개를 끄덕였다.

"혹시 멜리카 아줌마가 속인 게 또 있을까요? 예를 들면 가게와 관련된 거, 그 어떤 거라도?"

"아마도. 근데 우리가 뭘 어떻게 할 수 있을까, 메란?"

"아줌마랑 얘기 좀 해봐야겠어요. 이번에는 그렇게 호락호락 안 넘어갈 거예요."

메란은 자신이 어떻게 해야 할지 알았다. 진실을 밝히기 위해서 자신의 새로운 목소리를 활용할 것이다. 아마 알라신은 그래서 새 목소리를 내려주었을지도 모른다. 예전에 자신이 생각한 것처럼 메멜이나 다른 사람들 앞에서 주장하기 위해서가 아니라 그보다 훨씬 더 어려운 일을 위해서 말이다.

훨씬 중요한 일을 위해서.

쉬베카는 아들을 바라보며 잠시 후 고개를 끄덕였다.

반드시 그래야 한다고.

⚜

이번에 반야는 베스트만나가탄 거리에 있는 건물 앞에서 30분 이상을 기다려야 했다. 드디어 팔짱을 낀 채로 산책하고 돌아온 중년의 한 남녀가 그 건물 앞에 서서 현관 비밀번호를 입력한 뒤 안으로 들어갔다. 반야는 재빨리 안으로 따라 들어가서 두 명을 지나쳐 갔다. 그들이 엘리베이터를 기다리는 동안에 반야가 지나가자 그녀를 의심스런 눈초리로 쳐다보았다. 남자나 여자나 아무런 말도 하지 않았다. 그저 눈으로만 그녀를 계속 쫓았을 뿐이다. 마치 훗날 증인으로서 증언할 것처럼 그녀를 자세히 관찰하고자 했다. 그녀는 재빨리 4층으로 뛰어 올라갔다. 어쩌면 바보 같은 생각일지 모르지만, 알아내야만 한다.

그녀는 세바스찬 곁에 오래 머물지 않았다. 그녀는 슬픔을 쏟아내며 눈물을 흘렸다. 그는 반야가 진정할 때까지 그녀를 안아주었다. 그가 방금 스테이크를 구웠으니 더 있다 가라고 했지만 그녀는 거절했다. 혼자 있어야만 했다. 그가 무슨 말을 했는지 그녀가 무엇을 알고 있는지 곰곰이 생각해봐야 했다. 그녀는 그를 신뢰할 수도 있지만 당장은 그럴 수 없다는 것을 깨달았다. 그는 갑자기 예전과 달리 언행이 나아졌지만 여전히 세바스찬이었다. 그는 약아빠졌고 양심이 없고, 엄밀히 말하면 윤리적인 것과 관련이 없는 사람이었다. 몇 시간 전까지만 해도 이런 그의 특성을 그녀는 엘리노 베르크비스트를 추적하는 데 도움이 될 거라고 생각했다. 그래서 그녀는 진실을 알아내기 위해 다시 베스트만나가탄 거리에 있는 건물 계단을 오르는 것이다. 세바스찬을 지금 꼭 필요한 그녀의 친구로 삼기 위해서. 그녀는 엘리노 베르크비스트의 집 초인종을 눌렀다. 거의 자정에 가까운 시간이었지만 신경 쓰지 않았다. 그녀는 다시 한 번 초인종을 눌렀다. 인내심을 가지고 또다시 엄지손가락으로 초인종을 눌렀다. 그러자 문구멍을 통해 누군가 움직이며 문을 따고 있는 것이 보였다.

"안녕하세요, 저는 막달레나예요." 반야가 말했다. "세바스찬 베르크만에 대해서 좀 얘기를 나누고 싶어서 찾아왔어요."

"그이한테 무슨 일 있나요?" 엘리노가 의심, 기쁨과 걱정이 교차하는 목소리로 물었다.

"잠시 들어가도 될까요?"

"안 돼요."

그녀는 방금 한 말을 강조하기 위해 문틈만 살짝 열고는 그 틈으로 반야의 눈을 마주 보았다.

"세바스찬한테 무슨 일 있나요?" 그녀가 다시 물었다.

반야는 자신이 경찰이라고 설명했다. 그러고는 엘리노가 신분증을 보여달라고 요구하지 않기만을 마음속으로 간절히 바랐다. 다행히 그녀는 그러지 않았다. 연이어 반야는 경제사범 단속반에서 세바스찬을 조사하고 있으며 그가 지금 어려운 상황에 처했다고 설명했다. 조금 열린 문틈을 통해서 그녀는 엘리노의 당황하는 모습을 볼 수 있었다. 반야는 닥테아 기업, 트롤레 헤르만손과 관련된 사실에 대해 설명했다. 헤르만손은 죽었고 세바스찬과 아주 가까운 어떤 사람이 경찰에 제보했다는 것을. 이런 연유로 인해서 경찰은 이번 사건에서 세바스찬의 역할에 대해 더 많을 것을 알아내려고 한다고도 설명했다. 이것은 매우 복잡한 사건이며, 만약 동료가 조사 대상에 오른다면 더 자세히 조사하게 되는 것은 당연한 거라고. 엘리노는 진지한 표정으로 고개를 끄덕거리며 이해했다고 말했다. 반야는 거짓말쟁이로서 자신의 재능에 감탄했다.

엘리노는 설명하기 시작했다. 그녀는 자신의 행동을 굉장히 자랑스러워하면서도 그것이 세바스찬에게 악영향을 미치게 될까봐 우려했다.

맞다. 그는 그녀에게 서류 봉투를 처리해줄 것을 부탁했고, 그녀는 그 내용을 읽고 그를 도와주기로 결정한 것이다.

아니다. 세바스찬은 한 번도 발데마르가 자신을 위협했다거나 어떤 식으로든 해를 가할 거라고 얘기한 적이 없었다. 그것은 그녀가 자체적으로 낸 결론일 뿐이었다. 그녀가 잘못 생각했을 수도 있다.

맞다. 그가 트롤레 헤르만손이라는 사람으로부터 자료를 받았다고 엘리노가 말했다. 하지만 그 자리에 그녀는 없었다고.

엘리노가 차츰 차분한 마음으로 사건과 세바스찬에 대해 스스로 입을 열어 해명하고 있다는 것을, 반야는 느낄 수 있었다. 세바스찬이 어떤 이유에서든 아버지를 체포하는 데 관여했다면 이를 해결해야 한다는 것 때문에 그녀도 마음이 지옥과 천당을 오가며 상황을 종잡을 수 없었다. 하지만 사실은 그녀가 생각한 것과 정반대일 수도 있었다.

그가 그녀를 지키려고 그랬을지도 모른다.

그녀를 구해주려고. 다시 한 번. 그가 예전에 힌데로부터 그녀를 구했던 것과 같이.

그리고 지금 반야에게 얼굴의 반만 문틈 사이로 삐죽 내민 이 여자가 없었더라면 그의 생각은 성공했을지도 모른다. 반야는 분노가 치밀어 오르는 것을 느꼈다. 그것은 그동안의 슬픔, 고뇌, 불신 그리고 혼란이 섞인 순수한 감정이었다.

"세바스찬이 다시 이 도시로 왔나요?"라고 엘리노가 기대에 찬 목소리로 묻는 소리를 반야는 들었다.

"왔으면요?"

"그이가 보고 싶어요."

보통 반야는 엘리노와 같은 상황에 처한 여자에게 동정심을 가지는 편이었다. 세바스찬이 그녀를 문 앞에 방치한 채 비겁하고 매정하게 그녀와의 대화를 피했기 때문이다. 그것은 파렴치한 일이다. 보통 그녀는 항상 여자 편에 섰다.

"그분 말로는, 두 분이 헤어졌다고 하던데요?"반야가 솔직하게 말해주었다.

"그건 그이가 저를 지키기 위해서 한 얘기예요." 엘리노가 끈질기게 제멋대로 대답했다.

"누구한테요?"

"발데마르 리트너한테요."

반야의 분노가 당황스러움과 뒤범벅이 되었다. 엘리노는 아까와 달리 정반대되는 주장을 했다. 방금 전만 해도 세바스찬이 발데마르를 위협적인 사람으로 느끼지 않는다고 말하지 않았던가. 이런 두서없는 얘기가 한두 번이 아니었기에 반야는 냉소적으로 받아넘겼다. 그녀는 그동안 힘든 시간을 너무 오래 겪었고 이제는 뭔가 보상을 받을 때가 된 것이다. 이 여자는 너무 많은 걸 망쳤다. 그런데도 여자는 세바스찬에게 도움을 주었다고 상상하고 있었다.

"세바스찬 그분 말로는, 당신을 쫓아냈다고 하던데요. 당신이 제정신이 아닌 것 같다고. 그분은 당신을 다시 보고 싶지 않대요." 반야가 설명하면서 문틈 사이를 빤히 쳐다보았다. 엘리노는 한 방 얻어맞은 것처럼 몸을 바짝 움츠렸다.

"그이가 그런 얘기 했을 리 없어요."

"했어요, 그 사람이." 반야는 얘기의 주도권을 다시 잡은 것 같아 기분이 좋았다. 내일이 되면 자신을 자랑스러워하지 않을 테지만 오늘은 생각하지 않기로 했다. 그래서 그녀는 더욱더 정곡을 찌르기로 했다.

"그분은 당신이 정신적으로 문제가 있어서 인도적 차원에서 그분 집에 머물도록 배려해준 거라고 했어요. 그런데 더 이상 참을 수가 없었대요. 물론 당신이 발데마르 리트너한테 한 행동 때문에 그런 건 아니고요."

계단에 불이 꺼졌다. 갑작스런 어둠으로 인해 반야는 엘리노가 앞이 안 보여 눈을 가늘게 뜨는 모습을 문틈으로 볼 수 없었다. 엘리노가 막 반야를 향해 증오의 눈빛을 보내고 있었는데.

"세바스찬과 거리를 두세요."라는 그녀의 말소리를 엘리노는 들었다. 그러고는 문 앞, 어두운 형체는 사라졌다. 그녀는 계단을 내려가면서도 불을 다시 켜지 않았다. 엘리노는 그녀가 자신의 퇴장을 더 드라마틱하게 만들기 위해서일 거라고 생각했다.

엘리노는 서둘러 침대방 창가로 다가갔다. 막달레나라는 여자가 길을 가로질러 왼쪽으로 가면 그녀의 모습이 보일 것이다. 마침내 여자의 모습이 나타났다. 엘리노는 여자가 사라질 때까지 눈을 떼지 않았다. 그런 다음 그녀는 정돈되지 않은 더블베드에 털썩 주저앉았다.

얼마나 멍청한 말을 한 것일까?

멍청하지만 사실이 아닌가?

발데마르 리트너는 구치소에 있다. 그는 이제 위험하지 않은 인물이다. 그럼에도 불구하고 세바스찬은 아무 말도 들려주지 않았다. 그녀에게 다시 돌아오라고 하지 않았다. 위험이 사라졌는데도.

저 젊은 여자가 한 말은 사실일까? 세바스찬은 발데마르를 두려워한 적이 없었단 말인가? 그녀가 상황을 잘못 해석한 것일까? 만약 그렇다면…….

생각은 끝없이 꼬리에 꼬리를 물고 흘러갔다. 그것이 사실이라면 그녀의 가방 옆에 붙인 편지 내용을 그는 실제로 그런 의미로 썼을 것이다.

만약 그렇다면 그는 그녀를 지키기 위해 그런 저속한 언행을 하지 않았을 것이다. 그녀를 그런 이유로 문 앞에 방치하지도 않았을 것이고. 그는 그녀에게 싫증이 났다. 정말로 그는 그녀를 성관계를 하는 가정부로만 본 것이고 이제 그 관계에 종지부를 찍은 것이다. 그가 얘기해준 잠자리를 함께했던 간호사처럼. 그 외에도 엄청나게 많은 여자가 있었을 것이다.

엘리노는 그를 사랑했다.

그러나 그는 그녀를 가지고 놀았을 뿐이다.

❧

소년은 토요일에 노래를 들으며 생각하는 시간을 보냈다. 그 생각은 머릿속을 헤집고 다니며 그를 들었다 놨다 했다. 그중 한 가지 생각이 영 머릿속을 떠나지 않았다. 저녁이 되자 메란은 자신이 지금의 상황을 해결해야 한다는 것을 깨달았다. 소년은 멜리카와 단판을 지어야겠다고 생각한 것이다. 그녀 혼자 이 상황에서 아무렇지도 않게 빠져나가도록 내버려둬서는 안 된다. 엄마는 자신도 함께 나설 거라고 말했다. 소년은 엄마의 마음을 잘 이해할 수 있었다. 하지만 자신이 스스로 이 일에 책임을 지는 것이 더 낫다는 것도 알고 있었다. 혼자서 멜리카를 찾아간다면 메멜과 다른 사람들이 토를 달지 못할 것이다. 그리고 일이 잘못되거나 문제가 생기면 그들은 자신에게만 책임을 묻게 될 것이다. 그러면 소년은 모든 것을 설명할 수 있을 것이다. 게임은 시작됐다. 소년은 멜리카의 거짓말을 설명할 것이고 그들은 귀를 기울일 것이다. 쉬베카의 말은 들으려 하지 않는다. 이것은 남자와 여자 사이에 차별이 존재하기 때문이다. 이 점을 터득하고 이용해야 한다.

오늘 아침에 쉬베카는 항상 그래 왔던 것처럼 아이들에게 아침을 준비해주었다. 소년은 맛있게 아침을 먹은 뒤 그녀에게 잠시 나갔다 오겠다고 얘기했다. 그러나 어디로 간다고는 말하지 않았다. 그리고 소년은 멜리카의 집 앞으로 갔다. 그는 그녀를 놀래주고 싶었다. 그녀에게 준비할 시간을 주지 않고 갑자기 예고 없이 한 방을 먹이고 싶었다. 다만 어떻게 해야 할지를 몰랐다. 그가 초인종을 누르면 그녀는 깜짝 놀랄 것이다. 그는 무턱대고 매달릴 생각은 없었지만 그렇다고 계단에서 대화를 하고 싶지는 않았다.

잠시 후 기회가 왔다. 그녀의 집 앞에 도착했을 때, 소년은 멜리카가 친구와 외출하는 것을 보았다. 때마침 그녀의 아들 알리가 친구 몇 명과 함께 뛰어왔다. 친구들은 꺾어지는 지점에서 방향을 틀었고, 알리는 집으로 향했다. 친구들은 다른 방향으로 사라졌다. 그들의 목소리가 점점 작아졌다. 메란은 나무 뒤로 숨었다. 그는 별생각 없이 어슬렁거리는 남자아이를 관찰했다. 알리와 대화를 나누지 않은 지 오래되었다. 메란은 허리를 쭉 펴고 빠른 걸음으로 남자아이에게 다가갔다. 알리는 누가 걸어오는지를 발견하고는 밝은 표정을 지었다.

"안녕, 메란 형." 그가 기뻐했다.

그는 메란을 만나서 진심으로 기뻐하는 것 같았다. '좋았어!' 하고 메란은 생각했다. 알리는 자기 엄마와 칸 가족의 문제에 대해서 아무 얘기도 듣지 못했다. 모든 게 더 쉬워질 것이다.

"안녕, 알리! 잘 지냈어?" 그가 최대한 자연스럽게 물었다.

"응, 잘 지냈어. 형은?"

"너 나랑 잠시 얘기하다 가도 돼?" 메란이 고갯짓으로 집 쪽을 가리켰다. "열쇠를 잃어버렸는데 날씨가 너무 추워서. 엄마가 한참 후에 오시거든."

그는 자신의 얘기가 사실인 것처럼 보이기 위해서 최대한 추위에 떠는 척했다. 알리는 그 얘기를 믿었다.

"그래. 근데 집에 엄마가 안 계셔서 먹을 게 하나도 없어."

"괜찮아. 우리 TV 보자."

알리가 문을 연 후 집 안으로 따라 들어간 메란은 아주 다급해졌다. 자신의 계획이 실현될지는 알 수 없었다. 하지만 멜리카가 집에 돌아왔을 때 자신이 소파에 앉아 있다면 유리한 위치를 점한 거라고 느꼈다. 그녀가 혼자 온다면 말이다. 만약 그렇지 않다면 새로운 방안을 생각해내야 한다.

알리와 그는 한 시간 동안 TV를 보았다. 그들은 에이어, 학교 그리고 함께 알고 지내는 친구들에 대해 잠시 얘기를 나누었지만 이내 말문이 닫혔다. 메란은 딴생각을 하고 있었다. 알리는 이런 침묵이 불편했지만 표현하지는 않았다. 그는 그저 자신보다 나이가 많은 누군가가 자신과 만화영화를 본다는 것이 즐겁기만 했다. 그것은 사실 놀랄 만한 일이 아니었다. 친구들은 모두 형제자매가 있었지만 알리만 외아들이었기 때문이다.

마침내 열쇠 돌아가는 소리가 들렸다.

알리가 기뻐했다. "엄마 오셨다."

"좋아." 메란이 갑자기 일어섰다. 그는 알리를 똑바로 쳐다보았다. "방에 들어가 있어."

알리가 충격을 받았다. "근데 왜?"

"방에 들어가 있으라고 했다. 지금 당장!"

알리는 마지못해 자리에서 일어섰다. 반항하는 눈빛을 띠었다. 이곳은 자신의 집이었기에 나이 많은 형에게 복종해야 한다고는 생각지 않았기 때문이다.

메란은 더 확실히 밀어붙이지 못해서 화가 났다. 그가 더 막강한 권위자가 되지 못한다는 것에 대해서도. 하지만 동시에 그는 알리를 더 이상 야단치고 싶지 않았다. 아이는 자신이 한때 그랬던 것처럼 아무 죄 없는 소년일 뿐이다.

사실 이것은 메란의 문제였다. 그는 감정이 앞섰다.

"나 너희 엄마랑 할 얘기가 있어서 그래." 이번에 그는 설명조로 말했다. "혼자서."

알리는 멜리카가 어느새 집 안으로 들어왔기 때문에 더 이상 대답할 수 없었다. 그녀는 한 손에 쇼핑백을 들고서 충격을 받은 듯 메란을 넋 놓고 쳐다보았다.

"여기서 뭐 하는 거니, 메란?"

"난 아줌마가 알 거라고 생각하는데요?"

메란이 돌처럼 굳어서 어찌 행동해야 할지 모르는 알리에게 다가갔다.

"무슨 일이야, 알리?" 그녀가 불안한 듯 물었다.

메란은 자신의 관점에서 얘기했다. "알리한테 방에 들어가 있으라고 했어요. 난 아줌마가 거짓말한 걸 알거든요. 알리가 모든 걸 다 들을 필요는 없잖아요?"

그녀는 얼굴이 창백해지며 쇼핑백을 바닥에 내려놓았다.

"썩 꺼져, 메란. 당장."

메란은 고개를 내저었다. 그는 물러서지 않을 것이다. 절대로.

"우리 엄마한테 말하지 말고 나한테 말해보세요."

"내가 뭘 설명해야 한다는 거지? 무슨 말 하는 거야?"

"자이드 아저씨 가게에 갔다 왔어요. 아줌마 남편 가게. 알리 아빠 가게. 거기 있는 남자가 나한테 뭐라고 얘기했는지 알아요?"

잠시 동안 그녀는 뭐라고 대답해야 할지 몰랐다. 그는 자신이 한 말이 비수처럼 그녀에게 꽂혀서 그녀가 쌓은 거짓말의 벽이 무너지는 것을 보았다. 그녀는 그저 가만히 서서 아무 대꾸도 하지 못했다. 그가 포기하고 떠나기를 바랄 뿐이었다. 기회는 없다. 그는 그 어느 때보다 더 자신감이 넘쳤다. 그의 의지가 불안감을 이겨냈다.

"아줌마가 원한다면 난 이 사실을 메멜 어르신한테 말씀드릴 수 있어요. 아줌마네 사촌들과 자이드 아저씨가 싸웠다는 소식을 어르신이 들으면 얼마나 흥미로워하실까요? 자이드 아저씨가 행방불명된 지 한 달 만에 아줌마네 사촌들이 가게를 팔아버렸다는 걸. 아니면 메멜 어르신도 벌써 알고 있나요? 우리 빼고 다 알아요?"

"그건 사실이 아니다." 그녀가 마침내 나지막한 목소리로 말하며 문 옆 의자에 주저앉았다.

"뭐가 사실이 아니란 거죠, 멜리카 아줌마?"

그녀는 바닥을 내려다보았다. 자신의 발을. 그러고는 아들 쪽으로 눈길을 돌렸다.

"메란이 시키는 대로 해. 방으로 들어가 있어."

알리는 깜짝 놀란 눈으로 엄마를 쳐다보았다. "하지만 엄마?"

"들어가라고 했지!" 그녀가 소리를 질렀다. 메란은 그녀의 목소리에서 평정을 잃었다는 것을 알 수 있었다.

알리는 방으로 들어갔다.

그러자 멜리카가 그에게 눈길을 돌렸다. 그녀의 눈빛이 슬프게만 보였다. "난 무슨 일이 일어났는지 몰라, 메란. 정말 몰라."

"하지만 아줌마가 말했던 것보다는 더 많이 알고 있잖아요, 안 그래요?"

그녀는 조심스럽게, 거의 느끼지 못하도록 고개를 끄덕였다.

"요셉이 누구예요?"

그녀의 얼굴이 유령처럼 하얘졌다. "아주 나쁜 사람. 모든 게 그 사람 탓이야."

그녀의 눈빛은 더 이상 슬프게 보이지 않았다. 그 대신 뭔가 다른 눈빛을 띠었다. 극심한 괴로움, 어쩌면 공포일지도 모른다.

그는 그녀에게로 손을 뻗었다. 이제는 의젓하게 말하고 싶었다. 그는 진실을 알기 위해 그래야 한다고 생각했다.

"말해주세요."

✦

그날 저녁 모르간 한손은 다방면에서 아니타를 놀라게 했다. 그는 전혀 요괴가 아니었다.

그는 훨씬 더 나빴다.

카사노바.

그는 상대에 따라 어떤 카드를 내놓아야 할지 너무나 잘 알고 있는 남자였다. 레나르트 스트리드가 그녀에게 연락했다는 것을 사실대로 털어놓자, 모르간은 그녀가 우려했던 것처럼 함께 저녁을 먹자고 말했다. 이제는 서로를 아주 잘 알게 되었고 서로에게 더 이상 비밀이 없다고 해서 그렇게 해도 괜찮은 것일까? 정말이지 그녀는 안 된다고 말할 수 없었다. 최악의 경우 평생, 그게 아니면 적어도 경찰로 사는 동안에는 그의 협박과 제안에 모두 응해야 한다. 그녀는 그것을 간파했다.

그래서 금요일 저녁에 그녀는 상트 폴스가탄 거리에 있는 텍사스 롱호른이라는, 그가 가장 좋아하는 레스토랑에서 그와 함께 저녁을 먹었다. 아니타가 경험한바 그는 이랬다.

1) 그는 수다 떠는 것을 좋아하는데, 특히 술에 취하면 더 심했다.
2) 그는 살짝 익힌 스테이크를 좋아했다. 거기에 오븐에 구운 감자와 크림과 체더치즈를 곁들여 먹었다. 그가 먹는 엄청난 양을 본 그녀는 그가 더 이상 살이 찌지 않는다는 사실이 놀랍기만 했다.
3) 그는 영국 맥주와 먼지가 날리는 작은 술집을 좋아했다. 특히 쇠데르말름에 있는 술집을. 그는 그런 곳에서 저녁 먹는 것을 가장 좋아하는 것 같았고, 가게 문을 닫을 때까지 남아 있는 마지막 손님이었다.
4) 그는 생수에 미친 사람이었다. 그가 크나큰 행복이란 무엇인지 아주 자세하게 설명해주었는데, 행복한 이유는 개인용 탄산수 제조기를 장만했기 때문이었다. 그녀도 그런 제조기를 주방에 들여놓게 되면 행복할 것 같다고 말했다. 그러자 그가 그 제조

기를 사다 그녀의 집으로 가서 조립해주겠다고 했지만 그녀는 선을 긋는 데 성공했다.

이번에는.

그가 주방에서 탄산수를 만드는 것은 이제 시간문제였다. 그녀는 그것을 알고 있다.

5) 그는 키스타갤러리아라는 백화점을 사랑했다. 그곳에 가서 그들은 탄산수 제조기를 구입했다. 그는 수많은 사람들이 그곳을 드나든다는 점을 마음에 들어 했다. 전 세계의 다양한 문화가 모인다는 점을. 그는 스웨덴적이지 않은 것이 아주 좋다고 했다. 그녀는 소리를 지르며 달아나고 싶은 마음이 굴뚝같았지만 그의 말에 동의하지 않을 수 없었다.

오늘 저녁 그는 영화관에 가자고 했다. 일요일이 되면 늘 영화를 보러 다녔기 때문이다. 그래서 그만의 전통을 고수하고 싶어 했다. 그는 3D영화를 보고 싶다고 했다. 그녀는 3D영화를 한 번도 본 적이 없었지만 그 사실을 말하지 않았다. 그러면 그가 그런 종류의 모든 필름을 다 보자고 그녀를 졸라댈 게 뻔했기 때문이다.

그녀는 새로운 '친구'에게 긍정적인 점을 찾기 위해 노력했다.

그녀는 아무것도 찾을 수 없었다.

단 한 가지도.

따라서 이런 식으로는 그와 계속 만날 수 없다. 그녀는 고통스러웠고, 어떤 거라도 생각이 나길 바랐다. 아무 거나 사소한 거라도. 자존심 때문에 생각을 멈출 수가 없었다. 그녀는 포기할까 싶다가도 포기하고 싶지는 않았다. 어떤 일로라도 주도권을 잡아야 했다.

그녀는 레나르트 스트리드에게 전화를 걸기로 마음먹었다.

그러면 최소한 돈이라도 받을 수 있을 것이다.

그 돈이 많지 않다는 걸 알고 있지만 말이다. 그들이 정보 제공자에게 주는 용돈이 워낙 적기는 하나, 아무것도 주지 않는 것보다야 나으니까. 그녀가 뭔가를 손에 쥐고 있다는 느낌은 이루 말할 수 없이 좋다.

그녀는 그에게 이름을 알려줄 것이다.

그러면 그는 그 어느 때보다 더 많은 돈을 지출해야 한다.

✚

우르줄라는 소파에 앉아서 TV를 보고 있었다. 세바스찬의 집 TV 앞, 소파에 앉아. 세바스찬과 함께.

그녀는 금요일에 일을 마치고 이곳에 아예 머물렀다. 밤새도록. 하지만 그녀와 그는 잠자리를 같이하지 않았다. 놀랍게도 이 주제와 관련하여 둘 사이에서는 아무 일도 일어나지 않았다. 한마디 비꼬거나 암시하는 말도 없이 세바스찬은 그녀를 손님방 침대에 눕혀주었다.

애당초 그녀는 동료들에게 말했던 것처럼 움살라로 가서 벨라를 만날 작정이었다. 보통 부모들이 그렇게 하지 않을까. 잠시 깜짝 방문하는 것. 편하게 몇 시간, 점심 먹기, 그리고 다시 돌아오기. 그것은 아주 괜찮은 생각이었지만 그녀는 한 번도 실행으로 옮긴 적이 없었다. 그냥 하지 않았다. 그 대신 그녀는 청소, 쇼핑, 그리고 빨래를 하며 토요일을 보냈다. 이혼한 여자가 주말 동안 어쩔 수 없이 해야 하는 집안일이었다.

그 이튿날, 바로 오늘 아침에 그녀는 세바스찬을 다시 찾아왔다. 그는 그녀를 보고 기뻐했다. 그녀는 그와 두 번째로 아침을 먹었고, 수리공들이 방문한 후에는 둘이 함께 오랜 시간 산책을 했다. 세바스찬은 주말에 수리공을 부르면 비용이 더 비싸긴 해도 약속한 시간에 맞춰 온다고 설명해주었다. 그는 현관문에 볼록렌즈를 설치하고 싶어 했다. 1850크로나를 들여서.

그들은 느릿느릿 걸으며 온갖 얘기를 다 나눴다. 그녀는 솔직하게 털어놓을 수 있는 사람과 대화를 한다는 사실이 무척 기뻤다. 미케, 그리고 가능한 모든 얘기. 그녀가 말하는 모든 문장은 미리 생각하고 말할 필요가 없었다.

그들은 수사 진행에 관해서도 대화를 나누었는데 세바스찬은 별 관심이 없었다. 이 수사 초기 단계에 대해서는. 해골, 배낭, 그리고 승객 리스트는 그의 호기심을 자극하지 못했다. 살인에 연루된 한 미국 여자만큼은 그가 관심을 보였다. 그러나 그녀도 죽었다.

그에게는 사람들이 필요했다. 살아 있는 사람들이. 다치고, 혼란스럽고, 미친 사람들이. 현실에 대한 생각과 세계관으로 그를 자극할 사람들이. 혼신의 힘을 다해야만 겨우 이해할 수 있는 영혼을 가진 그런 사람들. 쉽게 말해 '사악한'이라는 표현이 붙지 않는 사람들이. 그런 사건이라면 그는 적극적으로 뛰어들었다.

끝으로 그들은 쇠데르말름에 있는, 당구장이 딸린 술집을 찾았다. 자체적으로 정한 규칙에 따라 8-ball의 변형 게임을 했다. 우르줄라가 4게임 중 3게임을 이겼다. 그녀가 바에서 맥주 한 잔을 사려고 했는데도 그가 콜라만 주문하자, 그녀는 깜짝 놀랐다. 전에는 그가 술을 마셨기 때문이다. 그가 술고래는 아니었어도 술을 마다하는 법은 없었다. 그녀는 그에게 무슨 일이 일어났던 건 아닌지 다시 한 번 생각해보았다.

"무슨 꿈이었어요?" 그녀가 갑자기 물었다. "우리가 프엘에 있을 때……."

그녀와 탁자를 사이에 두고 마주 앉은 그는 놀란 표정으로 그녀를 쳐다봤다. 그녀는 생각한 바가 드러나지 않도록 조심스레 그와 눈을 마주쳤다. 세바스찬은 웃음을 참지 못했다.

그녀가 목요일 저녁에 집으로 찾아왔을 때 그가 놀라지 않았다면 그것은 거짓말이었다. 그다음 날 그녀가 다시 찾아온 것도 그렇고, 밤을 지새운 것도 그렇다. 그리고 일요일인 지금 스토르본에서 보낸 한 주를 되돌아보면 할 말이 참 많았다. 그녀는 그와 프엘 호텔 레스토랑에서 짧게 만났던 일을 결코 잊을 수 없을 것 같았다.

그녀는 호기심이 생겼다.

그에 대한 호기심.

그의 집까지 찾아갔다. 이틀 저녁이나. 섹스를 하지는 않았지만, 바로 그렇기 때문에 세바스찬이 다시 그녀를 가까이한다는 느낌이 들었다. 이것은 예전에 그가 그녀의 여동생과 잠자리를 같이했다는 것을 그녀가 알기 전, 서로가 서로에게 느꼈던 그런 친밀함이었다.

이런 느낌은 좋았지만 그녀가 왜 이러는지 모르겠다.

우르줄라는 그를 결코 용서하지 않겠다고 분명히 다짐했는데, 이제 와서 대체 무슨 생각으로 이러는 것일까? 이혼 문제 때문에 정신적 스트레스를 엄청 받은 상태일 거라고 인정하더라도. 그와 무슨 게임을 하자는 것일까? 그에게 멋지게 복수하려고 한발 한발 다가오고 있는 것일까? 그를 망가트리려고 작정한 것일까? 항상 그랬듯이 긴장감이 감돌았다. 지금까지 오리무중에 빠진 수사보다 그녀가 이러는 것이 가장 흥미로운 일일 것이다.

"왜 알고 싶어 하는 거지?" 그가 물었다.

"언젠가 말해주겠다고 그랬으니까."

"알아요. 하지만 왜 알고 싶어 하는 거냐고?"

우르줄라는 병맥주를 집어 들고서 한 모금 마셨다. 그는 그녀를 바라만 보았다. 그녀는 뭐라고 대답해야 할지 고민해보았다. 관심이 있어서 그런다는 아주 간단한 대답으로는 그에게 그 어떤 말도 이끌어내지 못할 것이다. 그가 말하지 않고는 못 배길 주제를 제시하든지, 아니면 그를 진짜 압박해야만 한다.

"그때 레스토랑에 들어오면서 내가 당신 보고 있었다는 거 모르지 않았죠?"

"그랬나?" 그녀가 침묵하는 동안 세바스찬은 기대에 찬 반응을 보였다. 그녀가 좀 더 솔직해졌으면 좋겠다는 식으로. 그녀는 말과 표현을 조심스럽게 하고 있는 것 같았다.

"그때 당신은 마치 세상을 다 잃어버린 사람 같아 보였죠. 혼자 버려진 사람처럼."

세바스찬은 곧바로 대답하지 않았다. 그녀가 쓴 단어는 꽤 적절했다. 그를 절대 자극하지 않으면서도 그가 반박할 수 없게 만드는 단어였다. 그녀는 정말 신중하고 조심스러웠다.

"언젠가 얘기해줄게." 그가 나직이 말했다. "여기서는 절대로 안 되고, 아마 오늘도 안 될 것 같지만 언젠가 꼭 말해주리다. 약속해요."

우르줄라는 고개를 끄덕였다. 그의 목소리와 눈빛을 보니 그녀의 생각이 맞았다는 확신이 들었다. 어쨌든 그녀가 한 가지 짐작할 수 있는 것은 그가 술집에 앉아서 꿈 얘기를 하고 싶지 않다는 것이었다. 유리스믹스의 옛 노래가 흐르는 술집에서는.

"꿈 얘기 조금만 들을 수 있었으면 좋겠네."

그리고 그녀는 다시 꿈 얘기를 꺼내지 않았다.

집으로 들어가자 수리공들이 일을 마무리한 상태였고 현관문 한복판에는 밖을 내다볼 수 있는 렌즈 구멍이 생겼다. 그들은 이른 저녁을 먹고는 소파에 몸을 기대앉았다. 세바스찬은 언제 이렇게 마음 편히 다리를 쭉 펴고 앉았는지 생각이 나지 않았다. 아마 릴리와 같이 앉았던 것이 마지막인 것 같았다.

"오늘 밤 여기서 자고 가도 돼요?" 우르줄라가 광고 때문에 중단된 프로그램 대신 다른 프로그램으로 채널을 돌리려고 리모컨을 찾으면서 물었다.

"물론."

"그럼, 그렇게 할게요."

그들은 디스커버리 채널에서 방영하는 서바이벌 프로그램을 보았다. 세바스찬은 옛날 일을 떠올렸다. 아련한 생각이 스쳐 지나갔다.

도대체 우르줄라는 뭘 하자는 것일까?

게임을 하자는 것일까? 아니면 복수를?

도대체 알 수가 없었다. 하지만 중요한 것은 그것이 뭐든지 간에 그와는 아무런 상관이 없다는 점이었다.

✤

레나르트는 쇠데르 역으로 가는 중이었다. 아니타에게 전화가 걸려왔을 때 그는 벤케, 스티그와 함께 하마비 팬들로 꽉 찬 지하철을 타고 있었다. 오늘은 브라게를 상대로 축구 경기가 있는 날이었다. 팬들의 함성 때문에 아니타의 목소리가 제대로 들리지 않았다. 다른 지하철 칸으로 넘어간 레나르트는 그녀의 말을 알아듣기 위해 핸드폰을 귀에 바짝 댔다. 그녀는 숨이 찬 목소리로 뭔가를 알아냈다고 말하는 것 같았다. 말이 길지는 않았지만 뭔가 일이 있는 것 같았다. 그녀는 이름 하나를 댔다. 아담 쇠더크비스트. 2003년 세포조직에서 일할 때 두 아프가니스탄인 실종사건을 다룬 사람이라고 했다. 그게 그녀가 알아낸 전부였다. 나머지 통화 내용은 멜라파빌리용엔에서 먹은 음식 영수증을 보낼 테니 처리해달라는 것이었다. 그리고 사례비를 더 요구했다. 레나르트는 돈 문제를 어떻게든 해결해보겠다고 대답했다. 그리고 조용한 데 가면 다시 전화하겠다고 말했다. 그녀는 그를 도와주는 게 쉬운 일이 아니니 비용을 제대로 지불해달라고 요구했다. 레나르트는 어떤 어려운 상황에 놓인 거냐고 물었지만 그녀는 돈 얘기를 끝으로 전화를 끊었다.

그가 처음 탄 칸으로 다시 돌아가자 친구들이 궁금한 표정으로 그를 바라보았다. 그는 일이 생겨서 그만 가봐야 한다고 말했다. 친구들은 실망하는 눈빛으로 그를 빤히 쳐다보았다. 그는 집에 가려고 다음 역인 스칸스툴 역에서 내리고자 했고, 친구들은 여전히 실망하는 눈빛을 띠고 있었다. 친구들은 설득에 나섰다. 특히 2주간 스페인에 있다 돌아온 벤케는 친구들과 함께 경기를 보게 되어 얼마나 기쁜지 모르겠다고 말했다. 두 시간 관람하고 일해도 세상 안 무너진다고. 또 경기는 단 한 번밖에 없으므로 두고두고 이 경기에 관해 얘기할 거라고 말했다. 결국 레나르트는 친구 말에 승복하고 말았다. 일요일이라 별로 할 일도 없었다. 집에서 인터넷이나 좀 보는 것 외에는. 이미 두 경기나 놓치긴 했지만 친한 두 친구를 만날 수 있는 좋은 계기는 역시 축구 경기였다. 두 사람과 어릴 때부터 친구로 지낸 사이였지만 가족과 자녀들 또는 회사일 등으로 바빠서 제대로 한 번 모이는 것이 쉽지는 않았다. 그래서 레나르트는 친구들과 축구 경기를 보고 나서 일을 처리하기로 마음먹었다. 사실 쉬베카와 관련된 얘기는 모두 끝난 얘기였다. 그는 이미 스투레에게 쉬베카의 포기 선언을 설명했다. 그런데 문제는 아니타의 전화 한 통이 다시 그 얘기를 살려놓을 수 있을까 하는 것이었다. 이것은 몇 번이고 다시 확인을 거듭해봐야 하는 일이다. 그 이름 하나만 갖고는 뭐라고 단정할 수 없는 일이다.

그들은 경기장 측면 쪽에 자리를 잡았다. 잔디 구장과 매우 가까운 자리였다. 벤케는 1년짜리 회원권을 구매했다. 몇 년 전부터 그러고 싶다고 말만 했다가 올해 비로소 소원을 이룬 것이다. 분위기는 최고조로 치닫고 있었다. 훌륭한 경기가 펼쳐졌지만 경기 내내 레나르트는 아니타가 한 말을 생각해보고 또 생각해보았다. 적어도 조사를 맡길 수 있는 이름, 구체적인 사람을 알고 있었다. 아마 해볼 만한 가치는 있을 것이다. 집에 가자마자 즉시 조사해볼 것이다.

경기 종료 5분을 남겨놓고 시구르드손이 정말 환상적인 골을 터트렸다. 경기장은 그야말로 축제 분위기로 폭발할 것만 같았다. 하마비 팀이 승리함으로써 레나르트는 다른 사람들과 함께 승리의 환호성을 지르고 또 질렀다.

연이어 스티그는 맥주 한잔하고 가자고 그를 붙들었다. 지금 가서 일하기에 시간이 너무 늦었다고 붙들자 레나르트가 중재안을 제시했다. 맥주 딱 두 잔만. 그러고는 집에 가기로.

하지만 맥주 두 잔은 여덟 잔이 되었고, 결국 약간의 독주까지 더 마시게 되었다. 그래도 업무보다 친구들과 알코올이 더 좋았다. 레나르트와 친구들은 진켄스담 지역 근처에 있는 축구팬 파티 장소에서 마셨다. 이곳은 금연 구역이었으나 그것이 꼭 나쁘다고만은 말할 수 없었다.

레나르트가 아무도 모르게 베란다로 나가 새 담배를 꺼내 들고만서 있었을 때 벤케가 그 모습을 보고 레나르트에게 달려들어 몸싸움을 벌였다. 재미 삼아 벌이는 몸싸움이었지만 둘 다 너무 취해 있었다. 레나르트가 유리잔에 손을 베일 정도로. 스티그가 두 사람을 뜯어말린 후 레나르트의 손에 부드러운 붕대를 감아주었다. 두 사람은 연신 딸꾹거리며 바닥에 널브러져 멀쩡한 정신 상태에서는 결코 느끼지 못했을 만족감을 느꼈다. 새벽 3시쯤 경찰관이 오자 파티는 끝났다. 4시 반쯤 레나르트는 집으로 들어가자마자 욕조에 몸을 담갔다. 잠들기 전 마지막 순간까지 생각나는 것은 무슨 일을 급하게 알아봐야 한다는 것.

하지만 그것이 어떤 일인지는 정확히 생각나지 않았다.

✢

월요일이 되어 회의실에 모였을 때 그동안 별다른 일이 없었다는 것을 팀원들은 다시 확인했다.

실종 가족들의 DAN를 검사한 결과 임시 보고서가 나왔다. 트론헤임 근처에서 가족과 함께 실종된 토릴센(여성)의 아버지의 DAN 결과였다. 게블레 출신의 하그베리 가족 중 어머니 쪽 자매의 DAN와 인도양에서 익사한 것으로 추정되는 쇠더크비스트 가족 중 아버지 쪽 형제의 DAN 결과도 나왔다. 그중 프옐 지역에 매장됐던 가족들의 DNA와 일치하는 것은 없었다. 이미 어느 정도 예상한 결과였기 때문에 그리 놀랄 일은 아니었다. 그래서 팀원들은 그 결과에 집중하는 대신에 각자 다른 일을 했다.

컴퓨터에서 나는 소리를 들으며 빌리는 책상 앞에 앉아 있었다. SKL은 메모리 카드에 저장된 사진 파일들을 복원하고 다운로드할 수 있도록 압축시켰다. 빌리는 모든 사진 파일을 컴퓨터에 저장하고 사진을 하나하나 살펴보기 시작했다. 사진들은 이른 봄부터 바커 가족이 사망하기 전까지 찍은 사진들 같았다. 그중 한 사진은 가족들 지인의 딸 생일파티 때 찍은 사진이었다. 다른 사진들은 자전거 타는 사진, 파티 사진, 바닷가로 놀러 간 사진, 산책하는 사진, 축구 하는 사진, 웃고 있는 사람들 사진이었다. 바커 가족의 일상이 담긴 사진들이었다.

나머지 서른일곱 장 사진은 관심이 가는 사진이었다. 첫 사진은 트론헤임 공항에서 찍은 사진이었다. 프람케가 가방을 맨 채로 공항 앞에서 카메라를 향해 웃고 있었다. 다음 사진은 프옐에서 찍은 것이었다. 이 사진에 찍힌 얀은 마치 어디로 가려고 하는지 알려주는 것처럼 산 정상을 가리키는 포즈를 취하고 있었다. 그다음 사진은 휴게소, 숙소와 산책 장소에서 찍은 사진이었다. 빌리는 프옐에서 찍은 사진을 모두 출력하는 동안 마지막 사진에 희망을 걸었다.

프람케가 텐트를 치는 사진.

물살이 급하게 흐르는 계곡 사진.

비탈진 곳을 달려가는 동물 사진.

계곡 입구에서 찍은 사진에는 흐르는 계곡물을 마시는 얀의 모습이 나왔다. 마지막 사진이었다. 그는 행복하게 웃고 있었다. 카메라를 향해 웃으며 아내를 바라보았다. 빌리는 사진에 찍힌 날짜에 주목했다. 10월 30일. 그들이 죽은 바로 그날이었다. 사진 배경을 보면, 계곡이 펼쳐져 있었는데 그의 오른쪽으로는 작은 집이 있었고 뒤로는 높은 고원지대와 파란 하늘 그리고 언덕이 있었다. 빌리는 이 사진에서 시선을 멈추었다. 배경에 찍힌 산 정상을 그는 알아볼 수 있었다. 그가 가본 적이 있는 곳이었다. 그 정상에서 시신이 나왔기 때문이다. 거리가 어느 정도나 되는지 측정하기는 힘들었지만, 빌리는 얀과 프랑케 바커가 약 한 시간쯤 산행을 했을 거라고 추측했다. 그들이 살아 있었을 것으로 추정되는 한 시간 동안. 물론 웃으며 사진을 찍던 남자는 앞으로 무슨 일이 벌어질지 상상도 하지 못했을 것이다. 사진 때문에 빌리는 마음이 괴로워졌다. 그가 막 모니터를 끄려고 할 때 눈길을 끄는 장면이 있었다.

집.

산자락 끝에 있는 작은 집. 시신 발견 장소와 멀지 않은 곳. 팀원들이 그곳에 가서 찾으려 했으나 결국 찾지 못했던 것이 범행 장소였다. 왜냐면 그곳에 집이 없었기 때문이다. 2003년 10월 30일에는 집이 있었을 것이다. 빌리는 그 부분을 확대했다. 방 벽, 굴뚝, 문 쪽으로 향한 작은 계단. 산장이었다.

자리에서 일어나 회의실로 들어간 빌리는 프엘 지역에서 가져와 벽에 걸어놓은 지도를 살펴보았다. 시신 발견 장소는 엑스 자로 표시되어 있었다. 이미 모든 것을 확인했지만 그는 다시 확인하고 싶었다.

그는 회의실에 놓인 전화기를 들고서 벽을 바라보았다. 마츠와 클라라의 명함이 걸려 있었다. 그는 전화번호를 눌렀다. 연결음이 두 번 울리자 클라라가 전화를 받았다.

✛

햇빛이 얼굴에 쏟아지자 레나르트는 잠에서 깨어났다. 햇빛 때문에 괴롭다는 듯이 옆으로 돌아누워 블라인드를 내리려고 했다. 하지만 창에 드리운 블라인드가 손 쪽으로 툭 떨어졌다. 너무 아팠다. 그는 외마디 비명을 지르면서 침대에서 벌떡 일어났다.

통증 때문에 정신이 번쩍 든 그는 욕실로 가서 항상 두는 자리에 있는 500밀리그램 진통제 두 알을 집어 들었다. 잠들기 전에 미리 먹었어야 했는데 하고 생각하면서 찬물로 세수를 했다. 보통 숙취 해소에 도움이 되었지만 아무 때나 미리 진통제를 먹을 수는 없는 노릇이었다. 그는 지금 아무 생각도 하고 싶지 않았다. 왼손에 감긴 붕대를 살펴보았다. 도대체 지난밤에 왜 그랬는지. 계획했던 것보다 더 거칠게 보낸 밤이었다. 거울 속에 비치는 남자는 오늘 분명히 집에서 일해야 하는 남자다.

일. 물론 일을 해야 한다.

어제, 아니타에게 전화가 걸려왔다. 그녀가 2003년과 관련이 있는 세포, 보안경찰 타입의 이름을 알아낸 것이다. 아담…… 아담……. 그는 너무 놀라서 꼼짝달싹도 못 할 지경이었다. 절대 이럴 리가 없다. 이름이 기억나지 않는다. 어제저녁 내내 그 이름을 기억하고 있었는데. 어쨌든 맥주 다섯 잔, 여섯 잔째 마실 때까지는 말이다. 심호흡을 크게 해보았다. 너무 마음을 졸이면 입안에서 맴도는 그 이름이 생각나지 않을지도 모른다. 최악의 경우에는 완전히 증발해버릴지도. 아니타에게 전화를 걸기는 싫었다. 정말 바보 멍청이가 되고 싶지는 않으니까.

하지만 한 가지 사실은 분명했다. 완전한 바보 멍청이 같다는 것.

아담.

아담.

"아담 그리고 C로 시작하는 이름이었는데!" 그가 큰 소리로 말했다. 아니면 D? 아니, C였다. 그는 계속 이름만 생각했다. 머릿속 어딘가에 분명 그 이름이 있을 것이다. 계속 생각했다. 분명히 생각날 것이다. 그 이름이 잠시 떠오르지 않을 뿐이었다. 그는 이름을 떠올리기 위해 찬물로 샤워를 하기로 했다.

물론 효과가 있었다.

쇠더그렌 아니면 쇠더크비스트. 아담.

둘 중 하나다. 이제부터 시작이다. 이 사람이 비밀요원으로 일한다는 말이 생각났다.

그는 작은 서재로 가서 전화를 걸었다.

약 한 시간 후 그는 쇠더그렌 또는 쇠더크비스트가 경찰로 일한 적이 없다는 것을 알아냈다. 보안경찰이나 그 밖의 다른 신분으로도 일한 적이 없었다. 그 대신에 그는 신문기사 아카이브에서 아담 쇠더크비스트가 2004년 부인과 아이들과 함께 요트로 세계 여행을 하던 중 아프리카 해안에서 실종되었다는 사실을 알게 되었다. 시신은 찾을 수가 없었다고 나와 있었다. 레나르트는 다겐스 니헤테르(스톡홀름에서 발행되는 주요 일간지_옮긴이) 신문사의 기록물 아카이브 부서에서 일하는 한 기자에게 전화를 걸었다. 종종 그와 함께 일한 적이 있었고 여러 번 도움을 청한 적도 있었다. 그는 실종된 요트 여행자에 대한 기사를 작성하려고 하는데 그 자료를 찾아줄 수 있겠느냐고 그 기자에게 물어보았다. 자신이 찾을 수 있는 것 이상의 것이 아카이브에 있을지 모르니 그 실종된 가족의 자료를 찾아달라고 부탁했다. 통화를 끝낸 후 약 20분이 지나자 이메일이 도착했다.

그 신문사 기자가 찾아낸 자료는 별로 없었지만 레나르트의 입장에서는 약간의 진전이 있었다. 아담 쇠더크비스트가 실종되었을 당시에 그는 경찰서에 휴가를 낸 상태였다는 것이다. 혹시 예전에 그가 세포조직에서 일했는지 그 근무 여부는 기록 아카이브에서 확인할 수 없었다. 형제로는 샤를레스 쇠더크비스트가 있었고 그 외 유가족은 없었다.

레나르트는 생각에 생각을 거듭했다. 세포조직에 전화해서 아담 쇠더크비스트에 대해 물어보고 싶은 마음은 없었다. 그곳에서는 신원 확인을 꺼려 한다. 만약 자신과 같은 저널리스트가 전화해서 쇠더크비스트에 대해 물어본다면 모든 일이 한꺼번에 어그러질 수도 있다. 추론 가능한 근거가 아직은 없기 때문에 신중해야만 한다.

하지만 그가 알게 된 정보는 마음에 들었다. 시작이 좋다. 정말로 쇠더크비스트가 비밀요원으로 일한 적이 있다면 말이다. 그런데 왜 2004년에 죽은 요원의 이름을 숨겨야만 했을까? 이미 그 대답을 알고 있음에도 불구하고 세포조직에 해명을 요구할 생각이었다.

그는 혹시나 그의 형이 뭔가 알고 있는 것은 없는지 연락해보기로 결심했다. 오스카스함에 샤를레스 쇠더크비스트라는 사람이 사는 것으로 나오는데, 그 사람이 분명했다.

그는 곧장 전화기 쪽으로 갔다. 연결음이 매우 경쾌하고 생기 넘치게 울렸는데, 레나르트의 느낌과는 전혀 다른 소리로 울렸다.

"혹시 샤를레스 쇠더크비스트 씨 되십니까?" 레나르트가 물었다.

"예, 그런데요."

"안녕하세요. 저는 레나르트 스트리드라고 합니다. 여기는 SVT의 리서치 편집국입니다."

"예, 그런데요."

샤를레스의 목소리는 불안하게 들렸는데 레나르트가 편집국 이름을 댔을 때 그랬다. 리서치라는 이름이 사람을 예민하게 만들 수도 있다. 하지만 그것은 별로 중요한 것이 아니다.

"동생 되시는 아담에 관해 물어볼 게 있어서요." 레나르트가 계속 말했다.

"죽었어요, 오래전에."

남자는 크게 놀라는 것 같았다. 정말로.

"알고 있습니다. 요트 여행 중 실종된 거죠?"

"그렇소. 그런데 도대체 무슨 일 때문에 그러시는 거요?"

얘기가 잘될 것 같다는 느낌이 들었다. 레나르트는 그를 안심시켜야 한다.

"취재와 관련해서 그분 이름이 기록물 아카이브에 나왔거든요. 그래서 한번 찾아뵙고 얘기를 나눠볼 수 있을까 해서요."

"어떤 얘기죠?"

"자세한 건 만나서 말씀드릴게요." 레나르트가 말했다. 전화로 얘기하기에는 적합하지 않은 것 같았다. 머리가 다시 아파왔다.

"무슨 얘기인지 말씀 안 해주시면 거절하겠습니다." 샤를레스가 대답했다. 레나르트는 그 대답을 심각하게 받아들였다. 그는 입술을 꽉 깨물었다.

"아담이 세포조직에서 했던 일과 관련된 것입니다. 2003년 실종사건과 관련된 거예요."

"도대체 무슨 실종사건을 말씀하시는 거요?"

"만나서 자세히 말씀드리겠습니다." 레나르트가 같은 말을 또 해보았다. 하지만 상대는 아무 대답도 없이 침묵으로 응했다. "선생님을 곤경에 처하게 할 생각은 추호도 없습니다. 약속드리겠습니다. 단지 명확히 알고 싶은 일이 있어서 그럽니다."

"직업에 관한 얘기는 한 번도 한 적이 없었소." 샤를레스가 대답했다. 레나르트는 남자의 거부 의사를 극복해낼 수 있을 것 같았다.

"아마 아담이 무슨 얘기를 했더라도 선생님한테는 별로 중요하지 않았던 거죠. 하지만 저한테는 도움이 되는 얘깁니다."

잠시 침묵이 흘렀다.

"좋아요. 저는 오스카스함에 삽니다." 그가 말했다.

"제가 그쪽으로 갈게요."

"좋아요. 언제 오시겠습니까?"

"지금 어때요?" 레나르트가 물었다.

"좋아요."

레나르트는 웃음을 참을 수가 없었다. 생각했던 것보다 일이 잘

풀리고 있었다. 그의 스토리가 다시 살아나고 있다.

⚜

빌리가 바커 부부의 사진을 훑어본 지 약 한 시간 만에 팀원들은
하나둘 회의실로 모여들었다. 토르켈은 세바스찬과 반야에게도 연
락을 취했다. 반야는 전화를 받지 않아서 음성 메시지를 남겼다. 세
바스찬과는 통화가 되어서 경찰본부로 오라고 명령을 내렸다. 팀원
들이 다시 스톡홀름으로 돌아온 것이다. 세바스찬이 아직도 특별살
인사건전담반에 소속되어 있다고 생각한다면 그는 당장 본부로 달
려가야 했다. 회의실에는 여섯 개의 의자가 있었는데, 그중 네 개의
의자에 팀원들이 앉아 있었다. 토르켈, 우르줄라, 제니퍼 그리고 세
바스찬. 빌리는 계곡물을 마시는 얀 바커의 사진과 산장을 확대한
사진을 벽면 화이트보드에 붙였다. 그 옆에 서서 그는 흐릿한 사진
을 가리켰다. 세바스찬은 탁자 위 물병을 집어 들었다.

"집을 확대한 사진입니다." 그가 얀의 사진을 가리키며 설명했다.
"이 사진을 찍은 장소는……."

그가 지도 쪽으로 다가갔다.

"장소는 여기입니다." 그가 시신 발견 장소에서 얼마 떨어져 있지
않은 곳을 가리켰다. "여기는 유골이 나온 곳이고요, 집은 대략 여기
쯤 있었을 것으로 추정됩니다." 그가 지도를 보며 시신 발견 장소에

서 1센티미터도 채 떨어지지 않은 지점을 가리켰다.

그때 반야가 문을 열고 들어오는 바람에 빌리는 잠시 설명을 중단했다. 빌리의 눈에 그녀는 매우 지쳐 보였다.

"오, 왔어요!" 반가운 마음에 그가 먼저 인사를 했다.

반야는 고개를 끄덕이며 빈 의자를 잡아당겨 자리에 앉았다.

"음성 메시지 남겼는데." 토르켈이 그녀가 외투를 벗는 모습을 보며 말했다.

"알아요. 그래서 온 거예요." 반야가 대답했다.

"결과는 어떻게 잘됐나?" 그가 궁금한 마음으로 물어보았다. 반야는 아무 대답도 하지 않은 채 반갑게 인사하는 세바스찬 쪽부터 바라보았다.

"FBI 실습에 탈락했어요." 그녀가 덤덤한 목소리로 대답했다.

"뭐라고? 왜? 무슨 일 있었어?"

토르켈의 표정은 하늘이 무너지는 소리를 들은 듯한 표정이었다. '얘기해준 사람이 아무도 없구나!' 하고 세바스찬은 생각했다.

"호칸 페르손 리다르스톨페가 그렇게 했대요." 반야가 어깨를 으쓱하며 대답했다. "그분 말이, 내가 적합하지 않다나요?"

잠시 침묵이 흘렀다. 이 침묵은 그녀에게 위로의 말이 필요하다는 침묵이었다. 하지만 그 누구도 섣불리 위로의 말을 건네지 못했다.

토르켈은 도저히 이해할 수가 없었다. 리다르스톨페는 실력 있는 사람이었다. 비록 그가 최고의 학자는 아닐지라도 이런 어이없는 결정은 내린 적이 없었다. 어쨌든 이제는 어쩔 수 없는 일이었다. 대체 무슨 일이 있었던 것일까? 반야만큼 적합한 사람도 없는데 말이다.

이는 더 늦기 전에 분명히 알아보아야 할 일이었다. "내가 뭐 해줄 일 없을까?" 침묵을 깨고 그가 말했다.

반야는 고개를 저었다. "전문가의 판단을 문제 삼을 수는 없지요."

"그 사람 바보야. 내가 몇 번 말했잖아? 이건 분명한 오판이야. 내가 할 수 있는 일이 있는지 한번 알아볼게요." 토르켈이 말했다.

반야는 고맙다는 미소를 살짝 지어 보였다. 세바스찬은 토르켈이 그렇게 큰 영향력을 발휘할 수 있을까 하고 잠시 생각해보았다. 그가 리다르스톨페를 만난다고 하더라도 뭘 할 수 있단 말인가?

제니퍼가 조심스레 손을 들고 말했다. "이런 말 해도 될까 모르겠지만, 제가 반야 선배 대신 있는 거기 때문에……"

"그 점은 나중에 얘기합시다." 토르켈이 그녀의 말을 잘랐다.

하지만 반야가 끼어들었다. "그냥 하던 대로 해요. 어차피 난 잠시 쉴 거니까. 아버지가 얼마 전에 구속됐거든요."

아직 소식을 듣지 못한 우르줄라와 빌리, 제니퍼가 깜짝 놀라는 모습을 그녀는 지켜보았다.

"아버지 예비조사에 더 집중하려고. 그래서…… 일을 좀 쉬려고 해요."

세바스찬은 물을 한 모금 마셨다. 이것은 새로운 소식이었지만 좋지 않은 소식이었다. 반야가 발데마르를 도와줄 생각이었다. 그래서 세바스찬은 다시 그녀를 자기편으로 만들어야겠다는 조바심이 생겼다. 그녀를 힘들게 한 아버지를 범죄자로 만들어야겠다는. 그는 반야가 FBI 지원 결과와 엘리노의 일을 알게 된 뒤로 다시 발데마르의 일을 밀어붙일 생각이 없었다. 물론 거기에는 그녀가 필요하면 언제든 그를 만나고자 한다는 전제가 깔려 있었지만, 지금 보니 그가 다시 적극적으로 움직여야 할 시간이 되었다.

"아버지를 다시 만나봤습니까?" 그가 매우 중립적인 태도로 물어보았다.

반야는 고개를 내저었다.

여하튼 뭔가 있다.

"그 얘기는 우리 나중에 다시 하고." 토르켈이 주의를 환기시켰다. "프옐에서 발생한 가족 사망사건에 새로운 사항이 들어왔습니다." 그가 빌리에게 고갯짓을 했다.

"말했듯이, 2003년 이 지역에 집이 있었습니다." 빌리가 설명을 이어가며 지도를 가리켰다. "30년대에 지은 산장이죠. 2004년에 화재로 소실되었고."

그는 자기 자리로 돌아가 앉아, 앞에 놓인 노트북을 들여다보았다. "이 산장은 1969년까지 개인 소유였어요. 그 후 군부대로 소유가 넘어갔고. 1970년부터는 군 관계자 또는 군 일가친척이 이 산장을 빌려 사용했대요."

모두가 집중해서 듣고 있었다. 이는 사건 해결에 한발 더 다가갈 수 있는 중요한 단서였다.

"2003년 사건이 발생한 당시 누가 산장을 빌렸는지 아나요?" 이 사건에서 손 떼고 싶다는 의지와 달리 반야가 질문을 던졌다.

"그걸 알아보려고 먼저 군부대 담당자를 찾아보았습니다. 담당자를 찾아 설명해서 지난 10년간 쌓인 목록을……."

"자네와 제니퍼가 열심히 조사했다는 건 우리가 다 아니까." 토르켈이 참지 못하고 빌리의 말을 끊었다. "이름이나 말해보게."

"2003년 사건이 발생한 당시 아담 쇠더크비스트가 산장을 빌렸습니다." 제니퍼가 대답했다. "가족과 함께요."

"레나, 엘라 그리고 시몬 쇠더크비스트예요." 빌리가 설명을 보충했다.

순간 공기가 사라져버린 것 같았다. 용두사미가 된 것처럼.

"하지만 그 가족이 거기에 매장된 건 아니잖아요." 모두가 생각하던 바를 반야가 말했다. "그 가족은 11월에 요트 타고 세계 여행을 떠났잖아요. 2월에는 잔지바르에서 엽서를 보내기도 했고."

우르줄라는 뭘 찾아야 할지 100퍼센트 모르는 사람처럼 서류만 뒤적거렸다. "샤를레스 쇠더크비스트의 DNA는 그 가족들 DNA와 일치하지 않았어요."

"아, 참! 일치해야 되는 거 아닌가요?"

누군가가 팀원들의 생각을 요약해서 정리했다. 세바스찬이었다. 그는 자리에서 일어나 이리저리 걸어 다녔다.

"아담과 가족이 그 주에 산장을 빌렸다. 산장은 한 가족이 살해당한 장소로부터 100미터밖에 안 떨어진 곳에 있었다. 몇 달 후 산장은 화재로 소실됐고 아담과 가족은 아프리카 해안에서 흔적도 없이 사라졌다. 어떻게 된 건지 이해가 안 됩니까들?"

세바스찬은 멈춰 섰다. 물론 모두 그의 말을 알아들었다. 삶은 우연의 연속이다. 하지만 이것은 그 이상이었다.

"아담이 군대에 있었다고 했나요?" 반야가 물었다.

"아니요, 형인 샤를레스가 군대에 있어요." 제니퍼가 대답했다. "여전히 군대에 소속되어 있어요. 군 정보기관에요. MUST에. 사는 곳은 오스카스함이에요."

"아담의 직업은 뭐였나?" 토르켈이 궁금한 마음으로 물었다.

"그 사람은 우리와 동료였어요. 세포조직에서 일했거든요."

군 정보기관과 보안경찰. 여기에 우연이라는 건 개입할 여지가 없어 보였다.

"죽은 사람이 아담이라고 가정해보면. 그걸 어떻게 증명할 수 있을까요?" 빌리가 물었다.

"부인과 다른 가족이 있잖아요." 반야가 대답했다.

"며칠 걸릴 거예요." 우르줄라가 말했다.

"그래도 검사하도록 해요." 토르켈이 자리에서 일어났다. "의문점이 한두 가지가 아니군. 빌리와 제니퍼, 자네들은 사건이 발생한 후에 그 가족을 목격한 사람이 있는지 알아보게. 직장 동료나 이웃이나 그 누구든."

빌리와 제니퍼는 고개를 끄덕이며 자리에서 일어났다. 토르켈은 반야 쪽을 돌아보았다. "자네는 학교랑 유치원 쪽을 알아보게. 혹시 가을방학이 끝나고 아이들이 학교에 나왔는지."

반야도 고개를 끄덕였다. 물론 지금 그녀에게 이 사건 조사는 고통스러울 수 있다. 회의 시간, 화이트보드, 이론. 하지만 돌파구를 찾아 추적이 시작되면 그녀는 절대로 멈출 수 없을 것이다.

"우르줄라, SKL에 다시 한 번 전화해서 샤를레스의 DNA 검사 결과를 한 번 더 확인해달라고 부탁해봐요." 토르켈이 지시했다. "난 오스카스함 지역 경찰 쪽에 연락해볼 테니."

"그럼 난 뭘 해야 하지요?" 세바스찬이 물었다.

"지금은 할 게 없어요. 하지만 만약 그 가족이 정말 우리가 추정하는 가족이라면, 선생이 그 형을 찾아가 잘 얘기해주었으면 합니다."

방으로 돌아온 토르켈은 책상 앞에 앉아 수화기를 들었다. 컴퓨터에서 오스카스함 지역 경찰서의 대표번호를 찾아서 전화를 걸었다. 상담원이 담당 부서와 연결시켜주었다. 담당 부서에서는 DNA를 검사한 사람이 누군지 알고 있었지만 공교롭게도 그가 자리에 없었다. 그의 핸드폰 번호를 받아 적은 토르켈은 그 번호로 전화를 걸고는 기다렸다.

"예, 요르겐입니다." 마침내 한 남자가 핸드폰을 받자 토르켈은 자기가 누구이며 왜 전화를 걸었는지 설명했다. 그러자 요르겐은 지난주 지시에 따라 샤를레스 쇠더크비스트에게 다녀왔다고 대답했다. 자신이 방문한 목적을 샤를레스에게 설명했으며 커피를 대접받았다고 말이다.

통화 중에 우르줄라가 방으로 들어왔다. 토르켈은 의자에 앉으라는 눈짓을 보내며 스피커폰을 켰다. 그녀가 담당하는 사안이었기 때문이다.

"DNA 검사 직접 하신 거죠?" 당연한 것을 그가 다시 물어보았다. 그건 바로 요르겐의 업무였다.

"음, 정확히 말하자면 샤를레스가 한 겁니다."

토르켈은 의심스럽게 바라보고 있는 우르줄라 쪽으로 눈길을 돌렸다.

"그렇더라도 그 사람이 어떻게 했는지 직접 보셨겠죠?"

"아뇨, 직접 본 건 아닙니다. 그 사람이 침을 받아 갖고 왔으니까요."

토르켈은 피로가 몰려오는 것을 느꼈다. 일이 어떻게 진행된 건지 정확히 알아야만 한다.

"그러면 그때 어디 계셨죠?"

"저는 부엌에서 커피 마시고 있었어요."

우르줄라는 소리가 나도록 하품을 하면서 의자에 등을 기댔다. 그녀가 늘 주장하던 바가 다시 한 번 확인되는 순간이었다. 쿵스홀름 지역에서 멀어지면 멀어질수록 경찰의 능력이 급속하게 떨어진다는 것. 쿵스홀름과 수준을 맞추기에 오스카스함은 분명히 너무 멀리 떨어져 있었다.

"거기에 계실 때 혹시 다른 사람이 있었습니까?"

"그 사람 부인이 있었어요. 하지만 부인은 막 잠들었다고 하더군요. 야간 근무를 해서."

"그 사람이 혹시 방으로 들어간 건 아니었을까요?"

"예, 그렇게 생각할 수도 있죠. 그 사람이 어느 방으로 들어갔다 왔는지는 제가 못 봤으니까요."

"그럼 그 사람이 자기 침이 아니라 부인 침을 받아 왔다고 생각해 볼 수도 있겠죠?"

상대는 대답이 없었다. 토르켈은 통화에 응해주어서 감사하다는 말을 하고 전화를 끊었다.

"SKL은 남자 침인지, 여자 침인지 컨트롤도 안 한 건가?" 그가 다른 전화번호를 누르면서 우르줄라에게 물어보았다.

"그렇게까지는 안 했을 거예요. 우리가 그냥 다른 검사 자료와 비교만 해달라고 부탁했으니까요." 우르줄라가 미안하다는 듯 어깨를 움찔했다.

"근데 그들이 받은 표본은 샤를레스 거잖소?" 토르켈이 계속 파고들었다. "당연히 이상하다고 생각해야 하는 것 아닌가?"

"전문가가 이름을 확인했는지 그건 분명하지 않아요. 가능한 친족 관계만 확인하고 말았을 테니까요."

그때 토르켈은 누군가와 통화하기 시작했다. 오스카스함 지역 경찰서였다. 그는 통화한 적이 있는 담당 부서와 다시 통화하고 싶다고 말했다. 샤를레스 쇠더크비스트를 경찰본부로 소환해야 한다고.

그는 연락을 기다리는 동안 우르줄라를 바라보기만 할 뿐 아무 말도 하지 않았다.

모든 것이 마음에 들지 않았다.

그 유골이 정말 아담 쇠더크비스트의 유골이라면, 누군가가 요트 세계 여행 얘기를 꾸며냈을 것이다. 게다가 군 정보기관에 다니는 한 남자는 DNA 검사 결과를 속이고자 했다. 전문가와 같은 솜씨로 네 사람을 제거한 여성 사망자는 과연 또 누구란 말인가? 그녀는 두 종류의 가짜 신분증을 소지하고 있었고, 그중 한 신분증을 가지고는 정보원으로 활동했다.

그것은 엄청난 일이다.

대량학살보다 더 심각한 일이다.

토르켈은 마음이 매우 복잡해졌다.

샤를레스는 TV 편집국 기자에게 길을 알려준 후 전화를 끊고 나서 잠시 거실에 서 있었다. 갑자기 모든 일이 한꺼번에 밀려오는 것 같았다. 그를 포위해서 구석으로 내모는 것 같았다. 신경을 한곳에 모아야만 한다. 매우 합리적으로 접근해야 한다. 잠시 동생과 조카들 생각에 잠기다니 그런 생각은 사치였다. 이러한 감정은 방해만 될 뿐이다. 그들은 그를 욕하고 바보 취급하며 상처를 주었다. 그는 행동을 취해야만 했다. 그것이 그에게 남은 유일한 길이었다. 그들이 열어놓은 모든 문을 가능한 한 그가 도로 닫을 것이다. 이것은 그를 위한 일이 아니었다. 국가의 안전을 위한 것이다. 그는 필요한 물건을 급히 가방에 챙겨서 자동차로 갔다. 어쩌면 마지막이 될지도 모른다는 생각에 집을 유심히 바라보았다. 그는 이곳에서 편안함을 느꼈다. 좋은 집이었다. 생활하는 것이 만족스러웠다. 이제는 다시 되돌릴 수 없다는 것이 아쉽기만 하다.

마리안네에게 편지를 써놓고 갈까? 아마 그녀는 전혀 이해하지 못할지 모른다. 차라리 전화하는 것이 더 나을 것이다. 나중에. 어떻게 그녀에게 설명하고 어떻게 그녀를 진정시킬 수 있을지 그 방법이 생각났을 때. 그녀는 아마 기절할지도 모른다.

또다시 감정이 복받쳤다. 이러면 안 된다. 이런 감정은 그를 망가트릴 것이다. 9년 전 그는 감정이 흐르는 대로 내맡겼다. 그래서 파트리시아 웰톤이 죽었다. 그는 멈추지 말고 계속 내달려야 한다. 다른 해결 방법은 없다. 그는 자동차에 올라 도로를 달렸다. 국도 쪽으로 향했다. 한동안 달리다 보니 경찰차가 다가왔다. 그는 제한속도 80킬로미터로 속도를 줄였다. 경찰차가 앵앵 소리를 내며 다가왔는데, 백미러로 경찰차가 속도를 줄이며 오른쪽 깜빡이등을 켜는 것이 보였다. 정확한 것은 알 수 없었지만 경찰들이 그에게 볼일이 있는 것 같았다. 그의 생각이 맞았다. 그는 절대로 돌아가지 못할 것이다.

✧

반야는 고맙다고 말하며 전화를 끊었다. 마슈타에 있는 발함라 학교 교장과 통화를 한 것이다. 교장은 5년 반 전에 부임한 터라 그보다 더 오래 근무한 여교사를 바꾸어주었다. 여교사는 엘라와 시몬 쇠더크비스트를 잘 기억하고 있었다. 아이들이 사망했다는 소식이 전해졌을 당시 학교 전체가 슬픔에 잠겼다고 했다.

반야는 일어나 토르켈의 방으로 갔다. 그녀가 들어섰을 때 우르줄라가 소파에 앉아 있었다.

"샤를레스 쇠더크비스트가 집에 없었대." 반야가 입을 열기도 전에 토르켈이 먼저 말했다.

"일하러 간 것 아닐까요?"

"부서장 말로는 아니래." 토르켈이 고개를 가로저으며 대답했다.

"공개수사로 전환해야 하는 거 아니에요?"

"글쎄." 토르켈이 우물쭈물 대답했다. "확실한 것도 없어서."

"저도 별로 도움이 될 만한 내용은 없는데요." 반야가 안락의자에 팔을 걸치고 앉았다. "가을방학이 끝난 후에도 아이들이 학교에 나오지 않았지만. 반드시 학교에 갈 필요도 없었대요."

"왜?" 우르줄라가 물었다.

반야가 그녀 쪽을 돌아보았다. "요트 세계 여행…… 아이들은 가을방학 전까지만 학교에 다니고 그다음에는 집에서 공부하려고 했나 봐요. 엄마가 선생님이니까."

"그런데 방학 후 아이들을 본 사람이 아무도 없었다면서?" 토르켈이 확인 차원에서 다시 물었다.

"예, 하지만 이미 말했듯이 별로 중요한 내용은 아니잖아요."

"그래, 고마워요. 이제 빌리하고 제니퍼한테 기대해봐야겠네."

반야는 고개를 끄덕였다. "세바스찬 선생님 어디 있는지 아세요?" 그녀가 물었다.

"구내식당 간 것 같은데?" 우르줄라가 대답했다.

반야는 고개를 끄덕였다. 그녀가 막 방을 나가려는 순간 토르켈이 그녀를 불러 세웠다.

"반야……"

반야는 걸음을 멈추고 뒤를 돌아보았다.

"내가 인사팀 하리에트와 얘기 좀 나눠볼까 하는데. 필요하다면 더 높은 사람들하고도 얘기해보고."

"고맙지만, 별로 도움이 안 될 것 같아요."

반야는 방을 나갔다. 토르켈은 걱정스러운 눈빛으로 그녀의 모습을 계속 바라보았다. 우르줄라는 소파에 등을 기댔다.

"긍정적으로 생각해보세요. 반야를 잡을 수 있잖아요."

"하지만 그건 반야가 원하는 게 아니잖소."

"우리가 언제 원하는 대로 살았다고 그러세요?" 우르줄라가 무뚝뚝하게 대답했다.

토르켈은 수긍한다는 듯이 고개를 끄덕끄덕했다. 우르줄라와의 관계만 봐도 현실은 가슴 아픈 일투성이였다.

✣

메란은 벨링뷔에서 초록색 노선으로 갈아탔다. 멜리카의 말에 의하면 요셉은 헤르예달스가탄 거리에 살고 있었다. 지금은 아닐지 모르지만 그때는 그곳에 살았다고 했다. 그 주소가 맞는지 그녀는 확신하지 못했다. 어쨌든 이제는 알고 싶지 않다고 했다. 메란은 핸드폰 GPS 신호를 보고 따라갔다. 별로 급할 일은 없었다. 요셉이 현재 그곳에 살며 집에 있을 경우 어떻게 할지 아직 생각해보지 않았다. 아직도 멜리카의 목소리가 귓가에 맴도는 것 같아 머리가 어질어질했다. 그녀의 말은 모두 단편적인 것뿐이어서 묻고 싶은 말만 자꾸 생각나게 했다. 하지만 중요한 것은 멜리카가 두려워하고 있다는 것이었다. 그녀는 죽음을 눈앞에 둔 사람처럼 공포에 떨었다. 소년이 느낄 수 있을 정도였다. 메란은 이런 극심한 공포에 떠는 사람을 처음 보았다. 마치 그녀는 공포에 질린 사람 같았는데, 입을 열 때마다 공포 또한 증폭되었다. 메란은 아직 확신하기에 일렀지만 그런 모습으로 인해 그녀를 신뢰하게 되었다.

그녀의 말에 따르면, 자이드와 멜리카의 사촌들은 가게를 차리기 위해 돈을 빌렸다고 한다. 그렇게 사업차 친구와 지인에게 돈을 빌렸다가, 벌이가 영 신통치 않자 사촌들이 가게를 매각하려고 했다는 것이다. 게다가 돈을 갚으라는 요구가 점점 늘어나는 판이었다. 물론 관심을 보이는 투자자도 있었다고 한다. 두 형제들이. 자이드는 시간이 지나면 가게가 크게 번창할 거라 생각했기 때문에 가게를 지키고 싶어 했다. 하지만 다른 사람의 투자액을 돌려줄 돈이 없었다. 그래서 그들은 자주 다투게 되었고 그들 사이에 금이 가기 시작했다. 멜리카는 그들 사이에 끼어 있었다. 그녀는 사촌들을 챙겼으며 동시에 남편도 사랑했다. 비록 남편이 너무 어리석게 보였지만.

날이 갈수록 사촌 중 막내인 라피가 버는 것보다 씀씀이가 더 헤프게 되자 갈등은 심각해져만 갔다. 특히 요셉이라는 사람에게 돈을 빌리고 난 후 사태는 더욱 악화되었다. 그 남자의 진짜 이름은 모하메드 알…… 뭐였다. 멜리카가 정확한 이름을 기억하지 못했다. 다들 그냥 그 남자를 요셉이라고 불렀다고 한다. 그 남자에 대한 소문은 정말 무성했다. 그가 이렇게 저렇게 해서 돈을 벌었다는 둥, 누구누구 특정인과 친분이 있다는 둥. 특히 그가 위험인물들과 친분이 있었기 때문에 사람들은 그를 별로 신뢰하지 않았다.

처음에 그는 매우 친절했고 무엇보다 라피에게 여러 차례 도움을 주었다. 그는 갈수록 자주 가게에 나타났다. 그러다 보니 가게가 그의 손으로 넘어가는 것 아니냐는 생각들을 하게 되었다. 그때마다 라피는 화를 내곤 했다. 그런 일은 없을 거라고 설명했다. 투리아라이도 그럴 거라고 거들었다. 자이드는 자기 일이 아닌데 간섭하는 요셉을 비난했다.

요셉은 돈을 댔기 때문에 라피의 사업에 지분이 있는 거라고 주장했다. 자이드는 라피에게 대준 돈은 사업과 아무 관련이 없는 돈이라고 맞받아쳤다. 요셉은 가게가 안전한 투자처이고 그렇기 때문에 투자액을 관리하는 거라고 말했다.

이런 식으로 다툼은 계속되었다.

결국 사촌들이 자이드와 요셉 사이에 끼어들어 요셉에게 물러서 달라고 부탁했다. 그리고 빌린 돈은 꼭 갚겠다고 약속했다. 요셉도 이에 동의했다. 그는 이자를 포함한 원금을 어떻게 갚아야 할지 그 조건을 제시했다. 만약 원금 상환이 지체되면 거기에 또 이자가 붙는다는 식이었다. 그는 돈을 제때 갚지 못할 경우 발생 가능한 모든 일에 대해 설명했다. 그러자 돈을 갚기 위해 라피와 투리아라이는 자이드 몰래 하루 매출금에서 얼마간 돈을 빼돌리기 시작했다.

그 일을 떠올리며 멜리카는 끔찍하다고 말했다. 자이드는 그녀 쪽 집안사람들을 비난했을 것이다. 사촌들은 요셉에 대해 알려주었다. 그가 얼마나 무서운 사람인지. 자이드는 요셉에게 단단히 화가 나 있었다. 가게 금전등록기에서 돈을 빼돌리는 것은 자이드의 주머니를 터는 것과 다를 바 없는 일이었고 그 누구도 자이드의 돈을 훔쳐서는 안 된다! 그 누구도!

그는 하미드와 함께 벨링뷔로 갔다. 두 사람이 뭘 어떻게 했는지 그건 알 수 없었지만 둘은 돈을 받아 가지고 되돌아왔다. 원금은 그냥 두고 이자 부분만 받아 온 것이다. 요셉의 기를 꺾어놓고 오자 모두 환호성을 질렀다. 자이드는 영웅이 되었다. 그 누구도 자이드와 비교할 수 없었다. 사촌들과 그는 도로 가까워졌다. 사촌들이 미안하다고 말하자 그 역시 사촌들을 용서해주었다. 그들은 무슨 일이 있어도 동고동락하며 다투지 말자고 약속했다. 그렇게 모든 일이 잘 해결되었다.

하지만 완전한 해결은 아니었다.

멜리카는 얘기하는 내내 눈물을 흘렸다.

그 후 얼마 지나지 않아서 자이드와 하미드가 흔적도 없이 사라진 것이다. 두 사람이 집에 들어오지 않자 가장 먼저 걱정한 사람은 쉬베카였다. 그녀는 남편에게 전화를 해보았지만 받지 않았다. 남편은 연락도 없이 집에 안 들어올 사람이 아니었다.

아내들은 사방팔방 남편들을 찾아다니며 여기저기 전화를 돌려보았다. 하지만 두 사람은 흔적도 없이 사라져버렸다.

아무도 모르게.

라피는 요셉이 관련된 일일 수도 있겠다는 생각을 했다. 용기를 내어 그에게 연락해보았다. 하지만 그때 요셉이 이집트에 있었기 때문에 아무것도 알아낼 수 없었다.

몇 주 후 요셉이 다시 가게에 나타났다. 그는 이자를 요구했다.

라피는 가게를 매각하자고 투리아라이를 설득했다. 요셉과 다른 사람들에게 돈을 갚고. 자이드의 지분은 멜리카에게 양도하자고. 중

거는 없었지만 요셉이 자이드 실종과 어떻게든 관련되어 있을 거란 생각이 머리를 떠나지 않았다. 그럴 거란 생각이 자꾸 들었다. 라피는 자기 때문에 그렇게 되었다며 괴로워했다. 그는 돈을 빌리는 것도 모자라 빼돌리기까지 했다. 그렇게만 하지 않았어도 이런 일은 발생하지 않았을 것이다. 이런 생각에 그는 견딜 수 없을 만큼 괴로웠다. 멜리카와 마주치는 것도 싫었고 투리아라이와 마주치는 것도 싫었다. 그는 말뫼로 이사를 갔다. 그러고 나자 투리아라이도 이사를 갔다. 그 뒤로 멜리카는 그들 중 누구도 본 적이 없었다.

메란은 그동안 그녀가 왜 아무 얘기도 하지 않았는지 이해할 수 없었다. 그녀에게 다그쳐 물었다. 어떻게 그런 얘기를 숨기고 살 수 있는지? 진실을 알려고 하지도 않고서. 남편에 관한 일인데도. 아이의 아버지에 관한 일인데도. 바로 아이의 아버지.

말로 설명하기는 힘들지만 눈으로 보면 사실 매우 단순했다. 그녀는 아무런 시도도 하지 않았던 것이다. 그보다 더 좋은 방법은 없었을 것 같다. 모두가 침묵하기 시작한 다음부터 그냥 그대로 있는 것이 제일 좋은 방법이었으니까 말이다.

자이드가 실종된 후 멜리카의 삶은 이렇게 지속된 것이다. 우선 그녀는 실종과 얽힌 일이 사실일까 두려웠다. 요셉이 무서웠던 것이다. 그러자 쉬베카와 다른 사람들이 이 사실을 알게 되는 것이 두려웠다.

두려움이 그녀의 삶을 완전히 지배해왔다.

처음에 메란은 그녀를 증오할 것 같았다. 하지만 그렇게 할 수 없었다. 자신과 쉬베카가 모르는 상태로 살았다면 적어도 그녀에게 누가 어떻게 될까 하는 두려움은 없었을 테니까. 멜리카는 미안하다고 말했다.

소년은 요셉의 주소를 알려달라고 그녀를 압박했다. 그는 두렵지 않았다. 엄마에게는 아무 말도 하지 않을 것이다. 엄마가 그 남자를 만나러 가게 그냥 내버려두지는 않을 테니까. 엄마는 그 남자 이름만 들어도 걱정할 것이다. 그래서 소년은 그냥 평소대로 학교에 가는 것처럼 하고 집을 나섰던 것이다.

어느덧 헤르예달스가탄 거리가 나왔다. 매우 익숙한 곳이다. 붉은색 집들, 이 집들은 린케뷔 지역 집보다 층이 낮았다. 3층 집이었다. 집은 오래되었지만 집 사이 간격은 넓었다. L자 형태로 지은 건물 앞에는 넓은 잔디 광장이 있었다. 44번지는 이 L자 건물 끝자락에 있었다. 소년은 주변을 둘러보고는 멜리카가 써준 쪽지를 다시 들여다보았다. 44번지가 맞다. 저 멀리서 한 노부부가 산책로를 따라 거닐고 있었다. 이 지역은 살기 좋아 보였다. 아무 말도 하지 않은 채 소년은 걷기 시작했다.

소년은 요셉이 이곳에 사는지 알고 싶었다. 자신을 하미드의 아들이라고 밝힌다면 그가 어떤 반응을 보일지 알고 싶었다. 그게 전부였다. 그가 아직도 이곳에 살고 있다면.

천천히 소년은 건물 입구로 다가갔다. 생각만큼 쉬운 일이 아니었다. 입구를 향해 점점 가까이 다가갈수록 발걸음이 점점 무거워져만 갔다. 소년은 곧 마음을 다잡았다. 날씨가 더운 것도 아닌데 땀이 났다. 그렇다고 왔던 길을 되돌아가고 싶지는 않았다. 조심해야겠다고 스스로에게 주의를 주었다. 소년은 하미드의 아들이었다. 오래전에는 아버지가 이 입구로 들어가 요셉을 만났을 것이다. 이제는 소년의 차례였다.

건물 입구에는 비밀번호 입력 장치가 없었다. 메란은 어두침침한 현관문을 열고 안으로 들어갔다. 불이 들어오지 않았다. 소년은 문 옆에 있는 문패를 살펴보았다. M. R. 바심이라는 이름이 보였다. 낯설지 않은 이름이었다. 멜리카가 기억하는 이름이었다. 천천히 2층으로 올라간 소년은 문 앞에 섰다. 아버지가 생각났다. 아버지는 자이드 아저씨와 함께 이곳에 서 있었을 것이다. 소년은 어떻게 해야 할지 잠시 고민했다. 아버지는 자이드 아저씨보다 더 강해 보여서 아저씨가 아버지를 데리고 왔던 것일까? 아니면 단지 아버지는 아저씨 옆에 있어주려고 왔던 것일까? 메란은 아버지가 더 강해 보여서 아저씨가 아버지를 데리고 왔을 거라고 생각했다.

마치 아버지가 그랬던 것처럼. 소년은 초인종을 눌렀다.

약간 뚱뚱한 체구에 면도를 하지 않은 한 남자가 문을 열었다.

"누구세요?"

목소리가 낯설었다. 요셉인지 아닌지 확실하지 않았다. 하지만 어렴풋이 떠올랐다. 지금 눈앞에 선 이 사람은 요셉이 아니었다.

"요셉 아저씨를 찾아왔는데요." 소년이 되도록 또박또박 말했다.

남자는 소년을 위아래로 훑어보았다. 이 시선이 무엇을 의미하는지 몰라 메란은 불안하기만 했다.

"요셉이라고? 그런 사람 없는데? 그 사람 이사 간 지 오래됐어. 근데, 물어봐도 될까? 누군지?"

"전 메란입니다. 메란 칸. 하미드의 아들이에요."

"하미드란 사람, 난 모르는데?"

"하지만 요셉 아저씨가 우리 아버지를 알거든요. 그분 지금 어디 사는지 아세요?"

남자는 누런 이를 드러내면서 큰 소리로 웃었다.

"모른다. 만약 그 사람 찾거든 말이나 전해줘라. 나한테 돈 내라고. 이 집에 이사 와 보니까 그 사람 전기료 수도료도 안 내고 갔더라."

메란은 아무런 대답도 할 수 없었다. 왜냐면 남자가 문을 닫고 들어가버렸기 때문이다. 한동안 소년은 그곳에 우두커니 서 있었다. 잠시 후 계단을 내려갔다.

누런 이를 드러냈던 남자는 문을 닫고는 현관에서 문구멍을 통해 밖을 내다보고 있었다. 소년의 등이 보였다. 소년이 계단을 내려가는 것을 지켜보았다.

거실에서 아랍어로 말하는 목소리가 들려왔다. 그 목소리는 딱딱 끊어지는 소리처럼 들렸다.

"누구냐?"

"문제가 생긴 것 같습니다." 남자가 대답했다.

⚜

반야는 1층 엘리베이터에서 내려 왼쪽으로 걸어갔다. 연이어 오른쪽으로 방향을 꺾어 열린 유리문을 지나 구내식당으로 들어갔다. 오른편에는 셀프서비스 구역이 있었는데, 다양한 음식이 네 종류로 나뉘어 놓여 있었다. 고기류와 생선류, 채소류, 샐러드류. 사람들이 줄선 계산대 앞에는 음료와 빵, 소스류가 있었다. 홀에는 약 40여 개의 테이블이 있었는데, 테이블마다 월귤나무 덩굴이 수놓인 하얀 테이블보가 깔려 있었다. 가장 큰 테이블에는 사람이 열여섯 명 남짓 앉을 수 있었고, 가장 작은 테이블에는 네 명 남짓 앉을 수 있었다. 홀은 꽤 북적거렸다. 끊임없이 그릇이 부딪치는 소리나, 포크와 나이프가 부딪치는 소리가 났다.

반야는 누군가 음식값을 내고 테이블로 향하는 모습을 보고는 갑자기 우뚝 멈춰 섰다. 호칸 페르손 리다르스톨페였다. 반야는 그를 눈으로 좇으며 잠시 동안 고민했다. 그를 붙잡고 어떻게 된 일인지 물어야 할지 말지. 도대체 그녀가 뭘 잘못했는지 궁금했다. 언젠가 그녀도 알아야만 하기에 지금 이 기회를 이대로 흘려버리고 그 이유도 모른 채 그냥 지낼 수는 없는 노릇이었다. 하지만 지금 여기가 적합한 장소와 적합한 기회가 될까? 안 될 이유는 뭐가 있을까? 그녀는 호칸을 따라가보기로 했다.

그때 그녀는 창가 테이블 앞에 앉아 있는 세바스찬을 발견했다. 리다르스톨페가 그가 있는 쪽으로 가려고 하자 세바스찬이 고개를 들어 그 심리학자 동료를 쳐다보았다. 반야는 세바스찬이 무슨 말을 하고 어떤 행동을 하는지 보려고 천천히 걸어갔다. 지금이 절호의 찬스라고 생각했다. 세바스찬이 사람 많은 구내식당에서 호칸 페르손 리다르스톨페를 욕하면서 무능력하다고 말할 찬스였다. 리다르스톨페가 다가가자 세바스찬은 그를 다시 쳐다보았다. 그는 테이블

옆을 지나갈 것이다. 만약 세바스찬이 그 동료에게 무슨 말이라도 하려면 바로 지금 해야 한다. 그리고 그는 그렇게 했다. 물론 반야가 생각했던 것과는 다른 방식으로.

세바스찬은 잠시 눈을 감고 고개를 끄덕였다.

고개를 끄덕이다니?

반야는 자신의 눈을 믿을 수 없었다.

그가 고개를 끄덕인 게 인사는 아니었지만 암묵적인 확인이었다.

미친 건가.

그가 미친 것이 분명했다.

세바스찬은 리다르스톨페를 좋아하지 않았다. 그를 증오했다. 그와 얽히는 것조차 싫어할 텐데 고개를 끄덕이다니? 조심스럽게 예의를 갖춘 끄덕임이었을까? 아무 의미 없는 짓거리였을까? 저 장면을 잘못 이해한 것일까? 아니다. 그녀는 방금 본 것이 무엇인지 깨달았다. 그것은 눈을 지그시 감은 채 보내는 만족의 끄덕임이었으며, 저 사람의 행동에 대해 평가하는 제스처였다.

하지만 미친 짓이다.

세바스찬이 만족하도록 리다르스톨페가 했던 일이란 도대체 무엇이었을까? 아무것도 없다. 세바스찬은 최근 일로 인해 그와 마주치는 것조차 싫어해야 한다. 그를 무시해야 한다. 경멸의 눈초리로 그를 노려보아야 한다. 지나칠 만큼 그를 누르는 모습을 보여야 한다.

끄덕임은 정말 아니었다.

이런저런 생각들이 머릿속을 마구 스쳐갔다. 숨이 막히는 것 같았다. 이렇게 생각할 필요가 없는데. 그녀가 미친 것이 분명했다.

하지만 지난 일은…….

좋지 않은 일이었다. 발데마르, 트롤레, 엘리노 그리고 FBI까지. 모두 공통분모를 가지고 있었다.

세바스찬 베르크만.

하지만 왜? 무엇 때문일까? 이유가 없다. 이치에 어긋나지만. 이런 생각들이 그녀를 마구 뒤흔들었다. 트롤레가 왜 하필 그에게 자료를 주고 갔는지 그 이유를 세바스찬은 분명하게 설명해주었다. 그런데 저 음모를 꾸미는 듯한 끄덕임. 반야는 구내식당을 되돌아 나갔다. 왼쪽으로 그리고 다시 왼쪽으로. 그녀는 엘리베이터를 타고 7층 버튼을 눌렀다.

반야는 7층에서 내렸다. 층 전체가 조용했다. 점심시간이었기 때문이다. 반야는 복도를 따라 걸어갔다. 첫 번째 방에는 아무도 없었다. 그 방문이 막 열리는 소리가 들렸기에 그녀는 소리 나는 쪽으로 고개를 돌렸다. 검은색 단발머리에 갈색 눈의 여자가 음식 봉투를 손에 든 채 그녀 쪽으로 다가왔다.

"안녕하세요? 도와드릴까요?" 그녀가 문 옆에 있는 작은 싱크대 쪽으로 가면서 물었다. 반야는 그녀를 따라가 옆에 섰다. 검은 머리 여자는 싱크대 앞에 서서 음식 포장지를 풀고 있었다.

"예, 아마도요……. 저는 반야예요, 특별살인사건전담반에서 일하고 있는데요."

"아, 그래요?"

"이상하게 들릴지 모르겠지만, 세바스찬이라는 분이 있는데요……."

"베르크만 씨요?"라고 물으면서 그녀가 웃는 얼굴로 반야 쪽을 돌아보았다.

"예, 맞아요. 그분 아세요?"

"물론이죠."

그녀는 짧게 대답하고는 히죽 웃었다. 이 웃음의 의미는, 그들이 잠자리를 같이한 사이라는 것을 드러내는 것이다. 반야는 한숨을 쉬었다.

"지난 목요일에 그분이 여기 왔다 갔어요." 그녀가 전자레인지에 음식을 넣으며 말했다. 반야는 깜짝 놀랐다. 사실 세바스찬에 대한 그녀의 생각이 잘못된 것임을 확인하기 위해 그녀는 여기에 온 것이었다. 그에 대한 의혹을 날려버리기 위해서 말이다.

"여기요?" 그녀가 더듬거리며 물었다.

"예, 호칸 선생님 보려고." 고개를 돌리고 대답한 그녀는 전자레인지를 1분 45초로 설정하고 문을 닫았다.

카오스다. 이 말 외에는 반야의 머릿속에 떠오른 생각을 달리 표현할 말이 없다. 핸드폰이 울렸다. 화면을 확인했다. 안나였다. 반야는 통화 거절 버튼을 눌렀다. 검은 머리 여자는 싱크대에 기대고 계속 대화하길 원하는 것처럼 보였다. 하지만 반야의 머릿속은 다른 생각으로 꽉 차 있었다. 이 생각을 정리하기 위해 무엇을 해야 할지 알 수 없었다. 왠지 세바스찬을 처음 찾아간 날이 떠올랐다. 저녁 식사. 하룻밤 신세. 그가 그녀의 신뢰를 얻은 밤. 그녀와 잠자리를 같이할 생각이 없다고 그가 말했었다. 그런데 왜? 핸드폰이 다시 울렸다.

안나였다.

"바쁜데." 반야가 씩씩거리며 거친 목소리로 핸드폰에 대고 말했다. "중요한 일이에요?"

그것이 전부였다.

✛

레나르트는 곧장 SVT 공영방송국으로 가서 업무용 차량을 빌렸다. 회사 차량을 이용하면 좋은 인상을 줄 수 있을 것 같았다. 그가 만나야 할 사람에게 회사 차량은 마치 명함처럼 보일 것이다. 그가 어떤 계획을 갖고 있는지 편집국 사람 그 누구에게도 말하지 않았다. 그럴 생각이 없었다. 이 새로운 단서를 추적하여 뭔가 찾아낼 것이 있나 살펴볼 작정이었다. 린다와 스투레에게는 나중에 알려주면 될 것이다. 아무런 소득이 없다면 물론 알려줄 것도 없을 테지만. 이렇게 하면 적어도 수치심은 면할 수 있을 것이다. 지금은 아직도 몸 속에 알코올 성분이 남아 있는지 그것만이 불안할 뿐이었다. 몸이 알코올을 분해하는 데 대략 열두 시간이 걸린다고 알고 있다. 새벽 3시 반 아니면 4시경까지 그는 맥주를 마셨다. 그렇다면 아직 위험한 상태였기 때문에 그는 조심스럽게 차를 몰았다. 이런 일이 처음은 아니었다.

SVT 공용방송국에서 처음 출발하는 데 다소 시간이 걸렸다. 발할라베겐을 지날 때 프리함멘 방면에서 오는 화물차들 때문에 정체가 이어졌기 때문이다. 그리고 에씽엘덴에 진입하자 이번에는 차량이 남쪽 방향으로 길게 꼬리를 물고 이어졌다. 얼마 지나지 않아 샤를레스가 쇠데르셰핑 북쪽에서 만나자고 전화로 알려왔다. 그가 볼일이 있어 그 근처로 나왔다고 했다. 레나르트에게 문제 될 것은 전혀 없었다. 그쪽으로 가는 길이 더 가까웠다. 그는 내비게이션에서 경로를 다시 설정했다. 주행 시간이 대략 2시간 정도밖에 안 걸렸다. 그는 운이 좋다고 생각했다. 추적할 수 있는 단서를 가지고 있었기 때문이다. E4번 고속도로는 막힘이 없어 시원하게 달릴 수 있었다. 라디오에서는 후쿠시마 원전사고에 대한 학술적 르포르타주가 방송되고 있었다. 예전에 그는 반핵운동에 나선 적이 있었다. AKW 포스마크(AKW Forsmark, 체르노빌에서 불과 1200킬로미터밖에 안 떨어진 스웨덴 원전_옮긴이) 원전의 안전장치 결함에 대한 르포르타주를 자랑스럽게 회상했다. 그 르포르타주로 그는 굴스파덴상 후보에 오른 적도 있었다. 매우 만족할 만한 얘기이다. 예전에 그는 정말 직관력이 발달했다.

GPS의 안내 소리에 그는 회상에서 깨어났다. 곧 방향을 꺾어야 한다. 벌써 도착한 것인가? 레나르트는 주차 구역으로 들어가 차를 세웠다. 샤를레스가 보내준 주소는 분명 고속도로에서 멀리 떨어진 곳이라고 했던 것 같은데! 브로비켄 근처라고 알고 있었다.

그는 다시 시동을 걸고 다음 진입로에서 고속도로를 빠져나가 좁은 국도로 들어섰다. 국도는 길이 매우 꼬불꼬불하고 좁았다. 대부분 운전자들이 꺼려 하는 국도를 그는 좋아했다.

그는 운전하는 데에만 너무 집중한 나머지, 자갈길에서 나타나 일정한 거리를 두고 그를 쫓아오는 검은색 차량을 전혀 알아차리지 못했다.

✤

카롤린스카 병원. 비뇨기과.

그녀는 남편을 그곳으로 옮겼다. 발데마르가 간이침대에서 일어나려고 하는 순간 허리통증이 너무 심해서 잠시 정신을 잃었다며 교도관들이 오전에 전화로 알려왔다. 응급실 의사는 비뇨기과 쪽으로 진단을 내렸고, 약 한 시간 전 안나는 A2동 건물 입구에 들어섰던 것이다. 발데마르가 진료를 받는 사이에 그녀는 대기실에 앉아서 딸에게 전화를 걸었다.

딸 반야는 곧장 달려왔다. 그들은 서로 반기는 포옹을 했다. 안나가 반야를 보자마자 느낀 것은 딸이 매우 쫓기는 것처럼 보였다는 것이다. 뭐에 쫓기는지 피곤해 보였다. 그래서 마치 의지력만 가지고 몸을 겨우 가누고 있는 사람처럼 보였다.

무슨 일이냐고 반야가 물었다.

모른다고 안나는 대답했다.

그들은 밝은 갈색 소파에 나란히 앉았다. 발데마르가 수감된 후 딸에게 언제부터 다시 집에 들어갔는지 그리고 왜 연락을 하지 않았는지 물어볼까 잠시 고민하다가 안나는 그냥 놔두기로 했다. 반야와 발데마르 사이가 아주 특별하다는 것은 더 이상 비밀이 아니었다. 반야와 안나는 예전보다 조금 더 가까워졌다. 그냥 그렇게. 여태껏 전화하지 않은 이유를 물어봤자 딸은 궁금한 사람이 먼저 전화하면 되는 거 아니냐고 쉽게 대답해버릴 것 같았다. 아마 딸의 대답이 맞을지 모른다. 안나도 반야에게 거의 연락을 하지 않고 지냈다.

"알고 있었어요?" 갑자기 반야의 묻는 목소리가 들렸다.

"아니."라고 안나는 대답했다. 반야가 무엇을 물어보든지 간에 그것은 명확한 사실이었기 때문이다.

"그게 어떻게 가능해요?"

정면만 뚫어지게 쳐다보고 있는 반야 쪽으로 안나는 몸을 돌렸다.

"아버지 아픈 걸 알고 있었는지 나한테 묻는 거니?"

"네."

"이제 너도 서른이 넘었어. 우리가 어떤 삶을 살았는지 너도 알았을 거야. 안 그러니?"

"아뇨."

반야는 고개를 돌려 그녀를 바라보았다. 그녀의 눈에는 깊은 슬픔이 어려 있었다.

"죄송해요."라고 말한 반야는 두 손으로 안나의 손을 잡았다. 안나는 약간 놀랐지만 반야의 두 손을 부드럽게 쓰다듬어주었다.

대기실로 들어온 의사가 그들 쪽으로 걸어왔다. 그 모습을 보고 둘은 동시에 일어섰다. 그는 악수를 청하면서 오미드 샤하브라고 자기를 소개했다. 그러고는 진료실로 들어가 얘기를 나누자고 제안했다. 결코 좋은 소식이 아닐 거라고 안나는 생각했다.

"네가 들어가보면 어떻겠니? 엄만 여기서 아버지 기다릴게."

반야는 고개를 끄덕이고는 진료실로 들어갔다. 안나는 딸이 의사
와 함께 시야에서 사리지는 모습을 지켜보았다. 아내로서 대기실에
앉아 기다린다는 것이 이상할 수 있지만 남편에 대한 불행한 소식을
직접 듣는 것은 더 견딜 수 없는 일이었다. 더 이상 아무 소리도 듣
고 싶지 않았다. 더 이상 견딜 수 없을 것 같았다.

의사 샤하브는 진료실 책상 옆에 있는 의자를 반야에게 내주었다.
그는 사무용 의자를 끌어당겨 그녀 곁에 가까이 다가와 앉았다. 반
야는 불길한 예감이 들었다. 시한폭탄을 조용히 끌어안고 있는 것
같았다. 정말로 불길했다.

"초음파 검사를 했습니다." 오미드 샤하브는 잠시 머뭇거렸다.

"근데요……?" 반야가 조심스럽게 물어보았다.

"위층 CT촬영실로 가서 다시 한 번 검사를 했어요. 확진을 위해서.
그런데 콩팥 근처에 전이된 걸 확인했습니다."

그럴 리가 없다. 아버지 건강에 이상이 없다는 설명이 나와야 되
는 것 아닌가. 무슨 연유로 그녀가 또 벌을 받아야 한단 말인가?

"아버지가 예전에 폐암 진단을 받으셨는데." 그녀가 의사에게 설
명했다.

"예. 그건 저희도 확인했습니다." 의사 샤하브가 고개를 끄덕이며
말했다. "아무래도 다른 장기로 전이될 수 있는 터라."

"앞으로 어떻게 되는 거죠?"

"어느 단계까지 전이된 건지 앞으로 더 자세히 검사해보아야 합니다."라고 의사가 말했다. "수술할 수도 있고요. 콩팥 말고 다른 데로 전이되지 않았기를 바랄 뿐이죠."

최악의 상태가 어떤 것인지 반야는 물어볼 필요도 못 느꼈다. 중요한 것은 '최선을 다해보자'는 것이다. 암은 온몸을 망가트릴 수 있다. 발데마르가 암을 이겨내지 못할 수도 있다. 하지만 암이 항복할 수도 있다. 그런데 마음에 걸리는 표현은 바로 콩팥 두 쪽이라는 복수형 표현이었다.

"콩팥 두 쪽에 다 전이된 건가요?" 대답을 이미 알고 있었지만 그녀는 재차 물었다. 말로 대답을 해주는 대신에 오미드 샤하브는 고개를 끄덕여 보였다.

"초음파 검사로 확인했습니다. 이 상태라면 콩팥 기증을 받아 이식밖에 방법이 없습니다."

"제가 기증할게요." 반야가 바로 대답했다.

"따님 맘 이해합니다. 하지만 이식수술은 기증하는 사람, 기증받는 사람 모두에게 정말 위험한 수술입니다." 샤하브는 고개를 절레절레 흔들며 대답했다. "진지하게 생각해보고 결정해야 할 문제입니다."

"아뇨." 반야가 의사의 말을 끊었다. "제가 콩팥을 기증하겠어요."

의사는 앞에 앉아 있는 여자를 가만히 바라보았다. 이미 그녀의 결심이 굳은 것을 눈치챘다.

"그러면, 검사 예약 날짜를 잡읍시다." 그가 잠시 후에 대답했다.

'레나르트 스트리드 사망'

신문 머리기사가 아이패드 화면을 꽉 채웠다. 엄청난 소식이었다. 스웨덴에서 가장 저명한 언론인 중 한 사람이 도로에서 차를 몰고 가다 강으로 추락해 사망한 것이다. 자동차가 강으로 추락할 때 그는 머리를 다쳐 의식을 잃은 채 익사했다고 한다. 차량 옆면으로는 SVT 공영방송사 로고가 뚜렷이 보였고, 강물에서 끌어올린 차량 사진 밑에는 '안전벨트를 착용했더라면'이라는 글귀가 씌어 있었다. 그것은 틀린 글귀였다. 레나르트가 샤를레스에게 전화하기로 결정한 순간부터는 그 무엇도, 그 누구도 그를 구할 수 없었을 것이다.

샤를레스는 다음 기사가 실린 페이지로 화면을 넘겼다. 똑같은 머리기사에 음주운전이 사고의 원인으로 보인다는 경찰의 설명이 조금 추가된 기사만 보였다. 그는 계속해서 인터넷 기사를 읽었다. 범죄로 보인다는 기사는 어디에도 없었다.

범죄로 볼 여지가 아주 적게나마 있을지도 모른다. 최악의 경우 레나르트가 누구를 만나러 어디로 가려고 하는지 편집국에 알렸을지 모른다는 것이다. 그것이 아니라면 적어도 편집국에서는 왜 하필 브로비켄에 가려고 하는지 레나르트에게 물어봤을지 모른다는 것이다. 이런 생각 때문에 그는 핸드폰을 떠올렸다. 그에게 먼저 전화를 걸어온 사람은 레나르트 스트리드였다. 누군가 레나르트의 마지막 시간을 재구성하고 인터뷰할 생각을 한다면, 경찰이 진작 쫓고 있는 이름을 발견할 거라는 것이다.

샤를레스는 아이패드를 운전석 옆자리에 놓고는 시동을 걸어 스톡홀름 방면으로 차를 출발시켰다. 확신할 수 없는 것이 너무 많았다. 그는 작게 균열이 생긴 거대한 댐 앞에 서 있는 느낌이 들었다. 그 균열은 갈수록 크게, 크게 벌어질 것이다. 그는 할 수 있는 한 저 작은 균열을 메우고 싶었다. 하지만 균열은 언젠가 댐이 무너질 거라는 것을 암시했다. 그는 빨리 사라져야 한다.

핸드폰이 울렸다. 샤를레스는 핸드폰 화면을 바라보았다. 오랫동안 뜸했던 이름이 화면에 떴다. 핸드폰이 계속 울리도록 놔둘까 고민했지만 그는 무슨 일인지 궁금했다.

"무슨 일이오?"

"나, 요셉이오." 걸걸하고 억센 어조의 목소리가 들렸다.

"알아요. 원하는 게 뭡니까?" 샤를레스가 물었다.

"웬 어린놈이 여길 찾아왔소. 하미드의 아들놈이."

샤를레스는 요셉이 전화로 말하는 하미드가 누군지 몰라서 대답 없이 듣고만 있었다.

"우리가 미국인들한테 넘겼던 놈 중 하나 말입니다." 그가 설명해 주었다.

샤를레스는 그 녀석들을 떠올려보았다. 바닥에 손발이 묶인 채 있었던. 그들 이름이 무엇인지 그는 모르고 있었다. 그가 도착했을 때 그들은 이미 거기에 묶여 있었다. 그의 임무는 그들을 감시하는 것이었다. 미국 요원들이 스웨덴 영역을 넘어오면, 그가 스웨덴을 대표해서 보고서를 써서 올렸다.

"원하는 게 뭐래요?"

"나를 만나고 싶어 합디다."

샤를레스는 눈을 감았다. 작은 균열이 댐을 무너트리기 전, 폭풍 전야의 상황이다. 작은 균열이 더 커지기 전에 그 균열을 최대한 빨리 메워야 한다.

"그럼 좀 만나주지. 만나면 나한테 전화 주고."

걸걸한 음성의 남자가 다른 얘기를 하기 전에 샤를레스는 전화를 끊어버렸다. 그러고 나서 액셀러레이터를 밟고 북쪽으로 계속 달려갔다. 이제 그는 두 가지 문제를 해결해야 한다. 이 두 문제를 해결하기 위해서 다른 차량을 하나 더 구할 계획이다.

✣

에픽 파일. 그야말로 파국이다. 갑자기 모든 것이 사라져버린 것 같았다. 그가 확신했던 것은 비록 불법일지라도, 위험한 일은 아니었다. 하지만 이번에는 그와 정반대였다.

치명적.

아프톤블라데트 신문사의 인터넷 기사에 따르면, 다른 어떠한 가능성도 없는 것으로 사건을 보도하고 있었다. 저널리스트가 죽었다. 레나르트 스트리드.

분명 교통사고였지만 뭔가 다른 것에 대한 암시가 아니타의 창백한 얼굴에 다 씌어 있었다. 모르간이 전산 데이터에서 알아낸 경찰관의 이름을 약 24시간 전에 레나르트에게 알려주었다고 아니타가 더듬거리며 말하자, 모르간은 모든 정황을 알아차렸다. 그 관련성을 밝혀내는 것은 불가능할 것이다. 너무 많은 일이 얼기설기 얽혀 있었다. 하지만 우연 또한 도처에 널려 있었다. 그렇게 그는 핑계를 대고 싶었다. 하지만 이것은 분명 우연히 발생한 사건이 아니었다.

모든 것이 얼기설기 얽혀 있다.

쓰러지지 않으려고 그는 탁자에 몸을 기댔다. 손에서 피가 났다. 추측컨대 그가 알려준 정보 때문에 한 사람이 죽었다.

그는 오로지 아니타만을 위해서 그렇게 한 것이다. 좋은 의도로. 그는 사랑을 찾아다녔던 것이다. 그와 함께 삶을 나눌 수 있는 누군가를 말이다. 그것이 전부였다.

그런데 이런 일이 벌어지고 말았다. 데이터 불법 접근. 그리고 사망.

그는 실수라는 것을 잘 알았다. 하지만 고작 이름 하나 알아냈을 뿐이다. 그것이 전부였다.

그때 그는 알고 있는 지식을 총동원했다. 그러나 그것이 화근이었다. 정말로 멍청하고 바보 같은 짓이었다. 누구든 억압과 강압에 의해 다른 사람을 애인으로 만들 수는 없다. 하지만 그는 아니타가 그와 함께 만나다 보면 생각을 바꿀 거라고 기대했다. 그의 모든 면을 알게 된다면 말이다. 그러다 보면 그녀가 그와 사랑에 빠질 거라고 생각했다. 아주 조금이라도 그거면 충분했다.

그는 그녀와 함께 어떻게 지낼지 약 2주간 계획을 세웠다. 그 계획은 최대 한 달이 걸릴 수도 있었다. 그러고도 그녀가 그를 사랑하지 않는다면 그는 그만 포기하려고 했다.

이제 그는 벌을 받게 될 것이다. 그 벌이 아무리 무겁다 하더라도 어쩔 수 없이 받아야 한다.

죗값을 치르고 말 것이다.

이자까지 쳐서 말이다.

이제 그는 제대로 해야 한다. 비록 그녀가 영원히 그와 말 한마디 하지 않으려 들지라도. 그녀가 한 일이 밖으로 알려지면 이는 두 사람 모두에게 파국일 뿐이라고, 그녀는 말했다. 그녀의 말이 맞다. 하지만 그는 침묵할 수만은 없다. 아무리 이렇게 저렇게 숨겨보아도 실수는 없어지지 않는다. 특히 누군가 죽었을 때 더더욱 그렇다. 이제라도 최소한 분명하게 할 것은 분명하게 해야 한다. 그가 진정 착하고 선량한 사람이라면, 지금 그것을 보여주어야 할 때다.

사실을 말하자.

하지만 누구에게?

그는 어찌해야 할지 몰라 난감했다. 한편으로 그가 알고 있는 사실은 매우 위험한 것임이 분명했고, 다른 한편으로 아무도 그의 말을 믿지 않을 거라는 위험 또한 도사리고 있었다. 누구를 의지해야 할까? 그를 잘 아는 사람과 얘기해야 할 것 같았다. 그가 교활하거나 나쁜 사람이 아니라는 것을 잘 아는 그런 사람과 말이다. 그리고 그 사람은 그의 이름을 숨긴 채 그 정보를 전달해주어야 한다. 그 사람은 반드시 경찰이어야 한다.

이곳에서 여러 해 동안 일했지만 그는 알고 지내는 경찰이 없었다. 가까운 동료는 일반인이라서 그를 도와줄 수 없다. 머릿속에 떠오른 유일한 사람은 특별살인사건전담반 소속으로 그와 컴퓨터 분야를 공유한 바로 그 사람이었다.

때때로 그는 그 사람과 수다를 떨곤 했다. 무엇보다 하드디스크와 네트워크에 대해 얘기를 나누었다. 그는 항상 친절했다. 좋은 집안 출신 같았다. 그 전담반 소속 경찰은 기밀 사항을 지켜주지 않을까? 그에게 뭘 어찌해야 할지 물어보는 것이 좋을지도 모른다. 빌리 로젠은 분명히 그 해답을 알고 있을 것이다.

이렇게 생각하니 그는 조금 안정을 되찾았다.

그는 아니타에게 이 계획을 알려주지 않을 것이다. 그것은 별 의미가 없다. 어쨌든 그들의 관계는 이제 끝이다. 어떻게 표현하든 그가 그녀를 강압적으로 대했다는 것만큼은 그도 명확히 알고 있다. 그렇지만 아무것도 바뀌지 않을 것이다. 그는 자기 자신을 구해야 할 상황에 처해 있으니 말이다.

특별살인사건전담반은 4층에 있다.

이제 그는 명확히 느낄 수 있었다. 이번에는 분명 사랑이 아니었다. 그것은 사랑이 아니라 두려움이다.

⚜

경찰차 뒷자리에 앉은 제니퍼는 차가 쿵스홀멘 경찰본부의 지하

주차장을 빠져나와 좌회전하는 동안 지금까지 상황이 얼마나 순식간에 바뀌었는지 생각해보았다. 정말 놀랍기만 했다.

약 30분 전 과체중에 수염이 덥수룩한 한 남자가 빌리를 찾아왔던 것이다. 남자는 아주 끔찍하리만큼 이상한 베이지색 점퍼를 입고 있었다. 빌리는 그를 IT부서에서 함께 일한 동료이며 이름은 모르간 한손이라고 소개했다. 모르간은 인사를 하는 둥 마는 둥 하고는 빌리와 조용히 할 얘기가 있다고 말했다.

5분 후 빌리가 토르켈의 방으로 뛰어가는 것이 보였다. 그리고 잠시 후 팀원들은 우르르 회의실에 모였다. 반야를 제외하고 모두 참석했다. 그녀가 지금 어디에 있는지 아는 사람은 아무도 없었다. 그녀가 핸드폰을 받지 않았지만, 그것을 걱정하는 사람은 현재 세바스찬뿐이다. 빌리가 모르간의 얘기를 보고하는 동안 모두 빌리에게 집중했다. 모르간은 한 여자 동료의 부탁을 받았다고 한다. 자료에서 삭제된 이름이 있으니 백업 파일에서 찾아달라고. 그래서 그는 그 이름을 찾아 동료에게 알려주었고, 그녀는 그 이름을 다시 레나르트 스트리드에게 전해주었다는 것이다.

"그 사람이 죽었어요, 다들 알고 계시죠?" 제니퍼가 비판조로 말했다. 하지만 다른 사람들도 최근 뉴스를 알고 있는지 그녀는 정확히 몰랐다. "몇 시간 전에 그 사람이 교통사고로 사망한 거요."

모두 고개를 끄덕거렸다. 이미 그 소식을 들은 것이다.

연이어 빌리가 말했다. "그 데이터는 2003년 가을, 소위 컨트롤할 수 없는 출국 보도와 관련한 데이터였습니다. 이 사람들은 하미드 칸과 자이드 발크히였고, 솔나 지역 경찰이 이들 수색을 중단한다고 공표하고, 보안경찰 세포가 이 사건을 건네받았죠. 그 책임자가 아담 쉬더크비스트입니다."

모두 침묵했다. 지금 막 들은 보고는 말도 안 되는 소리 같았다. 그래서 우르줄라는 "우리의 아담 쉬더크비스트를 말하는 거예요?" 하고 확인차 물었다.

빌리는 고개를 끄덕여 보였다.

"그게 서로 어떻게 관련되어 있다는 거예요?" 제니퍼가 질문했다.

"아직 모르겠어. 레나르트 스트리드가 어제 그 이름을 알았다 하고, 오늘 사망한 거니까."

"그럼 왜 스토리 리서처가 이 사건에 관심을 가지게 된 거죠?"

"모르간은 아무것도 몰라요."

"그 사람이 도와준 여자 동료 이름은 뭐래요?"

약 5분 후 팀원들은 아니타 룬드를 강제로 의자에 앉혔다. 그녀는 화가 잔뜩 난 목소리로 묵비권을 행사할 수 있다고 말했다. 하지만 약 1분간 토르켈과 대화를 나눈 후 그녀는 마음을 바꾸었다.

그녀는 하미드 칸의 부인인 쉬베카와 레나르트가 만난 사실을 알고 있었다. 사건을 담당한 보안경찰 세포 이름이 오리지널 문서에서 사라져버렸다는 것을 알게 되었을 때 아니타는 궁금증이 생겼다고 했다.

"그 이름이 삭제된 게 언제죠?"

그녀가 날짜를 가르쳐주었다. 프옐에서 시신이 나오고 며칠이 지난 뒤였다.

약 2분 후 팀원들은 레나르트가 아니타에게 전해준 사건 관련 서류와 쉬베카 칸의 주소를 건네받았다. 그래서 지금 빌리가 차를 몰아 로람브숍스레덴 끝에 있는 로터리로 진입한 것이었다.

린케뷔까지 가는 데에는 15분도 걸리지 않는다.

✣

메란은 다른 노선으로 갈아타려고 프리드헴스플란 역에서 하차했다. 지금은 집에 가고 싶지 않았다. 그래서 지하철역에서 나와 바로 그 근처에 있는 베스터말름 갤러리 쪽으로 걸어갔다. 소년은 그냥 이리저리 돌아다녔다. 쇼윈도를 구경하며 상점가를 어슬렁거리며 다녔다. 곧장 집으로 가서 쉬베카에게 모든 사실을 알려주어야 한다는 것을 소년도 잘 알고 있었다. 하지만 조금 더 자세히 조사해보고 싶었다. 엄마가 진실을 알 수 있도록 말이다. 그렇게 되면 아버지의 실종으로 인한 엄마의 방황은 종지부를 찍을 것이다.

엄마에게는 끝이 필요하다. 제대로 된 끝이.

소년 역시 마찬가지였다. 소년은 플레밍가탄 거리 쪽으로 올라갔다. 이곳은 장사가 꽤 잘되는 곳이다. 스트레스를 받은 듯 급하게 스쳐 지나가는 사람들 사이에 소년은 서 있었다. 이곳에서 약간 떨어진 언덕 위에 있는 노란색 고층 건물을 올려다보았다. 그 밑으로는 지하철역을 오르내리는 계단이 있었는데 그쪽이 자이드가 장사를 했던 가게다. 먼저 그쪽으로 갔어야 했는데. 그랬다면 모든 사실을 알 수 있었을 텐데. 하지만 그렇게 하지 않은 이유가 분명히 있었다. 그쪽에 가고 싶지 않은 장소가 있었기 때문이다. 예전에 아버지와 가봤던 장소가. 그런 곳에는 별로 가고 싶지 않았다. 그 가게도 마찬가지였다. 아버지가 자전거 타는 법을 가르쳐준 축구장, 텐스타로 가는 길에 있는 축구장에도 가고 싶지 않았다. 그리고 멜리카의 집 앞 놀이터에도.

그런 곳에 가면 항상 아버지가 떠오를 것 같았다. 아버지의 빈자리를 느끼고 싶지 않았다. 상실감을 건드릴 바에는 차라리 그냥 놔두는 것이 더 좋았다. 적어도 소년은 그렇게 생각했다. 하지만 이대로 그냥 놔둘 수는 없다. 이제는 그 장소와 기억이 필요하다. 그 장소와 기억 때문에 더 이상 괴롭지 않았다. 그 대신 그 장소와 기억이 소년에게 뭔가를 말해줄 수 있을 것이다.

하지만 기억은 늘 정확하지 않다는 것이 갈수록 명확하게 드러났다. 지금껏 믿었던 사람들을 친구라고 여겼지만 사실은 그렇지 않았던 것이다. 달콤한 사탕을 파는 그 가게는 이 모든 불행의 씨앗이었다. 멜리카는 줄곧 분노에 떨었던 것이 아니라 두려움에 떨었던 것이다.

하지만 한 가지 중요한 사실은 예전에 비해 달라진 것이 없다는 것이다.

아버지가 그립다. 이제는 제법 어른티가 났지만 아이처럼 굴고 싶어진다.

인생은 참 특이하다. 소년이 아는 사람들은 한결같이 모든 것을 손에 넣고 싶어 했다. 물질적인 것, 성공, 명예. 그리고 메란도. 소년

역시 별반 다를 것이 없는 사람이었다. 결국 모든 사람들은 동일한 것을 추구하며 산다. 잘할 수 있는 것, 영원히 추억을 간직하는 것. 전적으로 신뢰할 수 있는 친구들. 아직 살아 계신 부모. 이 모든 것은 아주 단순해 보인다. 하지만 실제로 이 모든 것을 소중하게 간직하는 일이 그에게는 정말 어려운 일이다.

핸드폰이 울렸다. 소년은 하던 생각을 멈추었다.

핸드폰 화면에 뜬 번호는 모르는 번호였다. 하지만 통화 버튼을 누르자 들려온 목소리는 어디선가 들어본 목소리였다.

"메란이냐?" 한 남자가 날카로운 목소리로 물었다.

소년은 대답하는 데 몇 초간 우물쭈물 망설였다. 2초 정도, 아마 3초 정도.

"예."

"난 요셉이다. 네가 날 찾고 있다는 소식 들었다."

메란은 아무 대답도 하지 않았다. 아무 소리도 내지 않은 채 지나가는 자동차만 바라보았다. 요셉의 목소리가 얼마나 거만하게 들리던지 마치 그가 어디선가 소년을 지켜보는 건 아닐까 하는 착각에 주변을 둘러볼 정도였다.

"오랜만이구나, 메란. 그래, 그동안 어떻게 지냈니?"

"내 전화번호는 어떻게 알았어요?"

"그건 별로 어려운 일도 아니지. 이런 일쯤이야 가뿐히 도와줄 사람들이 널리고 널렸거든."

위협이 분명했다. 그는 누가 누구를 찾고 있는 것인지 메란에게 똑똑히 보여주고 싶었다. 그러나 메란은 정반대로 생각했다. 이 사람 때문에 겁을 먹거나 뒤로 숨지 않겠다고.

"좀 만나고 싶은데." 그가 조용히 말했다.

"왜죠?"

"그러고 싶으니까. 너랑 할 얘기가 있거든. 너도 나한테 할 얘기가 있을 텐데."

대화가 잠시 중단되었다.

"그러니 네가 이리로 와라." 마침내 요셉이 말했다.

"그러죠." 메란이 대답했다. "어디로 가면 되는지 알려줘요."

✤

세바스찬은 제니퍼와 빌리 뒤를 따라 스타브비그랜드 지역으로 가서 집 계단을 올라가고 있었다. 이 모습은 매우 상징적인 장면이다. 젊은 사람, 열정적인 사람이 앞장선다는 것. 이성적인 사람은 그 뒤를 따라간다는 것. 애당초 그는 이곳에서 찾고 싶은 것이 아무것도 없었다. 하지만 경찰본부에 처박혀 반야를 걱정하며 시간을 보내는 것보다 어디든 돌아다니는 것이 훨씬 더 나았다. 특히 수사가 긴박한 단계로 접어들고 있었다. 만약 아담 쇠더크비스트가 두 아프가니스탄인 실종에 책임져야 할 사람이라면, 그리고 그 가족이 산속 깊이 어딘가에 매장되어 있다면, 이 사건은 정말로 자극적인 사건일 뿐 아니라 음모와 음해로 가득한 희한한 사건이다. 아담의 형은 자신의 정체를 감추기 위해 애썼다. 이는 그 역시 이 사건에 휘말렸음을 의미한다. 심지어 이 사건은 형제간에 벌어진 살인사건일 수도 있었다. 정말로 희한한 사건이다. 만약 정말로 그렇다면 말이다. 그는 샤를레스를 보고 싶었다. 샤를레스가 관여한 것으로 추정되는 모든 프로젝트를 살펴보고 싶었다.

제니퍼와 빌리는 칸이라고 새겨진 문패가 걸린 현관문 앞에 이르렀다. 그들은 초인종을 눌렀다. 세바스찬은 그들 뒤에 약간 떨어져서 있었다. 좁디좁은 복도에 사람들이 꽉 차 보였다. 문을 열어준 소년 역시 그렇게 생각하는 것 같았다. 소년은 눈을 휘둥그렇게 뜨고 그들을 쳐다보았다. 마른 소년은 대략 열세 살 정도 되어 보였고 청바지에 셔츠를 입고 있었다.

"안녕, 쉬베카 칸 씨와 얘기 좀 나누고 싶은데." 빌리가 친절하게 말을 걸었다.

"우리는 경찰이야." 제니퍼가 잽싸게 끼어들면서 소년에게 신분증을 보여주었다. 세바스찬의 생각으로는, 그녀가 경찰이라고 소개하는 걸 좋아하는 것 같았다. 경찰이라는 것을 그녀는 가장 먼저 밝혔다. 여경이라는 것을. 그런 이유에서 토르켈이 그녀를 팀원으로 선택했을지 모를 일이다. 그녀의 열정과 의지가 경험 부족을 메우기에 충분하니까.

"무슨 일인데요?" 문가에 선 소년이 잔뜩 겁먹은 표정으로 물었다.

"엄마하고 얘기만 할 거야. 엄마 집에 계시니?" 세바스찬이 TV 범죄 프로그램에 나오는 등장인물처럼 보이지 않으려고 조심스럽게 물었다. 애는 혼자 서 있으니까.

소년은 고개를 끄덕이고는 안으로 들어가 다른 나라 말로 소리쳤다. 제니퍼가 빌리 쪽으로 고개를 돌리며 말했다.

"이슬람계 가족인가 봐요. 엄마가 나하고만 얘기하겠다고 그럴지 몰라요."

빌리는 그 말이 맞다는 듯이 고개를 끄덕여 보였다.

대략 서른다섯 살 정도 되어 보이는 한 여성이 제니퍼 쪽으로 다가갔다. 아주 매력적이었다. 검고 지적인 눈빛, 검은색 히잡 사이로 드러난 뚜렷한 이목구비. 히잡이 머리카락을 다 가려주었다. 그녀를 보는 순간, 세바스찬은 얼굴에 저절로 미소가 흐르는 것 같았다. 그냥 저절로. 머리에 뭔가를 쓰는 여인과 여태 한 번도 잠자리를 같이 해본 경험이 없었다는 생각이 들었다. 쉽지는 않겠지만 불가능한 일도 아니었다. 지금까지 단 한 번도 시도해본 적이 없었을 뿐이다.

"쉬베카 칸 씨 되시죠?" 제니퍼가 물었다. 제니퍼는 세바스찬이 무슨 생각을 하든지 말든지 지금 더 중요한 일에 정신을 집중했다.

그녀는 고개를 끄덕이며 "예, 그런데요." 하고 대답했다.

"경찰입니다. 안으로 들어가도 될까요?" 세바스찬이 친절한 말투로 물어보면서 몇 걸음 내디디며 제니퍼 앞으로 다가갔다. 그녀가 얼빠진 표정을 지었으나 그는 본척만척 무시해버렸다.

"메란이 무슨 잘못이라도 저질렀나요?" 그녀가 불안한 눈빛을 띠며 대답했다.

"아뇨. 메란이 누구죠?" 세바스찬이 물었다.

"제 아들이에요. 큰아들."

"아들 일이 아니에요. 부인이 리서치 편집국 레나르트 스트리드라는 저널리스트와 얘기를 나누었다는 정보를 입수하고 찾아온 거예요." 제니퍼가 대화에 나서자마자 세바스찬은 감정이 실린 듯한 목소리로 제니퍼의 말을 끊으며 끼어들었다.

"저도 질문해도 될지 모르겠군요. 제가 남자지만 말입니다." 그가 의도적으로 남자라는 단어를 또렷하게 발음했다. "하지만 오래 안 걸릴 겁니다."

"괜찮아요."라고 쉬베카가 대답하면서 그들이 안으로 들어갈 수 있게 옆으로 비켜섰다.

그들은 깨끗한 현관으로 들어섰다. 부엌 쪽에서 좋은 냄새가 났다. 사프란 향료와 다른 여러 향료 냄새였다. 쉬베카는 아들의 손을 꼭 잡은 채 그들을 바라보았다.

세바스찬은 두 사람을 안심시키려는 듯 미소를 지어 보였다.

"귀여운 아드님을 두셨네요."

쉬베카는 아무 대답도 하지 않았다. 세바스찬이 연이어 또 말하기 전에 제니퍼가 경찰로서 임무를 띠고 물었다.

"남편 하미드 씨가 9년 전에 행방불명되었죠. 맞습니까?"

쉬베카는 곧바로 고개를 끄덕이며 대답했다. "레나르트 씨가 제 편을 들어준 유일한 사람이었어요. 그와 반대로 경찰은 아무것도 한 게 없었고."

세바스찬은 제니퍼가 계속 질문하려고 하는 것을 보았다. 아마도 레나르트에 관한 질문일 것이다. 그는 또 그녀의 말을 가로채며 끼어들었다. 사건이 서로 어떤 연관성이 있는지 밝혀지지 않은 상태에서 레나르트가 죽었다는 사실을 쉬베카가 알아야 할 이유는 전혀 없었기 때문이다.

"남편이 행방불명된 후 혹시 누가 찾아온 적은 없었습니까?" 그가 질문했다.

경찰에게 이런 질문을 받을 날을 쉬베카가 오랫동안 기다렸다는 것을, 그녀의 반응을 보고 세바스찬은 감지할 수 있었다. 아주 오랫동안.

"하미드가 행방불명된 후 약 일주일 뒤 어떤 남자가 찾아왔어요. 처음에는 경찰일 거라 생각했지만. 그 뒤로는 그 남자를 못 봤어요."

"혹시 그 사람 이름은 아십니까?"

"아뇨, 이름을 밝히지 않아서요."

세바스찬은 빌리 쪽으로 몸을 돌려 손짓으로 가리켰다.

"사진 있지?"

곧바로 서류철을 뒤져서 사진을 찾은 빌리는 세바스찬에게 건네주었다. 그는 사진을 받아 쉬베카에게 보여주었다.

"이 사람이 맞습니까?" 그가 물었다.

쉬베카는 사진을 자세히 들여다보았다. 그녀가 뭐라고 대답하기도 전에 세바스찬은 그 대답을 알아차렸다.

그가 여기에 왔었다.

아담 쇠더크비스트.

모든 일이 관련되어 있다.

✤

아니타 룬드를 만나고 나서 토르켈은 세포조직에 있는 브리타 하닝에게 전화를 걸었다. 둘은 서로 잘 알고 지내는 사이는 아니었지만 업무상 만나야 할 경우에는 종종 만나곤 했다. 아주 잠깐씩 짧게 만났다. 둘은 동갑내기로 경찰 경력도 거의 비슷했다. 그렇다고 둘 사이가 더 친밀한 것은 아니었다. 브리타 하닝이 세포조직에 소속된 지 얼마 되지 않았기에, 토르켈의 추측대로 9년 전 명단에 올랐던 두 망명 신청자의 컨트롤할 수 없는 출국 관련 질문에는 별다른 성과가 없었다. 토르켈은 지금까지 벌어진 상황을 죽 설명했다. 요트 타고 세계 여행을 하던 중 사망한 것으로 널리 알려졌던 한 정보원이 시체 더미에서 죽은 채로 발견되었다고. 그의 설명이 끝나자마자 수화기에서 바로 목소리가 들렸다.

"전담반에선 그게 아담이라고 어떻게 확신하는 거죠?"

"확신할 수 있죠." 비록 객관적인 증거는 없었지만 토르켈은 확신하듯 대답했다. "그쪽에서는 그 사람을 찾지도 않았습니까?"

"그 사람이 가을 휴가 때부터 쭉 무급 휴가를 내서요. 일 년 내내 가족과 함께 전 세계를 돌며 요트 여행을 하나 보다 한 거죠."

"누군가 그렇게 보이도록 일을 꾸몄을 겁니다. 정말로 여행을 다니는 것처럼. 하지만 그 사람은 10월에 프옐에서 죽었습니다."

브리타는 오랫동안 침묵하고 있다가 잠시 후에 다시 연락하겠다고 말하더니 전화를 끊었다. 10분 후 그녀는 전화를 걸어 만나자고 말했다.

이윽고 토르켈은 폴헴스가탄 거리와 가장 가까운 경찰본부 건물 측면의 맨 꼭대기 층, 사무실로 갔다. 건물 구석에 있는 사무실이었다. 한쪽으로는 크로노베리 공원이 보였고, 다른 한쪽으로는 쿵스홀름스가탄 거리의 녹색 지붕이 죽 보였다. 그는 의자에 앉으며 비서에게 커피를 부탁했다가 브리타와 막상 대화를 시작하자 정중하게 커피를 취소시켰다. 그때까지 브리타는 대화에 별로 관심이 없어 보였다. 더구나 답메일을 몇 개 써서 보내야 한다며 그에게 양해를 구하고는 컴퓨터 쪽으로 돌아앉을 정도였다. 토르켈은 창밖 공원을 내려다보았다. 아침나절 바람이 갈수록 더 세게 불어오더니 공원에 있던 물건들이 바람에 날려 7층까지 휘휘 떠다녔다. 유리창 안쪽 실내에 있으면 햇살이 아직은 따뜻했다. 하지만 조만간 해가 짧아지는 계절이 찾아올 것이다. 그래도 따뜻한 날은 다시 찾아온다.

그때 노크 소리가 들렸다. 비서가 들어와 카푸치노가 담긴 녹색 회가뇌스 상표의 잔을 책상에 내려놓았다. 토르켈은 비서가 문을 닫으며 나갈 때 미소를 지어 보였다. 문이 닫히자마자 브리타는 컴퓨터에서 눈을 떼고 토르켈 쪽으로 돌아앉았다.

"설명해보세요."

토르켈은 외스테르순드 지역의 헤드빅 헤드만과 통화한 내용부터 설명하고는, 팀원 몇몇이 지금 린케뷔로 출동했다는 것과 지난 일련의 사건 얘기로 설명을 끝냈다. 그가 말하지 않은 유일한 사항은 허가 없이 데이터에 접근한 동료의 이름이었다. 하지만 브리타는 그의 이름을 금방 알아낼 수 있을 것이다. 왜냐면 어디에서 찾아야 할지 이제 알았기 때문이다.

"샤를레스 쇠더크비스트와 통화했나요?" 그의 설명이 끝난 후 그녀가 던진 첫 질문이었다.

"그 사람과 통화 못 했습니다."

브리타는 카푸치노를 한 모금 마시면서 창가로 고개를 돌리며 한숨을 지었다. 그녀가 생각에 잠길 수 있도록 토르켈은 아무 말 없이 앉아 있었다. 경찰 내에서 다양한 부서가 서로 도와가며 업무를 진행하는 것은 외부인의 눈으로 볼 때 너무 당연한 모습일 것이다. 정말 대부분의 경우 그렇게 업무를 진행한다. 하지만 이번 경우에는 세포가 관련된 일이었다. 자료에 접근하려면 여러 단계를 거쳐야 한다. 갑자기 관련 부서를 찾아가도 그래야 하고, 윗선의 협조가 없으면 더더욱 그래야 한다. 브리타는 모종의 결정을 내린 듯했다. 그녀는 다시 토르켈 쪽으로 고개를 돌리며 잔을 내려놓았다.

"좋아요."

그녀는 이미 책상에 있던 서류 한 뭉치를 토르켈에게 내밀었다. 그는 몸을 굽혀 그 서류를 집으려고 했다. 하지만 그가 서류를 채 끌어당기기도 전에 그녀가 먼저 서류에 손을 올려놓았다. 그는 의아한 표정으로 그녀의 단호한 눈빛을 쳐다보았다.

"여기에 들어 있어요." 서류에서 손을 떼며 그녀가 말했다. 토르켈은 의자에 기대앉아 서류를 펼쳐서 보았다.

브리타가 카푸치노를 마시는 동안 그는 그 서류를 꼼꼼히 읽어보았다. 하지만 너무 빨리 읽어버렸다는 생각이 들었다. 짧은 문단을 읽지 않고 건너뛰었다. 곧이어 그는 서류철을 무릎에 내려놓고는 불신의 눈빛으로 그녀를 빤히 쳐다보았다.

"이게 전부라고요?"

"예."

"별거 아닌 것 같군요!"

과장된 표현이 아니었다. 서류에 기록된 대로 본다면 하미드와 자이드는 테러 용의자로 지목받고 있었다. 적어도 이 둘은 테러리스트와 접촉한다는 의심을 받고 있었고, 그 사실을 아담 쇠더크비스트가 분명히 알고 있었다는 것이었다. 그래서 추방당할 시기가 점점 다가오자 이 둘이 사라진 거라는 얘기는 별로 놀라운 내용이 아니었다. 자이드는 무기한 체류허가증을 소유하고 있었다. 그러니 이들이 테러 훈련을 받기 위해서 또는 테러를 자행하기 위해서 외국으로 나갔다고 보는 것이 더 설득력이 있었다. 좋은 보도자료임에는 틀림이 없었다. 하지만 아담 쇠더크비스트가 행방불명된 하미드의 집을 찾아갔다고 하니 이러한 행동 때문에 그는 더욱 의심이 들었다. 이 둘이 제 발로 행방을 감춘 것이 아니라는 의혹은 더욱 짙어져만 갔다. 어쩌면 그 반대일 수도 있었지만 말이다. 서류 아랫부분 마지막 내용은 토르켈이 이용할 만한 유일한 것이었다.

"여기 이 끝부분에 미국 요원과 관련한 내용이 씌어 있는 것 같긴 한데……."

"맞아요. 나도 봤어요. 팀장이 오기 전 확인해봤죠. 하지만 그 시기에는 그 어떠한 외국 행동요원도 국내에 없었어요."

"공식적으론 그랬겠죠." 토르켈이 토를 달았다.

"그 시기에는 그 어떠한 외국 행동요원도 국내에 없었습니다." 브리타는 반복해서 말했다. 이 말은 토르켈이 규칙을 지키지 않으면 대화가 곧 끝나게 될 거라는 것을 그에게 명확하게 가르쳐주는 말이었다. 그는 이를 알아차리고 다른 얘기로 화제를 돌렸다.

"아프가니스탄 사람들이 테러 조직원이란 정보는 어디서 들은 거죠?" 그가 물었다.

"그것에 대해서는 대답할 수 없어요."

"그렇다면 말 안 해도 됩니다."

브리타는 아무 말 없이 그를 바라보았다. 토르켈은 속으로 숨을 길게 내쉬었다. 물론 이 사안이 국가 안전에 관한 사항이라는 것을 그는 잘 알고 있다. 하지만 세포조직 내 비밀 부서는 종종 동료끼리 서로서로 의심하는 상황으로 내몰기도 했다.

"이렇게 말하면 그렇지만." 토르켈이 조심스럽게 말했다. "첩보부 MUST가 정보를 제공한 거 아닙니까? 그 부서가 아는 정보를?"

"그렇게 볼 수도 있겠죠."

"이 사건도 마찬가지 아닌가요?"

"난 정말 모르는 일입니다."

토르켈은 맞은편에 앉아 있는 여자를 의심의 눈초리로 쳐다보았다. 그녀는 진지한 표정을 짓고 있었지만 그것은 별로 중요한 것이 아니었다. 그 진지함이 그에게는 아무런 의미가 없었다. 그는 의자에 등을 기대고 잠시 생각에 잠겼다. 그래, 이런 거라고 생각하자. 첩보부는 미국을 겨냥한 테러 작전을 미리 알고 있었던 거다. 임박한 테러를 말이다. 하미드와 자이드가 용의자라는 증거도 있다. 이들을 불러 조사하고, 미국인들은…… 무슨 짓을 한 것일까? 정말로 아프가니스탄인들이 국외로 빠져나갔다면, 그 사실을 첩보부는 알고 있었을까? 스웨덴 정부가 2001년 두 이집트인을 CIA에 넘긴 사실이, 2004년에 폭로되었을 때 사회에 큰 파장을 일으킨 바 있었다. 그 뒤약 2년 후 똑같은 일이 또 발생했다면 그 결과 역시 비슷할 것이다. 아니면 그때 배운 바가 있었으니 이번에는 그냥 아무 일 없었다는 듯이 모든 것을 덮어버린 것일까? 미국 요원들이 스웨덴으로 들어와 하미드와 자이드를 다른 나라로 납치해간 것일까?

토르켈은 브리타를 계속 쳐다보았다. 그의 생각을 그녀에게 말해보았자 아무런 의미가 없을 것이다. 그녀가 안다 해도 아무런 대답도 하지 않을 테니까. 그는 최종적으로 다른 길을 선택해야 한다.

"만약 미국 요원들이 스웨덴에서 작전 개시를 했다는 걸 아담이 알았다면, 왜 그에 대해 아무런 반응도 안 보였을까요?"

"읽어보니 나도 그게 이상하다는 생각을 했어요."

갑작스러운 그녀의 솔직한 목소리에 토르켈은 매우 놀랐다.

"짐작 가는 게 없습니까?"

"글쎄요."

"그럼 뭐 생각하는 거라도?"

"누군가 더 이상 추적 못 하도록 조치를 취했을 수 있다고 봐요."

그녀가 손가락으로 천장 쪽을 가리켰다. 그들은 맨 꼭대기 층에 앉아 있었기 때문에 그녀가 의미하는 피와 살이 섞인 인간이란 아무도 없었다. 신이 경찰 업무에 손을 뻗어 주물렀다는 것은 말도 안 되는 일이다. 그러니까 그 손가락이 가리킨 것은 '최고위층'이다.

하지만 그것이 전부는 아니었다.

이제 그들 앞에는 더 커다란 문제가 도사리고 있다.

토르켈은 특별살인사건전담반으로 돌아가는 도중에 머리도 식힐 겸 잠시 산책이라도 하는 것이 좋겠다는 생각이 들었다. 브리타의 사무실에서 창밖을 내다보았을 때 나뭇잎이 바람에 쓸려 다니는 모습은 정말 가을이 온 듯 느껴졌다. 뛰노는 아이들이나 강아지를 끌고 나온 두꺼운 스웨터 차림의 사람들은, 즐겁게 손에 손을 맞잡고 벽난로 앞에 앉아 제품을 선보이는 광고 영화 속 사람들 같았다. 잠시 동안 행복한 우르줄라의 모습이 눈앞에 떠오르는 것 같더니 이내 사라지고 말았다. 밖으로 나서자 바람이 거세게 불어왔다. 안에서 바라보는 것이 밖에 나온 것보다 더 편했구나 싶었다. 그는 고개를 숙인 채 왼쪽으로 방향을 틀어 카페로 들어가 커피를 주문했다. 그러고는 바람을 등진 채 공원으로 걸어가서 벤치에 앉았다. 벤치가 그늘에 있었기 때문에 금방 추워졌다. 이 추위에 커피는 아무런 도움도 되지 않았다. 하지만 잠시 동안이라도 바깥바람을 쐬고 싶었기 때문에 그대로 벤치에 앉아 있었다.

그는 최대한 집중해서 생각해보았다.

궁금한 것이 너무 많았다. 이해가 안 되는 것이 너무 많았다.

만약 첩보부가 정말로 하미드와 자이드를 조사하기 위해 불렀다면 그것을 왜 보안경찰 세포에게 귀띔해주었을까? 왜 컨트롤할 수 없는 출국으로만 단정 짓고 더 이상 사실 확인도 없이 그것만 가지고 만족해했을까?

왜 이런 급작스러운 행방불명이 미결 상태로 남아 있는지 그는 자문해보았다. 가족은 이들이 스스로 자취를 감춘 게 아니라고 증언할 수 있는 일이고 또 가족이 그것을 강력히 주장한다면 경찰은 이 사건을 재조사해야 하는 상황에 처했을 것이다. 다시 추적하고 재조사해야 하는 상황에 말이다. 하지만 그렇게 하지 못하도록 누군가가 손을 쓴 것이다.

이 사건은 솔나 지역 경찰이 종료한 사건이다. '한 주 동안의 범죄' 또는 '실종'과 같은 방송 프로그램에 이 사건이 소개된 적이 없었다. 그 어떤 일간지에도 이 사건이 실리지 않았다. 세포의 직인이 찍혔다는 것은 그 누구도 열어볼 수 없게 봉인되었다는 것을 의미했다. 게다가 이 두 이슬람인은 진짜 서구인이 아니라는 것을 암시했다.

레나르트 스트리드, 아니타 룬드 그리고 모르간 한손이 이 봉인을 뜯으려고 했다가 그중 한 사람이 죽음을 맞았다.

토르켈은 벤치에서 일어나 깊은 생각에 잠긴 채 조금 더 공원을 산책했다. 바람을 실컷 쐰 것 같았다. 그는 본부로 발길을 돌리면서도 여전히 생각에 잠겨 있었다.

샤를레스 쇠더크비스트에게 테러 경보가 내려졌을 것이다. 그래서 그는 자이드와 하미드를 조사하기 위해 호송했을 테고. CIA에도 연락했을 것이다. 자이드와 하미드는 사라졌다. 샤를레스는 그의 동생에게 이 사건을 넘기며 종결지어달라고 부탁했을지 모른다.

사건은 그렇게 진행된 것 같았다. 토르켈은 빙글빙글 돌고 도는 미로를 헤매다 드디어 출구를 찾은 것 같았다. 좋다. 하지만 그다음에는?

아담이 부탁대로 하지 않은 것이다. 그는 몇 가지 사안을 조사하기 시작했다. 계속 조사했을 것이다. 두 사람의 행방불명과 미국인의 비공식적인 스웨덴 체류는 앞뒤가 맞지 않는 얘기였다.

그래서 그가 죽은 것일까?

이 사건의 배후에는 누가 있는 것일까?

아담이 불편한 진실에 점점 가까이 다가갔다는 이유만으로 샤를레스가 아담을 죽인 건 아니지 않을까?

미로의 끝은 다시 저 먼 곳으로 그를 데리고 갔다. 토르켈은 경찰 본부 중앙 현관문을 힘차게 열고 들어가며 자신은 분명 올바른 길을 가고 있다는 생각이 들었다. 하지만 잠시 후 그의 앞에는 힘든 여정이 그를 기다리고 있었다.

✝

알렉산더 쇠더링이 사무실 방문을 열고 들어가자 한나는 지나가는 길에 인사하며 말했다.

"손님 오셨어요."

알렉산더는 머릿속으로 달력을 그려보며 생각해보았다. 방금 전 마친 바사탄 지역 면담이 오늘의 마지막 면담일 텐데!

"누군데?"

한나는 소파가 있는 쪽을 고개로 가리켰다. 그곳에 샤를레스 쇠더크비스트가 앉아서 다엔스 인더스트리 최신호를 막 탁자에 내려놓았다. 약간 피곤해 보이는 듯한 그는 다양한 크기의 하얀색, 노란색 쿠션이 놓인 나지막한 진보라색 가죽소파에서 일어나 얼굴에 미소를 띠며 알렉산더 쪽으로 다가왔다.

"고마워요." 알렉산더가 한나에게 인사하고는 샤를레스에게 다가 갔다. 그들은 서로 악수를 나누었다. 알렉산더는 이게 얼마 만에 만나는 거냐며 이렇게 찾아와주다니 얼마나 기쁜지 모르겠다고 한나 들으란 듯이 큰 소리로 떠들어댔다. 그러더니 그는 손님을 데리고 방으로 들어갔다.

"전 여기를 잠시 떠나 멀리 갈 겁니다. 멀리, 그리고 오랫동안." 알렉산더가 방문을 닫자마자 샤를레스가 말했다.

"무엇을 어떻게 도와줘야 할지 모르겠군."

샤를레스는 그를 쳐다보며 자신은 할 말을 다 했다는 듯한 눈빛을 띠었다. 알렉산더는 마치 샤를레스 없이 혼자 있는 것처럼 기지개를 쭉 폈다. 샤를레스가 바라는 것은 어림도 없는 일이란 것을 분명히 말해주겠다는 듯이.

"이제는 사무를 봐야 하니. 도와줄 수가 없겠군." 그는 샤를레스의 눈빛을 전혀 이해하지 못하는 것 같았다. "첩보부에 있었을 때에도 그건 정말 어려운 일이었지. 지금도 불가능하지만."

"불가능한 건 없죠."라고 대답한 샤를레스는 창가 쪽으로 걸어가 창밖을 내다보았다. 사람들이 드로트닝가탄 거리로 불어대는 바람을 맞으며 걸어가고 있었다. "아직 첩보부에 연락도 취할 수 있고 돈도 있잖습니까. 적어도 돈을 조달할 수는 있겠지요. 그렇게 해주십시오."

알렉산더는 사무용 책상 앞으로 가서 편안한 의자에 앉았다. 이 방문은 그가 기억하고 싶지도 않은 일을 기억나게 하는 정말 불편한 방문이었다. 실제 아무런 도움도 되지 않는 일.

"아무런 지원도 없을 거네." 그가 조용히 말했다. "시체를 찾아 교통사고인 양 수사를 종료했지만 그건……."

샤를레스는 짧고 냉랭한 웃음으로 그의 말을 끊었다. 샤를레스는 사무용 책상 앞에 앉은 그를 유심히 관찰했다. 그는 자신보다 나이가 열 살쯤 더 많고 몸무게는 15킬로그램쯤 더 나가는 사람이었다. 알렉산더는 정말로 제정신이 아니었다. 몇 년간의 배부른 PR사무실 근무가 그를 무감각한 인간으로 만든 것이다. 그는 사나운 호랑이에서 게으른 집고양이로 변해버렸다. 그 당시, 몇 년 전만 해도 알렉산더 쇠더링은 항상 정보가 만족스럽지 못하다고 말하던 사람이었다. 하지만 이제는 가장 기본적인 것조차 알려고 들지 않는 사람이 된 것 같았다. 모든 것을 새롭게 해야 할 시간이 되었다.

"요셉한테 전화가 왔습니다. 하미드의 아들이 찾아왔다나요?" 샤를레스가 나지막하지만 위협적인 목소리로 말했다. "경찰은 저를 찾고 있고, 아담의 정체도 알아냈다죠. 리서치 부서에서는 우리 뒤를 파헤치기 시작했고. 그러니 파트리시아 웰톤이 살해되었다는 걸 CIA가 밝혀내는 건 시간문제 아니겠습니까. 오래 안 걸릴 겁니다."

알렉산더는 자신을 빤히 응시하고 있는 샤를레스의 눈빛을 통해 알 수 있었다. 그에게 다른 메시지가 또 있는지 확인하고 싶어 한다는 것을. 알렉산더는 그의 얼굴이 창백해지는 것을 보았다. 상황이 좋지 않았다. 정말 좋지 않았다. 누가 봐도 좋지 않았다. 최악의 경우리서치 부서 사건이 가십거리가 될 수도 있었다. 레나르트 스트리드, 브로비켄에서 건진 차량에서 숨진 채 발견. 도대체 샤를레스는 그를 어디로 끌고 갈 생각일까?

"내가 할 수 있는 일이 뭔지 한번 살펴보지." 그의 목소리는 단호하기 그지없었다.

"아니, 반드시 하셔야 합니다."라고 대답한 샤를레스는 책상 쪽으로 몇 발자국 다가갔다. "대령님이 게으름 피우고 친구들과 대적하는 걸 두려워하는 바람에 제가 너무 많은 희생을 치렀다, 이겁니다." 그가 허리를 숙여 책상에 놓인 볼펜을 집어 들었다. "제 새 전화번호입니다." 그가 서류 뭉치 맨 위 종이에다 아홉 자리 숫자를 적었다. "내일 오전까지 시간을 드리겠습니다."

샤를레스는 허리를 펴고 문 쪽으로 걸어갔다.

"뭘 하려는 거지?" 차라리 모르는 것이 더 나을 것 같다는 생각이 들었지만 알렉산더는 그만 물어보고야 말았다.

"요셉과 남자애 좀 손봐주려고요."

"레나르트 스트리드도 직접 손본 건가?" 대답을 듣고 싶지 않았지만 알렉산더는 또 물어보고야 말았다.

"여기 일이나 잘 보십시오. 내 일은 내가 알아서 할 테니까."

그는 곧 방을 나갔다. 문이 둔탁한 소리를 내면서 쾅 닫혔다. 알렉산더는 그대로 앉아 있었다. 길게 한숨을 내쉬었다. 그를 짓누르는 생각이 너무 많이 일어났다. 가장 중요한 것은, 그가 앞으로 어떻게 할 것인가 하는 점이었다. 샤를레스는 분명 절망에 빠졌을 테니까 앞으로 기분 내키는 대로 움직일 테고 또 위험한 짓을 할 것이다.

알렉산더는 오래전부터 그를 잘 알고 있었다. 그가 당장 도망치려고 하는 것은, 그가 여러모로 큰 압박을 받고 있다는 뜻이며 지금 상황에서 탈출할 길이 전혀 없다는 뜻이다. 그리고 샤를레스는 이 일이 곧 끝날 거라고 믿겠지만, 알렉산더는 어떻게 살아남을 수 있을까? 그가 취할 수 있는 행동은 아무것도 없다는 것을 인정할 수밖에 없었다. 특히 누군가의 도움이 없이는.

그는 핸드폰을 들고 연락처를 열었다. 연락처에 번호가 떴다.

"문제가 생기면 전화한다고 그랬죠?"라고 알렉산더가 인사도 없이 본론부터 꺼냈다. 자신이 누군지 여자는 알고 있을 것이다. "처리해야 할 일이 생겼소."

베로니카 스트룀은 전화를 끊고서 마음을 진정시키기 위해 크게 심호흡을 했다.

그렇다, 문제가 생겨버린 것이다.

정말 타이밍이 좋지 않은 때 문제가 발생했다.

그녀는 회의용 탁자 맞은편에 앉아 있는 여자 쪽을 돌아보았다. 그 옆 남자는 막 카메라를 내려놓았다. 베로니카가 통화하는 동안 그는 사진을 몇 장 찍었다. 베로니카는 전화로 한 말을 그들이 들었을까 싶어 속으로 걱정이 되었다. 하지만 그녀는 일을 처리하겠다는 약속을 끝으로 몇 마디 하지 않고 통화를 끝냈기에 곧 마음을 진정시킬 수 있었다.

맞은편에 앉은 여자는 마리아 스텐손이라는 이름의 저널리스트였다. 그 옆 남자의 이름은 무엇인지 생각나지 않았다. 처음에 그 남자가 자기 이름을 소개했는데 베로니카는 그 이름을 듣는 순간 바로 잊어버리고 말았다.

"죄송하지만 급한 일이 생겨서요." 베로니카가 두 사람에게 양해를 구하기 위해 미소를 지어 보였다.

"아, 예. 괜찮아요." 여자도 미소를 지으며 대답했다. 베로니카는 그 사진작가가 반대 의사를 표하기 위해 입을 여는 것을 보았다. 그는 날이 어두워지기 전에 사무실에서 몇 장 찍고, 물론 가능하다면 사무실 밖에서도 몇 장 찍고 의회의사당 건물 뒤 물가에서도 몇 장 찍을 작정이었던 것이다.

"금방 끝내고 올게요." 베로니카는 그 남자가 더 불평을 늘어놓기 전에 얼른 말했다. 그러고 나서 그녀는 문을 열고 소회의실을 나가 건물 측면 쪽 복도를 지나 바깥으로 나갔다. 건물 측면은 거의 대부분 사회민주당 사람들이 이용하는 공간이었다.

그렇다. 알렉산더 쇠더링에게 약속한 대로 그녀는 그 일을 처리해야 한다. 001번을 누른 후, 외우고 있는 번호를 잇따라 눌렀다. 연결음이 두 번 울리자 쌀쌀맞은 목소리로 어떤 남자가 질문하는 듯한 억양으로 대답했다. "예에."

베로니카는 왜 전화했는지 간단히 설명했다. 전화를 걸어 방해하고 싶지는 않았지만 일이 꼬였다고 말이다.

전화기 너머 남자는 느릿느릿한 남부 지역 사투리를 써가며 뭘 어떻게 도와주어야 하는지 물었다.

베로니카는 그에게 자초지종을 설명하기 시작했다.

✦

메란은 아직 남부 지역에 가본 적이 없었다. 언젠가 한번 레반과 함께 플레밍스베리에 다녀온 적은 있었다. 이제 기차는 막 역을 지나 툴링에 방면으로 달려갔다. 그는 종착역에 닿기 전 두 번째 역인 쇠데르텔리에 함이라는 역에서 내려야 한다.

요셉이 그곳에서 그를 기다리고 있었다.

메란은 외스터텔예에 가면 그에게 전화를 걸어야 한다. 소년은 가만히 자리에 앉아 있지 못하고 번번이 일어나 모든 역이 표시된 파란색 하얀색 노선표를 자세히 들여다보곤 했다. 그는 마음을 진정시킬 수 없었다. 아직 일곱 역이나 더 남았다. 이제 여섯 역. 정차할 때마다 그는 노선표를 보러 일어났다. 그냥 의자에 앉아 있으면 역 수가 자꾸 변하지나 않을까 하는 마음에. 날씨가 꽤 추웠지만 주머니에 있는 쇳덩이는 따스해졌다. 레반이 그를 위해 준비해주었다. 구멍을 뚫어 만든 권총이었다. 권총은 가느다란 총신과 구릿빛 색깔 때문에 조잡해 보였다. 하지만 레반의 친구는 권총이 문제없이 잘 작동된다고 확신했다. 그냥 조준하고 쏘기만 하면 된다고 그 친구가 알려주었다. 총알 여섯 발 장착. 메란은 좀 더 멋진 총을 기대했지만 레반은 총을 사용해보면 만족할 것이며 다른 총은 눈에 들어오지도 않을 거라고 자랑스러워했다. 어쨌든 당분간 그럴 거라는 것이다. 친구들과 달리 메란은 사람들이 어떻게 총을 구하는지 전혀 모르고 있었다. 어쨌든 그는 총을 구했다는 사실에 만족했다.

그는 세르엘 광장에서 그들을 픽업했다. 메란이 전화하자 레반이 당장 달려와 소년을 위해 보증을 섰다. 판매원은 권총 구입비가 1500크로나라고 했다. 메란은 엄마가 넘겨준 새 핸드폰을 주고 권총을 살 수 있었다. 총알 구입비 200크로나는 레반이 빌려주었다. 총알 구입비를 별도로 지불해야 한다는 것에 메란은 화가 났다. 하지만 레반과 판매원은 원래 그런 거라고 주장했다. 권총이 자동차라면 총알은 휘발유 같은 거라고 말이다. 두 개가 서로 다른 거라고. 메란은 두 사람이 사기 치는 거라고 생각했지만 다른 선택의 여지가 없었다. 아버지 실종과 관련된 남자를 아무런 무기도 없이 만날 수는 없다. 그건 승산 없는 게임에 불과할 것이다. 누군가 경악해야 한다면 그 사람은 요셉이지 소년이 아니었다.

소년은 권총을 만지작거렸다. 권총은 따듯한 온기를 품고 있었지만 소년이 기대한 만큼 믿음직스러워 보이지는 않았다. 모두가 소년만 쳐다보는 듯한 느낌이 들어 소년은 사방을 둘러보았다. 물론 소년이 역마다 노선표를 보러 왔다 갔다 했기 때문에 그럴지도 모른다. 하지만 동시에 소년의 무장 사실을 모두가 알아차릴지 모른다는 생각을 떨쳐버릴 수 없었다. 가만히 있어야 한다. 치명적 실수를 범할 수도 있으니까.

갑자기 핸드폰이 울렸다. 벨소리에 너무 놀란 소년은 신경이 곤두선 채 핸드폰을 찾았다. 핸드폰을 받고 싶지 않았지만 요셉이 전화했을지 모른다는 생각이 들었다. 핸드폰이 보이지 않았다. 혹시 권총을 넣은 바지 주머니에 핸드폰도 함께 넣었던 것은 아닐까 하는 생각을 했다. 정말 그랬다면 너무너무 멍청한 짓이었다. 혹 실수로 바지 주머니에서 권총을 꺼낸다면 어떻게 될까? 모든 사람이 보는 앞에서 권총을 바닥에 떨어뜨린다면 분명히 의심을 받을 것이다. 당황한 소년은 바지 주머니에 있을지 모를 핸드폰을 찾아보았다. 조그만 권총이 갑자기 커져서 계속 손에 닿는 것 같았다. 이윽고 소년은 권총과 함께 핸드폰을 바지 주머니에 넣지 않았다는 것을 깨달았다. 벨소리는 바지 주머니가 아닌 다른 곳에서 들려왔다. 핸드폰은 재킷 주머니에 들어 있었다. 항상 넣어두는 곳이었다. 항상 그곳에 넣고 다녔다. 핸드폰을 꺼내자마자 전화가 끊겼다.

소년은 다행이라는 생각에 크게 심호흡을 했다. 핸드폰에 찍힌 발신자 번호를 확인하면서 정신을 차렸다.

요셉이 아니라 엄마가 건 전화였다.

소년은 엄마와 통화하고 싶지 않았다. 정말로 통화하고 싶지 않았다. 엄마를 생각하기도 싫었다. 하지만 단단했던 결심이 엄마의 전화 때문에 조금 흔들렸다. 엄마가 통화하고자 한 것이다. 다시 핸드폰이 울렸다. 전화를 받을 때까지 전화는 끝까지 울릴 거였다. 엄마의 목소리가 들렸다.

엄마의 목소리는 기분이 좋고 밝은 것처럼 들렸다. 혹시 잘못 들은 것이 아닐까? 어떻게 엄마가 기분이 좋을 수 있겠는가?

"메란, 너 어디니?"

"시내요."

"엄마 말 들어봐. 경찰이 왔다 갔는데. 엄마 말을 믿어주더구나."

메란은 도무지 이해할 수 없었다. 무슨 말을 하는 것일까?

"뭐라고요? 경찰이요?"

"응, 경찰이 왔다 갔다니까. 집에 좀 빨리 들어와."

어찌 된 일인지 이해는 되지 않았지만 소년은 정확히 들었다.

"엄마, 지금은 안 돼요."

"무조건이야, 메란. 무슨 말인지 모르겠니? 경찰 세 명이 여기 왔다 갔다고. 이번엔 정말 진지했어."

"엄마, 안 된다니까. 저 요셉을 찾았어요. 곧 만날 거예요."

엄마가 소스라치게 놀라는 소리가 들렸다.

"뭐라고? 지금 무슨 소리 하는 거야?"

"요셉을 찾았다고요. 진실을 밝혀낼 거예요. 해결하고 갈게요."

"얼른 들어와, 메란, 당장 집으로 오라니까."

"이따가. 무슨 일이 있었던 건지 다 알게 되면 갈게요. 약속해요."

"메란!" 엄마가 전화기에 대고 소리를 질렀지만 소년은 핸드폰을 귀에서 멀리 뗐다. 전화가 끊길 때까지 엄마의 애원하는 목소리가 계속 들려왔다.

이건 아니라고 생각했다. 엄마 말을 듣는 것은 당연한 일이다. 하지만 소년에게는 다른 선택의 여지가 없다. 경찰이 뭔가를 알고 있든 말든 그런 것은 이제 별로 중요하지 않다.

9년 동안 메란은 요셉을 기다렸다.

오늘 그 두 사람의 소망이 드디어 이루어질 것이다.

에이어는 엄마가 왜 그렇게 소리를 지르는지 이해할 수 없었다. 소년은 엄마를 안고 달래주고자 했다. 하지만 엄마는 그 노력을 전혀 알아주지 않고 수화기만 들고 서 있었다. 똑같은 번호로 전화를 걸고 또 걸었다. 하지만 메란은 전화를 받지 않았다. 몇 번 더 전화를 걸어보더니 엄마는 바닥에 풀썩 쓰러졌다. 에이어는 엄마를 꽉 끌어안았다. 지금 그에게 명확한 것은 절대로 엄마를 놓아서는 안 된다는 것뿐이었다. 절대로.

결국 엄마는 마음을 가라앉히고 에이어를 바라보았다. 엄마의 눈에는 눈물이 그렁그렁했다. 평상시 같은 그런 슬픔이 아니었다. 이번에는 다른 어떤 것이 가득 괴어 있었다. 예전에는 단 한 번도 본 적이 없었던 것. 두려움. 에이어는 뭔가 끔찍한 일이 벌어지겠구나 싶었다. 포옹이 이제는 부질없어 보였다.

"무슨 일이에요, 엄마?"

"메란이, 메란이……."

그녀는 말을 잇지 못하고 아이를 바라보았다. 그녀의 얼굴에는 머리카락이 뒤엉켜 달라붙어 있었다. 작은아들에게 자세한 얘기를 해야 할지 말지 모르겠다. 그녀 자신도 이해하지 못하는 일을 어떻게 얘기한단 말인가? 그 오랜 기간 그들 사이에서 마치 유령처럼 떠돌던 그 이름을 어떻게 얘기한단 말인가? 그들 모두가 피하고 싶었던 어두운 그림자를?

요셉.

메란이 그를 만나러 가는 중이었다. 다시 큰일이 생길 것이다. 지난번 요셉이라는 이름이 등장했던 때와 똑같이. 메란도 남편과 마찬가지로 행방불명될 것이다. 지난 9년 동안 오로지 이름만 존재하던 남자가 또다시 가족에게 상처를 주려고 했다. 가족은 분명히 알고 있었다. 실수였다. 그 사람을 잊지 않으려고 그를 다시 불러들인 것이. 괴물을 다시 불러들인 셈이었다. 괴물은 스스로 몸집을 키웠고 이제 큰아들을 제물로 삼으려 한다. 엄마는 에이어를 끌어안은 채 포기할지 말지 고민했다. 확신이 들지는 않았지만 뭐라도 해야 한다. 포기해서는 안 된다.

약간 뚱뚱한 경찰이 주고 간 명함에 눈길이 갔다. 명함은 전화기 옆 탁자에 놓여 있었다.

예전에도 경찰은 아무런 도움을 주지 않았고 지금도 또 아무런 도움을 주지 않을 것이다. 그래도 이 경찰을 설득해서 이해시킬 수밖에 다른 방도가 없었다.

✤

샤를레스 믹엘 쇠더크비스트. 1966년 하데모라 출생. 2006년부터 오스카스함에서 마리안네 프란손과 동거 중. 아이는 없음. 아담은 두 살 어린 동생.

반야를 제외하고 모두 참석한 회의실에서 빌리가 앞으로 나가 서 있었다. 세바스찬은 여러 번 반야에게 연락했으나 실패했다. 그는 걱정만 쌓여갔다. 그날 점심시간 뒤로 그녀가 보이지 않더니 여태 소식 한 자 알 수 없었다. 그는 저녁에 그녀의 집에 들르기로 마음을 굳혔다. 그는 빌리가 벽에 벽지를 붙여놓은 듯이 영사기로 보여주는 남자의 모습에 집중하려고 애를 썼다. 아마도 남자는 하나밖에 없는 동생을 살해했을지도 모른다.

"이 남자가 열세 살이었을 때 가족은 쇠데르텔리에로 이사를 했습니다. 아버지가 스카니아 회사에 취직했거든요." 빌리가 브리핑했다. "샤를레스는 그곳에서 군복무를 마쳤고, 사관학교에 들어가 특수훈련을 받았습니다. 1998년엔 첩보부에 채용되었죠. 이것이 우리가 알고 있는 전부입니다."

그는 다른 사람들을 바라보았다.

"MUST에서는 아무런 정보 제공도 없었습니다. 샤를레스가 그곳에서 근무했던 사실조차 확인해주질 않았습니다. 만약 더 자세한 정보를 원한다면 공식 절차를 밟아야 할 겁니다. 부서 간 공식적으로 정보 제공을 요청해야 하는 것이죠."

그는 고개를 끄덕이는 토르켈을 바라다보았다. 공식 절차. 그것은 유감스럽게도 결국 관료주의와 다를 바 없는 것이고 지루한 과정이 될 것이다. 빌리는 노트북에 저장된 다음 사진을 클릭하고는 제니퍼에게 발언권을 넘겨주었다.

"2003년 첩보부 책임자는 알렉산더 쇠더링 대령이었어요." 제니퍼가 발표를 이어갔다. "2008년 대령은 자리에서 물러나 자영업을 시작했고, 현재는 드로트닝가탄 거리에 있는 광고업체 눈티우스를 운영하고 있어요. 아직 그와는 접촉이 성사되지 않았습니다."

"하나 마나 한 일이야." 토르켈이 한숨을 내쉬며 말했다. "만약 첩보부에서 샤를레스가 근무한 사실을 인정하지 않는다면 전직 책임자도 아무 답변을 안 할 테니까."

세바스찬의 핸드폰이 울렸다. 그는 반야가 걸었겠지 싶은 생각에 통화 버튼부터 누르려고 했다. 하지만 그녀가 아니었다. 그가 모르는 번호였다. 다른 사람들의 궁금해하는 표정을 뒤로한 채 그는 일어나며 핸드폰을 받았다. 약 10초 후 그가 회의실을 나갔다.

"리서치 부서와 통화했더니." 제니퍼가 잠시 끊겼던 발표를 다시 이어갔다. "레나르트의 상사……." 그녀가 재빨리 메모지를 보았다. "스투레 릴예달의 말에 따르면 레나르트가 쉬베카 사건에서 손을 뗀 걸로 알고 있었단 거예요. 상사는 레나르트가 브로비켄으로 뭐 하러 갔는지 전혀 몰랐대요. 그래서 레나르트의 컴퓨터에 무슨 단서라도 있을까 싶어서 확인하려고 했는데."

그 순간 세바스찬이 문을 확 여는 바람에 그녀는 잠시 말을 끊어야 했다.

"쉬베카 전화입니다. 아들이 요셉을 만나러 가는 중이래요."

"요셉이 누구죠?" 우르줄라가 질문했다.

"그자가, 쉬베카는 잘 모르지만, 하미드와 자이드 일을 아나 봅니다. 그자가 둘의 행방불명과 연관되어 있다고 믿고 있어요. 아들은 이를 확신하고 있대요."

"둘이 어디서 만난대?" 잔뜩 긴장한 모습으로 토르켈이 물었다.

"그건 아들이 말 안 했대요."

"샤를레스일까요?" 제니퍼가 물었다. 토르켈은 고개를 끄덕였다. 충분히 가능한 얘기였다.

"얼른 애부터 찾아야 돼요. 빌리?"

빌리는 벌써 노트북 앞에 앉았다. "애는 분명 핸드폰을 갖고 있을 거예요. 위치 추적해볼게요." 그가 세바스찬 쪽을 바라보았다. "전화번호가 어떻게 되죠?"

"내가 그걸 어떻게 알겠나?"

"알 수 없을까요?"

세바스찬은 쉬베카에게 전화를 걸었다. 그녀에게 상황을 설명하고 핸드폰을 빌리에게 건네주었다.

"여보세요, 빌리입니다. 저는⋯⋯."

그가 세바스찬에게 질문하는 듯한 표정으로 바라보았다.

"메란." 세바스찬이 대답했다.

"메란의 전화번호가 필요해요. 위치 추적하려고요."

빌리는 전화번호를 메모지에 받아 적었다. 곧 통신사 3이라는 것을 알아냈다. 그는 계속 한 손으로 핸드폰을 잡고서 누구 명의로 계약한 것인지도 물었다. 쉬베카는 증서가 어디 있을 거라고 했다. 빌리는 그녀에게 협조해주어서 고맙다는 인사말을 남기고 세바스찬에게 핸드폰을 되돌려준 후 자기 핸드폰을 가져왔다. 그는 통신사 3에 전화를 걸어 경찰임을 밝히고자 세 자리 숫자 및 비밀번호를 입력했다. 1분이 채 안 되어 그는 IMEI번호를 받았다. 그때 쉬베카가 세바스찬의 핸드폰으로 전화를 걸어왔다. 증서를 찾은 것이다. 빌리는 번호가 일치하는지 확인했다. 고마워하면서 그는 컴퓨터에 열다섯 자리 비밀번호를 입력했다.

"이 숫자가 도대체 뭐예요?" 탁자를 빙 돌아서 간 제니퍼가 그의 뒤에 서서 물었다.

"IMEI번호야. 이 번호를 입력하면 핸드폰 위치를 확인할 수 있지.

핸드폰을 켜기만 하면…….”

그는 말끝을 흐리며 작업에 집중했다.

“차 대기하고 있을게.” 토르켈이 회의실을 나가면서 말했다.

“빙고!” 빌리가 손으로 머리를 감싸며 의자에 기대고 말했다. 스스로 한 일에 대단히 만족해하는 모습이었다.

세바스찬은 모니터 쪽으로 몸을 숙이고 녹색 배경 화면에서 움직이는 파란 점을 들여다보았다. “애가 어디에 있지?” 급한 마음에 세바스찬이 물었다.

“기다려보세요.” 빌리가 대답하면서 손가락으로 가리켰다. 파란 점 주변에 갈수록 쪽지가 쌓여가기 시작했다. 먼저 이름이 나타나고 조회하고자 하는 장소가 죽 나타났다. 빌리는 고개를 숙이고 화면을 지켜보았다. 그는 손가락으로 굵은 검은 줄을 따라갔는데, 그 위로 파란 점들이 서서히 이어지고 있었다.

“이건 철로인데. 기차를 탔어. 곧 쇠데르텔리에에 도착할 거야.”

“샤를레스 쇠더크비스트가 군복무를 마친 곳이에요.” 제니퍼가 설명해주었다.

빌리는 노트북을 덮고 가슴에 안았다. 그러고는 제니퍼와 함께 서둘러 회의실을 나갔다.

✤

쉬베카가 연거푸 계속 전화를 하는 바람에 소년은 핸드폰을 진동으로 바꾸었다. 벨소리 대신에 잇따라 진동이 울렸다. 소년은 진동이 울려도 무시해버렸다. 전화가 왔다가 끊기는 사이에 재빨리 요셉에게 전화를 걸었다. 약속한 대로 외스터텔예 역에 기차가 들어설 때였다.

쉰 목소리가 들려왔다.

요셉은 다음 역에서 기다리겠다고 했다. 역 바로 앞에 있는 주차장을 알려주었다.

다른 말은 하지 않았다.

메란도 다른 말을 하지 않았다.

더 이상 아무것도 필요하지 않았다.

메란은 한 손에 가방을 든 채 기차 출입문 옆에 서 있었다. 쇳덩어리는 더 이상 따뜻하지 않았다. 그도 더 이상 흥분되거나 긴장되지 않았다. 그 대신 공포감에 휩싸여 식은땀이 났다.

두려움을 느끼는 것은 당연한 일이다. 그것은 잘못된 것이 아니다.

그는 자칫 실수를 저지르면 안 되니까 그냥 서 있는 것이다. 두려움을 느낄 때 용기를 내는 것이 중요하다.

기차는 이내 속도를 줄였다. 쇠데르텔리에 함에 도착한 것이다. 소년은 플랫폼에 내려서 약간 앞쪽에 떨어져 있는 붉은색 역사를 정면으로 바라보았다. 소년은 그곳을 향해 걸어갔다. 그곳에 개찰구가 있을 것이다. 서 있는 것보다는 걸어가는 것이 훨씬 더 느낌이 좋았다. 두려움은 여전했지만 걸어가는 것이 두려움을 달래주는 효과가 있었다. 소년은 눈길을 끄는 건물에 들어섰다. 그곳에서 주차장으로 가는 커다란 문이 눈에 들어왔다. 정말로 요셉이 그곳에 서서 소년을 기다리고 있다면 소년은 어떻게 해야 할지 감이 오지 않았다. 사람들이 많이 오가는 곳에서 요셉과 만나기로 한 것이 다소 위안이 되었다. 어느 집에서 만나는 것보다 훨씬 더 안전하다는 생각이 들었다. 몇 사람이 소년의 뒤에서 걸어왔다. 소년은 천천히 걸으며 다른 사람들이 먼저 지나가도록 했다. 소년은 서두르지 않았다. 다른 사람들이 소년보다 앞에 있는 것이 더 안전하다고 생각했다. 소년은 천천히 다른 사람들을 따라 걸어갔다. 작은 주차장에는 약 십여 대의 차량이 서 있었다. 몇몇 사람들은 출구 바로 옆에 주차된 빨간색 포드 승용차를 타고 떠나갔다. 다른 몇몇 사람들은 맞은편에 있는 버스정류장 쪽으로 걸어갔다. 나머지 사람들은 각기 다른 방향으로 흩어져 걸어갔다. 곧 소년 혼자 남게 될 것이다. 소년은 출구 앞에 서서 주변을 두리번두리번 살펴보았다.

한 남자가 검은색 BMW에서 내렸다. 그는 차 옆에 선 채로 메란을 계속 쳐다보았다. 메란은 그를 알아보지 못했다. 그는 아랍인처럼 보였고 대략 50대 아저씨 같았다. 운동을 많이 한 사람처럼 보였고 짧은 회색빛 머리카락에 희끗희끗한 수염을 기르고 있었다. 옷은 검은색 가죽점퍼에 청바지를 입고 있었다. 승용차와 가죽점퍼 때문에 그가 돈이 많은 사람처럼 보였다. 강한 인상을 풍겼다. 하지만 메란은 혼란스러웠다. 그 남자가 메란에게 고개를 끄덕여 신호를 보내자 메란은 그에게 답신을 보냈다. 그 낯선 남자는 소년을 향해 천천히 다가왔다. 그렇게 해야 한다. 요셉이 소년 쪽으로 걸어와야 한다. 그 반대는 안 된다. 물론 소년은 어떻게 해야 할지 잘 몰랐다. 쇳덩이를 만지작거리지는 않았다. 남자가 소년의 동작을 보고 총을 가지고 있다고 눈치챌 수 있기 때문이다. 그래서 소년은 손을 그냥 가만히 내리고 약간 어정쩡하게 서 있었다. 손을 어디에 두어야 할지 모른 채 말이다. 긴장한 모습을 절대로 보이고 싶지 않았다. 요셉이라고 추정되는 남자가 자기보다 더 우위에 서 있다는 느낌을 주고 싶지도 않았다. 하지만 남자는 마치 오랜 친구를 기차역에 마중 나온 사람처럼 아무런 거리낌 없이 다가왔다. 그의 동작에서 긴장감이라고는 전혀 찾아볼 수 없었다. 메란은 그 점이 불쾌했다. 요셉이 소년을 보면 두려워하기를 바랐기 때문이다.

소년을 두려워하기를.

그 반대가 아니다. 지금처럼.

"네가 나와 얘기하고 싶다고 그랬다지?" 남자가 거의 5미터 앞에까지 다가와서 말했다.

그 남자였다. 이 음성을 듣는 것은 상당히 흥미로웠다. 전화로 듣는 것이 아니었다. 기억 속에서 울리는 목소리도 아니었다. 실제 귀로 듣는 목소리였다. 메란은 손을 어디에 두어야 할지 몰랐다.

"아버지에 관해 물어볼 게 있어서요." 메란의 목소리가 또렷하게 울렸다. 목소리에 떨림이 전혀 없었다. 여느 때와 마찬가지로.

"하미드가 너의 아버지냐, 그러냐?" 요셉이 걸음을 멈추고 물었다.

메란은 대답하는 대신 고개를 끄덕여 보였다.

"난 네 아버지 잘 몰라. 친구의 친구였으니까."

"자이드 아저씨가 왜 아저씨 친구예요? 자이드 아저씨네 사촌한테 돈 빌려준 사람일 뿐이잖아요."

요셉은 어깨를 한 번 들먹였다. "내가 도와줄 수 있다는 것 잘 알고 있을 텐데. 아주 많이." 그는 메란을 보며 미소를 지었다. "그래서 여기 온 거다, 내가."

"아버지가 행방불명되었던 때. 그때 무슨 일이 있었는지 저도 알아야겠어요."

"그렇다면 넌 번지수를 잘못 찾았다."

메란은 요셉을 살펴보았다. 그의 깊은 눈은 마치 무덤 같았다. 거기에는 어떠한 희망도 미래도 없어 보였다. 메란은 권총을 빼 들까 하는 생각이 들었다. 하지만 권총을 지금 이곳에서 빼 들 수는 없다. 이곳은 공공장소였기 때문에. 소년은 한 발짝 뒤로 물러났다. 아무것도 할 수 없었다.

"아, 그래요?" 소년은 단호하게 말하고 싶었다. "아버지가 어떻게 실종되었는지 알고 계실 텐데요?"

"네가 왜 그런 말 하는지 통 모르겠구나." 요셉이 조금 부드럽게 말했다. "오해다."

"믿을 수 없어요."

"사실이다. 어디든지 차 타고 가서 조용히 얘기 좀 할까?"

"얘기는 여기서 하셔도 돼요."

요셉은 큰 소리로 웃었다. "아니. 다른 데로 가자, 애야. 우리가 이 일을 깨끗이 잊어줄 테니." 그가 뒤를 돌아 차 쪽으로 걸어갔다. "이보다 더 좋은 기회는 없을 거다."

메란은 어떡해야 좋을지 몰랐다. 이런 상황까지 염두에 둔 적이 없었기 때문이다. 단순히 요셉을 만나야겠다고만 생각했다. 이제는 뭔가 해야 할 거라는 생각이 들었다. 저 교활한 인간을 어떻게든 처리해야 할 것 같았다. 그냥 그를 쓰러트리든지 아니면 권총을 빼 들고 머리통을 겨누든지.

하지만 그렇게 할 수 없었다. 사람들이 있는 이곳에서는 안 된다. 그와 단둘이 있되 저 차를 타면 절대로 안 된다. 정말 위험해질 수 있다.

요셉이 BMW에 거의 다 가서 소년을 바라보며 "안 탈 거냐?" 하고 물었다.

어쩌면 그냥 돌아서는 것이 더 나을지도 모르겠다. 여기에서 더 나아갈 수 없다는 것을 소년은 잘 알고 있었다. 무시당하고 싶지는 않다. 지금 꽁무니를 빼고 달아나지 않으면 영원히 도망갈 수 없다. 그렇다고 상황이 그냥 해결되지도 않을 것이다. 소년은 요셉의 존재를 알았다. 그러니 다음을 기약하는 것도 좋은 방법일 것이다.

하지만 그것은 소년이 다짐했던 바가 아니다.

소년은 진실을 밝혀내기로 다짐했다. 쉬베카를 위해서.

소년은 주머니에 손을 댔다. 쇳덩이가 다시 따뜻해졌다. 총이 준비되어 있었다. 그리고 소년도 마찬가지였다. 소년은 요셉 쪽으로 다가갔다.

"같이 가요!" 메란이 소리쳤다.

소년은 주변을 둘러보았다. 주차장에는 아무도 없었다. 지금이다. 바로 지금. 권총으로 그의 관자놀이를 짓누르고 강제로 차로 밀어 넣으려면 바로 지금이다, 아무도 없을 때. 손에 잡힌 권총이 소년에게 힘을 주었다.

메란은 최대한 긴장하지 않은 모습을 보이려고 애를 썼다. 마치 생각을 바꾼 것처럼 보이려고. 하지만 아직 결정을 내리진 못했다. 위험한 물건을 몸에 지니고 있다는 걸 들키고 싶지 않았다. 권총은 조용히 주머니에 들어 있어야 한다.

요셉은 조수석 문을 열어 주기 위해 차를 빙 돌아갔다. 메란은 권총을 꽉 움켜쥐고 겨냥할 준비를 하고 있었다. 소년은 속으로 웃었다. 이제 저 인간은 끝장이다.

소년이 차에서 몇 미터밖에 떨어져 있지 않았을 때 사람들 소리가 들려왔다. 젊은 두 여자가 버스정류장에서 그들 쪽으로 다가왔다. 그들은 20대 중반쯤 되어 보였는데 역사 쪽으로 걸어가면서 큰 소리로 웃고 있었다. 메란은 저도 모르게 권총에서 손을 떼고 그들이 지나가도록 멈춰 섰다. 하지만 시간이 길어지면 그가 눈치를 챌지도 모른다. 두 여자가 시야에서 사라지기 전까지 자동차로 가지 않으면 요셉이 이상하게 생각할 수도 있다. 소년은 입가에 미소를 띠고 있는 남자 쪽으로 다가갈 수밖에 없었다.

"이쪽으로 와서 한번 나를 욕해보시지." 그가 부드럽게 말하면서 메란을 한 방 정확하게 먹였다. 메란은 자동차 뒤쪽으로 무릎을 꿇고 쓰러졌다. 요셉은 두 여자를 경계하면서 소년의 머리를 잔인하게 후려쳤다. 두 번 연달아 쳤다. 두 번이나 얻어맞은 메란은 신음 소리를 냈다. 여자들은 아무런 낌새도 알아차리지 못하고 마치 별일 없다는 듯 계속 수다를 떨며 걸어갔다. 요셉은 여자들이 완전히 사라질 때까지 기다렸다가 소년을 차로 질질 끌고 갔다. 곧이어 BMW에 올라타 후진 기어를 넣은 그는 정신을 잃고 쓰러진 소년의 앞까지 차를 후진시켰다가 세웠다. 그는 메란을 트렁크에 실으면서 몸무게가 생각보다 적게 나간다고 생각했다. '잘됐네, 몸무게 많이 나가봐야 몸뚱이만 힘들지.' 그는 핸드폰을 꺼내 샤를레스에게 전화를 걸었다.

그는 바로 전화를 받았다.

그는 항상 그랬다.

✤

그들은 파란색 비상등을 켜고 달려갔다. 제니퍼가 운전했다. 막 에씽엘덴 쪽으로 접어들어 약 140킬로미터로 속도를 내며 달려갔다. 토르켈은 언제나 그랬듯이 문 위쪽에 달린 손잡이를 꼭 붙잡고 갔다. 그렇게 하면 왠지 조금 안전한 것 같았다. 그는 빌리가 운전했더라면 좋았을 텐데 하고 생각했다. 속도를 높여 주행하는 것은 뭐니뭐니 해도 빌리가 팀에서 최고였기 때문이다. 하지만 빌리는 뒷좌석에 앉아 노트북만 들여다보면서 메란 칸의 신호를 쫓고 있었다. 토르켈은 손잡이를 잡지 않은 다른 한 손으로는 핸드폰을 쥐고 있었다. 그는 방금 전에 세포조직 소속 브리타 한닝과 통화를 끝냈다. 이번만큼은 서로 협력할 준비가 되어 있는 것처럼 보였다. 그는 빌리 쪽으로 고개를 돌렸다.

"그들이 요셉이란 남자를 알고 있더군. 브리타는 남자의 진짜 이름이 뭔지 안 알려줬지만. 남자는 소위 그들의 '친구'인 게 분명해."

"친구라뇨?" 제니퍼가 무슨 뜻인지 모르겠다는 듯 물었다.

"정보 제공자를 말하지. 극단주의자 또는 기타 그룹을 보면, 보고하는 사람." 토르켈이 설명해주었다.

빌리는 몸을 앞으로 내밀었다. 방금 들은 말을 도저히 믿을 수가 없었다. "그러니까 우리는 지금 우리 친구 중 한 사람을 사냥해야 한다는 겁니까?"

"유감스럽게도 그런 것 같아."

제니퍼가 폴란드 화물차를 추월하고 나자 자동차는 부드럽게 다시 나아갔다. 토르켈은 손잡이를 꽉 붙잡았다. 제니퍼의 표정은 무덤덤했다.

"하지만 만약 그 남자가 세포조직 측을 돕고 있다면 분명히 그 위에 다른 명령권자가 있을 거예요. 일테면 첩보부 같은 곳이죠." 그녀는 말을 하면서 차선을 변경했다.

토르켈은 고개를 끄덕였다. 충분히 그럴 법했다. 이번 사건에서는 불가능한 일이란 없는 것 같았다. 최근 경향을 보면, 국가를 보호한다는 차원에서 극단주의자나 테러리스트와 전쟁을 선포한다. 앞으로 제복을 입지도 않고 보이지도 않는 적들과 싸워야 한다. 규칙 같은 것은 없다. 비밀은 점점 많아져만 가고, 방법은 점점 거칠어져만 간다. 그는 이 황당한 사건에 내몰린 15세 소년이 생각났다. 소년은 아버지를 잃었다. 비밀은 소년, 그 가족과도 연관되어 있다. 그는 다시 빌리 쪽으로 고개를 돌렸다.

"핸드폰 신호가 잡히나?"

빌리는 화면을 뚫어지게 쳐다보고는 고개를 흔들었다.

"아뇨, 서버와 연결이 끊어졌어요. 방금 전까지 쇠데르텔리에 함역 앞에 있었는데. 그쪽으로 순찰대를 투입하라고 쇠데르텔리에 쪽에 지원을 요청해야겠어요."

토르켈의 귀에 빌리가 노트북 자판을 두드리는 소리가 들렸다. 이제 그도 정말로 나이가 들어가나 보다. 마냥 좋았던 옛 시절이 떠올랐다. 당시에는 동료끼리 무전으로 연락하고 경비견을 데리고 범인을 추격했다. 지금은 빌리가 차 뒷좌석에 앉아 노트북으로 이런저런일을 처리한다. 서버가 다운되지 않는 한.

"15분 정도면 도착할 것 같아요." 그가 제니퍼에게 말하는 소리가 들렸다. 그녀는 가속페달을 더욱 세게 밟았다. 그는 속이 미식거리는 것 같았다.

"애가 거기 없어요." 빌리가 모니터를 뚫어지게 쳐다보면서 말했다. "지금 E20번 도로로 가는 길목에 있네요."

토르켈은 제니퍼를 돌아다보았다.

"속도 높여!"

⚜

다시 돌아왔다.

공병 1군단. 알름네스. 쇠데르텔리에.

이곳에서 그는 군복무를 마쳤다. 처음에는 군복무를 정말 구역질 나는 것으로 생각했지만 점차 군복무가 마음에 들었다. 왜 그런지는 그도 잘 설명할 수 없었다. 군복무 과정과 관련된 것, 그러니까 모두를 굴복시키는 규율, 군기 같은 것들 때문이었을 것이다. 다른 군인들이 놀이로만 생각했던 것과 사뭇 달랐다. 처음에는 체력 단련 과정에 관심이 생겼다가, 군복무를 하면 할수록 어떻게 적을 속이고 무찌를 수 있는가를 구상하는 전략과 전술에 매력을 느꼈다. 그는 내면에 숨은 두 가지 성향을 알게 되었다. 하나는 군생활 자체에 관한 것이고 다른 하나는 경쟁 본능에 관한 것이었다. 물론 그와 동생은 청소년 시절에 운동을 했지만 그에게 싸움닭 같은 기질은 천성적으로 없었다. 그가 공병 1군단에 들어갈 때까지만 해도. 그때부터 삶과 죽음을 넘나들 정도로 완전히 집중해야 했다. 그는 점점 더 훈련을 통해 야생의 기질이 나타났다. 몸은 점점 탄탄해져갔다. 마치 목표를 달성하기 위해 심리적 요인을 완전히 제거할 수 있는 엘리트 운동선수처럼. 무기는 활동에 필요한 도구이자 수단이었다. 그는 무기 사용법을 모두 배웠다. 아주 정확하게 목표를 정조준하면서. 군복무 기간이 절반 정도 지났을 때 그는 장교후보생에 지원했고 당연히 합격했다. 이곳에는 정말로 삶에 중요한 기억이 남아 있다.

그뿐만이 아니었다.

2003년 8월 그는 이곳에 두 번째로 왔다. 연대가 해체된 지 6년이 지난 때였다. 스웨덴 육군 국제 센터인 스웨딘트는 몇 안 되는 병력을 이곳에 남겨놓았지만 비인간적이며 뾰족뾰족한 70년대 건물은 아무도 없이 텅 빈 채 점점 무너져갔다.

알렉산더는 그에게 알름네스로 가서 두 미국인과 접촉하란 명령을 내렸다. 요셉이 말한 두 아프가니스탄 사람을 그들이 신문한다고 했다. 작전상 스웨덴 영토에 들어오려면 그들은 스웨덴 사람과 동행해야 했던 것이다.

그가 도착했을 때 정체를 알 수 없는 볼보 차량 한 대가 텅 빈 훈련장에 주차되어 있었다. 자동차 옆에 서 있던 남자는 담배를 피우고 있었다. 남자는 샤를레스가 차에서 내리자 꽁초를 버리고 그에게 다가왔다. 그들은 서로 인사를 나누었다. 샤를레스는 이름을 말했지만 그 남자는 통성명이 없었다. 샤를레스는 그 미국인이 너무 어려 보인다는 사실에 깜짝 놀랐다. 그는 미국 대학 미식축구부 소속 운동선수처럼 체격이 당당했다. 빨간 머리. 아마도 아일랜드 혈통의 남자일지도 모른다.

그들은 다른 미국인이 기다리는 훈련장 쪽으로 걸어갔다. 그 역시 통성명이 없었다. 그는 약간 더 나이가 있어 보였으며, 더 잽싸고 강인해 보였다. 얼굴은 길었고 코가 매우 컸으며 옆가르마를 타고 있었다. 가르마 옆쪽 몇 가닥 머리카락이 파일럿 선글라스 렌즈에 걸려 늘어져 있었다. 분명히 그는 그 머리카락을 쓸어 올리지 않을 것이다.

두 남자가 몸이 축 늘어진 채 똑바로 누워 있었다. 손과 발은 땅속 깊숙이 박힌 쇠기둥에 단단히 묶여 있었다. 두 팔은 활짝 벌려 있었다. 그들은 끈을 풀려고 몸부림치며 살려달라고 애원했다. 모든 것이 오해라며 제발 한 번만이라도 설명을 들어보라고 소리를 질렀다.

하지만 두 미국인은 아무런 대꾸도 하지 않았다.

두 남자는 실오라기 하나 걸치지 않은 알몸 상태였다. 샤를레스는 그들의 얼굴을 볼 수 없었다. 미국인들이 수건을 그들의 얼굴에 씌웠기 때문이다. 아무런 말도 하지 않은 채 선글라스를 낀 마른 미국인은 양동이에 물을 가득 담아 와서 수건 위로 부었다. 수건은 물을 빠르게 빨아들였다. 그는 격렬한 발작성 기침으로 인해 몸을 부들부들 떨었다. 그리고 나서 그는 곧 조용해졌다. 다른 포로는 친구에게 무슨 일이 일어났다는 것을 알아차리고는 친구의 이름을 큰 소리로 불렀다.

하미드!

비쩍 마른 미국인은 다시 수건 위로 물을 부었다. 하미드라 불린 남자는 이 야만적 행동을 피하려다가 수갑을 찬 쪽 살갗이 파였다. 샤를레스는 수갑을 찬 쪽 살갗이 부어오르더니 피가 나기 시작하는 것을 보았다. 그러자 물고문이 중단되었다. 빨간 머리 남자가 쭈그려 앉은 채 다가가 수건을 치웠다. 하미드는 헉헉 숨을 몰아쉬었다. 거의 질식해 죽을 뻔했다. 그는 공포에 질려 있었다. 샤를레스를 올려다보며 살려달라고 애원하는 눈빛을 보냈다. 빨간 머리 남자가 그의 입에다 주먹을 날리자 그는 꼼짝달싹 움직이질 못했다. 그리고 질문이 시작되었다.

장소가 어디야?

언제 하기로 계획한 거야?

관련된 사람은 누구지?

묶인 남자는 분명히 미국인의 말을 알아듣지 못했다. 그는 단지 고개만 내저을 뿐이었다. 마치 무엇인가를 표현하려고 노력하는 것처럼 보였다. 수건이 다시 얼굴에 덮일 때 그는 마치 영어로 '잘못된 거예요(wrong)' 그리고 '제발(please)'이라고 외치는 것처럼 보였다. 남자는 비명을 질렀다. 친구 역시 따라서 비명을 질렀다.

두 미국인은 동시에 양동이를 들고 동시에 물을 부었다. 인정사정 없이.

미국인들은 물을 붓는 동안에 샤를레스에게 다른 양동이에 물을 채우라고 명령을 내렸다. 그는 시키는 대로 했다. 양동이가 비면 물을 가득 채운 양동이를 미국인들에게 건네주었다. 그는 빈 양동이에 또 물을 가득 채웠다.

쭈그려 앉은 채로. 수건을 치웠다.

어디야? 언제지? 누가 또 있지?

미국인들은 아무 대답도 듣지 못했다.

그때 하미드가 공포에 떨며 죽을힘을 다해 벗어나려고 버둥거렸다. 인정사정없이 쏟아지는 물줄기를 피하려다가 하미드는 오른쪽으로 몸을 휙 돌리려고 하는 바람에 손목뼈가 부러졌다. 그 소리가 샤를레스의 귀에 들렸다.

어디야? 언제지? 누가 또 있지?

얼마나 더 이렇게 계속할 것인지 샤를레스도 알 길이 없었다. 결국 그가 직접 해결하기 위해 나섰다. 그는 남자의 머리 위쪽에 다리를 벌리고 선 채로 양동이를 거꾸로 들고 물을 부었다. 수건 위로 계속 물을 부어 수건 사이로 공기 한 방울 통과하지 못하게 했다.

"이놈들이 견디지 못하고 죽을 것 같으면 20초 동안 하다가, 조금 있다가 다시 10초."

계속 그리고 계속.

두 남자의 발목과 손목에서는 피가 많이 흘렀다. 하미드의 왼손은 묶인 끈에 뒤틀린 채 덜렁덜렁했다. 이제 그들은 소리조차 지르지 않았다. 아무 말도 하지 않았다. 애원도 하지 않았다. 도망갈 힘조차 없었다. 수건을 치우면 초점 없는 눈만 멍하니 껌벅거렸다. 그리고 질문이 쏟아졌다. 그들의 숨결은 점점 약해져만 갔다. 낮은 기침 소리만 들려왔다.

어디야? 언제지? 누가 또 있지?

계속 반복해서 계속.

미국인들은 잠시 휴식을 취했다. 밖으로 나가 담배를 피웠다. 말은 별로 없었다. 그들은 다시 들어와서 계속했다.

자이드가 먼저 죽었다. 그냥 숨이 멎었다. 빨간 머리 남자가 '건성 익사' 가능성을 감지하고, 응급조치로 인공호흡을 시도했다. 소용이 없었다. 마른 남자가 숨조차 쉬지 않는 그의 배를 올라타고 흉부압박을 시도하는 동안, 빨간 머리 남자는 허파에 숨을 불어넣었다. 아무런 효과가 없었다. 샤를레스는 역겨움이 솟구쳐 올라왔다. 역겨웠다. 정말로 역겨웠다. 이 두 아프가니스탄 사람 중 스웨덴 국적을 취득한 사람은 아무도 없었다. 하지만 죽은 사람은 영주권을 소지하고 있었다. 소위 '강화된 고문 방법'은 별로 좋은 것이 아니었지만 자유 민주사회가 공격을 받고 있다는 이유로 정당화되었다. 민주주의는 보호 받아야 한다는 것 때문에. 새 시대는 강력함을 요구한다. 이러한 시대에서 벗어날 방법은 없는 것인가?

미국인들은 응급처치를 포기했다. 다시 하미드에게 다가갔다. 샤를레스는 미국인들이 고문을 중단하고 그를 풀어주려니 했다. 그 남자의 두 눈은 정말 아무것도 모른다고 말하고 있었다. 하지만 미국인들은 샤를레스를 경악하게 만들었다. 그들은 하미드의 얼굴에 씌운 수건을 치우더니 죽은 친구를 바라볼 수 있도록 그의 고개를 왼쪽으로 돌렸다. 나지막한 흐느낌이 그가 할 수 있는 행동의 전부였다. 그들은 수건을 얼굴에 씌우고 처음부터 다시 시작했다.

하미드는 대략 30분 정도를 견뎌냈다.

빨간 머리 남자와 선글라스 남자는 얼마 후 국경을 벗어났다. 하미드와 자이드를 다시는 찾을 수 없을 거라고 샤를레스는 알렉산더에게 보고했다. 솔나 지역 경찰이 맡았던 소위 컨트롤할 수 없는 출국에 대해 누군가 수사를 요청하면 아마도 어떤 식으로든지 흔적을 쫓을 수 있을지도 모른다.

샤를레스는 이 일을 처리할 수 있는 적합한 사람이 누군지 알고 있었다. 적어도 그는 그렇게 생각했다.

하지만 아담이 그를 난감하게 만들었다. 이해하지도, 이해하려 들지도 않았다. 상황을 이해하지도 않고, 해결하지도 않은 채 그는 사건을 추적하기 시작했다. 가족을 찾아보고 외무부에 연락해서 최대한 모든 정보를 수집했다. 물론 알렉산더는 아담의 수사도 중지되도록 손을 써야 했다. 아담은 정말 골치 아픈 존재였다.

샤를레스는 크게 놀랐다. 아담은 법적 지식을 두루 꿰고 있었기 때문에 경찰 조사부터 시작했다. 반면 샤를레스는 국가 안전에 관한 거라면 고려해서는 안 된다고 믿었다. 자유 사회에 대한 위협은 끊임없이 지속되고 있기 때문에. 지난가을 한 백화점에서 외무부 장관이 살해되지 않았던가!

그들은 오랫동안 대화를 나누었다. 아담은 더 많이, 모든 것을 알고 싶어 했다. 샤를레스는 그에게 몇 가지 정보를 알려주었지만 아담은 그것으로 만족하지 않았다. 사건의 동기까지 철저히 규명할 거라고 샤를레스에게 말했다. 그리고 사건 발생에 대한 추측이 사실로 드러날 경우 절대로 눈감아줄 수 없다고 으름장을 놓았다. 비록 형제간이라 할지라도. 샤를레스는 조금만 더 기다려달라고 애걸했다.

모든 것을 잠시 동안 내려놓자고.

일주일 동안만.

곰곰이 생각해보자고.

그는 옘틀란드에 있는 산장을 예약했다. 아담이 잠시 동안이라도 그곳에 가 있으면 모든 것을 다시 생각해볼 수 있을 테니까. 만약 그가 돌아와서도 생각을 바꾸지 않는다면 결국 어쩔 수 없이 일을 감행해야 한다. 일주일이다. 사건에서 놓여나 당분간 거리를 두는 것도 좋을 것이다. 어쨌든 그는 프엘 지역을 좋아했으니까.

그리고 아담은 길을 떠났다.

누군가 파트리시아 웰톤에게 지시를 내렸다. 샤를레스는 누가 이런 접촉을 주선했는지 알 길이 없었다. 알렉산더 또는 외무부의 그누구. 분명한 것은 그 사람이 외무부 장관은 아니란 것이다. 왜냐면 안나 린드가 사망한 후 외무부는 완전히 카오스 상태로 치달았기 때문이다.

샤를레스는 파트리시아 웰톤을 만나기 위해 약속 장소로 향했다. 보고를 받기 위해서였다. 약속 장소에 도착한 그녀는 몇 시간이나 늦은 데다 정신이 나간 상태였다. 그 누구도 두 아이와 부인에 대해서는 알려주지 않았던 것이다. 목표 인물에 대한 정보가 정확하지도 않은 상태에서 어떻게 그녀에게 임무를 제대로 수행해내기를 기대할 수 있단 말인가.

아담. 멍청이, 멍청한 녀석, 가족을 사랑한 아담. 샤를레스는 무슨 일이 발생했는지 금방 알아차렸다. 아담이 가족을 동반한 것이다. 레나, 엘라 그리고 시몬을 함께 데리고 갔다.

레나는 샤를레스와 쇠데르텔리에에 있는 고등학교를 같이 다녔다. 그들은 매우 친했다. 더 정확히 말하자면 그녀는 그를 친구로 생각했다. 그는 그녀가 마음에 들었다. 그는 이런 마음을 전혀 내색하지 않았다. 그가 어떤 느낌을 갖고 있는지 그녀가 알게 되면 그녀를 영영 놓쳐버릴까 두려웠기 때문이다. 그들은 종종 집에서 만나기도 했다. 그녀는 아담보다 두 살이 더 많았다. 보통 여자아이는 또래 남자아이를 애로 취급했고, 미성숙하다고 관심을 보이지 않았다. 하지만 레나는 다른 아이들과 달랐다. 샤를레스와 그녀가 대학입학시험을 보기 1년 전에 그녀는 아담과 커플이 되었다. 그는 열일곱 살이었고 그녀는 열아홉 살이었다. 둘이 함께 소파에 앉아 TV 보는 모습을 샤를레스는 그저 바라만 보아야 하는 상황이 되어버린 것이다. 밤이면 벽을 통해 그들의 소리가 들렸다. 하지만 그는 참아냈다. 그냥 풋사랑일 뿐이다. 그 누구도 그 사랑이 오래갈 거라고 생각하지 않았다. 하지만 그 사랑은 오래 지속되었다.

한 해 지나 또 한 해 지나 계속.

1990년에 둘은 결혼식을 올렸다. 그때 아담은 스물두 살이었고, 5

년 후 엘라가 태어났고, 2년이 더 지난 후에는 시몬이 태어났다. 아주 소박하고 행복한 가정이었다. 그들은 스톡홀름으로 이사했고 샤를레스는 오스카스함으로 이사했다. 그렇지만 그는 아담 가족과 자주 만났고 함께하는 시간을 많이 가졌다. 샤를레스는 시몬의 대부가 되었고, 그 아이뿐만 아니라 엘라도 매우 예뻐했다. 하지만 그는 감정을 떨쳐버릴 수 없었다. 아담에게 말도 안 되는 일을 저지르고 싶은 생각도 들었다. 물론 그것은 잘못된 일이며 이치에 맞지 않는 일이었다. 레나에 대한 샤를레스의 마음을 아담이 알게 된다고 하더라도 절대로 단념하지 않을 거라는 것을 샤를레스도 스스로 알고 있었다.

친절하고 좋은 아담.

파트리시아 웰톤.

그녀가 레나와 아이들을 살해했다는 것을 알고 샤를레스는 너무나 큰 정신적 충격을 받았다. 살해당할 이유가 없는 사람들이었다. 살아 있어야 할 사람들이었다. 미래에 무슨 일이 벌어질지 그 누가 말해줄 수 있으랴? 아마 아무도 말해줄 수 없을 것이다. 이런 이유 때문에 아담에게 산장에서 쉬다 오라고 설득한 것이 아니었다. 그의 상황이 일을 그렇게 만든 것이다. 국가 안보를 지켜야 하기 때문에. 연약하고 깨지기 쉬운 민주주의를 보호하기 위해서 어쩔 수 없이 꼭 필요한 희생양이었다.

하지만 레나와 아이들이 살해당할 이유는 없었다.

그럼에도 불구하고 일이 발생했다.

파트리시아가 죽었다. 그러므로 그가 그녀를 죽일 것이다.

샤를레스는 깜짝 놀라 어깨를 움찔했다.

자동차 한 대가 접근해왔다. 자동차가 주차장 근처로 다가오면서 전조등이 빈 집을 비췄다. 얼마나 오랫동안 여기에 있었던 것일까. 그리고 얼마나 오랫동안 회상에 잠겨 있었던 것일까?

이 장소에서.

그는 다른 사람을 선택했어야 했다. 기억이 너무 많았다. 그는 시계를 확인하고 일층 깨진 유리창을 통해 주위를 조심스럽게 살펴보았다. 요셉이 도착했다. 이제 다시 뭔가를 마무리 지을 때다.

✤

예전에 초소막으로 사용되던 건물은 방치되어 있었다. 유리창은 모두 깨져 있었고 무너질 듯 서 있는 벽에는 누군가 '완전무장 전투!'라는 글을 써놓았다. 이곳은 몇 년 전부터 사람 하나 머문 흔적이 없었다. 요셉은 예전의 차단목 지지대 옆을 조심스럽게 지나쳐 차를 운전했다. 천천히 언덕을 올라갔다. 심지어 아스팔트만 보아도, 폭격으로 인한 구덩이와 그 틈바구니에 자란 풀잎 때문에 세월이 많이 흘렀음을 알 수 있었다. 그는 언덕 위로 수많은 군막이 줄줄이 늘어선 것을 보았다. 언덕 끝으로 조심스럽게 운전해서 간 뒤, 되도록 군막과 먼 곳에 차를 세웠다. 주변을 둘러보았지만 그 누구도 시야에 들어오지 않았다. 화려한 시절의 건물은 온데간데없고 지금은 완전히 다른 건물이 서 있는 것 같았다. 여기저기 잡동사니와 유리 조각이 흐트러져 있었고 어느 곳이든 낙서로 가득했다. 불에 탄 차량도 곳곳에 있었다. 해묵은 죄를 묻어버리기에는 정말 최적의 장소였다. 몇 년 전에는 국가를 보호하기 위해 이곳에서 사람들이 훈련을 받았다. 하지만 지금은 귀신이 사는 곳으로 변해버렸다. 자동차 시동을 끄자 아무런 소리도 나지 않았다.

트렁크에서도 아무런 소리가 나지 않았다. 잘됐다. 코흘리개 같은 녀석이 트렁크에서 찡찡거리기라도 한다면 정말 골치 아팠을 텐데. 요셉은 이 비슷한 일을 요르단에서 경험했다. 젊었을 때, 저런 골칫덩어리를 차에 싣고 운전하려니까 이리저리 흔들리게 되고 정말 힘들고 골치 아팠다. 지금의 상황만으로도 요셉은 머리가 깨질 지경이다. 특히 녀석은 그를 꽤 오래 추격했다. 사건이 발생한 후 얼마 안 된 시기에 누군가 그를 찾아온다면 그 정도는 이해할 만하다. 당시에 그는 두려웠다. 하지만 시간이 지나면서 그런 불안감은 사라지고 모든 것을 잊고 살았다. 삶은 지속되었다. 그런 두려움은 하루하루 작아져서 결국 더 이상 느끼지 못할 정도가 되었다.

하지만 요셉이 지금 깨닫고 보니, 남겨진 아이는 잊지 않는 것 같았다. 실제로 철이 들면 들수록 알고 싶은 욕구가 더 커질 것이다. 언젠가 아이는 이런 의문점으로 인해 그의 집 앞에 서게 된다. 찾아야 할 사람의 이름을 알고 있다면 반드시 그럴 것이다.

그리고 마침내 아이는 그 이름을 찾아냈다.

그 말은 누군가 비밀을 유지하지 않았다는 것이다.

2003년은 그에게 정말 잊지 못할 해였다. 모두가 정보 확보에 열을 올리고 있었다. 미국인, 영국인, 스웨덴인, 이집트인. 모두 더 많은 정보를 찾았다. 당시에 이들은 작은 스웨덴에 잠재적 테러리스트들이 바글거린다고 믿었던 것 같다. 이런 생각은 스웨덴적인 방식대로 돈과 인력 관계로 이어졌다. 그 역시 이런 말도 안 되는 생각을 했고 이런 상황에서 자기 역할을 수행할 준비가 되어 있었다. 유력인사들은 그의 말을 경청하기 시작했다. 그의 말 한마디 한마디는 유력인사들에게 권력과 돈을 안겨주었다. 유력인사들은 결국 그의 손아귀에서 놀아났다.

하지만 돈만큼 요구가 줄을 이었다. 그들은 이름을 알려고 했다. 계속해서. 점점 더. 그들은 편집증적인 데다 탐욕적이었다. 왜 이 사람은 여기저기 돌아다니며 여행을 하는 것이냐? 저 사람은 누구를 만나는 것이냐? 이 이맘(Imam, 이슬람 성직자를 지칭하는 말_옮긴이)은 여기 스웨덴에서 뭘 하려는 것이냐? 그를 초대한 사람은 누구냐? 이 모임에 그가 참여하려고 하지 않겠느냐?

그는 이런 질문에 대한 답을 찾았고 자신의 욕망을 충족했다.

상황이 변했다. 개별적 정보에 신뢰도가 떨어졌다. 정보는 다양한 곳에서 왔으며 철저히 컨트롤되었다. 진위 여부를 확인해야 했다. 규칙도 변했다. 돈은 별로 중요하지 않게 되었다. 조직에 침투하기 위해 각자 조직원을 파견하기도 했다. 두 적대적인 정당은 서로를 비난하고 싸우기 위해 새로운 방법을 고안했다. 미국인들은 조용히 잠자고 있는 적들을 향해 선전포고도 없이 로켓을 쏘아 폭파해버렸다. 극단주의자들은 빈곤에 허덕이는 국가를 돌아다니며 서커스

단처럼 새로운 국가를 찾아 나섰다.

요셉은 좋은 시절 다 갔구나 싶었다. 황금 같은 시절은 다 지나갔다. 이제 그는 다시 시작해야 한다. 자기에게 지시를 내려야 할 사람이 최근 제거된 것은 정말 좋지 않은 일이었다. 가다피도 제거되었다. 무바락도 마찬가지였다. 리비아인은 정말 최고였다. 그 어떤 서방 국가보다 최고였다. 리비아인들은 국경을 넘나드는 미친 듯한 추격전으로 고통을 받았으며, 자신들이 쉽게 구할 수 있는 정보도 돈을 지불하고 샀다.

알리는 리비아 망명인과 만나고 있었다.

타렉은 이런저런 협상책에 관심을 보였다.

마메드는 가다피의 아이들에 대한 경멸적인 발언을 쏟아냈다.

이런 정도의 진부한 정보로도 그는 돈을 벌어들였다. 자신 소유의 바다에서 사람들과 정보를 낚시질해서 생선시장에 내다 팔 수도 있다고 생각했다.

사실 그가 팔아버린 정보는 대부분 허접한 것들이었다.

하미드와 자이드에 관한 것은 절대 허접한 것이 아니었다.

그는 그들의 이름을 팔았다. 왜냐면 그가 그들의 이름을 제공해야만 할 상황이었으며 그들이 그를 깔봤기 때문이다. 그는 스트레스를 많이 받았다. 새로운 이름을 찾아내는 것이 당시에는 정말 쉽지 않았다. 샤를레스라는 사람은 이런 사정을 모두 알고 있었다. 돈줄이 막혀버렸다. 새로운 이름을 만들어야 했다. 아주 위험한 그런 이름을 만들어내야 했다.

그는 그것만이 유일하며 완전한 해결 방법이라고 생각했다.

그래서 하미드와 자이드가 미국에서 벌일 테러에 가담하고 있다고 한 것이다. 그것은 샤를레스가 전혀 듣지 못했던 얘기였다. 샤를레스는 액션을 취해야 할 이름을 건네받은 것이고 요셉은 복수를 한 것이다.

하미드와 자이드가 그의 집으로 찾아와 그에게 굴욕을 안겨주었다. 약탈했다. 하지만 그들은 그가 누군지 전혀 모르는 것 같았다. 그가 누구와 접촉하고 있는지. 그래서 그는 그 두 사람에게 자신의 정체를 똑똑히 보여주었다.

그런 일이 있고 나서 그는 자신의 행동이 어리석었다고 판단했다. 왜냐면 명령을 내리는 자가 그를 의심하기 시작했기 때문이다. 하미드와 자이드로부터 얻어낸 것이 전혀 없었던 것이다. 이해할 만한 일이었다. 그는 그 실수에서 배운 게 있었으며 두 번 다시 그런 실수를 반복하지 않았다. 그리고 언젠가 이 모든 것이 기억에서 잊힐 거라고 여겼다. 녀석이 나타나기 전까지는.

소년의 일은 그가 수정해야 할 또 하나의 실수라고 생각했다. 그는 자동차에서 내려 트렁크 쪽으로 다가갔다. 샤를레스가 올 때까지 녀석을 트렁크에 그대로 내버려둘 수도 있었다. 그러고는 녀석을 건네주고 자리를 뜨면 그걸로 끝이다. 그것이 전부이다. 손에 피를 묻힐 이유가 없었다. 건네주기만 하면 된다.

아마도 지금쯤 녀석은 정신을 차렸을 것이다. 그는 트렁크 손잡이에 귀를 대고 조심스럽게 무슨 소리가 나는지 들어보았다. 하지만 트렁크에서는 아무런 소리도 나지 않았다. 죽은 녀석을 넘기고 싶지는 않았다. 걱정스런 마음에 그는 트렁크를 열고 녀석의 상태를 확인하려고 했다.

총알이 그의 오른쪽 어깨 쪽 쇄골에 정확히 박혔다. 요셉은 총상을 입은 채 뒤로 넘어졌다. 총상은 그다지 크게 고통스럽지 않았지만 셔츠가 순식간에 피로 물들었다. 녀석이 트렁크 밖으로 껑충 뛰어올라 나오더니 그를 깔고 앉았다. 소년은 장난감처럼 보이는 총을 흥분한 채 허공에서 돌리고는 한 방을 더 쏘았다. 요셉이 옆으로 피하는 바람에 총알이 그를 스치고 날아갔다. 그는 번개처럼 빠르게 일어나서 왼손으로 녀석의 손을 움켜잡았다. 요셉은 오른손이 총상으로 인해 무기력한 상태였어도 메란의 총을 빼앗으려고 했다. 총이 바닥에 떨어졌다. 소년이 발로 그의 상처 부위를 걷어차자 그가 소리를 지르며 바닥에 쓰러졌다. 마지막 힘까지 동원해서 그는 총을 집어 들고는 총구를 녀석의 가슴에 겨누었다. 메란은 총을 뺏을 수 없는 상황이 되었다. 요셉이 무릎을 꿇고 주저앉아 있을 때 메란이 사격 연습장 쪽으로 도망가는 소리가 들렸다.

"이제 넌 끝이다, 이 개새끼야!" 요셉이 메란의 뒤에서 부르짖었다. "네 아빠가 끝난 것처럼 너도 똑같이 끝내주마!"

그는 자리에서 일어났지만 어깨 쪽 통증이 점점 더 심해졌다. 오른손을 전혀 들 수 없었다. 왼손으로 총을 꽉 쥐고 있었다. 모양새가 이상하긴 해도 그럭저럭 견딜 만했다. 갑자기 그의 뒤에서 자갈 밟는 소리가 들렸다. 재빨리 몸을 돌려 총을 겨누었다. 샤를레스였다. 요셉은 권총을 내리고 들판 쪽을 가리켰다.

"저쪽으로 도망갔어요!"

"나도 봤소." 샤를레스가 대답했다.

그는 움직이지 못했다.

요셉은 초조했다. "놈이 도망치고 말 거예요." 그는 피가 흐르는 어깨를 가리켰다. "좀 도와주세요."

샤를레스는 알았다는 듯 고개를 끄덕이고는 바지 측면에 달린 주머니에서 자동권총을 꺼냈다. 이 총은 소년의 총보다 성능이 더 좋을 것이다.

"물론 도와야지." 권총의 안전장치를 풀면서 그가 말했다. 그리고 그는 소년이 사라진 사격 연습장 쪽으로 갔다. 요셉은 거친 숨을 내쉬며 고맙다고 말했다. 샤를레스는 그의 옆을 지나가는 순간 다시 한 번 돌아보았다.

"하지만 당신도 알아야 해. 이번이 정말로 마지막이라는 거."

이 말을 하면서 그는 모하메드 알 바심의 머리를 겨냥하고 방아쇠를 당겼다. 두 발 연달아.

샤를레스가 몸을 돌려 메란을 쫓기 시작하자마자 모하메드의 머리는 땅에 떨어졌다.

그는 더 이상 멀리 갈 수 없다.

✠

쇠데르텔리에에 거의 다 가서 교통 정체가 시작되었다. 공사장 근처에서 주행 차선이 없어지더니 차선이 하나로 줄었다. 자동차들 사이를 지그재그로 운전하며 지나가야 하는 바람에 제니퍼는 상당히 시간을 소모했다. 하지만 그것은 그리 나쁜 것도 아니었다. 빌리는 또다시 핸드폰 신호를 놓쳤다. 토르켈은 점점 신경이 날카로워지기 시작했다.

"마지막 위치가 어디였지?" 그가 신경질적으로 물었다.

"E20번 도로요. 핸드폰 전원을 꺼놨거나 아니면 신호가 잘 안 잡히는 지역에 있나 봐요. 저도 잘 모르겠어요."

"이런, 제기랄." 토르켈이 투덜거리듯 말했다.

물론 빌리가 잘못한 것은 아무것도 없다. 그럼에도 불구하고 지금 이 상황은 완전히 카오스 상태다. 거의 다 잡았는데 갑자기 흔적도 없이 사라져버렸다. 교통 정체 구간을 지나자 제니퍼는 속도를 높였다. 그녀가 토르켈을 불안한 눈빛으로 바라보았다.

"이제 어디로 차를 몰아야 하죠?"

"E20번 도로에 계속 있어야 돼. 아이 최종 위치가 그곳이었으니까." 토르켈은 다시 빌리 쪽으로 고개를 돌렸다. "지도 좀 보세. 마지막으로 아이를 놓친 위치가 어딘지 지도에서 짚어보게."

빌리는 화면 쪽을 보고 아이의 마지막 위치를 가리켰다. 토르켈의 시선이 재빠르게 화면에 꽂혔다.

"만약 핸드폰 전원을 꺼놓은 채로 E20번 도로에 있다면 우리도 어쩔 도리가 없지. 다른 방법을 찾는 수밖에."

빌리는 생각을 되짚어보았다. "좋아요, 그렇다면 아이가 어디로 갔을지 한번 추리해볼까요?"

"알름네스 그 근처 어디쯤일 거예요." 도로 상황에 집중하면서 제니퍼가 말했다. "샤를레스가 군복무를 했던 곳이에요." 그녀가 분명하고 또렷하게 말했다.

토르켈은 수긍한다는 듯 고개를 끄덕거리며 다시 지도를 살펴보았다. 숲, 호수 그리고 몇몇 마을 이름. 알름네스. 빌리가 방금 가리킨 곳에서 몇 킬로미터 떨어지지 않은 곳이다.

"맞는 것 같아요." 빌리가 흥분해서 소리쳤다. "우리가 찾아낸 최고의 단서예요."

"헬리콥터를 요청하지. 그 지역은 꽤 넓으니까. 하늘에서 내려다봐야 할 거야." 토르켈이 말했다.

"바로 요청할게요." 빌리가 핸드폰을 꺼내 들며 말했다.

그는 계속해서 모니터를 바라보았다. 핸드폰 위치를 나타내는 파란 점은 아직도 나타나지 않았다. 이제 그들은 자신들의 선택이 옳았고 또한 올바른 장소에 와 있기를 기대하는 수밖에 달리 어쩔 도리가 없었다.

⚜

총소리가 두 발이나 울리자 메란은 총알을 피하기 위해 묘지 쪽으로 몸을 날렸다. 처음에는 자기를 겨냥한 것이라 생각했는데, 조심스럽게 고개를 들어 보니 묘지와 덤불 사이에서 누군지 모르는 어떤 사람이 저녁노을을 등진 채 자기 쪽으로 달려오는 것이 보였다. 그는 검은색 옷에 짧은 금발을 하고 있었으며 몸은 운동으로 잘 단련된 것처럼 보였다. 메란은 그 사람을 스웨덴 사람이라고 생각했다. 메란이 전혀 모르는 사람이었다. 남자는 손에 무엇인가를 들고 있었다. 권총이 분명했다. 메란은 다시 조심스럽게 목을 빼고 앞쪽 광장을 바라보았다. 그곳에 미동도 없이 온몸이 뒤틀린 요셉이 검은 차 옆에 쓰러져 있었다.

당황한 메란은 묘지 쪽으로 되돌아왔다. 질척거리는 땅에 선 그는 추웠지만 별로 신경 쓰지 않았다. 중요한 생각이 머릿속에 가득 차 있었다. 여기서 도망가야 한다. 빨리. 멀지 않은 곳에 활엽수 더미가 쌓인 숲이 있을 것이고 거기서 약 50미터만 더 가면 정말로 울창한 숲이 나올 것이다. 그곳으로 도망가야 한다. 사방이 탁 트인 공간을 빠져나가 나무 사이로 도망치면 더 안전할 것이 분명했다. 이게 마지막 기회가 될지 모른다. 그는 다가오는 남자를 쳐다보지 않았다. 그 대신 숲 쪽으로 기어가기 시작했다. 남자가 묘지에 도착하기 전 먼저 이곳을 벗어나야 한다. 진창에 고인 물에서는 냄새가 났다. 땅이 마른 곳에서는 잡초가 빽빽하게 웃자라서 메란이 앞으로 나가는 데 방해가 되었다. 제대로 된 길을 찾지 못한 채 발이 진창에 자꾸 빠졌다. 10여 센티미터 정도 앞으로 나갈 때마다 그만큼 더 힘이 빠졌다. 그러다가 메란은 이렇게 빨리 움직이면 안 된다는 생각이 갑자기 들었다. 왜냐면 잡초가 흔들리면 자신이 있는 곳이 고스란히 노출되기 때문이다. 이러지도 저러지도 못하는 상황에 빠진 것 같았다. 메란이 숲에 도달하기 전 분명 남자가 먼저 묘지에 도착할 것이다. 그러면 메란은 진창에 빠지고 말 것이다. 그리고 남자가 메란을 찾게 될 것이다. 진창을 벗어나려면 위험을 감수해야 한다. 몸을 일으켜 달려야 한다. 메란이 할 수 있는 한 최대한 빨리. 저녁노을이 퍼지는 가운데 남자가 메란을 찾는 데 시간이 오래 걸리기만 바랄 뿐이다. 메란이 허리를 약간 펴고 묘지에서 벗어나려고 할 때 남자의 목소리가 들려왔다. 메란이 생각한 것보다 남자는 가까이에 있었다. 그리고 더 끔찍한 건 자신이 누군지 남자가 다 알고 있다는 것이다.

"메란, 이리 나와!" 숲 전체가 떠나갈 듯 쩌렁쩌렁한 목소리가 사방에 울려 퍼졌다. "난 경찰이다!"

메란은 다시 묘지에 몸을 숨겼다. 가능한 한 몸을 작게 움츠렸다.

"나와라, 메란. 널 도우려는 거야!"

메란의 머릿속이 복잡해졌다. 상황이 이해되지 않았다. 자신이 누군지 저 남자가 도대체 어떻게 알았을까? 엄마가 찾아왔다고 말한 바로 그 경찰일까? 엄마를 도우러 왔다고 말한 바로 그 경찰? 그런데 경찰이 자신을 어떻게 찾아낸 것일까? 그 자신도 어딘지 모르는 이 들판에서.

분명 거짓이다.

불가능하다.

그리고 경찰이 왜 두 발이나 요셉에게 총을 쏜단 말인가?

메란은 계속 기어갔다. 더 빨리 힘껏 나아가기 위해 두 발을 땅에 더 붙이고 온몸을 밀어냈다. 정말 고되고 힘들었다. 진창이 자신을 잡아당기는 것 같았고 그 통에 계속 미끄러졌다. 온몸이 다 아파왔고 머리도 아파오기 시작했다. 남자는 계속 소리쳤다. 점점 가까이 다가왔다. 메란은 그 목소리를 애써 무시했다. 그 목소리를 자신과 얼마나 가까운지 거리를 측정하는 도구로만 삼으려고 했다. 자신을 추격하는 자가 어디에 있는지 파악하는 도구로만. 그 외는 완전히 무시해버렸다.

메란은 조금 더 앞으로 나아가려 했지만 점점 더 힘들기만 했다. 점점 힘이 달리더니 구역질이 나고 머리까지 아파왔다. 하지만 포기하면 절대 안 된다. 다시 힘을 내야 한다. 아드레날린이 필요하다. 바로 그것이 사람들을 살아가게 하는 힘이다.

갑자기 남자의 목소리가 작아지기 시작했다. 마치 남자가 저 멀리로 사라져가는 것처럼. 그러자 힘이 나기 시작했다. 온 힘을 다해 앞으로 나아갔다. 배로 기어가고, 등으로 기어가고, 손가락 발가락 다 쓰면서. 진창에 자꾸 미끄러졌다. 몸은 고통스런 비명을 내질렀다. 그래도 메란은 조금씩 앞으로 나아갔다. 쫓아오는 남자 소리가 어느새 들리지 않는다. 메란은 남자를 따돌린 것이라 믿고 싶었다. 하지만 계속해서 앞으로 나아가는 것에만 집중해야 한다.

드디어 숲에 도달했다. 도달하기 불가능할 것처럼 보였던 나무가 눈앞에 보였다. 이제 정말 조금만 더 가면 된다.

메란은 결심했다. 마지막에는 달릴 거라고. 나무 사이를 마구 달려 안전한 곳으로 피할 거라고. 달리고, 달리고, 또 달릴 거다. 절대 쉬지 않을 거야. 냄새나는 묘지와 살에 진득하게 붙은 풀을 털어버릴 거야. 아주 조금만 더 가면 된다고 메란은 스스로에게 말했다. 아주, 아주 조금만 더.

할 수 있어, 메란, 넌 할 수 있어.

메란은 일어났다. 두 다리가 자신을 잘 받쳐주었다. 하지만 어지러움 때문에 몇 미터 가지도 못하고 중심을 잃었다. 휘청하고 넘어졌다가 일어나 다시 달렸다. 몸이 지시하는 대로 달렸다. 팔은 고통 때문에 축 처지려 했고, 빠르게 달리면 달릴수록 다리에는 힘이 더욱 빠졌다. 남자가 거기 서라고 소리를 질렀다. 아마도 들킨 것 같았다. 메란은 쉬지 않고 계속 달렸다. 계속, 최대한 빨리. 나무 사이를 달리자 숲이 점점 가까워졌다. 이제 약 30미터 정도 남았다.

총소리는 들리지 않았다.

성공한 것일 수도 있다.

마지막 순간에야 비로소 구덩이가 보였다. 군용인 것 같았다. 엄폐호, 벙커 같았다. 메란은 뛰어넘으려고 했지만 구덩이 끝에서 그만 중심을 잃고 밑으로 굴러떨어지고 말았다. 한 다리로 착지하는 순간 탈골이나 골절이 되었는지 너무 고통스러워 악 소리를 내질렀다. 구덩이에 처박히고 말았다. 메란은 숨을 깊이 들이마셨다. 아무 소리도 내지 않으려 했으나 뜻대로 되지 않았다. 그러고 싶지 않았지만 메란은 울기 시작했다. 그러면 안 되지만 소리를 지르기 시작했다.

샤를레스는 소년이 벙커로 추락한 것을 보았다. 벙커에서 노상 훈련받다 보니 그곳이 몸을 숨기기에 최적의 장소라는 것을 그는 알고 있었다. 그러니 그곳에 숨으면 적이 자신을 못 찾을 거라고 생각할 것이다. 그가 소대장일 때 한 부하가 메란과 똑같은 실수를 저지른 적이 있었다. 발생할 수 있는 최악의 상황은, 지금도 그렇지만, 훈련 중에 부상자가 발생한다는 것이다.

그는 더 빨리 움직였다. 녀석이 울부짖는 소리가 들렸다. 샤를레스가 그곳에 도달하면 분명 녀석은 그곳에 있을 것이다. 하지만 확실하지 않을 수도 있다. 녀석은 정말 끈질긴 놈이기 때문이다. 녀석의 아버지처럼 끈질긴 놈이다.

메란은 이미 무덤에 누운 듯한 느낌이 들었다. 거칠고 오톨도톨한 시멘트 벽면에는 이끼가 자랐고 생김새가 직사각형이었다. 저 높은 어두운 하늘에는 별들이 드문드문 반짝이고 있었다. 남자가 벙커 끝을 소리 없이 넘어 밑으로 내려오니 남자의 그림자가 자기에게 드리우는 것을 메란은 알아차렸다. 메란을 내려다보는 것은 단지 그림자일 뿐이고 검은색 일부분일 뿐이다. 남자는 손에 권총을 들고 있었다. 남자가 권총을 천천히 들어 올리는 것을 메란은 보았다.

하지만 메란은 진실을 알아야 한다. 정말 세부적인 것까지는 아니더라도 최소한 알 것은 알아야 한다. 아버지의 죽음은 메란이 도저히 이해할 수 없는 일과 관련되어 있었다. 하지만 한 가지 맥락은 존재한다. 설명되지 않은 것이 처음부터 지속적으로 따라다녔고 메란이 이 모든 퍼즐 조각을 다 맞출 수는 없었다는 것. 어쨌든 가장 중요한 것은 알아냈다. 어떤 이유인지 모르지만 아버지가 살해되었다는 것. 아버지가 가족을 버리고 도망간 것은 아니라는 것. 아버지는 가족을 사랑했다. 그냥 도망간 것은 아니었다.

이에 메란은 조금이나마 만족할 수 있었다. 아버지의 죽음은 정말 이상한 죽음이라는 생각이 들었다. 죽음은 누구에게든 두려운 거라고 사람들은 말한다. 하지만 메란은 그런 생각보다 도대체 무슨 일이 있었는지 알고 싶을 뿐이었다.

엄마가 가장 힘들어할 것이다. 평생 엄마 탓이라고 생각할지 모른다. 그렇게 생각하는 것이 가장 손쉬운 일이니까. 하지만 그것은 단지 두 번째 진실일 뿐이다. 혼자된다는 것은 정말 견디기 힘든 일이다. 그건 메란도 잘 알고 있는 일이다.

메란은 조금 더 일찍 아버지의 흔적을 뒤쫓았어야 했다. 그랬다면 두 분을 다시 만났을지도 모른다. 아버지와 하미드 아저씨. 그것은 메란이 원한 일이기도 하고, 원하지 않은 일이기도 했다. 하지만 메란은 다른 선택의 여지가 없었다.

메란은 죽는 순간에 눈물을 보이고 싶지 않다. 이것을 저 남자 앞에서도 지키고 싶다. 눈물을 보이지 않으려고 했지만 잘되지 않는다. 메란은 흐느껴 울었다. 메란을 엄습한 것은 바로 두려움이었다. 하지만 창피하지는 않았다. 아무리 두려워도 용기를 내야 하는 법이다.

"우리 아버지한테 무슨 짓 한 거야!" 어둠 속에서 메란이 목이 터져라 소리를 질렀다. 남자는 아무 대답도 하지 않았다.

그는 아무 대답도 하고 싶지 않았다.

대답할 수 없었다.

샤를레스는 벙커 속 돌과 잡풀 사이에 쓰러져 있는 소년을 내려다보았다. 다리가 부러진 것 같았다. 하지만 소년은 절대 포기하지 않았다. 아직은. 소년은 눈물을 흘리며 샤를레스를 적의에 찬 눈빛으로 날카롭게 노려보았다. 강함. 이는 샤를레스에게 인상적으로 다가왔다. 소년은 아직 강보에 싸인 애송이에 불과했다. 그럼에도 불구하고 싸우려는 의지만큼은 정말 대단했다.

샤를레스는 권총을 들고 녀석을 겨냥했다. 하지만 곧 그는 머뭇거리고 말했다. 정말 이런 애송이를 죽여야 하는 것일까? 정말 그래야만 하는 것인가? 소년의 아버지가 사라졌을 때 소년은 겨우 여섯 살이었다. 시몬의 아버지가 죽었을 때 시몬도 여섯 살이었다. 파트리시아 웰튼은 시몬을 살해할 때 머뭇거렸을까? 그러지 않았을 것 같았다. 그녀와 같은 프로들은 망설이는 법이 없다.

그도 프로인데 지금 그는 망설였다. 자신은 그런 흔해빠진 살인자가 아니다. 일을 마무리 지어야 한다. 비밀은 지켜져야 한다.

소년은 다시 한 번 아버지에 대해 물어보았다. 꼭 알고 싶었다.

"네 아버진 죽었다. 유감이다만. 그건 너도 알고 있잖아?"

소년은 고개를 끄덕였다. 남자를 적의에 찬 눈빛으로 노려보았다.

샤를레스는 녀석이 시몬과 정말 비슷하다는 생각이 들었다. 벙커에 쓰러져 있는 녀석과 대충 비슷한 또래일 것이다. 열다섯 살. 아니면 열여섯 살. 시몬의 생일은 11월이다. 11월 18일. 녀석의 생일은 언제일까?

갑자기 두 녀석의 나이가 같은 게 우연이 아닐지도 모른다는 생각이 들었다. 그가 자신의 행동에 대한 결과를 인식하지 못한다면 실제로 문제가 될 것이다. 이런 식으로는 앞으로 일을 깔끔하게 처리하지 못할지도 모른다는 것을 스스로 알아야 한다.

대가는 혹독하다.

갑자기 점점 가까이 다가오는 헬리콥터 소리가 들렸다. 그는 소리만 들어도 알 수 있었다. 그것은 유로콥터 EC135 기종의 경찰 헬리콥터였다. 헬리콥터는 채 2분도 되지 않아 이곳에 도착할 것이다.

이제 끝장이다. 경찰이 그를 체포할 것이다. 소년이 죽든 말든 그게 무슨 큰 차이가 있단 말인가? 그에게는 차이가 있다. 정말 끝장나면 꼬맹이를 죽인다.

저격수는 그렇게 하지 않는다.

군인도 그렇게 하지 않는다.

그는 괴물이다.

샤를레스는 권총을 내리고는 벙커를 뛰어넘어 숲 속으로 달아났다. 경찰의 시야에서 벗어나도록 숲 속 나무의 엄호를 받으며 자동차 쪽으로 달려갔다. 기회는 아직 있다. 하지만 경찰이 그를 체포한다면 그가 얼마나 나쁜 놈인지 밝혀질 것이다. 정말 질이 나쁜 인간이라고. 그를 정신파탄자로 몰아붙일 것이다. 모두가 마음에 들지 않았다. 그가 한 일은 신념에 따른 것이다. 전쟁은 전쟁이고, 전쟁은 희생을 요구한다. 누구나 자유로운 민주사회를 원하지만 그에 합당한 대가를 치를 준비가 되어 있는 사람은 단 한 명도 없다.

그가 소년의 목숨만큼은 살려주었다는 것을 경찰은 기억이나 할까? 그 속에 담긴 의미를 알기나 할까? 아마 그렇지 못할 것이다.

하지만 아무런 상관이 없다.

어쨌든 이것 하나만은 분명히 하고 싶다. 샤를레스는 괴물이 절대 아니라는 것을.

토르켈, 빌리 그리고 제니퍼는 차에서 내려 총알을 장전했다. 제니퍼는 처음이었다. 그녀는 총구가 바닥을 향하도록 권총을 두 손으로 쥐고 있었다. 그녀는 연병장 뒤쪽 구석에서 제복을 입은 동료가 죽은 자의 시신을 살피는 것을 건물 사이로 보았다. 외모로 볼 때 그

동료는 샤를레스 쇠더크비스트인 것 같았다. 그에 대해서는 들은 바가 없었다. 소년에 대해서도 마찬가지다. 그녀는 다른 건물이 있는 곳을 살펴보다 지원을 요청해야 한다고 확신했다. 헬리콥터는 하늘을 빙빙 돌고 있었다. 헬리콥터 불빛이 땅 쪽을 이리저리 비추어주었다.

"각자 흩어집시다." 토르켈이 빌리와 제니퍼 쪽을 보고 소리쳤다. 그들은 저마다 건물 사이로 흩어져서 오른쪽으로는 어두침침한 복도를, 왼쪽으로는 숲을 마주한 채 수색작업을 펼치기 시작했다. 제니퍼는 좁다란 길을 따라 계속 직진했다. 저 앞쪽은 정말 칠흑같이 어두웠다. 건물들. 지도를 정확히 기억하고 있다면 그곳은 옛 무기고였다. 그녀는 손전등으로 몇 미터 앞을 비추면서 돌길을 소리 나지 않게 조심조심 걸어갔다. 경찰들이 움직이는 소리가 뒤에서 들려왔다. 그 소리는 그녀가 옛 무기고에 가까이 다가갈수록 점점 작아졌다. 그러더니 갑자기 완전히 다른 소리가 들려왔다. 왼쪽 숲에서 나는 소리였다. 그녀는 걸음을 멈추고 재빨리 소리 나는 쪽으로 몸을 돌렸다. 손전등으로 나무 사이를 비추었다. 이번에는 조금 더 멀리서 소리가 들려왔다. 그곳에서 분명 어떤 사람 또는 어떤 것이 움직였다. 제니퍼는 숲 속을 따라 손전등을 비추었고 그녀 앞에, 바로 몇 미터 앞에 검은 옷차림을 한 어떤 사람이 나무 옆에 서 있는 것을 보았다.

"거기 서!" 제니퍼가 명령했지만 아무런 소용이 없었다. 남자는 도망치기 시작했다. 그는 손전등 불빛이 비치는 범위를 벗어났고 제니퍼는 뒤쫓아 달려갔다. 나무 사이로 손전등을 이리저리 비추어보았다. 다시 남자가 보인다. 남자는 거리를 더욱 벌리며 달렸다. 그녀는 그를 사냥하듯 뒤쫓으며 도망치는 남자를 놓치지 않기 위해 손전등으로 비추었다.

약 10미터 정도 앞에서 남자는 속도를 더욱 높여 달렸다. 제니퍼는 최대한 있는 힘껏 빠르게 달리면서 어깨에 부착된 무전기로 지원을 요청했다. 도망가는 남자를 손전등으로 비추어 다시 찾아냈다. 무기고 옆에는 자동차 한 대가 있었다. 자동차 헤드라이트가 손전등 불빛을 반사했다.

"거기 서!" 그녀는 그가 명령에 따를 거라는 기대를 별로 하지도 않으면서 다시 한 번 소리를 질렀다. 도망치는 남자는 정말 단 한순간도 속도를 늦추지 않았다. 제니퍼는 아드레날린이 분배되는 것을 느꼈다. 그녀가 바라던 것이었다. 액션. 신속한 판단. 이런 것을 경험하고 싶어서 그녀는 경찰이 된 것이다.

샤를레스 쇠더크비스트로 추정되는 남자가 여전히 약 10미터를 앞서 달릴 때 자동차 불빛이 반짝였다. 그리고 철컥하는 소리와 함께 문이 열렸다. 비록 제니퍼가 숨을 헐떡이고 있더라도 분명히 알아들을 수 있는 소리였다. 그는 빨랐다. 그녀는 그를 따라잡을 수 없었다. 남자는 자동차에 다가가 운전석 문을 열었다. 그런데 상당히 이상한 일이 발생했다. 그가 동작을 멈춘 것이다. 열린 문 옆에 서서 마치 포즈를 취하는 것처럼. 제니퍼는 천천히 권총을 꺼내 들었다.

"손 들어! 차에서 떨어져!" 그녀가 소리를 지르며 천천히 다가갔다. 샤를레스는 움직이지 않았다. 자동차 문 안쪽에 가려진 그의 손을 그녀는 볼 수 없었다. 그녀는 명령을 반복했다. 다른 손은 어디 있지? 샤를레스는 미동도 하지 않았다.

"손 들고! 차에서 떨어지라니까!" 세 번째로 그녀가 소리를 질렀다. 왜 저 남자는 포기하지 않는 것일까? 그녀가 꿈꾸던 상황이다. 사냥은 끝났다. 그녀는 무기를 든 채 서 있다. 이제 그는 제압당해 패배했다는 것을 깨달아야 한다. 샤를레스는 모든 것을 포기해야 할 순간에 직면했다. 그녀의 시선이 아래쪽을 향했다. 문 아래쪽을 조준하고 그의 발을 맞히는 게 어떨까. 아니면 문 위쪽 왼쪽 어깨를 맞힐 수 있다. 아마도. 하지만 총을 쏘지 않는 것이 제일 좋을 것이다. 그만 포기하라고 그를 독촉하는 것이 가장 현명한 일일지도 모른다.

하지만 그는 그럴 생각이 없었다. 재빨리 한 손을 들어 자동차 문 위에 올려놓고는 권총 두 발을 쏘았다. 미리 낌새를 눈치챈 제니퍼는 옆으로 몸을 날렸다. 샤를레스는 차에 올라타서는 타이어가 비명을 지를 정도로 차를 몰았다. 제니퍼는 차를 피하기 위해 다시 한 번 전방회전낙법으로 바닥을 굴렀다.

빨간 미등 불빛이 점점 사라져갔다. 잠시 후 그녀는 자동차 불빛에 비친 빌리를 보았다. 빌리는 최대한 빨리 자동차로 달려가서 핸들을 잡았다. 시동을 걸고 추격을 시작하면서 무전으로 지원을 요청했다. 가속페달을 세게 꾹 밟았다. 저 멀리 휘어진 작은 길에 샤를레스 자동차의 빨간 미등 불빛이 보였다. 빌리는 무전기를 끄고 속도를 높였다. 그는 모든 것에 능숙한 사람은 아니었지만 자동차 운전이라면 한 가닥 하는 사람이다. 어둠 속을 운전해갔다. 신경이 극도로 곤두선 채로. 헤드라이트가 나무, 수풀, 표지판을 비추며 멀리 뻗어나갔다. 거의 따라잡았다. 거의 해냈다는 생각이 그를 더욱 자극했다. 헬리콥터 불빛이 샤를레스의 자동차를 겨냥하며 따라갔다. 빌리는 자동차를 아주 세게 몰았다. 저 넓고 사람 많은 길로 나가기 전, 좁고 인기척 없는 길에서 추격전을 끝내고 싶었다.

그는 점점 더 가까이 다가갔다.

이제 곧 그를 따라잡을 것이다. 추월하는 것은 불가능하다. 추월하기에는 도로가 너무 좁다. 빌리는 겨우 몇 미터밖에 뒤처지지 않았다. 샤를레스가 의도적으로 급제동을 걸지도 모른다는 생각이 들었다. 그렇게 하면 빌리는 그의 차 뒤꽁무니를 들이받게 된다. 하지만 샤를레스는 속도를 더 높였다.

자동차 불빛에 갑자기 급회전 표지판이 보였다. 낌새를 알아차린 빌리는 조금 더 바짝 쫓아갔다. 샤를레스가 커브를 틀기 위해 브레이크를 밟자 빌리도 속도를 줄이고 핸들을 왼쪽으로 돌리면서 속도를 다시 높였다. 그는 도망가는 차의 뒷바퀴 쪽을 들이받았다. 자동차가 출렁거렸다. 빌리는 샤를레스가 자동차의 균형을 잡으려고 핸들을 마구 돌리는 것을 보았다. 하지만 아무 소용이 없었다. 브레이크를 밟은 빌리는 상대방의 자동차가 도로를 벗어나 들판으로 나뒹구는 것을 보았다. 그는 서둘러 안전벨트를 풀고 차에서 내렸다.

샤를레스는 두 가지 사안을 명확히 알 수 있었다.

그가 아직 의식이 있다는 것.

자동차가 뒤집혀 그가 거꾸로 매달려 있다는 것.

그는 몸을 움직이자마자 세 번째 생각이 들었다.

그가 아프고 피를 흘리고 있다는 것.

그는 다급하게 상황을 파악하려고 했다. 헬리콥터는 그 위를 날고 있었고 불빛은 사고 차량을 비추고 있었다. 그는 조수석 옆에 있던 권총을 찾아내고는 등을 펴보았다.

이제 끝났다.

두 아프가니스탄 사람에 관한 일이 히드라처럼 자라났다. 머리를 제거하면 곧바로 다른 머리가 자라났다. 이렇게 계속될 수는 없다. 이제 다 끝이다. 그는 권총을 꼭 쥐고 차 문을 열었다. 차에서 힘겹게 기어 나왔다.

빌리는 약 10미터 정도 떨어진 들판에 뒤집힌 자동차 옆으로 뭔가 움직임이 감지되자 비탈진 제방을 내려갔다. 그는 권총을 들고 조준 상태를 유지했다.

샤를레스가 찌그러진 자동차에서 기어 나온 것이다. 그는 온몸이 피투성이가 되었을 것이다. 옷은 완전히 찢어졌을 테고.

빌리는 다가갔다.

샤를레스가 자동차를 붙잡고 차 밖으로 나올 때 빌리는 그가 권총을 손에 든 것을 보았다. 그는 권총을 겨누었다.

"총 버려!" 머리 위로 날고 있는 헬리콥터 때문에 그가 크게 소리를 질렀다. 샤를레스는 죽을힘을 다해 싸울 것이다. 빌리에게 잡혔다는 걸 전혀 내색하지 않고서.

"총 버려!" 빌리가 다시 한 번 목이 터져라 소리를 질렀다. 샤를레스가 두 발로 일어섰다. 그는 휘청거렸지만 천천히 빌리 쪽으로 다가왔다. 갑자기 불빛이 들판을 밝게 비추었다. 다가오는 경찰차의 불빛을 받으며 샤를레스는 권총으로 정확히 빌리를 겨냥했다.

빌리가 두 발을 발사했다.

두 발 모두 가슴에 명중했다.

샤를레스는 자동차 옆에 쓰러져 죽었다.

✤

밤 그리고 어둠.

벽 쪽을 향한 탁상 등이 방을 밝히는 유일한 불빛이었다. 세바스찬과 토르켈은 어스름한 빛을 받으며 앉아 있었고 그림자는 길게 벽 쪽으로 어른거렸다. 저 창밖에서는 바람이 창문을 모질게 때리고 있었다.

세바스찬이 위스키 잔을 손에 들고 자리에 앉았다면 정말 완벽하게 그럴듯한 장면이 연출되었을 것이다. 토르켈은 맥주를 병째로 마셨다. 벌써 서너 병은 마신 것 같다.

"이렇게 함께한 지 얼마 만이지?" 토르켈이 침묵을 깨고 말했다.

"우리 이렇게 함께하는 건 난생처음이지!" 세바스찬이 되받아쳤다. "역겹게도 과거에 대한 향수 운운할 생각이라면 차라리 난 집으로 가렵니다."

토르켈은 웃으면서 맥주를 마셨다. 이번에 세바스찬이 팀이나 일에 대한 태도를 많이 바꾸었다고 생각했지만, 지금 보니 그는 예전 모습으로 되돌아간 사람 같았다.

"근데 왜 집에 안 갔나?" 정말로 왜 그런지 궁금하다는 듯 그가 물었다.

"그러는 팀장님은 왜 집에 안 갔소?"

"난 외로운 사람이잖소." 토르켈이 솔직하게 대답했다. "집에 있는 게 별로 좋지 않아서."

세바스찬은 아무 말도 하지 않았다. 그의 느낌으로는, 토르켈이 그의 반응을 기다리는 게 분명했다. 하지만 토르켈의 감정 따위에 관심을 보일 마음은 없었다. 그래서 세바스찬은 대답하는 대신에 하고 싶은 말을 이어갔다.

"울화통 터져 죽겠네. 아프가니스탄 사람들 실종이나 샤를레스 형제와 그 가족이 죽은 거나 모두 샤를레스 쇠더크비스트 혼자 책임질 일이 아닌데 말이야."

토르켈은 동의한다는 뜻으로 고개를 끄덕여 보였다. "하지만 그 친구도 연루되긴 했잖나?"

세바스찬은 불만이라는 듯 한숨을 내쉬었다.

"무슨 일이 벌어진 것 같나?" 그가 질문했다.

토르켈은 의자에 등을 기대고 맥주 한 모금을 마시며 잠시 질문에 대해 골똘히 생각했다.

"내 생각에는." 그가 머뭇거리다가 말하기 시작했다. "CIA가 여기와서 그 두 아프가니스탄 사람을 체포했거나 죽인 것 같네. 그리고 첩보부는 이 모든 걸 다 알고 있었고, 샤를레스는 동생한테 수사 중단을 요구한 거고. 하지만 동생이 너무 많은 걸 알고 있었을 테니. 프옐에서 살해된 거지."

"파트리시아 웰톤이 죽였다는 거지?"

"응." 토르켈은 고개를 끄덕이며 대답했다. "왜 죽였는지는…… 모르겠고."

"샤를레스도 죽었어. 그런데 팀장 말은, 그가 모든 사건을 연결해주는 유일한 사람이라는 건가?" 세바스찬의 목소리는 토르켈의 말을 완전히 부정한다는 듯한 목소리였다.

토르켈은 몸을 굽혀 팔꿈치를 무릎에 올려놓은 채로 어쨌든 친구라고 생각하는 남자를 뚫어져라 쳐다보았다.

"판결과 형벌이라는 게 자네한텐 아무런 의미가 없다는 태도 같군. 목표는 중요하지 않고 과정이 중요하다는 말 같은데. 이 말 자네가 한 말 아닌가?"

"죄를 묻지 말아야 된다는 의미는 아니네." 세바스찬이 약간 모욕감을 느꼈다는 듯 대답했다.

"하지만 자네 종종 그렇게 행동하잖나?" 토르켈이 세바스찬의 대답에 관심이 없다는 듯 소파로 가서 앉으며 말했다.

"무엇보다 그 과정이 이번에는 정말로 지루했단 말이죠." 세바스찬이 격앙된 감정에 대해 좀 더 설명을 붙였다. "좀 관심이 가는 유일한 범인을 빌리가 사살했고 말이죠."

"만약 자네가 그곳에 있었다면 정말 재미있었겠지." 토르켈이 약간 비꼬는 듯한 웃음을 흘리며 대답했다.

"그때 다른 일이 좀 있어서."

토르켈은 정신을 집중하고 진지하게 물었다. "반야는 어떻게 지내나? 뭐 들은 소식 없나?"

세바스찬은 고개를 내저었다. "하루 종일 전화를 안 받아."

"FBI 요원 양성 교육에 탈락해서 충격 많이 받았나 보던데." 토르 켈이 생각에 잠긴 듯 말했다. "반야는 강인한 친군데 말이야."

"그런 인상을 많이 주지. 하지만 지금은, 그러니까 아버지와 관련 된 일로는 사실 무기력해 보여." 세바스찬은 불쾌한 감정과 자극적 감정이 뒤섞이는 것을 느꼈다. 오래전부터 느끼지 못했던 감정이다. 죄책감. 여기서 그는 최대한 빨리 벗어나고 싶었다.

"우린 너무 많이 알고 있어요." 그는 하던 얘기로 되돌아가고 싶었 다. 그 얘기에 토르켈도 따라주기를 바랐다. "레나르트 스트리드 쪽 에 다른 동료들이 있을 거고……. 내가 그들한테 얘기를 흘릴 수도 있어요."

토르켈은 고개를 절레절레 흔들며 몸을 앞으로 내밀었다. 서로 은 밀하게 얘기하고 싶을 때 언제나 그랬던 것처럼. 세바스찬은 동료의 이런 태도를 참아내기가 정말 힘들었다.

"내가 왜 지금 여기 있는 줄 아니? 매년 어떻게 이 위치를 지켰는 지 아냐고?"

"아니, 그런 거 생각해본 적도 없는데?" 세바스찬이 진지하게 대답 했다.

"입 닫고 있어야 할 때를 잘 알고 있기 때문이지." 토르켈이 맥주 를 한 모금 마셨다. "어떤 종목으로 붙을지 한번 골라보시게. 자네가 이길 수 있는 종목으로, 세바스찬."

"그렇게 하는 건 내 스타일이 아닌데."

"그렇게 하는 게 인생을 좀 쉽게 사는 방법이지."

"그런 건 더 지루합니다. 우리가 방금 한 얘기에서 지루한……." 그가 깜짝 놀란 눈으로 시계를 보고는 자리에서 벌떡 일어났다.

토르켈도 웃으면서 자리에서 일어났다. "나도 이제 일어나야 합니다. 할 일이 있거든."

분명히 그는 오늘 발생한 일이 도저히 이해가 되지 않았다. 좌절감을 다루는 데에는 토르켈만의 스타일이 있다. 모든 고통에 대해서 웃어넘기는 방식. 세바스찬은 재킷을 주워 들고는 문 쪽으로 걸어갔다. 토르켈이 탁상 등을 껐다.

"도대체 어느 선까지 연루된 건지 모르겠단 말씀이야. 자네는 어떻게 생각하나?"

"관심 없수다. 우리는 아무 얘기도 못 듣게 될 거니까."

"그런 식으로 살 수 있나?"

"그럼요, 그대도 그렇게 할 수 있습니다."

그들은 토르켈의 방을 나섰다. 엘리베이터를 타고 로비로 내려갔다. 토르켈의 말이 당연히 맞다. 그는 그런 식으로 살아갈 것이다. 다른 사람들도 그렇게 사는 것처럼.

✠

경찰이 방금 전에 다녀갔다. 쉬베카가 모르는 경찰이었다. 이름은 토르켈 회글룬드이며 특별살인사건전담반 팀장이다. 그는 그들을 진심으로 대해주었다. 그가 여러 번 물어보았다. 메란은 어떻게 지내고 있는지, 의사는 뭐라고 하는지. 그는 정말로 관심이 많은 것 같았다. 하지만 무슨 일이 생겼던 것인지, 경찰은 실제로 무엇을 알고 있는지에 관한 얘기가 나오면 그는 일반적인 얘기만 했다.

경찰은 잘 모른다고. 어떠한 예측과 판단도 지금은 적절치 않다고.

쉬베카와 토르켈의 대화는 잘 진행되었지만 진실을 찾기에는 역부족이었다.

그렇지 않으면 그 대가가 너무 클 것이다. 아마 얘기는 단순할 것이다. 경찰들이 쉬베카보다 더 똑똑하다는 것. 그리고 그들은 항상 자유 또는 투명성을 얘기하지만 관여하지 않는 일이 있다는 것. 이런 점을 이해하지 못했기 때문에 그녀는 아들을 잃을 뻔했다. 정말 그럴 만한 가치가 있는 것일까?

절대 아니다.

하지만 그렇다고 침묵으로 일관해야 할까? 지금, 여기 이 병원에서, 깁스를 하고 침대에 누운 아들 앞에서 그녀의 결심은 흔들리지 않았다. 3개월 정도면 어떨까? 6개월? 다른 질문이 떠올랐다.

결국 견디지 못할 거라는 것을 그녀는 잘 알고 있다.

그녀는 메란의 손을 잡았다. 강한 진통제가 효과를 내는 것 같았다. 아들의 혈색이 다소 좋아졌다. 아들의 눈이 그 어느 때보다 예뻤다. 하미드의 눈이었다.

"엄마?" 아들이 나직이 불렀다.

"그래."

"그 사람들은 다 알고 있어요. 다 알고 있다고요."

"지금은 아무 생각 마라. 널 다시는 못 보는 줄 알았어."

그녀는 아들에게로 몸을 구부렸다. 그녀가 아들을 다시 놓치기 싫어서 꼭 껴안는다면 상처 입은 아들의 몸에 오히려 해가 될 것이다. 그래서 그녀는 아들의 손을 잡았다. 메란은 슬픈 눈으로 엄마를 바라보았다.

"무슨 일을 하려고 그랬는지 미리 말씀 못 드려서 죄송해요, 엄마."

"죄송할 거 없어." 그녀가 속삭이듯 말했다. "죄송할 사람이 있다면 그건 바로 엄마다."

"왜요?"

"내가 너를 이 일에 휘말리게 했으니까."

"나한테 미안해하지 않아도 돼요. 다시는."

쉬베카는 아들의 예쁜 눈에 눈물이 고이는 것을 보았다.

"아버지는 돌아가셨어요, 엄마. 살해된 거예요."

"안다. 처음부터 알고 있었어."

"하지만 왜 그리고 어떻게 돌아가셨는지 그건 모르잖아요."

"그 얘기는 나중에 하자. 어떻게 그리고 왜라는 게 얼마나 중요한지 말이다."

그들은 아무 말도 하지 않았다. 메란은 엄마를 올려다보았다. 불현듯 한 가지 생각이 떠올랐다. 그냥. 하지만 어떻게 말해야 할지 난감했다. 별로 중요하지 않을 것 같다는 생각이 들었다. 자신이 알고 있는 것들이.

"사랑해요, 엄마." 메란이 말했다.

이제 그녀는 더 이상 참을 수 없었다. 대답을 하는 대신에 그녀는 자리에서 일어나 아들을 끌어안았다. 메란은 통증이 심하기는 했지만 엄마의 포옹이 좋았다.

"얘기 좀 해주면 안 돼요?" 엄마가 자리에 앉자 메란이 부드러운 목소리로 물어보았다.

"아버지에 관해서?"

"내가 모르는 일이 많은 것 같아요. 예전에는 알고 싶지도 않았는데. 마음이 아플지도 몰라서."

"알겠다, 메란."

메란은 엄마를 바라보며 말했다. "하지만 그렇지만은 않아요. 난 오늘 깨달았어요. 완전히 반대라는 거. 우리의 기억 속에 아버지는 계속 살아 있는 거예요. 그리고 우리한테 힘이 되고 있어요. 아직 여기 있는 우리한테요."

쉬베카는 아들을 바라보았다.

기억이 있다.

많은 기억이.

그렇게 많은 기억.

그리고 마침내 그들에게는 함께 기억할 사람이 있다.

✣

알렉산더 쇠더링은 상쾌한 오전 시간을 즐기고 있었다. 아침에 자고 일어나 가족과 함께 식사하는 것을 간절히 원했다. 아이들이 학교에 가고 아내도 출근하고 나자 그는 아이패드를 들고 의자에 앉아 인터넷 신문을 읽었다. 알름네스에서 발생한 사건과 프엘의 유골 또는 사라진 아프가니스탄인들의 연관성을 보도한 신문은 없었다. 레나르트 스트리드의 목숨을 앗아간 샤를레스와 자동차사고의 연관성을 보도한 신문 역시 없었다. 소년은 부러진 다리로 도망쳤지만, 누군가가 소년에게 조용히 살고 싶으면 입 닥치고 있으라고 협박했을 거라고 알렉산더는 추측했다. 상황이 그런 것처럼 보였다. 베로니카 스트룀이 약속을 지키고 모든 것을 신경 쓰고 있었다.

9시 15분에 알렉산더는 집을 나서 자동차를 향해 걸어갔다. 보통은 교통 체증을 피하기 위해 더 일찍 출발한다. 하지만 지금은 회사까지 약 한 시간쯤 걸릴 것 같다. 오늘은 그래도 괜찮다. 정원을 걸어가면서 자동 버튼으로 아우디 자동차 문을 열었다. 잠시 그는 잔디밭으로 시선을 돌렸다. 잔디밭에 나뭇잎이 쌓여 있었다. 도대체 이웃들은 저 큰 나무를 왜 베지 않는 것일까? 여름 햇살을 가려주는 것도 아닌데 말이다. 낙엽의 90퍼센트가 잔디밭으로 날아왔다. 종종 그는 밤에 몰래 담장을 넘어 나뭇가지를 베어버릴까 하는 생각을 했다. 저 큰 나무를 죽이려면 얼마나 오래 걸릴까? 아마 1년은 걸릴 것이다. 일이 잘돼도 말이다. 아니면 정말 신화를 창조하는 것일지도 모른다. 전기톱은 분명히 잘 작동할 것이다. 마음이 꽤 끌리는 순간이다. 만약 그렇게 한다면 그다음에는 어떻게 될까? 벌금 또는 피해보상? 차라리 지역신문에 투고할까? 그러는 것이 좋을까? 어쨌든 이웃들이 다시는 나무를 심지 않았으면 좋겠다.

그는 운전석 문을 열고 서류가방을 조수석으로 던졌다. 그러고는 핸들을 잡았다. 뭔가 등판 아래쪽을 찌르는 것 같았다. 벌에 쏘인 것처럼……. 그는 손으로 찔린 곳을 더듬었다. 다시 찔렸다. 바늘이었다. 도대체 왜 바늘이 운전석에 있는 거야? 어디서 난 거지? 그는 문을 열고 차에서 내려 자세히 보려고 할 때 뭔가 이상하다는 생각이 들었다.

심장이 미친 듯이 뛰었다.

빨리 뛰는 정도가 아니라 그냥 미친 듯이 뛰었다. 그는 도로 운전석에 앉아 호흡을 조절하려고 애를 썼다. 긴장을 풀어야 한다. 깊은 호흡. 하지만 잘되지 않았다. 몸이 말을 듣지 않는다. 맥박이 귀에 들릴 정도였다. 가슴이 아파오기 시작했다. 심근경색 증상이 일어날 것 같았다. 심장은 이 경색증을 견뎌내지 못할 것이다. 한 시간도 버티지 못한다. 도움을 청하기 위해 그는 자동차 경적을 울렸다. 소리가 나지 않았다. 핸들을 두드려보았다. 아무런 소리도 나지 않았다. 가슴 통증은 더욱 심해졌다. 호흡을 점점 감당할 수 없었다. 목 근처 혈관이 도드라지게 튀어나오기 시작했다. 도움이 필요했다. 빨리. 하지만 누가 도와줄까? 이 시간 주변 도로는 완전히 텅 비어 있었다.

맞은편으로 약 10여 미터 떨어진 곳에 두 남자가 차 안에 앉아 있다는 것을 알았다. 검붉은 폭스바겐 차량. 저 자동차는 이 거리에서 본 적이 없는 자동차였다. 알렉산더는 그들의 시선을 끌려고 노력했다. 손을 흔들기도 하고 마지막 힘을 다해 유리창을 두드리기도 했다. 그 이상의 것은 할 수 없었다. 문을 열어준다고 해도 그는 일어나지 못할 것 같았다.

그가 잘못 본 것일까, 아니면 그 남자들이 그를 관찰하고 있는 것일까? 그중 한 명은 빨간 머리 남자다. 다른 한 명은 선글라스를 끼고 있어서 누군지 알아볼 수 없었다. 왜 그들은 아무것도 하지 않는 것일까?

곧 가슴이 터져버릴 것 같은 느낌이 심장에 전해지면서 그는 자신의 질문에 대한 답을 조금씩 알 것 같았다.

심장이 멈추기 직전 그의 마지막 생각은 이상하게도 아내나 아이들 생각이 아니었다. 베로니카 생각이었다. 다 알아서 처리해줄 거라는 그녀의 말뜻이 무엇인지 이제야 이해가 된 것이다.

╬

빌리는 토스터에 빵 두 조각을 넣었다. 그러고는 냉장고로 가서 버터, 치즈와 잼을 꺼내 부엌 식탁 위 쟁반에 올려놓았다. 그리고 다시 돌아와서 커피포트 스위치를 눌렀다. 그는 따뜻한 프라이팬에 오믈렛 재료를 올렸다. 싱크대를 열어 잔 두 개를 꺼냈다. 휴가를 받았기에 서두를 이유가 없다. 몇 달 새에 두 번째 받은 휴가다. 물론 조금 이상하기는 하다. 언론이 무슨 소식을 들었다면 보도가 쏟아질 텐데. 여태 조용하기만 하다. 알름네스에서 발생한 사건에 대한 보도는 정말 거의 눈에 띄지 않았다.

빌리는 이런저런 생각이 들었다.

차에서 기어 나온 샤를레스. 그가 자신을 향해 겨냥했던 권총. 빌리는 다르게 대응할 수 없었을까? 예를 들어 다리나 어깨를 겨냥할 수 없었던 것일까? 그는 상황을 100퍼센트 이해할 수 없었지만 그 사건 때문에 고통스러웠다. 그가 비탈진 곳을 내려가 자동차로 다가 갔을 때만 해도 그는 나름대로 기대감이 있었는데.

물론 내부 조사에서 토르켈은 그에게 유리한 증언을 해줄 것이다. 샤를레스 쇠데크비스트는 빌리와 아주 근접한 거리에서 권총으로 위협했고 그만큼 그는 매우 노련한 요원이었다. 부상당하기는 했지 만 분명 그는 지극히 위험한 인물이었다. 이에 대한 증인도 많다. 내 부 조사에 대해 빌리는 별로 걱정하지 않는다. 사실 전혀 하지 않는 다. 비록 자세한 것은 아니지만 어떤 계기로 총격전까지 가게 됐는 지 그는 더 많은 생각을 했다. 더 정확히 말하자면 샤를레스에게 총 격을 가한 후 느낌이 어떠했는지. 그는 샤를레스가 쓰러지는 것을 보자 비로소 몸에 따사로운 온기가 흐르는 것 같았다. 그것은 아드 레날린이라기보다는 엔도르핀이었다. 만족감이었다. 말도 안 되는 얘기지만 그에게 떠오른 유일한 생각은 섹스를 한 후의 느낌 같았다 는 것이다. 황홀한 섹스.

물이 끓자 커피포트 스위치가 꺼졌다. 그는 두 잔에 물을 따르고 티백을 하나씩 담갔다. 커피포트를 제자리에 갖다놓은 뒤에는 전자 레인지 옆, 싱크대를 열어 꿀통을 꺼냈다. 연이어 그는 가스레인지 에서 프라이팬을 내리고 따뜻한 오믈렛을 접시에 담았다. 그러고는 준비한 것을 전부 다 쟁반에 올려놓았다. 그는 매우 만족스러운 눈 빛으로 음식을 내려다보았다. 잊지 못할 시간이다. 그는 토스트를 들었다가 깨끗한 냅킨에 내려놓았다. 부엌을 나오면서 그는 마이가 그에게 얼마나 많은 영향을 주었는지 생각했다. 특히 그의 식습관과 요리에 그녀는 정말 많은 변화를 가져다주었다. 그는 통로에 걸린 재킷 주머니에서 열쇠를 꺼내 버터칼 옆에 놓고 침실로 들어갔다.

마이는 침대 왼쪽에서 자고 있었다. 그녀의 입에서 침이 흘러 베개를 살짝 적셨다. 이런 것도 귀엽게만 보였다. 정말 사랑스러운 사람이다. 갑자기 사랑스러운 사람이 된 것이다. 처음에는 문제도 많았다. 그는 자신이 직업에 만족하는 모습을 보이면 그녀가 점차 그를 싫어하게 될 거라고 생각했다. 그런데 그녀의 생각으로는, 그의 생활을 변화시키려면 그가 그녀의 도움을 달갑게 받아들여야 한다는 것이었다. 이런 점 때문에 그는 반야하고도 다투는 일이 많았다. 이제는 이 문제를 두고 그녀와 허심탄회하게 얘기를 나눌 수 있다. 물론 솔직히 고백하자면 반야보다는 마야와 더 많이.

그는 그녀를 조심스럽게 깨웠다. 그녀가 바로 눈을 떴다. 마치 스위치가 켜졌다 꺼졌다 하는 것 같았다. 아침에는 일어나면 몽롱하지만 저녁에는 눈을 감으면 바로 곯아떨어진다. 그녀가 잠에서 막 깨어나 두 손으로 입가를 닦았다. 조심스럽게 빌리는 침대에 쟁반을 올려놓았다.

"자기 최고." 이렇게 말하면서 그녀는 그에게 키스를 했다.

버터칼을 잡으려 하다가 그녀가 그 옆에 있는 열쇠를 집었다.

"이거 뭐예요?"

"열쇠."

"난 자기가 원하지 않는다고 생각했는데."

"지금 막 생각이 든 거야."

그녀는 쟁반이 쏟아지지 않게 조심조심 몸을 숙여 그를 꽉 끌어안았다. 오랫동안. 그도 그녀를 꽉 끌어안았다. 이게 바로 그가 원했던 자신의 모습이다. 사람을 죽였는데도 잘 지내는 또 다른 빌리를 그녀는 전혀 알지 못한다. 이런 사실을 아는 사람은 제니퍼뿐이다. 마이에게 이 모든 것을 숨긴 채 함께 살 수 있을까? 만약 다 얘기하면 어떻게 될까? 제니퍼는 별로 당황해하지 않았지만, 사실 그녀는 경찰이니까 충분히 그럴 수 있다. 물론 그녀도 그와 함께 살 생각은 없어 보였다.

"……마이?"

마이가 그의 귀에 대고 뭐라고 속삭였던 것 같았다. 그는 포옹을 풀었다.

"미안, 지금 뭐라고 그랬어? 뭐야?"

"5월이 되면 결혼하자고 그랬어요."

빌리는 아무 말도 하지 않았다. 완전히 경직되어 웃을 수조차 없었다. 마이와는 정반대로.

"농담이에요! 농담한 거예요, 허니."

그녀는 그의 얼굴을 두 손으로 잡고 입을 맞추었다. 그의 핸드폰이 울렸다. 그는 침대를 조심스레 기어서 핸드폰을 집어 들었다. 반야다.

✣

그녀는 그를 다시 만나 반가웠다.

병실로 들어오는 그의 모습을 보면서 그가 걱정하고 있다는 것을 그녀는 금방 알아차렸다. 그녀가 평상복을 입고 병실 침상에 앉아 있을지라도 병원은 병원이다. 그녀는 그를 안심시키려고 노력했다. 몇 가지 검사할 것이 있고 상황에 따라서 가능할지 모를 신장 이식과 관련한 상담 때문에 여기 있는 것뿐이라고. 그리고 그녀가 기증자이니 별로 걱정할 필요가 없다고 말했다.

그는 침대 곁으로 의자를 끌고 가서 앉았다. 그리고 그녀가 팀을 떠난 후에 무슨 일이 있었는지 얘기해주었다. 그리고 마이와 함께 살고 있다는 것도. 하지만 무엇보다 사건 소식을 더 많이 설명했다.

그가 샤를레스 쇠더크비스트를 총으로 사살했다고 얘기하자 반야는 "뭐, 어쩔 수 없었겠네요."라고 대답했다.

그녀가 그의 손을 잡았다. 그가 크게 놀라자 그녀는 그런 그의 모습을 가만히 지켜보았다. 얼마 전에 세바스찬이 그녀에게 조언해주었다. 빌리와 그녀 사이에서 발생한 일에 대해 그녀는 앞으로 더 이상 뭘 어찌할 방법이 없으며 이제 모든 것은 빌리에게 달려 있을 거라고. 하지만 최소한 시도는 해봐야 하지 않을까. 게다가 최근 세바스찬에 대한 신뢰도는 급격히 추락했으니 그의 조언은 쓸모가 없는 것 같았다.

"내가 당신보다 더 낫다는 말, 하지 말걸 그랬어요."

"그래도 당신이 더 유능하잖아." 빌리가 어깨를 으쓱했다.

"난 진정한 친구가 필요한데. 당신은 정말 최고의 친구예요." 그녀가 너무 진지하게 말하는 바람에 빌리의 얼굴이 빨개지고 말았다.

"걱정하지 말아요. 난 당신 친구니까. 지난 일은 잊어버려요."

반야는 매우 행복한 웃음을 지어 보였다. 그리고 그가 모욕적으로 느끼지 않아서 마음이 한결 가벼워졌다. 그때 침대 옆 작은 간이탁자에 놓인 핸드폰에서 진동벨이 울리기 시작했다. 다른 데로 관심을 돌릴 수 있어서 다행이라 생각한 빌리는 핸드폰을 들고는 액정화면을 들여다보았다.

"세바스찬."이라고 말한 그가 핸드폰을 그녀에게 건네주었다.

"울리게 놔둬요."라고 반야가 말하자 빌리는 핸드폰을 탁자에 내려놓았다. 잠시 후 핸드폰이 조용해졌다.

세바스찬.

반야는 누군가에게 알려야 한다는 생각이 들었다. 그녀가 혼자만 알고 있으면 스스로 압박감에 시달릴 것이다. 이 소식을 친구에게 알려야 한다.

"내 생각에 세바스찬 그분은……."

그녀는 우물쭈물 말을 못 했다. 이게 얼마나 말도 안 되는 우스운 생각인지 스스로 잘 알고 있었기 때문이다. 빌리는 그녀를 보고 제정신이 아니라고 생각하게 될 것이다. 그녀를 예전의 도도한 동료의 모습이 아닌 정신병자로 취급할 것이다. 어쨌든 그녀는 친구에게 기댈 수밖에 없었다.

"아버지 관련 사건과 나의 FBI 교육 탈락에." 그녀가 천천히 말을 이어갔다.

"그게 왜……?"

"이 두 가지 일에 세바스찬 그분이 연관되어 있는 것 같아요."

빌리는 그녀의 추측이 전혀 근거가 없는 것은 아니라는 표정으로 그녀를 바라보았다.

"그분이 왜 그랬을까요?"

"잘 모르겠어요. 곰곰이 생각해봤는데, 내가 생각해본 단 하나의 가능성은 그분이 환자라는 거예요. 어떤 아주 독특한 이유에서 그분이 내 삶을 파괴하려고 하니까."

빌리는 당혹감을 감추기 위해 연신 고개만 끄덕였다. 반야의 얘기는 세바스찬에 대한 그의 짐작과 전혀 맞지 않는 얘기였다. 만약 세바스찬이 그녀의 아버지라면 왜 그녀에게 상처를 주려 했을까?

"어쩐지…… 이상하긴 이상하네."

"바로 그런 이유로 그분이 그런 짓을 하는 것 같아요." 그녀가 아주 침착하게 대답했다. "미치지 않고서야 누가 그런 생각을 해요? 내 생각에 그분은 사이코패스가 분명해요."

그가 뭐라고 대답해야 할까? 그 순간 방문이 열리고 의사가 들어왔다. 반야가 의사에게 집중하자 빌리는 안도감을 느꼈다.

"그만 가셔도 되겠습니다." 의사 샤하브가 말했다.

"좋아요. 언제 또 오면 되죠?"

"이제 안 오셔도 됩니다. 기증자가 되실 수 없어서요. 신장 기증에 적합하지 않아요."

반야는 도무지 이해가 되지 않았다. 의사가 마치 갑자기 다른 언어로 말하는 것처럼 느껴졌다.

"하지만 전 그분의 딸인걸요."

"유감입니다." 의사 오미드 샤하브가 미안하다는 듯한 손짓을 했다. "그렇기는 하죠. 정말 유감입니다."

"혈액형이 어떻게 되는데요?" 빌리가 물었다.

"부적합 판정이 나오는 요인은 너무나 많아요. 혈액형은 그중 하나일 뿐이죠." 의사는 빌리의 질문에 즉답을 피했다. "이번 경우 저희는 부작용과 거부반응에 따른 위험성이 너무 높다는 결론을 내렸습니다."

"나는 O형인데." 빌리의 질문에 반야가 답했다.

"아버님은요?" 반야 쪽을 돌아보며 빌리가 물었다.

"모르겠어요."

빌리로부터 시선을 돌린 그녀는 맞은편 침대 모서리에 앉아 있는 의사 오미드 샤하브 쪽을 쳐다보았다. 의사는 그녀의 시선을 피하면서 턱을 어루만졌다. 그녀의 경찰 본성이 마구 꿈틀거렸다. 의사 샤하브가 뭔가를 숨기고 있다.

"아버지는 혈액형이 어떻게 되죠?" 그녀가 단호하게 물었다.

"말씀드릴 수 없습니다."

"우리 아버지란 말입니다. 결국 알게 될 거예요. 늦어도 15분 안에. 그러니 어서 말씀해주시죠."

오미드 샤하브는 망설였다. 이런 정보는 그 누구에게도 건네주어서는 안 된다. 가족이든 누구든. 하지만 반야가 어떻게 해서든지 반드시 알아낼 거라는 확신이 들었다. 그녀가 지금 재촉한 것보다 훨씬 더 빨리.

"AB형입니다." 그가 조용히 말했다.

이것이 무엇을 의미하는지 반야는 곧바로 알아차렸다.

비록 생물학 시간에 배운 교배이론이 정확히 기억나지는 않지만 우르줄라와 함께 현장 분석을 할 때 얻은 지식만으로도 충분했다.

부모 중 한쪽 혈액형이 AB형이면 O형 아이는 태어날 수 없다.

이제 그녀가 알게 된 사실이 앞으로 어떤 결과를 불러올지 그녀는 익히 잘 알고 있었다. 결과가 너무나 충격적이었기 때문이다.

빌리가 몸을 숙여 그녀를 끌어안았다. 그녀는 절망에 빠진 채 그에게 몸을 기댔다. 빌리는 아무 말도 하지 않았다. 하지만 그는 곰곰이 생각해보았다.

세바스찬의 혈액형이 무엇인지 잠시 따져보았다. AB형이 아닌 것만은 확실했다.

✠

엘리노는 스웨터에 달았던 이름표를 떼어내, 올렌스 백화점 직원실 벽에 걸린 작은 쇠바구니에 넣었다. 그러고는 재킷과 가방을 꺼내 들고 사물함 문을 잠갔다. 가방은 어쩐지 예전보다 더 무겁게 느껴졌다. 혹은 그냥 그렇게 느끼는 것뿐일까? 847그램밖에 되지 않는데 가방 무게가 예전과 차이가 난다고 느껴진다. 아마 기분 탓일지 모른다. 마치 설탕으로 된 알약을 먹으면 몸이 훨씬 좋아진다고 느끼는 것과 마찬가지이다. 어깨에 가방을 둘러맸는데, 어쨌든 좀 더 무겁게 느껴졌다. 그녀는 직원 전용 출구를 나섰다. 백화점을 나가는 길에 세 동료 직원과 인사를 나누었다. 그들은 와인 한잔하러 가는 길이라며 함께 갈 생각이 있느냐고 엘리노에게 물었지만 그녀는 거절했다.

다른 일이 있었다.

어느새 그녀는 메스터 사무엘스가탄 거리에 이르러 재킷 지퍼를 올렸다. 주변을 둘러보았다. 우선은 아무 데나 들어가서 저녁을 먹고 싶었다. 엔슨스 보푸스 레스토랑이 적당해 보였다. 길을 따라 100여 미터만 더 걸어가면 된다. 바람을 막으려고 한 손으로는 재킷 옷깃을 여미고 스테이크 레스토랑을 향해 걸었다. 많은 사람들이 스쳐 지나갔다. 그녀를 바라보는 사람은 아무도 없었다. 그녀를 집안일도 끝내지 않고 섹스만 하는 가사도우미로 생각하는 사람은 아무도 없었다.

누구도 그녀의 주머니가 그전보다 더 무거워졌다는 것을 알아차리지 못했다.

그 누구도 알아차리지 못했다. 아직까지는.

그녀는 서두르지 않았다. 아무 방해도 받지 않고 편안하게 스테이크를 먹을 수 있게 되자 와인도 한 잔 곁들였다. 식사는 커피에 초콜릿 한 조각으로 마무리했다. 시간은 충분했다. 지하철역도 가까이 있어서 그녀는 세바스찬의 집까지 걸어가지 않기로 마음먹었다.

✛

방이 너무 깨끗해서 눈이 부실 정도였다.

지금 당장 사건을 처리해야 하는 게 아니라면 토르켈은 하나라도 더 방을 정리 정돈하려고 했다. 방이 지저분한 것도 아닌데 대청소를 해야겠다고 마음먹었다. 무엇보다 아무 일이나 하면서 시간을 때우기 위해서.

그는 물건을 정리하고 먼지를 털고 걸레질을 했다. 카펫 먼지도 털어내는가 하면 침대보를 벗겨내고 새 침대보로 바꾸어 깔았다. 이불을 두드려 먼지를 털어냈다. 그러고는 장롱을 열고 환기를 시켜야 할지 말지 고민했다. 하지만 정도껏 해야지 하는 생각이 들었다.

정리를 다 끝내고 나니 8시가 되었다. 그는 샤워를 하고는 먼지 하나 없는 소파에 기대앉아 TV를 켰다. 하지만 금방 지루해서 TV를 꺼버렸다. 그는 부엌으로 가서 냉장고를 열었다. 배가 고픈 것은 아니었다. 맥주 한 병을 꺼내 든 그는 신문을 가지고 식탁 앞에 앉았다. 약 15분쯤 지났을까 전화가 왔다.

"여보세요, 엑스프레센 잡지사 악셀 베버입니다."

"예, 여보세요."

"너무 늦은 시간에 전화드려 죄송합니다만. 프엘에서 발생한 사건 관련 유골에 관해 좀 새로운 소식이 없나 궁금해서요."

그 질문 자체가 놀라웠다. 토르켈은 그와 팀원들 말고는 그들이 찾은 사람들이 누군지 외부에 알려지지 않았기 때문이다. 공식적으로는 유골들 신원은 파악 불가능한 것으로 보도되었다.

그는 자신이 싸워야 할 상대를 선택해야만 할지도 모른다.

그는 공식적인 답변만 전해주고 전화를 끊었다.

쇠데르텔리에에서 발생한 총격에 대해서는 공식 답변이 전혀 없었다. 첩보부는 그 사건이 마무리된 것으로 간주했다. 사망한 샤를 레스 쇠더크비스트가 연루되어 있었다는 정보에 대해서는 확인을 거부했다. 만약 토르켈이 지금의 기사에 대해 제대로 알려준다면 며칠 내로 언론의 관심은 줄어들 것이다. 추적할 만한 사건 과정도 없고 물어볼 만한 친인척도 없고 조폭범죄와도 관련이 없다. 이러한 쇠데르텔리에 지역의 총격사건은 더 이상 재미있는 기사거리가 아니기 때문이다.

베버와 통화를 끝낸 후 그는 잠시 핸드폰을 그대로 들고 있었다.

악셀 베버, 범죄 전문 기자.

까다롭지만 능력 있는 사람.

만약 죽은 사람의 정체를 그가 알게 된다면? 그는 집단 매장과 샤를레스 쇠더크비스트의 연관성을 당장 알아차릴 것이다. 게다가 요셉이라는 이름으로 활동한 알름네스 지역의 사망자나, 실종된 아프가니스탄인들 하미드와 자이드의 연관성도 파헤칠 것이다.

아까 토르켈은 하미드의 미망인과 아들이 사는 집을 다녀왔다. 그들은 더 이상 찾아오지 말아달라고 그에게 신신당부했다. 샤를레스와 요셉은 이 세상 사람이 아니니 말이다. 아무도 찾아오지 않도록 해달라고 간곡히 부탁한 것이다.

그런데 베버가 전화를 했다.

토르켈은 자신이 싸워야 할 상대를 선택해야 한다. 누구와 싸워야 하는 것일까. 마침내 그는 번호를 눌렀다.

"여보세요. 토르켈 회글룬트입니다. 특별살인사건전담반……."

5분 후 그는 전화를 끊었다. 그는 매뉴얼대로 했고, 지원을 요청했던 스토르본 지역 경찰에게 최종 보고도 했다. 그 행동에 그 누구도 반대할 수 없을 것이다. 그는 보고서에 사건을 기록할 수 있도록 집단무덤에서 발견된 다른 네 시신의 이름을 그 경찰에게 알려주었다. 헤드빅 헤드만과 그 동료들이 이 기록을 전달해주지 않았을 테니 그가 대신할 수밖에.

만족하지만 뭔가 금지된 선을 넘어서고 만 느낌, 그러니까 어렸을 때나 들었을 법한 느낌이 들었다. 의자에서 일어난 그는 집 안 곳곳을 돌아다녔다. 아직 초저녁이었다. 그는 밖으로 나갔다.

그는 딸들에게 전화를 걸었다.

영화 보러 갈 생각이 있는지 물어보았다. 물론 딸들에게 영화를 선택하라고 말했다. 딸들은 가고 싶지만 시간이 없다고 했다. 다음에 꼭 같이 가자고. 토르켈은 이런저런 생각을 해보았다. 우르줄라의 집으로 전화해볼까 하고 생각했지만 적당한 핑곗거리가 없었다. 그래서 그냥 단념하고 말았다.

그 대신에 위스키 한 병을 들고 소파로 갔다. 그는 TV를 켜고 위스키 한 잔을 마셨다. 혼자 마시는 것을 좋아하는 사람은 별로 없다. 하지만 지금 아니면 언제 또 흔진할 시간이 있을까? 그는 위스키 첫잔을 단숨에 들이켰다. 그러고는 다시 잔을 채웠다.

✤

세바스찬이 테이크아웃 해온 음식을 접시에 담는 동안 우르줄라 는 부엌에서 와인잔을 놓고 앉아 있었다. 이들에 대한 옛 관계를 잘 아는 사람이라면 이들이 지금 함께 있는 것이 정말 이상하게 보일 것이다. 도대체 이들은 여기서 뭘 하는 것일까? 어떤 사람은 우르줄 라를 이해할 수 없을 것이다. 하지만 그녀는 세바스찬과 함께 있는 이유를 아주 적절하게 설명할 수 있는 표현을 찾았다. 강요하지 않 는 사이.

바로 이런 게 그녀에게는 필요하다. 도망, 시간 때우기. 어리석음. 이런 것들은 그녀에게 낯선 것이었다. 하지만 세바스찬과 함께 있는 것이 왠지 편하게 느껴졌다. 여유를 느낄 수 있었다. 세바스찬은 지 나친 그 무엇을 요구하지 않았다. 그녀 역시 마찬가지였다. "사랑해 요." 같은 말을 그는 전혀 하지 않았다. 또는 그런 것을 진지하게 생 각하지도 않았다. 그와 함께 있는 것이 혼자 있는 것보다 훨씬 더 좋 았다. 물론 그에 상응한 대가를 치러야 하지만 말이다. 그녀는 이 모 든 것을 현실적으로 이해하려고 한다. 그는 한 여자하고만 잠자리를 하는 그런 사람이 아니다. 그녀 역시 마찬가지다. 당연히 그를 좋아 한 적이 있었다. 당시에 그는 그녀를 속였다. 그것은 그녀가 그에게 지나치게 기대했기 때문일지도 모른다.

둘이 함께하자고. 다른 사람과 잠자리하지 말자고. 공동의 삶을 계 획하자고.

무엇보다 그는 정말 친절한 사람이다. 그녀와 그 사이에는 얘깃거리가 풍부할 뿐만 아니라, 그는 딱 한 여자와 있을 때 돌변한다. 그는 더 집중하고, 누구보다 더 오픈마인드를 보이며, 모든 일에 더 많은 관심을 쏟는다. 그가 그녀에게만 그렇게 할 거라는 환상은 그녀도 갖지 않는다. 사실 식탁 앞에 어떤 다른 여자가 앉아 있어도 상황은 마찬가지일 것이다. 자동인형이 작동되는 것 같다. 여자와 함께 있을 때마다 곧바로 그는 머릿속에 있는 바람둥이 유전자를 잠재워버리곤 한다. 이런 것이 더 유혹적이다. 오히려 더 자연스럽게 잠자리로 이어진다. 하지만 우르줄라는 그렇게 되도록 허락하지 않았다. 그가 접시를 탁자에 내려놓으며 미소 짓자 그녀는 '아직은 안 돼.'라고 생각했다.

"그럼 같이 드실까요?" 그가 의자를 끌어당겨 앉으며 말했다.

⚜

TV 프로그램은 계속 돌아갔지만 위스키병은 텅 비었다. 토르켈은 한 병 더 가지고 왔다. 한잔하려고 했을 때부터 위스키병은 따져 있었다. 어쨌든 그는 이미 상당히 많은 양을 마셨다. 취하기에 충분한 양이었다. 소파에서, TV 앞에서, 혼자서. 슬프다. 일어나려고 하는데 머리가 핑 돌았다. 그리고 속이 쓰린 듯했다. 뭔가를 좀 먹어서 해장을 해야 할 것 같았다. 하지만 또다시 원점으로 돌아왔다. 고독. 지루함. 혼자 음식을 만든다는 것. 더 지루하고 고통스러운 것은 혼자 외식하는 것이다. 딸들은 저녁에 다른 일이 있었다. 내년이 돼도 상황은 그대로일 것이다. 하지만 그는 이런 분위기에 익숙해져야 한다고 생각했다. 아직은 견딜 만한 나이니까. 아니면 이것은 그저 희망사항일 뿐일까? 이본느에게는 크리스토퍼가 있다. 그에게는 누가 있는가? 아무도 없다.

그는 세바스찬을 생각했다.

세바스찬 곁에는 항상 누군가가 있다. 그가 원하기만 하면 항상 누군가 그의 곁에 있다. 토르켈은 여자와 아주 조금의 성공만 거두어도 만족할 텐데.

아니면 한 여자하고만 그래도. 우르줄라하고만.

언제나 그랬다. 지금껏 그가 사귀려고 노력하거나 파트너 찾기 사이트에 회원으로 가입해도 그에게 관심을 보이는 사람은 아무도 없었다. 그가 아는 한 아무도 그에게 관심을 보이지 않았다. 하지만 그는 우르줄라를 원하고 있다.

무모한 시도일까? 그녀는 결혼한 여자이지만 그런 것은 별로 문제가 되지 않았다. 그녀와 미케가 다시 함께 있는 것은 일시적인 일일 뿐이다. 미케는 우르줄라를 원하거나 돌볼 그럴 타입이 아니다. 그것은 그녀가 가장 잘 아는 사실이다. 아마 토르켈이 명확하게 신호만 보내면 그녀는 남편을 떠날지도 모른다. 혹시 그녀가 이 신호를 기다리는 걸지도 모른다. 그래서 두 팔 벌려 그녀를 안아주기만 기다리고 있을지도. 아니다, 생각만 해도 끔찍하다. 우르줄라에게는 반갑게 맞아줄 남자가 필요 없다. 토르켈은 우르줄라보다 자기 주관이 뚜렷한 여자를 이 세상에서 본 적이 없다. 하지만 실제로는 그가 그녀를 어떻게 느끼고 있는지 우르줄라는 모른다. 정말로 만신창이가 될 준비가 되어 있지 않는 한 그는 절대로 이 싸움에서 승리할 수 없을 것이다. 그는 전화기를 들고 번호를 눌렀다. 통화 연결이 되기도 전에 그는 일어나 이리저리 돌아다니기 시작했다. 힘들게 일어났더니 정말로 머리가 핑 도는 것 같았다. 위스키를 너무 많이 마셨다.

"우르줄라입니다." 그녀의 목소리가 들려왔다.

"나요, 토르켈." 반갑게 그가 인사했다.

"알아요. 별일 없죠?"

"그럼, 별일 없지." 숨을 깊게 들이마시다가 그 숨이 곧 시큼한 트림이 되어 나왔다. 그녀에게 들리지 않게 그는 트림 소리를 헛기침으로 가장하며 큼큼 소리를 연달아 냈다. "당신은?"

"나도 별일 없죠, 고마워요."

"좋군."

"뭐 특별히 할 말 있는 건 아니고요?" 그가 잠시 생각에 잠기자 우르줄라가 물었다.

토르켈은 창가에 서서 머리를 긁적거렸다. 적당히 둘러댈 핑곗거리가 떠오르지 않았다. 그래서 그냥 솔직히 말했다.

"아니, 그냥 목소리나 들으려고."

"아, 그래요? 근데 지금은 상황이 좀 그런데……."

우르줄라가 세바스찬을 곁눈질로 힐끔힐끔 쳐다보았다 그는 일어나 접시를 식기세척기에 넣고 있었다.

"사랑해요."

우르줄라는 세바스찬이 마침 그녀의 등 뒤에 있어서 다행이라 생각했다. 그녀는 어쩔 줄 몰랐다. 핸드폰을 손에서 놓칠 뻔했기 때문에 '깜짝 놀랐다'는 표현이 적합해 보였다. 뭐라고 대답해야 할까? 그녀가 정말 상관으로부터 기대했던 마지막 말이었다.

"나 알고 있어요, 당신한테는 미케가 전부인 거……." 토르켈이 우르줄라에게 대답할 기회를 주지 않고 잇따라 말했다. "하지만 나중에라도 둘이 잘 안 될 것 같으면……. 기다릴게. 사랑해요."

우르줄라는 아무 말 없이 그의 말을 듣기만 했다. 그 순간 세바스찬의 시선이 그녀의 뒤통수에 느껴졌다. 하지만 그녀는 고개를 돌리고 싶지 않았다.

"좋은데요." 뭐라고 반응해야만 할 것 같아 그녀가 대답했다. 그러고는 다시 아무 말도 하지 않았다. 이런 대화를 계속하기는 정말 싫었지만 달리 무슨 말을 해야 할지 떠오르지도 않았다. 토르켈이 다시 헛기침을 했다. 마치 그가 그녀를 불편한 상황으로 내몬 것을 알기라도 하는 것처럼.

"괜히 전화 걸었나 싶지만. 당신도 알아야 할 것 같아서."

"이미 알고 있었어요."

이 말을 듣자 토르켈은 갑자기 바쁜 일이 생겼으니 전화를 끊어야 할 것 같았다.

"미안해요." 그가 말했다. "내일 봐요."

"그래요, 내일 봐요."

그러고는 전화가 끊어졌다. 우르줄라는 핸드폰을 천천히 탁자에 내려놓고는 표정 관리를 하면서 생각을 정리하려고 애썼다. 생각이 정리되었다는 느낌이 들자 그녀는 세바스찬을 돌아다보았다.

"토르켈 팀장 전화예요."

"왜 전화했대요?"

"그냥. 일 때문에. 술을 좀 많이 마신 것 같아요."

세바스찬은 더 이상 알고 싶지 않았다. 에스프레스 커피기계에서 잔 두 개를 꺼냈다.

"거실에서 커피 마실까?"

우르줄라는 고개를 끄덕이며 일어났다. 이 전화 내용을 잊어버리려면 꽤 오랜 시간이 걸릴 것이다.

⚜

엘리노는 건물 현관문의 코드를 입력했다. 자물쇠가 꿈쩍도 하지 않자 그녀는 문을 조금 밀어 올리고는 틈새로 미끄러지듯이 들어갔다. 불을 켠 뒤 낯익은 입구를 유심히 바라보았다. 그는 언젠가 그녀가 다시 찾아올 거라고 확실할 만큼 그녀를 바보로 알고 있을 것이다. 그에게 분명히 전화하고 나타날 거라고 생각할 것이다. 그에게 수없이 문자 폭탄을 보내고 전화를 할 거라고. 하지만 그녀는 거리를 두었다. 전화를 걸지 않았다. 문자 메시지도 보내지 않았다. 집 앞에 나타나지도 않았다. 끔찍하지만 말이다. 엘리노가 세바스찬을 제대로 알고 있는 거라면 그는 이미 기억에서 그녀를 지운 지 오래되었을 것이다. 그녀를 이렇게 쉽게 내쫓은 것이 그에게는 기쁜 일일 것이다. 하지만 그는 그녀를 집 앞에 세워둔 후로 그녀가 다시 찾아올 것을 염려하고 있다. 그렇다고 그녀가 달라질 수는 없다. 이런 식으로 그녀를 대해서는 안 된다. 예전에도 다른 남자들이 이런 식으로 그녀를 대했지만.

예를 들어 요란이 그랬다.

아스푸덴 주정부 군인이었던 남자.

그는 그녀에게 자신을 소개했다. 주정부 군인 요란 욘손이라고. 다른 사람들의 경우 호불호가 갈리는 사항이었지만 요란은 직업에 소명의식이 있었다. 그는 믿을 수 없을 정도로 임무를 진지하게 받들었다. 심지어 러시아가 쳐들어오면 스웨덴 전체를 혼자 구해낼 기세였다. 왜냐면 엘리노가 그에게 들은 얘기대로 말하자면 침략자는 항상 러시아인이었기 때문이다.

하지만 요란은 그토록 사랑하는 주정부 군대를 떠날 수밖에 없었다. 그것이 그의 실책이었다. 만약 그가 그녀를 구타하려고 들지만 않았더라면 그녀는 무장할 필요를 느끼지 못했을 것이다. 그녀가 그의 874그램짜리 무기 따위에 관심을 보이지 않았을 것이다.

그녀는 익숙한 계단을 오르기 시작했다. 얼마나 자주 이 계단을 오르내렸던가. 그를 만난다는 기쁨에 가득 차서. 그의 집에 있으면 그녀의 삶이 비로소 새로 시작되는 것 같았는데. 그와 함께하지 못하는 나머지 날들은 무미건조할 뿐이었다. 그 역시 그렇게 느낄 거라고 생각했는데. 하지만 그는 그렇지 않았다. 마침내 그녀는 그의 집 앞에 도착했다.

방문자 확인용 구멍. 그녀 때문에 설치해놓은 것일까? 이 집에는 그녀의 흔적이 많이 남아 있다. 그리고 곧 하나의 흔적을 더 남길 것이다. 좋은 아이디어가 떠올랐다.

세바스찬은 두 잔에 커피를 따랐다. 우르줄라는 쿠션을 등 쪽에 대고 소파에 편안하게 앉아 있었다.

"괜찮다면 오늘 밤 여기 있을까 싶은데."

"물어볼 필요도 없지. 손님방 써요."

"꼭 손님방에서 자야 하나요?"

세바스찬은 에스프레소 잔을 조심스럽게 탁자에 내려놓았다. 마치 격렬한 움직임이 생기기라도 할 것처럼. 우르줄라가 한 말은 분명했다. 달리 이해할 수 없었다.

"글쎄……."

우르줄라는 만족하듯 고개를 끄덕이며 다리를 쭉 뻗었다.

"설명해줘요." 그녀가 기대에 찬 눈빛으로 미소를 지으며 말했다.

"뭘?"

"그 꿈에 대해서."

세바스찬은 한숨을 쉬면서 그녀와 맞은편 안락의자에 앉았다. 정말 그녀가 다시는 이 얘기를 꺼내지 않기 바랐다. 특히 지금은 아니다. 오래지 않아 침실에서 어떤 일이 벌어질 것인지 눈에 훤히 그려지는 이 마당에.

"그걸로 이렇게 날 졸라대다니 믿을 수가 없군."

"당신이 어떻게 이렇게 살살 잘도 피하는지 정말 믿을 수 없을 정도예요. 얘기 안 해주면 난 손님방으로 가든지 집으로 가든지 할 거예요."

세바스찬은 그녀를 유심히 바라보았다. 그녀는 웃고 있었다. 그녀가 진심이라는 것을 그는 알 수 있다.

"난 섹스를 좋아하지 않는다고 고백해야겠네요."

"이렇다니까. 당신, 이런 식으로 하면 빠져나갈 거 같아요?"

"물론이지."

그는 다시 한숨을 쉬었다. 그녀는 그를 잘 안다. 하지만 그는 최고의 선물을 받으려고 전력질주하고 싶은 마음은 없다. 약간의 속임수는 그의 전문이다.

"그런데 당신 거짓말하면 내가 금방 눈치챈다는 거 알죠?" 우르줄라가 마치 남의 생각을 읽을 줄 아는 능력이 있는 사람처럼 말했다. 물론 그녀는 그를 정말 잘 알고 있다. 너무나 잘 알고 있다.

"먼저 화장실 좀 다녀오고."

우르줄라는 고개를 숙여 찻잔 속을 들여다보았다.

"우유 있나요?"

"냉장고에. 냉장고가 어디 있는 줄은 알지?"

그녀는 약간 재미있다는 듯 일부러 한숨을 지으며 일어나 부엌으로 갔다.

엘리노는 꼼짝하지 않고 현관문 앞 계단에 서서 기다렸다. 전등불이 꺼졌다. 눈이 어둠에 익는 데 약간 시간이 걸렸다. 그녀는 현관문에 달린 방문자 확인용 볼록렌즈를 통해 집 안 불빛이 새어 나오는 것을 보았다. 세바스찬이 이 렌즈로 밖을 내다보면 금방 그녀를 알아볼 것이다. 그가 얼마나 놀랄까? 시간이라도 멈추었으면.

그녀는 초인종을 누르고는 주머니에 손을 넣었다.

현관에서 초인종이 울릴 때 세바스찬은 소변을 보고 있었다.

"예, 나가요." 부엌을 나가며 대답하는 우르줄라의 목소리가 세바스찬의 귀에 들렸다.

그녀는 현관문으로 다가가 볼록렌즈에 눈을 댔다. 정말 어리석은 짓이었다. 그 방문은 그녀를 위한 것이 아니었다. 더구나 그녀는 세바스찬의 친구를 단 한 명도 모른다. 그에게 친구가 있다면 그것은 정말 놀라운 일이다.

계단은 완전히 어두워졌다. 저 밖에 방문객이 일부러 전등을 끈 것일까?

현관문 안쪽에서 눈동자 하나가 문에 달린 볼록렌즈를 막자, 엘리노는 그 렌즈를 통해 비치던 빛마저 사라지는 것을 보았다. 그녀는 둥그스름한 초인종을 다시 눌렀다.